Herbert Rosendorfer

Vier Jahreszeiten im Yrwental

Herbert Rosendorfer

Vier Jahreszeiten im Yrwental

Vier Berichte

nymphenburger

Satz: Filmsatz Schröter GmbH, München
Gesetzt aus: 10/12 Punkt Lino Walbaum auf Linotron 202
Druck und Bindung: Mohndruck Graphische Betriebe GmbH, Gütersloh
Umschlagentwurf: Cooperation München
Printed in Germany
ISBN 3-485-00527-4

Meinen Geschwistern,
Marlene Schwarz
und
Theo Rosendorfer
gewidmet.

I

Bericht von Fritz Heiß

Der Mensch muß Radfahren lernen. Ich meine das nicht im übertragenen Sinn: nach oben buckeln, nach unten treten, die Haltung des durchschnittlichen Kleinbürgers (und nicht nur die des Kleinbürgers), das muß er vielleicht auch lernen, es sei denn, es ist ihm angeboren; ich meine das Radfahren im wörtlichen Sinn. Radfahren gehört zu den Sachen, die man nur als Kind oder junger Mensch lernt. Wer es da versäumt, lernt es nie mehr. Ausnahmen gibt es vielleicht, das räume ich ein, aber ich kenne keine. Heutzutage lernt jedes Kind Radfahren, weil jedes Kind ein Fahrrad hat. Jedes Kind bekommt spätestens zum dritten Geburtstag ein Fahrrad. Das ist höchst gefährlich. Besorgte Eltern kaufen deshalb einen Sturzhelm dazu, aber das Kind wächst naturgemäß aus dem Sturzhelm ziemlich rasch heraus. Der Kopf wächst bei Kindern am schnellsten. Wenn dann der Sturzhelm – angenommen, das Kind hat das Fahrrad zu Weihnachten bekommen – im Mai, wo die eigentliche Fahrradfahrerei anfängt, zu klein geworden ist, dann kaufen die Eltern nicht sofort einen neuen, weil sie da der Geiz zwicken würde, sie zwängen das Kind vielmehr in den zu klein gewordenen Sturzhelm. Abgesehen davon, daß es dann nichts mehr hört, weil die Ohren flach angepreßt werden, gibt es ein großes Geschrei, wenn der Sturzhelm nicht mehr heruntergeht. Irgendwann kommt nach den unwandelbaren Naturgesetzen der Moment, wo der Kopf genau den Millimeter zu groß ist für den Sturzhelm. Da der Sturzhelm aus fester, unelastischer Masse gemacht ist, gibt er nicht nach. Eher gibt der Kopf nach. Die Mutter hält das Kind. Der Vater zieht am Helm. Das Geheul ist groß, und wenn durch Drehen und Rütteln der Helm endlich abgeht, schreit das Kind: *Nie wieder setze ich den Helm auf!* Das kommt alles vom Geiz. Dabei sind diese Eltern geradezu noch vorbildlich gegen solche, die ihre Kinder im gleichen Alter schon zwingen, Ski zu fahren. In Yrwent in den Kalten Tauern, von welchem Bergnest bald mehr die Rede sein soll, sind solche entmenschten Elternpaare an der Tagesordnung. Im Yrwental gilt nur derjenige als vollwertig, als nicht verkrüppelt, der im Winter Ski fährt. Winter ist von Oktober bis Mai. Die Leute von Yrwental meinen, daß sie die dummen Fremden anlocken, wenn sie selber mit dem, was sie für gutes Beispiel halten, vorangehen. Unschuldige Kinder werden in Skibindungen gewürgt, an Abhänge gestellt und der Erdanziehungskraft überlassen. Durch den Schnee sind die Aufpralle (oder heißt es Aufprälle? Aufprellungen? auch ein Wort mit ungeklärtem Plural wie *Moral* oder *Stehausschank*) zwar gemildert, die Folgen aber unübersehbar. Die unverhältnismäßig große Anzahl von Blödianen, die es in Yrwental gibt, halte ich für eine dieser Folgen. Herr Kaaserer allerdings, einer der wenigen Bewohner von Yrwental, die nicht Ski fahren und auch nie Ski gefahren sind, sagt: Skifahren gibt es erst seit ungefähr achtzig Jahren. Unverhältnismäßig viele Blödiane habe es – das wisse er aus Erzählungen seines Vaters – *herentgegen* im Yrwental schon vorher gegeben. Die Sache verhalte sich umgekehrt, sagt Herr Kaaserer: durch die Blödianität war Yrwental prädisponiert für das Einsikkern des Skisportes. Es sei dem, wie ihm wolle. Jedenfalls liegt eine Wechselwirkung vor: durch die Stürze in früher Jugend wächst das Blödianenpotential, die Blödiane werden ihrerseits wieder Eltern, unter Umständen werden sie Bürgermeister und Fremdenverkehrsdirektor und halten vermehrt die Nachkommenschaft zum Skilaufen an, wodurch noch mehr Blödiane entstehen – ein ewiger Kreislauf, aus dem das Yrwental wohl nur entrinnen wird, wenn die Welttemperatur steigt, so daß es dort nicht mehr schneit. Wenn man aber den Geophysikern glauben darf, so gehen wir eher einer neuen Eiszeit entgegen, die bewirken wird, daß endlich in Yrwental das ganze Jahr Schnee liegt und die Wintersportsaison nicht durch den ungünstigen Sommer unterbrochen wird.

Damals, im Sommer dieses ominösen Jahres, hatten die wenigsten Kinder Fahrräder. So kommt es in meiner Generation vor, daß welche nicht Radfahren können. Als dann die besseren Zeiten kamen, und sie endlich ein Fahrrad hatten, war es zu spät. Rudi Mehrberg ist einer von denen. Ich war mit Rudi in Holland. Holland ist flach oder besser gesagt: nach dem Meer hin leicht abschüssig. Berge gibt es nicht, nicht einmal Hügel. Die höchsten Erhebungen in Holland sind die Holländer. Da sind mir noch die Kalten Tauern in Yrwent lieber, aber das gehört hier nicht zur Sache. Da sich Holländer nur sehr langsam bewegen, ist das Radfahren relativ ungefährlich. Ich schlug Rudi vor – wir studierten die Landkarte –, wir mieten uns, oder, falls das nicht gehen sollte, kaufen wir uns eben jeder ein Fahrrad in Maastricht, und dann lassen wir es langsam bis Amsterdam ausrollen. Ein wenig treten muß man natürlich schon, so stark ist das Gefälle nicht. Das Gefälle ist nur ganz leicht, ganz sanft. Aber *wenig* treten muß man. In Amsterdam verkaufen wir dann die Fahrräder, – ich nehme an, sagte ich zu Rudi, wenn wir sagen: *het fahraad to verkoopen*, verstehen sie es schon – oder, wenn nicht, lassen wir es einfach irgendwo stehen. Es wird ja nicht die Welt gekostet haben. Rudi war mit allem einverstanden.

Wir berechneten sechs Tage von Maastricht nach Amsterdam. In Maastricht, als wir aus dem Auto stiegen (wir wollten das Auto in einer Garage lassen und mit dem Zug von Amsterdam zurückfahren), rückte Rudi mit der Wahrheit heraus; er könne nicht Radfahren.
»Konntest du mir das nicht in München sagen? Bevor wir die Fahrt geplant haben?« fuhr ich ihn an.
»Ich habe mich nicht getraut«, sagte er. »Ich habe mich geniert.«
Rudi gehörte zu jenen Angehörigen meiner Generation, die damals kein Fahrrad hatten, und er hatte quasi den Anschluß verpaßt.
»Außerdem«, sagte er, »dachte ich mir, daß du es mir hier in Maastricht zeigst. Es kann ja nicht so schwer sein.«
Es war aber schwer. Es war sogar unmöglich. Wir mieteten zwei Fahrräder. Ich war schon vorsichtig, sie nur für einen Tag zu mieten. Eigentlich hätte ich sie nur für eine Stunde mieten wollen, aber das ging nicht: ein Tag war die Mindestdauer. Es kostete umgerechnet neun Mark. Das ist schon einige Jahre her. Inzwischen wird es teurer geworden sein.
Wir schoben die Fahrräder bis in eine unbelebte Straße. Dort lehnte ich mein Fahrrad an einen Zaun, hielt Rudis Fahrrad am Sattel fest. Rudi stieg auf – so hatte ich es damals in Yrwent gelernt, da hielt Gustl, den sie *Mozart* nannten, das Fahrrad – ich schob und schrie: treten. Rudi wackelte mit dem Vorderrad. Ich lief und schob, lief schneller und ließ Rudi los. Angeblich ist Holland das Land der Windmühlen. Wenn man sie auf das Fehlen von Windmühlen anspricht, reden sich die Holländer auf die Zerstörungen im Krieg heraus. Ich halte das für eine Lüge. Wahrscheinlich hat es in Holland nie Windmühlen gegeben sowenig wie in Griechenland Tempel. Die Griechen reden sich dabei darauf hinaus, daß entweder die Türken

die Tempel in die Luft gesprengt oder irgendwelche englischen Lords sie ins British Museum verschleppt hätten. Alles Lügen. Wenn man in Athen, zum Beispiel, ein echt griechisches Gebäude sieht, mit Säulen, Karyatiden usw., so kann man Gift darauf nehmen, daß es 1840 von Klenze gebaut wurde. Griechenland besteht heute außer solchen Klenzebauten praktisch nur aus Autoreparaturwerkstätten und Buden, in denen gebratenes, fettes Hammelhackfleisch mit toten Fliegen verkauft wird (letzteres nennen sie Gyros). Aber – bildlich gesprochen – zurück nach Holland. Nur ausgerechnet dort in jener Straße war eine Windmühle. Es war eine stillgelegte Windmühle, in der ein Museum (ich nehme an, es war ein Museum für Holzschuhe) untergebracht war. Gegen diese Windmühle fuhr Rudi.
»Es hat keinen Zweck«, sagte er.
Wir brachten die Fahrräder zurück. Selbstverständlich waren die – umgerechnet – neun Mark für mein Fahrrad verfallen, obwohl ich es nach einer halben Stunde zurückbrachte. Rudis Fahrrad zurückzunehmen, weigerte sich der Fahrradvermieter. Immerhin war er so anständig, die – umgerechnet – neun Mark auf den Schadensersatz anzurechnen. Allerdings lehnte er es ab, das Wrack geschenkt zu behalten. Das sei für das Image seiner Firma abträglich, wenn ein Fahrrad in diesem Zustand herumstehe. Wir mußten es also in den Kofferraum tun, der dann nicht zuging. Zum Glück fanden wir etwas außerhalb an der Straße Richtung Amsterdam eine Sperrmüllsammelstelle.
»Da hast du mich sauber hereingelegt«, sagte ich.
»Vielleicht sparen wir etwas Benzin«, sagte er, »weil es doch sanft abwärts geht. Dann machen wir den Verlust wett, finanziell gesehen.«
»Vielleicht«, sagte ich.
Rudi Mehrberg lebte damals in Jöchlstein beim Niederbrunnhofer, weiter drinnen im Tal, damals, im Krieg und

in der ersten Zeit danach. Rudi war das zehnte Kind einer Witwe und auch ein Flüchtling wie wir, bei den Einheimischen wenig angesehen. Ich hatte es etwas besser als Rudi, denn erstens war ich nicht eins von zehn Kindern, sondern allein mit meiner Mutter, und zweitens konnte ich in Yrwent zu Fuß in zehn Minuten zur Schule gehen, während Rudi aus Jöchlstein mit dem Omnibus fahren mußte. Der Omnibus brauchte für die fünf Kilometer von Jöchlstein nach Yrwent ungefähr eine Stunde, weil er ein Holzgaser war und alle Augenblicke stehen bleiben mußte, damit der Chauffeur hinten in dem ofenartigen Eisenzylinder von Übermannesgröße Holz nachlegen konnte. Oft fuhr der Omnibus überhaupt nicht, weil er nicht ansprang. Dann allerdings hatte Rudi es besser als ich, denn dann brauchte er gar nicht in die Schule zu gehen. Aber mit der Schule ging es ohnedies im Februar herum bergab. Im März hängte sich der Klassenlehrer am Dachboden des Hotels *Alpenrose* auf, dann war Schluß mit dem Unterricht. Ich lernte dafür Radfahren. Ich war zehn Jahre alt.

Wir wohnten in einem der größten Häuser in der Adolf-Hitler-Straße in Yrwent. Das Haus gehörte einer gewissen Frau Vanitschek, die im Parterre ein Textilgeschäft betrieb. Sie verkaufte aber nichts mehr. Sie hatte keine Textilien mehr, nur noch Knöpfe. Sie stand den ganzen Tag in ihrem Laden und wartete darauf, daß die Leute Knöpfe kauften. Knöpfe gehörten – warum eigentlich? – zu den wenigen Waren, die nicht bezugsscheinpflichtig waren. Aber die Leute kauften wenig Knöpfe. Wahrscheinlich hatten sie kaum noch etwas, daran sie die Knöpfe hätten nähen können. Das Geschäft ging also schlecht, trotzdem ging es der Frau Vanitschek und ihrem Mann sowie einem mir in ziemlich widerwärtiger Erinnerung verbliebenen, weil recht zimperlichen und rechthaberischen Enkelsohn – ich meine mich zu erinnern, daß er

Huberti hieß – gut, viel besser als uns. Frau Vanitschek hing mit abgöttischer Liebe an ihrem Enkel Huberti, dem Kind ihres Sohnes, der im Kriege gefallen war. Sie schaute ihn oft an, weinte und sagte: »Was wird aus ihm werden, wenn ich einmal mechte gestorben sein. Wer wird für ihn sorgen?« Huberti war das immer peinlich. Er durfte auch nie barfuß gehen. Ich *mußte* barfuß gehen, sobald es warm genug war, um Schuhe zu sparen.
Frau Vanitschek hatte auch einen Lehrling, der hieß Gustl. Er hatte für damalige Verhältnisse sehr lange Haare, und wurde deshalb seltsamerweise *Mozart* genannt. *Mozarts* Lehrlingsausbildung war dürftig, wie sich denken läßt. Knöpfeverkaufen lernt selbst der Begriffstutzigste an einem Tag. Die Lehrzeit aber dauerte drei Jahre. So lernte *Mozart* Holzhacken, den Laden fegen, die Fensterscheiben putzen und so weiter. Aber selbst das war nicht viel: was soll man in einem Laden fegen, in den den ganzen Tag kein Mensch kommt?
Heute vermute ich, daß Frau Vanitschek deshalb eher froh war, als ihr meine Mutter vorschlug, *Mozart* solle mich Radfahren lehren, weil der Lehrling damit für eine gewisse Zeit eine Beschäftigung hatte. Ein Fahrrad besaßen wir. Es war allerdings ein Damenfahrrad mit einem Netz aus bunten Gummifäden über der oberen Hälfte des Hinterrades. Meine Mutter hatte das von daheim mitgenommen. Es mag sein, daß bei dieser überraschend großzügigen Überlassung der Arbeitskraft des Lehrling an uns Flüchtlinge, wofür Frau Vanitschek erstaunlicherweise kein Geld verlangte, eine gewisse fatalistische Gemütsstimmung causal war, in die Frau Vanitschek einige Tage vorher gefallen war. »Oh Jeschusch, Jeschuschmária, Frau Heiß«, sagte Frau Vanitschek zu meiner Mutter, »was jänes unschuldige Kind da, was ihr Sohn ist, sowie unser armer Huberti, noch alles für entsätzliche Zeitleifte erlä-

ben wird missen, Jeschusch Mária –.« Sie hatte am Tag zuvor von Pilzen geträumt, noch dazu in einer Nacht auf einen Donnerstag; ein böses Zeichen. Und der Gustl *Mozart* hatte eine Schere klaffend liegen gelassen, was bekanntlich immer Unglück bringt. Letzthin war die Lärchfilzerin wieder einmal da – Frau Vanitschek winkte mit der Hand ab. Die Lärchfilzerin habe sowohl aus dem Kaffeesatz wie aus den Karten ganz entsetzliche Dinge herausgelesen. Frau Vanitschek senkte die Stimme und flüsterte meiner Mutter zu: »Die Russen kommen. Mindestens aber die Amerikaner.« Das war damals, Ende April 1945, eine Vorhersage, zu der andere keinen Kaffeesatz mehr brauchten.

Die Lärchfilzerin war eine alte Häuslerin, eine Witwe, die in Jöchlstein wohnte, für die Bauern die bessere Wäsche wusch und nebenher überall im Tal zum Wahrsagen ging. Sie hatte feste Kunden, zu denen auch Frau Vanitschek gehörte. Diese Tätigkeit mußte die Lärchfilzerin streng geheim halten. Der Kreisleiter und der Pfarrer waren sich hier in der Ablehnung einig. Was der Pfarrer dabei dachte, kann hier außer acht gelassen werden; dem Kreisleiter aber durfte es wohl nicht gleichgültig sein, was eine Wahrsagerin so von 1943 an vorhersehen mochte.

Die Lärchfilzerin war nicht die einzige Wahrsagerin im Tal, aber sie galt als die beste. Frau Vanitschek empfahl sie auch meiner Mutter – halb ablehnend aus Verachtung des Aberglaubens, halb aber auch aus Grauen vor dem, was die Alte vielleicht sagen werde – zögerte meine Mutter, willigte endlich ein, um Frau Vanitschek einen Gefallen zu tun. Aber die Lärchfilzerin lehnte ab; sie konnte für uns, für Flüchtlinge, nicht aus dem Kaffeesatz lesen, weil wir keinen Kaffee hatten, jedenfalls keinen Bohnenkaffee. Die Lärchfilzerin las nur aus Bohnenkaffeesatz. Aus Karten las sie nur zur Ergänzung, Abrundung.

»Entsätzlich, entsätzlich, ich bitte schen«, sagte Frau Vanitschek, »in welchen Zeiten mechten wir leben...« und sie bewilligte, daß mir Gustl *Mozart* Radfahrlektionen gab mit der Miene: ist eh' alles Wurst.

Es war übrigens Ende April 1945 das letzte Mal, daß die Lärchfilzerin zur Vanitschek kam. Es hieß, die Wahrsagerin sei in den letzten Kriegstagen von einem SS-Offizier in Jöchlstein erschossen worden, dem sie prophezeit hatte, daß er von den Amerikanern aufgehängt würde.

Wir, meine Mutter und ich, zählten zwar zu den Flüchtlingen, eine eigentliche Flucht allerdings hatten wir – leider, dachte ich damals – nicht mitzumachen gehabt. Wir wohnten in München, in Ramersdorf. Im Herbst 1944 bekam meine Mutter von der Gauleitung oder irgendeiner zuständigen Stelle einen Brief, in dem stand, daß wir evakuiert werden sollten. (Es war genau an dem Tag, erinnere ich mich gut, als in den Nachrichten die Meldung kam, daß Carl Goerdeler verhaftet worden sei. Carl Goerdeler war, wie man sich erinnert, der einzige der Männer des 20. Juli, der entkommen und untertauchen konnte. Auf seine Ergreifung stand eine Kopfprämie, und zwar die höchste, die jemals ausgesetzt worden war: eine Million Mark. Die Million verdiente sich ein sächsischer Postbeamter, der Goerdeler erkannte, als der leichtsinnigerweise in ein Café ging.) Evakuiert. Ich war beunruhigt. Mein Vater hatte ein vierbändiges Lexikon, der fünfte war ein Atlas, aber auch in den anderen Bänden blätterte ich oft. Unter »M« war eine nackte Frau abgebildet, die man aufklappen konnte, dann sah man die inneren Organe. Die inneren Organe stießen mich ab, aber die zugeklappte Frau fand ich gefällig. Unter »T« (Tanz) war auch eine nackte Frau abgebildet. Sie hüpfte. Das Bild war viel kleiner und nur schwarzweiß. Dennoch schaute ich auch dieses Bild gern an. Ich nahm also den ersten Band (A–E) und fand unter *evaku-*

ieren die Erklärung: *entleeren, auspumpen, die Luft herauslassen.* Ich erschrak.
Aber es war, was ich damals nicht verstand, wieder einmal der Fall, wo von Behörden, wie überhaupt von den Erwachsenen, die Wörter falsch angewendet werden. Nicht *wir* sollten evakuiert werden, sondern die Stadt München sollte *von uns* evakuiert werden. Als Quartier wurde meiner Mutter und mir ein Zimmer mit Küchen- und Badbenützung in Reichenberg im Sudetengau, Peuschelstraße 96 bei Fam. Rotz zugewiesen. Am 1. 12. 1944 sollten wir das Quartier beziehen.
Mein Vater war bei den Gebirgsjägern in Norwegen. Er schrieb, nachdem ihm meine Mutter das von der Evakuierung mitgeteilt hatte, daß er keine Vorurteile gegen eine Familie mit Namen Rotz habe, denn dafür könne die Familie nichts, obgleich er, falls er mit dem Familiennamen Rotz behaftet zur Welt gekommen, unverzüglich bei Erreichung der Volljährigkeit um Namensänderung eingegeben hätte. Man hätte ja nur einen einzigen Buchstaben zu ändern brauchen, das »z« zum Beispiel in »h«, dann hieße man Roth, was fast edel klinge, aber auch das »o« in ein »u«: Rutz. Aber das alles sei die Sache der Familie Rotz, und man könne ja nicht wissen, aus welchem Grund die Familie an dem Namen hänge. Vielleicht habe die Familie einen berühmten Vorfahren aufzuweisen, einen Dichter etwa oder dergleichen, vielleicht sogar einen General. Sein Kommandeur zum Beispiel sei ein General mit Namen Selchwurst. Auch kein schöner Name. Aber der Vorspann erhebe den Namen: *General der Geb. Tr. Selchwurst.* Auch *General der Geb. Tr. Rotz* wäre denkbar.
Mein Vater schrieb lange Briefe. Er hatte wenig zu tun in Norwegen, wo nicht Krieg geführt wurde, was meine Mutter beruhigte. Die deutschen Soldaten waren nur *dort.* Churchill sagte damals, wie man später erfuhr, das

seien eine Million deutscher Kriegsgefangener in Norwegen, die sich selber bewachen. Der Dienst für meinen Vater war wohl noch langweiliger als *Mozarts* Lehrzeit bei Vanitschek.

Er habe auch, fuhr mein Vater fort, keine grundsätzliche Abneigung gegen den Sudetengau. Er sei zwar nie dort gewesen, wisse aber ungefähr, wo das sei. (Ich wußte, weil ich immer den fünften Band studierte, genau, wo Reichenberg war – oder noch ist, genau genommen, es heißt heute aber Liberec.) Das Klima dort sei, da so weit östlich, angesichts der allgemeinen Wetterlage ungünstig. Meine Mutter solle doch sehen, ob sie nicht irgendwo in den Alpen Unterschlupf finden könne. Mit der *allgemeinen Wetterlage* meinte mein Vater natürlich etwas ganz anderes, aber man mußte damals vorsichtig sein. Feldpostbriefe wurden zensiert. – Ein Wahnsinn, sagte mein Vater später, als er nach dem Krieg aus der Gefangenschaft heimgekommen war und jahrelang (eigentlich bis zu seinem Lebensende) von nichts redete als von seinen Kriegserlebnissen, obwohl er nur in Norwegen gewesen war, ein Wahnsinn! diese Zensur. Wenn man denkt: *diese* Masse von Feldpostbriefen. Und alle zensiert. Wenn man alle, die damit beschäftigt waren, die Feldpostbriefe zu zensieren, an die Front gesteckt hätte, hätten wir den Krieg nicht verloren. – Was heißt *wir*, sagte ich, wir stritten oft, was heißt *wir? Ich* habe den Krieg nicht verloren. Mein Vater war anderer Meinung.

Inzwischen hatte meine Mutter an die Familie Rotz in Reichenberg, Sudetengau, Peuschelstraße 96, geschrieben. Der Brief kam als unzustellbar mit dem Vermerk zurück: die Peuschelstraße habe nur 94 Hausnummern. Das war wieder einmal die perfekte großdeutsche Organisation. Eine Familie Rotz, hatte der Briefträger hinten

auf den Brief weiter geschrieben, wohne auf Nr. *46*, sei aber bereits evakuiert.
Eine sudetendeutsche Familie Rotz, aus der die Luft herausgelassen ist. Was aus ihnen geworden ist? Ich weiß es natürlich nicht. Ich lernte viel später ein recht attraktives Fräulein Dorothea Rotz kennen, sie stammte aber nicht aus Reichenberg im Sudetengau, sondern aus Bremerhaven. Seltsamerweise aber war ihr Vater General.
So *flohen* wir nach Yrwent in den Kalten Tauern. Warum nach Yrwent? Ich merke, daß ich jetzt, wo ich dieses niederschreibe – im Wohnzimmer des Herrn Kaaserer – das erste Mal darüber nachdenke. Warum fuhr meine Mutter mit mir nach Yrwent? Ich habe meine Mutter nie gefragt, und jetzt kann ich sie nicht mehr fragen. Wir hatten keine Verwandten dort, keine Bekannten. Der Name des Ortes war meiner Mutter nur geläufig, weil eine Freundin von ihr, eine Dame aus besseren Kreisen, die einzige Dame aus solchen Kreisen, die meine Mutter kannte – Tante Käthe durfte ich sie nennen – ein paar Mal ihren Winterurlaub in Yrwent verbracht hatte. Kein Mensch außer Tante Käthe und ihrem Mann (an den ich mich nicht mehr erinnern kann) fuhren damals zum Winterurlaub, das heißt: kein Mensch, der in Ramersdorf wohnte. Der König von Schweden fuhr nach Yrwent zum Winterurlaub, Aga Khan, der Prinz von Wales oder die berühmten Filmschauspieler: Ilse Werner (ich glaube, das war diejenige, die nicht nur sang, sondern auch pfiff) oder Leni Riefenstahl oder selbst amerikanische Stars, deren Namen ich nicht kenne, vielleicht war Clark Gable dabei oder dergleichen; auch Industrielle, Herr Krupp mit Familie oder Herr Flick, wohl auch Herr von Tschammer und Osten, der Reichssportführer – die waren dann alle in Keilhosen und Windblusen mit Tellermütze und Norwegerhandschuhen in den Illustrierten abgebildet: Telemark

mit Bambusstöcken. Ski-Biedermeier. Ich wundere mich – ich selber fahre ja nicht Ski –, daß die auf das noch nicht gekommen sind: Nostal-Ski. Plastikski, die wie Holz ausschauen mit weit nach oben gebogenen Spitzen und darauf noch ein kleines Zipfelchen; Knickerbocker aus Naßbiberstoff und Sturzhelme im Trenker-Look. Nostal-Ski. Oder gar nur mit *einem* Stock, der aber dafür sehr lang ist und wie ein Ruder gehalten wird. Die Damen im Lodenkostüm mit Fuchspelz wie anno 10 die Gräfin Lamberg. Im Fremdenverkehrsamt von Yrwent, wo wir im Kellerraum Schule hatten, waren im Flur und im Stiegenhaus bräunliche Photographien aufgehängt mit solchen antiken Ski-Szenen. Nostal-Ski. Ich glaube, daß mit sowas Geschäft zu machen wäre.

Auch Tante Käthe und ihr Mann fuhren im Winter nach Yrwent. Ich kann mich nicht erinnern, daß meine Eltern vor dem Krieg – im Krieg natürlich erst recht nicht – jemals in Urlaub gefahren wären, schon gar nicht im Winter. Aber Tante Käthe und ihr Mann fuhren. Die waren zwar nicht in der Illustrierten abgebildet, und wenn, dann zufällig als Zuschauer seitlich auf der Photographie: *Der Herzog von Asturien – 2. von lks. im Sportpelz – wird vom »Kramerwirt« — 3. von r. mit Schürze – vor dem weltberühmten Gasthof begrüßt.*

An und für sich verkehrte Tante Käthe natürlich in ihren besseren Kreisen, erzählte auch öfters von der Familie Doppler, die am Isartorplatz ein Hutgeschäft hatte (auch Dopplers fuhren damals schon Ski, hatten sogar ein Auto), von Frau Ingenieur Robrecht, deren Vater Professor war und fast einmal den Nobelpreis bekommen hätte, und von Fräulein Reckelein, einer Dame unbekannten Berufes, die aber bereits vierundsechzig Mal die Walküre gehört hatte. Warum Tante Käthe zu meiner Mutter freundschaftliche Neigungen gefaßt hatte, ist mir heute unklar. Damals habe ich nicht darüber nachgedacht. Meine Mutter kann ich nicht mehr fragen, sie ist lang schon tot. Aber selbst, wenn ich sie fragen könnte, würde sie keine Antwort geben, denn sie würde es nicht wissen. Vielleicht war es einfach so, daß Tante Käthe gar nicht so fein war, wie sie lebte. Vielleicht langweilte sie sich bei den Leuten der besseren Kreise, bei den Opernbesuchen mit Fräulein Reckelein, die wußte, daß Lauritz Melchior 1929 den *Wonnemond etwas* langsamer gesungen hatte, und die für Furtwänglers beseelte Hände schwärmte. Furtwänglers Hände, erzählte Tante Käthe, habe Fräulein Reckelein gesagt, erinnerten sie an des Führers Blick. Einmal, sagte Tante Käthe, habe Fräulein Reckelein erzählt, habe sie in Bayreuth beide gesehen: Furtwängler und den Führer. Hände und Blick. Eine Sternstunde – Furtwängler konnte ja nichts dafür, daß Fräulein Reckelein seine Hände mit dem Blick des böhmischen Gefreiten verglich. Nach dem Krieg schwärmte Fräulein Rekkelein nur noch für Furtwänglers Hände. Die *Walküre* besuchte sie weiterhin. Übrigens bekamen wir Fräulein Reckelein nie zu Gesicht. Wir kannten sie wie auch die anderen Leute der Kreise, in denen Tante Käthe sonst verkehrte, und deren Lebensumstände und -gewohnheiten nur aus Tante Käthes Erzählungen. Sie vermischte uns nicht mit den Leuten aus ihren Kreisen, aber wahrscheinlich fühlte sie sich bei meiner Mutter wohler. Dort brauchte sie nicht ständig geistig und großartig sowie chic zu sein. Sie erholte sich. Für meine Mutter war sie ohnedies geistig, großartig und chic. Außerdem nähte meine Mutter für Tante Käthe. Meine Mutter war gelernte Schneiderin. Vor ihrer Heirat hatte sie bei Kielleuthner in der Maximilianstraße als Näherin gearbeitet. Das war ein sehr feines Geschäft. Meine Mutter zeigte es mir manchmal, wenn wir in die Stadt gingen. Dort ließen Leute ihre Anzüge machen, vor denen selbst Fräulein Reckelein –

bildlich gesprochen – in die Knie ging. Selbstverständlich war meine Mutter bei der Familie Kielleuthner nur eine untergeordnete Hilfskraft und hatte mit der Kundschaft unmittelbar nichts zu tun. Aber einmal mußte sie dem Ersten Zuschneider, Herrn Günther, irgendein Teil in die Kabine hinbringen, und Herr Günther öffnete den Vorhang, und in der Kabine stand Hermann Göring in Unterhosen. Das erzählte meine Mutter Tante Käthe, und Tante Käthe erzählte es Fräulein Reckelein, und Fräulein Reckelein, erzählte wieder Tante Käthe meiner Mutter, habe nur energisch den Kopf geschüttelt und gesagt: *das halte sie für unwahr.* So fein drückte sich Fräulein Reckelein aus. *Halte sie für unwahr.* Sie sagte nicht: *Unfug* oder *Schwindel* oder *die Schneiderin lügt*, nein, sie sagte: *Ich halte das für unwahr.* Fräulein Reckelein war so fein, daß sie sich so ordinäre Gegenstände wie eine Unterhose im Zusammenhang mit hochgestellten Persönlichkeiten wie den Reichsmarschall, der außerdem auch die *Walküre* in Bayreuth besuchte, nicht vorstellen konnte. Sie dachte sich die Angehörigen besserer Kreise als astralleibig. Was sie nach dem Krieg von Görings Unterhosen dachte, ist mir nicht bekannt. Leider habe ich, wie gesagt, Fräulein Reckelein nie kennengelernt. Inzwischen dürfte sie gestorben sein, nachdem sie wohl mindestens weitere 64 Mal die *Walküre* gesehen hatte. Dabei war das noch gar nicht ihre Lieblingsoper, wußten wir von Tante Käthe, ihre Lieblingsoper war *Parsifal.* Den *Parsifal* hatte sie aber noch keine 64 Mal gesehen gehabt, damals, sondern nur 28 Mal, aber nur deswegen, weil der *Parsifal* nicht so oft gespielt wird. Den *Parsifal* versteht nur, sagte Fräulein Reckelein immer, so wußten wir von Tante Käthe, wer tief ins Erhabene eindringt. Es kann aber auch sein, daß ich das nicht mehr so ganz genau in Erinnerung habe, und daß möglicherweise Fräulein Reckelein auch gesagt hat: den *Parsifal* versteht nur, *in den das Erhabene tief eindringt.* Bei einer Aufführung des *Parsifal* unter Furtwänglers Händen bei gleichzeitiger Anwesenheit des Führers sei, so erzählte Fräulein Reckelein Tante Käthe, die es wiederum uns berichtete, das Erhabene so tief in sie, Fräulein Reckelein, eingedrungen, daß sie in Ohnmacht gefallen sei. Nicht eigentlich in Ohnmacht, habe Fräulein Reckelein verbessert, sondern in eine Art Rausch oder Verzückung. Von den Zehen herauf sei ihr so seltsam geworden, sie habe nichts mehr wahrgenommen und habe das Gefühl gehabt, ganz tief zu fallen. Es sei genau an jener Stelle im dritten Akt gewesen – in bewußt unklarer Tonart, cis-Moll oder Cis-Dur – wo es heißt: *Parsifal erhebt jetzt seinen Blick andachtsvoll zu der Lanzenspitze auf,* und wo Gurnemanz singt: – *Erkennst du ihn? Der ist's, der einst den Schwan erlegt . . .*

Als Tante Käthe das erzählte, oder besser gesagt, erzählte, was Fräulein Reckelein ihr erzählt habe, wurde meine Mutter rot und schaute mich mit einem Blick an, den sie nur hatte, wenn von etwas die Rede war, das ich nicht hören sollte. Ich hielt deshalb *Gurnemanz* noch viele Jahre für die Umschreibung einer Obszönität.

Fräulein Reckelein fuhr nie nach Yrwent, denn sie, die so stark im Geistigen lebte, trieb keinen Sport. Aber alle anderen Leute aus den besseren Kreisen, in denen Tante Käthe verkehrte, und die nicht so stark im Geistigen lebten und die *Walküre* vielleicht nur zehn, zwölf Mal gesehen hatten, fuhren jeden Winter nach Yrwent, und daher, nehme ich an, kannte meine Mutter den Namen dieser Stadt. Die Lage im Gebirge erschien ihr wohl auch günstig, und mein Vater schrieb, nachdem ihm meine Mutter ihren Entschluß mitgeteilt hatte, daß er nichts dagegen einzuwenden habe.

Wir wurden in ein Zimmer im Hause Vanitschek eingewiesen. Es lag im ersten Stock. Frau Vanitschek kam jeden

Tag und sagte mit leicht klagender Stimme (meinte dabei mich): »Daß der Kleine aber nicht die Wände anschmieren mechte.«

Frau Vanitschek hatte uns nur ungern aufgenommen. Der große – und wirkliche – Flüchtlingsstrom hatte noch nicht eingesetzt, aber er stand wohl schon zu befürchten. Frau Vanitschek, die eine riesige Wohnung, den ganzen ersten Stock des Hauses, nur allein mit ihrem Mann und dem Enkelsohn Huberti bewohnte, fürchtete also mit Recht Einquartierungen und dachte, sie nehme früh genug solche Flüchtlinge oder Evakuierte, die sie sich noch aussuchen konnte, bevor ihr irgendwelches Gesindel zwangsweise zugewiesen wurde. Meine Mutter und selbst ich erschienen Frau Vanitschek offenbar als harmlos. Wir wagten auch kaum zu atmen in dem Zimmer. Aufs Klo mußten wir im Parterre unten gehen und das Wasser im Gang holen. Kochen durfte meine Mutter nur im Heizungskeller. Dafür nähte meine Mutter für Frau Vanitschek. Das war aber eine Katastrophe. Später mußte Frau Vanitschek trotzdem noch andere Flüchtlinge aufnehmen. Eine Kommission kam und besah sich die Räume. Frau Vanitschek weinte und bekam, als Weinen allein nichts half, einen Anfall. Sie wimmerte: »Ich hab's kommen sehen, das Unglick, weil mir doch letzten Dienstag ein Spiegel hinuntergefallen ist. Ausgerechnet am Dienstag!« Herr Vanitschek rannte um feuchte Tücher, der Arzt wurde telephonisch herbeigerufen, Gustl *Mozart* wurde in die Apotheke geschickt und holte Baldriantropfen. Der widerliche Huberti flüsterte mir zu: »Sie stirbt nicht. Sie tut nur so.«

Die Kommission war nicht beeindruckt. Ungerührt wies sie zwei weitere Familien in die Wohnung ein: das Ehepaar Obkowski mit einem sehr kleinen Kind, und das Ehepaar Wernatz ohne Kinder. Die Familie Obkowski

stammte aus St. Pölten. Herr Obkowski war Konditor und hatte nur ein Bein, weswegen er nicht eingezogen worden war. Frau Obkowski war jung und trotzdem schon ungeheuer dick. An das Kind Obkowskis kann ich mich weiter nicht erinnern. Es schrie oft. Frau Vanitschek ging dann immer zu Obkowskis hinein und sagte in klagendem Ton: »*Muß* es denn immer, bitte scheen, brillen? Ich bin leidend. Schauen Sie doch, daß es endlich still sein mechte.« Eines Tages platzte Herrn Obkowski der Kragen. Er schrie Frau Vanitschek an: »Meinen Sie, wir lassen unser Kind aus Jux brüllen?« und schlug mit seiner Krücke gegen das Stiegengeländer. Frau Vanitschek bekam wieder einen Anfall, aber seitdem durften Obkowskis ihr Kind schreien lassen, so lang sie wollten, und seitdem nahmen wir uns auch das Recht heraus, auf das Klo im ersten Stock zu gehen. Obkowskis kochten von da an frech und ohne weiter zu fragen auf ihrem Elektroherd in ihrem Zimmer. Meine Mutter wagte das allerdings nicht.
Was Herr Dr. Wernatz von Beruf war, habe ich nie erfahren. Er hatte sehr glatt pomadisierte Haare, sagte zu meiner Mutter: »Küß' die Hand«, und abends gingen Wernatz' oft fort und kamen spät in der Nacht zurück. Ich hörte das immer; ich hörte auch, wenn Dr. Wernatz und seine Frau stritten, denn ich schlief an der vernagelten und drüben (ich war einmal mit Huberti dort, als Wernatz' nicht daheim waren) mit einem Kleiderkasten verstellten Tür, die normalerweise die Zimmer verbunden hätte. Man hörte jedes Wort.
Unsere Fahrt nach Yrwent war, wie schon erwähnt, keine eigentliche Flucht so wie die von Obkowskis oder Wernatz'. (Herr Dr. Wernatz erzählte gern dramatische Details davon.) Meine Mutter fuhr sogar, solang es ging, mit dem Zug über Tag nach München, um in der Wohnung nach dem Rechten zu schauen und Sachen zu holen. (Unser

Zimmer bei Vanitscheks war zuletzt so vollgestopft, daß wir uns kaum umdrehen konnten, zumal auch noch einige zugeschlossene Schränke und Truhen drin standen, die Vanitscheks gehörten.) Bei der letzten dieser Fahrten nahm sie ihr Fahrrad mit.

Der widerwärtige Huberti und ich gingen in eine Schule, die eigentlich nicht nach Yrwent gehörte. Die Schule, ein Gymnasium aus dem Rheinland, war mitsamt Schülern, Lehrern, Direktorat und – soweit es gegangen war – Lehrmaterial nach Yrwent ausgelagert. Da natürlich kein Schulhaus für dieses Gymnasium vorhanden und die eigentliche Schule von Yrwent ohnedies überfüllt war, wurden die Klassen auf verschiedene Hotels und andere Gebäude verteilt. Da Yrwent selber kein Gymnasium hatte (auch heute noch nicht hat), wurde es gestattet, daß per Klasse einige andere Flüchtlinge oder Kinder von Yrwent aufgenommen wurden. Der widerwärtige Huberti, der um diese Zeit von seiner Großmutter eine militärische Schildkappe aus Filz bekam und seitdem nur noch durch Hand-an-die-Mütze-legen grüßte, ging in die 2. Klasse, die im Speisesaal des Hotels *Villa Schweizerhof* unterrichtet wurde. Wir, die 1. Klasse, hatten unseren Unterricht, wie gesagt, in einem Kellerraum des Fremdenverkehrsamtes.

Nolens volens spielte ich natürlich mit dem widerwärtigen Huberti. Es war kein anderer Bub in meinem Alter im Haus. Huberti pochte immer auf sein Alter und wollte bestimmen, was gespielt wurde. Meistens spielten wir im Wald, der sich dem Abhang gegenüber dem Haus hinaufzog, *Flucht*. Huberti verwendete Anregungen aus den dramatischen Schilderungen von Dr. Wernatz. Bis zum 8. Mai war Huberti immer tapferer SS-Mann. Danach war er tapferer GI.

Huberti giftete sich, daß er und seine Familie keine richtige Flucht mitgemacht hatten. Da war ich ihm gegenüber im Vorteil. Ich muß allerdings einräumen, daß ich unsere Reise von München nach Yrwent etwas ergänzte. Ich ließ unser Haus in Ramersdorf im Bombenhagel bersten. Aus dem brennenden Speicher rettete ich das Fahrrad. Auf dem Weg zum Bahnhof entschärfte ich vierzehn Blindgänger. Ich warf einen Ziegelstein vom Dach des Zuges gegen einen Tieflieger, der so tief daherkam, daß ich tatsächlich die Pilotenkanzel traf, die dabei in tausend Scherben ging, worauf der Tieflieger gegen einen Baum raste und explodierte.

»Woher hast du im Zug einen Ziegelstein gehabt?« fragte der widerwärtige Huberti.

»Irgendwoher«, sagte ich. »Ich hatte ihn einfach plötzlich in der Hand.«

»*Irgendwoher* ist gar nichts.«

Ich überlegte.

»Ja, richtig«, sagte ich dann. »Der Zug fuhr vorher an einem Stellwerk vorbei, das gerade von einer Bombe getroffen wurde. Da flogen ein paar Ziegelsteine auf das Zugdach.«

»Naja«, sagte Huberti.

Später erzählte Frau Vanitschek meiner Mutter stolz, daß ihr Enkelsohn für den Aufsatz *Unsere Flucht* einen Einser bekommen habe. Kann auch sein, es ist nur ein Zweier gewesen.

Den Zweier – oder Einser – hatte die Lärchfilzerin Tage zuvor geweissagt. Außerdem war an dem betreffenden Tag, als Huberti die gute Note heimbrachte, der alten Vanitschek, die sich vom Friseur heimwälzte, wo sie sich überflüssige Dauerwellen machen ließ (sie wurde nicht schöner dadurch), der Kaminkehrer über den Weg gegangen, und zwar von links nach rechts. Es gab also auch gute Omena, obwohl, wenn man so Frau Vanitschek anhörte, summa summarum die schlechten Vorzeichen überwogen.

Die Welt war eben schlecht; ist es noch. Auch der Tisch weissagte schlechte Aussichten. Dazu war auch Dr. Wernatz eingeladen, der einen Stein bei Frau Vanitschek im Brett hatte, weil er immer sagte: »Küß' die Hand«, oder gar »Küß' die Hände, Frau Vanitschek«, oder »Küß' das Handscherl, gnädige Frau, sehen heute wieder blendend aus.« »Ein ädler Mensch«, sagte Frau Vanitschek, »merkt man sofort.« »Ein pomadisierter Aff'«, sagte Herr Vanitschek. »Was mechtest denn du davon verstehen, bitte«, sagte Frau Vanitschek, »der Herr hat *Herzensbildung.*« Daher durfte Herr Dr. Wernatz zur Séance. An und für sich wäre auch Frau Wernatz eingeladen gewesen, aber die war verhindert. Da Herr Dr. Wernatz seiner Frau noch spät in der Nacht, nachdem er von der Séance und sie von der Verrichtung, die ihr die Teilnahme an der Séance verwehrt hatte, heimgekehrt war, alles erzählte, hörte ich das durch die Wand.

Die Séancen fanden nur statt, wenn der Friseur Zwiebling Zeit hatte und vor allem seine medialen Fähigkeiten in sich verspürte, was nur circa alle Vierteljahr der Fall war. Vanitscheks hatten einen runden Tisch, der ganz aus Holz gefügt war und keinen einzigen Nagel oder sonst ein Metallteil aufwies. Rund und ohne Metall, das war die Voraussetzung, und daß der Friseur Zwiebling seine medialen Tage hatte. Herr Zwiebling war ein großer, schwerer Mann mit breitem, grauem Gesicht. Er ging ganz langsam; wenn er jemanden grüßte, zog er seinen Hut weit vom Kopf und brummte mit Grabesstimme. Er war wohl sehr höflich, denn sogar *mich* grüßte er so. Als mir das das erste Mal widerfuhr, erschrak ich, denn sein »Gut'n Abend, Bub ...« klang wie die Prophezeiung des Weltuntergangs.

Frau Vanitschek, erzählte Dr. Wernatz seiner Frau, sei so aufgeregt gewesen wie noch nie. Herr Friseur Zwiebling sei gekommen, habe sich stumm gesetzt und zur Decke geblickt, um sich zu sammeln. Es seien dann noch andere Leute gekommen, unter anderem der stellvertretende Ortsgruppenleiter namens Brusch. Ob er, der Ortsgruppenleiter, denn an so Dinge glaube, habe Dr. Wernatz gefragt. »An und für sich nicht«, habe der Ortsgruppenleiter geantwortet, »aber ... es gibt eben Dinge zwischen Himmel und Erde, von denen sich die Schulweisheit nichts träumen läßt. Nietzsche.« Zunächst habe Herr Zwiebling auf Bitten Frau Vanitscheks deren verstorbene Schwester zitiert. Er schwöre, sagte Dr. Wernatz, der Tisch habe wie von alleine gewackelt. Er könne sich das auch nicht erklären. »Hat die Schwester geredet?« fragte Frau Wernatz. »Nein, nur der Tisch hat gewackelt. Aber das ist eine Zeichensprache, und Zwiebling hat übersetzt. Die Schwester war sehr ungehalten. Sie sagte: Warum ruft man sie zurück ... zurück ... zurück? Jetzt so viele Jahre nach ihrem Tod? wo sie schon so weit ... so weit ... so weit ist? Frau Vanitschek fragte, und die Stimme hat ihr fast versagt: Geht es dir gut? Es geht mir gut ... gut ... gut, aber ruft mich nie mehr ... nie mehr ... nie mehr.«

Friseur Zwiebling habe geschwitzt wie ein Eber, trotzdem habe dann Frau Vanitschek darauf bestanden, den heiligen Antonius zu zitieren. Der war auch recht kurz angebunden, versprach allerdings, einen vor vier Tagen in den Ausguß gefallenen Diamantohrring der Frau Vanitschek wieder zu beschaffen.

Der stellvertretende Ortsgruppenleiter habe dann – unter Zurückstellung größter Bedenken – gebeten, den Geist von Rudolf Heß herbeizurufen. Auch der kam und weissagte eine *Wende*. Die Amerikaner würden zusammen mit den Deutschen gegen die Russen marschieren. Und der stellvertretende Ortsgruppenleiter würde übers Jahr Kreisleiter werden.

»Aber der Heß ist doch noch gar nicht tot?« sagte Frau Wernatz, »der ist doch nur im Gefängnis in England?«
»Ach so –«, sagte Dr. Wernatz.
Damit endete das Gespräch, und es folgten Geräusche, die ich mir damals nicht erklären konnte.
Als die alten Vanitscheks einmal nicht da waren, ließ ich mir von Huberti den bewußten runden Tisch ohne Nägel zeigen. Schaudern ergriff mich. Ich wagte nicht, ihn anzufassen. Aber Huberti blieb ganz kalt. Er kam sogar auf die Idee – und führte sie sofort aus – an einer versteckten Stelle, nämlich von unten in einen der Füße, einen Nagel hineinzuschlagen. »Bin gespannt«, sagte Huberti, »ob die Herren Geister trotzdem kommen.«
Warum ich nach Yrwent zurückgekehrt bin? Manchmal meine ich, ich wäre überhaupt nicht weggekommen von Yrwent. Knapp ein Jahr waren wir dort, vom Frühjahr 1945 bis zum Sommer 1946. (Wir fuhren am 2. Februar 1945 nach Yrwent. Das war der Tag der Hinrichtung Goerdelers. Das allerdings stand nicht in den Zeitungen, ich erfuhr es erst später, als ich anfing, Bücher über jene Zeit zu lesen. Die Koinzidenz fiel mir dabei sofort auf.) 1946 kam mein Vater aus der Kriegsgefangenschaft zurück – nicht aus der gemütlichen Selbstbewachung in Norwegen, sondern aus einem weit weniger gemütlichen Lager in Canada – und holte uns. Das Haus in Ramersdorf war zerbombt. (Hatte ich den Teufel an die Wand gemalt mit meiner Stilisierung unserer *Flucht*? In der Hinsicht den Teufel an die Wand zu malen, war damals nicht schwer. An allen Wänden hingen Teufel. Auch gerahmt.) Wir zogen nach Neuhausen. Dort wuchs ich auf, aber Yrwent blieb meine Heimat, ohne daß ich es wußte und – möchte fast sagen – gegen meinen Willen. Ich hätte es wissen können, denn ich träumte oft von Yrwent und vom widerwärtigen Huberti. Eine Zeitlang träumte ich fast regelmä-

ßig davon, mit Frau Vanitschek verlobt zu sein. (Das war, wie ich etwa zwanzig war.) Wie Leim hing die weinerliche *leidende* Alte an mir. Mir grauste im Traum vor ihren Zärtlichkeiten, aber immer war die Situation im Traum irgendwie unausweichlich. Ich mußte mit meiner Verlobten auf die Straße gehen. Sie hängte sich bei mir ein. Mir grauste. Manchmal sah ich sie im Traum in der Unterwäsche. Ich wußte, welche Unterwäsche Frau Vanitschek trug, denn die Wäsche hing oft im Dachboden, wo Huberti und ich *Rettung im letzten Moment* spielten. Frau Vanitschek trug hauptsächlich lachsfarbene Unterwäsche, Unterhosen so groß wie Fesselballone, Hemden wie Banner, Mieder mit Fischbeinverstärkung, die aus unzähligen horizontalen und vertikalen Gliedern bestand, auseinandergefaltet hing das da auf der Leine, mit nichts vergleichbar. Erst viele Jahre später, als der Objektkünstler Christo, der berühmte Einwickler, eine Felsenküste verpackte, sah ich etwas Vergleichbares. Obwohl ich in Wirklichkeit vom Anblick Frau Vanitscheks in der Unterwäsche verschont blieb, nur die Unterwäsche ohne Frau Vanitschek drin sah, träumte ich von ihr in Unterwäsche. Es war gräßlich. Nie war ich so froh, als wenn ich aus so einem Traum aufwachte. Selbstverständlich erzählte ich niemandem davon.
Oft träumte ich – träume ich heute noch –, daß ich nach Yrwent zurückkehre und das Haus suche, unser Zimmer dort. Aber alles sieht ganz anders aus. Völlig fremde Leute wohnen in einem gänzlich anders aussehenden Haus, von dem ich doch im Traum weiß, daß es jenes Haus in der Adolf Hitler-Straße in Yrwent ist, in dem wir gewohnt haben. Auch innen sieht das Haus anders aus, dennoch finde ich unser Zimmer. Obwohl ich auch im Traum weiß, daß viele, viele Jahre vergangen sind, bin ich verzweifelt, daß ich meine Mutter dort nicht finde.
In Wirklichkeit bin ich nie mehr nach Yrwent gekommen,

erst jetzt wieder. (Herr Kaaserer hat mich eingeladen. Ich bin seiner Einladung nach einigem Zögern gefolgt.) In den ersten Jahren nach der Heimkehr meines Vaters war ans Reisen nicht zu denken. Es ging uns finanziell nicht gut. Mein Bruder kam zur Welt, eine Zeitlang war mein Vater arbeitslos. Als man wieder fahren hätte können, als es wieder Reisepässe gab, waren die notwendigen Anschaffungen wichtiger als Urlaub. Wenn wir in den späteren Jahren fortfuhren, dann nach Niederbayern, wo wir Verwandte hatten. Dort verbrachte ich auch viele Jahre meine Ferien in einem Ort namens Obereisbach, auch später die Semesterferien. Ich war recht gern da unten, hatte schon Freunde (später Freundinnen) in Dingolfing, gehörte ein wenig zur Jugend dort. Wenn ich alles zusammenrechne, war ich weit länger in Obereisbach als damals das Jahr in Yrwent, aber dennoch würde es mir nie einfallen, Obereisbach als meine Heimat zu bezeichnen. Daheim bin ich in Yrwent. Aber da weiß man nichts von mir.
Nein, das stimmt nicht. Herr Kaaserer wußte von mir. Herr Kaaserer fand meine Spur, aber davon später.
Ich reiste viel, als ich dann einen Beruf hatte und endlich Geld, einigermaßen Geld. Auch meine Eltern fuhren dann in Urlaub. Sie fuhren an die Adria. Es fing damals an, daß alle Deutschen im Urlaub an die Adria fuhren. Später fuhren sie nach Jugoslawien. Einmal – das letzte Mal, bevor meine Mutter krank wurde – fuhr ich mit. Zu viert in zwei Zelten: Vater, Mutter, mein Bruder, der da fünfzehn war, ich schon achtundzwanzig. Jugoslawien besteht praktisch aus Sperrmüll. Ganze Städte wie Cirkvenica oder Rogoznica sind aus dem erbaut, was die deutschen Campinggäste zurücklassen. Eine Reklame für den Sozialismus ist Jugoslawien nicht. Als es einmal zu wenig Milch gab in dem Prolet-Supermarkt neben dem Campingplatz und eine Einheimische, die natürlich serbokroatisch plap-

perte und mit der Kassiererin wahrscheinlich verwandt war oder befreundet, sich vordrängelte und meiner Mutter, die schon eine halbe Stunde angestanden war, die letzte Tütenmilch wegschnappte, beschwerte sich mein Vater beim Chef des Ladens. Der Chef konnte gut deutsch. Er hörte meinen Vater ruhig an und sagte dann: »Notieren Sie es im Beschwerdebuch.«
»Und was geschieht mit dem Beschwerdebuch?« fragte mein Vater.
»Sie brauchen nicht so zu schreien«, sagte der Chef, »das Beschwerdebuch wird hier in meiner Schreibtischschublade aufbewahrt.«
»Und es liest niemand?« fauchte mein Vater.
»Nein«, sagte der Chef.
»Wissen Sie, was das ist?« fragte mein Vater. »Ein Saustall ist das. Und wenn Sie so weitermachen, wird sich das recht schnell herumsprechen. Da können Sie Gift drauf nehmen. Und dann bleibt Ihr Campingplatz leer!«
»Wir sind ein Staatsbetrieb«, sagte der Chef. »Je weniger Kunden kommen, desto lieber ist es mir.«
Neben dem Campingplatz war eine Freiluft-Bar: Jadran-Dancing. Eine italienische Sängerin plärrte dort jeden Abend drei Schlager, aber jeden zwanzig Mal. Schlafen konnte man erst ab ein Uhr nachts. Aus dem Wasserhahn am Waschplatz kam kein Wasser, sondern kamen Kellerasseln. Aus den Tanks wurde das Benzin gestohlen. Die Miliz nahm dementsprechende Anzeigen nur widerwillig entgegen. Die jugoslawischen Behörden sind ausschließlich damit beschäftigt, abzuleugnen, daß es an der Küste Haifische gibt. Die einzige Unterhaltung war eigentlich, daß ab und zu ein Spirituskocher in einem Zelt explodierte. Meist explodierte dann auch das Zelt und nackte Leute liefen davon. Einmal sah ich, wie eine ungeheuer dicke, nackte Frau aus dem brennenden Zelt einen sehr

breitrandigen Riesensombrero rettete. Die nackte dicke Frau (sie war nicht alt-dick, sondern jung-dick), saß am nächsten Tag unter den Bäumen. Es fiel nicht auf, daß sie ganz nackt war, denn das waren dort viele, das kam grad in Mode. Sie saß ganz unglücklich da und hatte – das einzig Gerettete – ihren Sombrero auf. Obwohl sie so dick war, wirkte sie unter dem Sombrero, weil der so übergroß und breitrandig war, wie Speedy Gonzales. Ihr Mann (auch nackt) kam daher.

»Was sitzt du da so blöd herum mit dem Hut?« schimpfte er.

Sie schaute ihn verständnislos an.

»Alles ist verbrannt«, jammerte er, »und du hast den breiten Hut auf.«

»Soll ich deswegen den Hut auch noch verbrennen?« fragte sie ihn.

»Wenn du wenigstens statt dessen das Kofferradio gerettet hättest, dann könnten wir den Wetterdienst hören.«

Soviel zu Jugoslawien. Ich war aber auch in Japan, zum Beispiel. Die Japaner sind ein Volk, das ständig damit beschäftigt ist, Dinge mit sich zu schleppen. Sie schleppen Einkaufsnetze, Handtaschen, Aktentaschen, Plastiktüten, Rucksäcke, aber auch schlichte Bündel, auf dem Rücken oder auf dem Kopf. Riesige Ballen aus alten Leintüchern, in die etwas eingewickelt ist. Oder Kühlschränke. Ich beobachtete einmal in Tokyo binnen einer halben Stunde gezählte 23 Japaner, die 23 Kühlschränke trugen. Sie gingen merkwürdigerweise alle in dieselbe Richtung. Das war mein Eindruck von Tokyo. Es gibt viele scheußliche Städte. Die scheußlichsten, die ich kenne, sind Bukarest und Colombo auf Ceylon. Beide Städte bestehen nur aus Vorstädten, die bis ins Zentrum reichen. Wenn man die Rumänen auf die Scheußlichkeit ihrer Hauptstadt anspricht, reden sie sich auf das Erdbeben von 1977 her-

aus, die Ceylonesen auf die japanischen Fliegerangriffe. Bei meinen Studien über den Zweiten Weltkrieg stellte ich allerdings fest, daß die Japaner ein einziges Mal Colombo bombardierten. Die meisten Bomben fielen ins Meer.
Ich war auch schon in London. Die National Gallery ist beeindruckend. Der Piccadilly-Circus ist eine aufregende Mischung von Intimität und Verkehrschaos. Im übrigen ist London eine schöne, von Pakistani bewohnte Stadt. Am liebsten aber ist mir Zürich. Es ist langweilig, aber es ist faszinierend, ein Gemeinwesen zu beobachten, in dem alles funktioniert.
Nach Yrwent kam ich nie mehr. Manchmal überlegte ich und sagte mir, warum sollst du nicht wieder einmal hin, selbst wenn du nicht Ski fährst? Aber immer kam grad da irgendetwas dazwischen, beruflich oder privat. Und die Jahre vergehen ja schnell.
Dann kam eines Tages, jetzt vor ein paar Wochen, der Brief von Herrn Kaaserer. Ich konnte mich sofort an den Namen erinnern, und an den Mann, sein Gesicht, seinen Gang. Herr Kaaserer ist Uhrmacher. Auch er ist vierzig Jahre älter geworden, aber ich bilde mir ein, er hat damals schon genauso ausgeschaut wie heute. Er *war* Uhrmacher. Jetzt hat er sich zur Ruhe gesetzt, schon längst. Damals war er einmal in unserem Zimmer, denn dort hing eine dunkle, drohend tickende Wanduhr, ein *Regulator*, wie Herr Vanitschek sagte. Herr Vanitschek hatte eine Leidenschaft für Uhren. »Meine einzige Leidenschaft«, sagte er einmal. »Naja«, sagte Frau Vanitschek spitz. Ab und zu gab es Perioden von Vertraulichkeit zwischen Frau Vanitschek und meiner Mutter. Diese Perioden waren kurz, dauerten oft nur zwei Tage. In diesen Perioden atmete meine Mutter auf und hoffte, daß sie jetzt dann von Frau Vanitschek wie ein Mensch behandelt würde. Ganz ohne schlechten Beigeschmack waren diese vertraulichen Tage aber auch

nicht, denn Frau Vanitschek entsetzte sich über die Unwissenheit meiner Mutter und beschämte sie oft: »Jeschusch-Mária – Frau Heiß! Sie legen, bitte, einen Hut auf das Bett, bitte? Wissen Sie nicht, daß das Unglick bringt? Hut am Bett und Schuh am Tisch, bringt unfählbar Unglick, speziell am Samstag...« »Heute ist Freitag, Frau Vanitschek...« »Naja, immerhin, ist aber auch nicht gut, auch am Freitag...« oder: »Habe ich Sie nicht, Frau Heiß, neilich unter einer Leiter hindurchgähen sähen? Bitte – *wissen* Sie denn nicht, daß das Krankheit im Hals bringt, bitte ich?« Trotzdem war meine Mutter froh um diese vertraulichen Tage, und sie hoffte, daß sie andauern möchten. Frau Vanitschek kam dann herüber zu uns und jammerte. »Ich mechte Ihnen mein Leid klagen, Frau Heiß«, sagte sie dann, »ich habe ja niemanden, mit dem ich kännte reden.« Manchmal brachte sie in besonders weichen Stunden sogar eine Tasse Bohnenkaffee. Vanitscheks hatten fast alles. Im Magazin (ich war gelegentlich mit Huberti dort, obwohl es streng verboten war) waren Stoffballen gestapelt, auch Schachteln mit neuer Wäsche, noch in Zellophan verpackt, Strümpfe, Leintücher und alles mögliche. Aber das verkaufte Frau Vanitschek nicht in ihrem Laden, dort verkaufte sie, wie erwähnt, nur noch Knöpfe; das aus dem Magazin vertauschte sie. Einmal, das war schon später, wohl im Herbst 1946, kam ein Neffe von Frau Vanitschek auf seinem Motorrad. Er kam aus Italien. Es sei sehr schwierig gewesen, über die Grenze zu kommen, erzählte mir Huberti später. Wir spielten dann längere Zeit: schwarz mit dem Motorrad über die Grenze fahren. Der Neffe (bzw. für Huberti: Onkel) brachte Weintrauben mit. Huberti zeigte mir eine. Ich wußte gar nicht, was das ist. Er gab mir sogar einen Kern zu essen. Also sogar Weintrauben hatten Vanitscheks, wenn auch nur selten. Bohnenkaffee hatten sie immer, das roch man.

Huberti bekam Cacao, den hatten sie auch immer. »Aus Holland«, sagte Huberti, »wo es die Windmühlen gibt.« (Wenn er inzwischen dort gewesen sein sollte, dann weiß er es jetzt besser.)
Welches Leid Frau Vanitschek drückte, weiß ich nicht. Sie redete oft lang mit meiner Mutter, die, weil sie hoffte, auch in Zukunft als Mensch behandelt zu werden, geduldig zuhörte. »Was mechten Sie schon vom Leben wissen, Frau Heiß«, sagte Frau Vanitschek, um ein Beispiel zu nennen, »*mein* Herz ist durchbohrt nicht von sieben Schwertern, sondern von solchenen siebzig.«
Sie sprach mit tränenerstickter Stimme und führte die Kaffeetasse mit Untertasse zum Mund. »Schweig still, mein Herz und singe«, das war auch eine der Redewendungen, die Frau Vanitschek häufig gebrauchte, und »Tue Gutes, wirf's ins Meer, sieht's der Fisch nicht, sieht's der Heer« – *das* Heer müßte es heißen, dachte ich immer, wagte es aber nicht zu sagen. Erst viel später erkannte ich, daß es der *Herr* heißen sollte. Frau Vanitschek beklagte sich über den Undank ihres Enkels, der ihre Wohltaten so oft mit Frechheiten vergelte, über den Undank ihrer Tochter, die im fernen Linz nur einen Polizisten geheiratet hatte, während sie seinerzeit einen Sohn der Gärtnerei und Gemüsegroßhandlung Pluderer für sie ausgesucht hatte, beklagte sich über den Undank des Pfarrers, der ein Mensch ohne Gefühl sei (»ohne Gefiel« sagte Frau Vanitschek), überhaupt über den Undank – »Undank ist der Welt Lohn«, sagte sie oft bei solchen Gelegenheiten. Selbst der heilige Antonius, dem sie wegen eines verlorenen Schlüssels eine Kerze von sage und schreibe dreiviertel Kilo gespendet hatte, Gustl *Mozart* habe sie in der ersten Seitenkapelle links aufgestellt, selbst der heilige Antonius habe sich als undankbar erwiesen. Der Schlüssel sei verschwunden geblieben. Die Erklärung erfuhr ich später.

Gustl *Mozart* vertraute sie mir an. Er hatte die noch nagelneue Kerze im Wert von vier Mark in der Drogerie Guntsch am Markt gegen *Bärendreck* im Wert von 40 Pfennig umgetauscht. Bärendreck – so wurden Lakritzbonbons in Yrwent genannt – war auch ein nicht bewirtschafteter Artikel. Bärendreck konnte man kaufen, soviel man wollte. Bärendreck für 40 Pfennig war eine solche Menge, daß man eine genügsame Familie eine Woche davon ernähren hätte können. Das kümmerte den heiligen Antonius aber natürlich wenig. Gustl *Mozart* bekam – nachdem er das Bauchweh überstanden hatte – fürchterliche Gewissensbisse. Er beichtete die Untat und mußte dem Beichtvater versprechen, daß er vom ersten Gehalt als Erwachsener *zwei* Kerzen stiften werde. Das genügte Gustl nicht. Er schwor in meiner Gegenwart verschiedene fürchterliche Eide zur Bekräftigung. Dennoch schickte ihm der heilige Antonius hie und da einen Denkzettel. So entkam ihm, erzählte er, just in dem Moment, wo ihn der H-J-Bannführer fragte, warum er letzthin nicht zum Appell gekommen sei, ein nicht zurückhaltbarer Wind, worauf ihm der Bannführer eine Ohrfeige gab. »Aber das werde ich ihm heimzahlen!« sagte Gustl. »Wem? Dem heiligen Antonius?« »Nein, dem Bannführer.« Ich finde es im übrigen anständig, daß der heilige Antonius bei jener Séance den Gustl *Mozart* nicht verraten hat. Aber möglicherweise war jener Antonius der von Padua und dieser Antonius Eremita oder der von Florenz oder der von Rivoli, und sie wußten nichts voneinander.

Vor allem aber beklagte sich Frau Vanitschek über ihren Mann. Sie redete dann ganz leise, aber ich hörte es doch. »Warum hat mich der Himmel mit diesem Menschen gestraft?!« flüsterte sie. »Aber irgendwann müssen Sie ihn doch gern gehabt haben?« wagte meine Mutter zu sagen. »Gern gehabt? Den? Nie, nie. Ein Habenichts war er. Und seine Familie! Der reinste Schandfleck, ich bitte. Nichts gelernt hat er, und nie hat er was wollen arbeiten. Dabei hette ich kännen *Partien* machen, *Partien* sage ich Ihnen!« Frau Vanitschek nahm die Untertasse zum Kinn, kippte die Tasse und trank den Bohnenkaffee. »Was habe ich verbrochen, daß ich *diesen* Menschen habe heiraten missen. Ausgerechnet den. Schweig still, mein Herz und singe.« Aber Frau Vanitschek schwieg nicht still, und auch ihr Herz sang nicht. »Und das Kind, der Enkel...« Der widerwärtige Huberti war der Sohn des im Krieg gefallenen Lieblingssohnes von Frau Vanitschek. Ein zweiter Sohn war auch umgekommen, erzählte sie, aber dem trauere sie nicht nach, der sei ausgesprochen nach dem Vater geraten gewesen. Aber ihr *Ferdl*, der Liebling, Hubertis Vater... Eigentlich habe sie sich gewünscht, daß Ferdl Priester werden solle, aber da sei dieses Weib dazwischen gekommen. Die Schwiegertochter Sieglinde. Frau Vanitschek machte eine wegwerfende Handbewegung: »Tue Gutes, wirf's ins Meer, sieht's der Fisch nicht, sieht's der Heer.« (*Das* Heer, dachte ich.) Die Frechheiten und Ungezogenheiten Hubertis, der Undank, das sei natürlich alles Erbteil der Schwiegertochter. Aber vielleicht werde Huberti Priester. Sie hatte Huberti bereits eine komplette kleine Priesterausrüstung anfertigen lassen. Das war schon länger her. So wie andere Kinder kleine Militäruniformen oder kleine Fahrdienstleiter- oder Briefträgerausrüstungen bekommen, hatte Huberti damals eine Priesterausstattung gekriegt: kleines Meßgewand, Stola, Zingulum, einen kleinen Kelch, ein kleines Meßbuch. Inzwischen war er drausgewachsen, trotzdem spielten wir manchmal damit im Dachboden: Religionslehrer fällt von der Kanzel. Leider mußte *ich* immer den Religionslehrer machen.

Am Tod ihres Lieblingssohnes Ferdl sei, erzählte Frau

Vanitschek, eigentlich ihr Mann schuld, »dieser Rohling, ohne Herzensbildung«. Erstens habe er damals, kurz nachdem Ferdl eingezogen worden war, die Birke umgesägt, die exakt so alt gewesen sei wie Ferdl, und zweitens habe »dieser Vanitschek« den ersten ausgefallenen Milchzahn Ferdls verloren. Diesen Milchzahn, der ja bekanntlich von immenser Bedeutung sei – »färmlich die Sääle« – habe sie, Frau Vanitschek, in Silber fassen lassen. Vanitschek habe ihn dann an die Uhrkette gehängt. »Hette ich ihn nur in mein Amulett getan, den Zahn«, seufzte sie. Nein, dem Vanitschek habe sie ihn an die Uhrkette hängen lassen. Und der habe sie bei der Fronleichnamsprozession verloren: Zahn, Kette, die beiden gegerbten Fuchsohren, die auch noch dran gehangen waren – alles weg. Die gegerbten Fuchsohren trägt man, damit das Augenlicht geschützt bleibt. »Seitdem, seit er sie verloren hat, sieht er auch immer schlechter. Geschicht ihm recht.« Aber der Zahn ... der Zahn! Es sei gekommen, wie es kommen habe müssen. Die Todesnachricht.
Frau Vanitschek weinte. Übrigens habe Ferdl seinen Tod angesagt. Das sei im Winter gewesen, abends. Frisch gefallener Schnee habe gelegen. Da habe es geläutet. »Jeschuschmária ... bin ich erschrocken, ich bitte.« Man habe zum Fenster hinausgeschaut, aber es sei niemand dagewesen, auch keine Spur in dem frisch gefallenen Schnee. Als die Nachricht von Ferdls Tod gekommen sei, habe man dann gewußt, daß das genau an dem Tag gewesen war, wo es geheimnisvoll geläutet habe. »Ja, ja, Frau Heiß, es mechte Dinge zwischen Himmel und Erde gäben, von dänen unsere Schule nix sich treimen läßt. Hat schon der Nitschinger gesagt.« »Wer?« »No, der Nitschinger, der Gemiesehändler. Ich kenn' jedenfalls keinen anderen Nitschinger.«
Ein anderes Mal, viel, viel früher, lang vor dem Krieg, habe

sie schon einmal so ein Erlebnis gehabt. Sie sei grad dabei gewesen, im Dachboden Wäsche aufzuhängen, da sei plötzlich etwas wie ein greller Blitz an ihr vorbeigefahren und es habe nach verbranntem Haar gestunken. Und was stellte sich heraus? Genau zu der Stunde hatte ihre Cousine Mathilde in Znaim eine Zwillingsfehlgeburt gehabt.
Aber Herr Vanitschek war doch das Lieblingsthema: »Von wägen: Uhren sind seine einzige Leidenschaft!« Sie wisse schon sehr gut, flüsterte sie, warum sie keine Lehrmädchen mehr nehme, sondern Gustl genommen hat, einen männlichen Lehrling. Ich habe Herrn Vanitschek, der immer eine salz- und pfefferfarbene Schirmmütze trug, selten anders gesehen als vom Haus zur Holzlege gehen oder von der Wohnung in den Keller hinunter oder umgekehrt. Manchmal saß er am Tisch, der am Stiegenvorplatz stand, faltete alte Zeitungen zusammen und schnitt sie klein: Abortpapier. Im Klo hing eine Lyra aus starkem Draht, aus der ein scharfspitziger Haken ragte. Auf den Haken spießte Herr Vanitschek das zurechtgeschnittene Papier. Seit die Flüchtlinge auch das obere Klo benutzten, sagte Herr Vanitschek, komme er mit dem Schneiden kaum nach.
Ab und zu gab Herr Vanitschek Huberti eine Ohrfeige. Es befriedigte mich tief. Huberti brüllte und rannte zu seiner Großmutter, verbarg sein Gesicht in ihrer Kittelschürze. Dann weinte auch Frau Vanitschek. Herr Vanitschek schrie. Die Tür zur Wohnung wurde zugeschlagen. Weinen und Schreien waren dann nur noch gedämpft zu hören. Meist nach solchen Szenen kam Frau Vanitschek zu meiner Mutter und brachte eine Tasse Bohnenkaffee. »Schweig mein Herz und singe.«
Ob die Regulatoren wirklich Herrn Vanitscheks einzige Leidenschaft waren, oder ob er außerdem tatsächlich eine Leidenschaft für Lehrmädchen hatte, weiß ich nicht,

jedenfalls hatte er ein Faible für große Uhren. In allen Zimmern in der Vanitschekschen Wohnung – ich war nur selten in den Räumen, die nicht von Flüchtlingen belegt waren – hingen und standen Uhren. Um die vollen Stunden erklang immer ein ganzes Konzert von Uhrenschlägen, zu den halben Stunden ein kleines Konzert, manche Uhren schlugen auch die Viertelstunden. Herr Vanitschek achtete peinlich genau darauf, daß alle Uhren gleich gingen.
Eines Tages blieb die Uhr, die in unserem Zimmer hing, stehen. Herr Vanitschek kam, zog an den Ketten, drehte an den Zeigern, klopfte gegen das Gehäuse: sie ging nicht mehr. »Fritz«, sagte meine Mutter ängstlich, »hat sie überhaupt nicht angerührt.« Das stimmte auch. Ich hätte das nie gewagt. Herr Vanitschek sagte nichts. Er nahm die Uhr herunter. Gustl *Mozart* brachte die Uhr zu Herrn Kaaserer. Als sie repariert war, kam Herr Kaaserer und wollte sie wieder aufhängen.
»Eine Uhr muß«, sagte Herr Kaaserer zu Herrn Vanitschek, »auch richtig aufgehängt sein, wenn sie genau gehen soll. Eine Wanduhr aufzuhängen ist fast eine so schwierige Kunst, wie sie zu reparieren.«
Herr Kaaserer hatte einen Hammer und Nägel dabei, eine Wasserwaage und ein Senkblei. Herr Vanitschek hielt die Leiter, Herr Kaaserer stieg hinauf und schlug den Nagel ein. Die Uhr hatte er mit dem Glas nach oben auf das Bett meiner Mutter gelegt. Nachdem der Nagel (oder es war wohl vielmehr ein fester Haken) eingeschlagen war, ein wenig seitlich vom alten Haken, der natürlich entfernt wurde, stieg Herr Kaaserer herunter, um das Senkblei zu holen. Den Hammer legte er aufs Glas der Uhr. Es zerbrach, Herr Kaaserer schaute verblüfft. Herr Vanitschek sagte nichts. (Darf man, wie Hüte, auch keine Wanduhren auf Betten legen, ohne das Unglück anzuziehen?)

»Zu dumm«, sagte Herr Kaaserer. »Das Glas geht natürlich auf meine Kosten.«
»Ja«, sagte Herr Vanitschek ungerührt.
»Der Profit schon wieder weg«, sagte Herr Kaaserer leise.
Die Prozedur wurde unterbrochen. Herr Kaaserer nahm die Uhr wieder mit. Nach einigen Tagen kam er noch einmal. Diesmal achtete er darauf, daß er nicht wieder einen Hammer oder sonst was auf das Glas legte.
Das waren die letzten beiden Male, daß ich Herrn Kaaserer mit Bewußtsein sah. Seit ich ihn kannte, fiel er mir auf, wie er fast jeden Sonntag mit dem Fahrrad an unserem Haus vorbeifuhr, hinaus ins Tal, in die Zephyrau oder zum Kernbühel. »Er sucht Mammutknochen«, sagte Huberti.
»Der Kaaserer ist ein Depp«, sagte Herr Vanitschek.
Es habe, sagte Herr Kaaserer, viele Jahre gebraucht, bis er meine Spur gefunden habe. Hubert Vanitschek, der nicht Priester, sondern Buchhalter geworden war und in Vorarlberg lebte, habe er ausfindig machen können. (Die alten Vanitscheks waren lang schon tot.) Hubert habe sich noch an unseren Familiennamen erinnert, auch daß wir aus München stammten. Sonst waren ihm keine Einzelheiten erinnerlich.
Über die alten Unterlagen auf der Gemeinde und dann übers Einwohnermeldeamt und so weiter habe er meine Adresse erfahren. Eigentlich habe er natürlich nach meiner Mutter geforscht, aber feststellen müssen, daß sie auch nicht mehr am Leben sei. Dann habe er gedacht, daß ich mich vielleicht an den Mann mit dem Koffer erinnern könne, der am 7. Mai 1945 nach Yrwent gekommen sei. Deswegen habe er mir geschrieben.
So bin ich das erste Mal nach vierzig Jahren wieder nach Yrwent gefahren. Herr Kaaserer schrieb mir, daß er alle Kosten tragen wolle. Die Bahnfahrt ließ ich mir aber nicht ersetzen. Das Angebot, in seinem Haus zu wohnen, nahm

ich an. Er holte mich vom Bahnhof ab. Ich erkannte ihn sofort wieder (den Bahnhof nicht). Wir saßen dann in seinem Wohnzimmer und sprachen von den alten Zeiten. Von meiner Erinnerung an sein Mißgeschick mit dem Uhrenglas erwähnte ich nichts.

*

Den Bahnhof hatten sie modernisiert. Es hat architektonisch eine Zeit gegeben, da hat man sich der Schnörkel geschämt. Alles galt etwas in der Architektur, nur das Spielerische, das Verspielte nicht. Dabei ist das die Grundlage aller Kunst. Aber die Architektur wollte keine *Kunst* sein, sie wollte Technik sein, Stadtplanung, Fortschritt, Aufgliederung des Raumes – der Großräume und der Kleinräume – nach soziologischen Bedürfnissen. Die Funktion bestimmt die Form. Ornament ist Verbrechen. Ich erinnere mich an solche Sprüche aus meiner Studienzeit. Die Architekturprofessoren – meist architektonische Schreibtischtäter, die nie ein Haus gebaut haben – stammen noch aus einer Zeit, die einen wie Gropius für einen Halbgott hielt. Ihre Absolventen bauten dann Schuhkartons, die Fassade mit Betongittern. Darin leicht asymmetrisch versetzt eine Uhr. *1. Preis für gute Form.* Inzwischen ist das, dem Himmel sei Dank, wieder im Abkommen, aber solche wie meine ehemaligen Professoren schreien natürlich Zeter und Mordio über die neuen albernen Bauwerke, die verspielte Erker haben oder gar Türmchen, die ganz sinnlos sind. Sie bangen halt um ihr Brot, was ja nun auch wieder verständlich ist. Obwohl es, global betrachtet, besser wäre, wenn solche verhungern würden.
Erstaunlich allerdings ist, daß diese bewußten Architekten nicht nur Schuhkartons bauten und Schuhkartons schön fanden, sie wollten es auch nicht wahr haben, daß früher einmal anders gebaut wurde. Warum? Genierten sie sich

vor ihren Vorgängern, die noch *Künstler* waren? Vielleicht schlechte Künstler, vielleicht geschmacklose Künstler, *aber* Künstler. Oder aber – und das nehme ich eher an – sie wollten die Geschichte aufheben. Sie wollten die Vergangenheit korrigieren. Sie wollten haben, daß die Vergangenheit so war, wie sie es sich wünschten. Ein faschistischer Standpunkt. Im Dritten Reich und im Sozialismus wurden und werden die Geschichtsbücher alle Augenblicke umgeschrieben. Das Widerliche an diesen Unkunst-Architekten: die faschistische Unduldsamkeit. In München hat es eine Kirche gegeben, eine protestantische Kirche. Sie stand dort, wo die Altstadt in das Universitätsgelände übergeht. Sie hieß – oder heißt noch – St. Lukas. Wird sich freuen, der heilige Lukas, obwohl es nur eine protestantische ist, und die Protestanten glauben ja nicht so recht an die Heiligen. Aber vielleicht glauben die Heiligen an die Protestanten. Die St. Lukas-Kirche war ein Bau aus der Gründerzeit: pseudogotisch. So als ob man mit einem mäßigen Bausparvertrag den Kölner Dom nachbauen hätte wollen. Da reicht das Geld hinten und vorn nicht, und alles wird ein wenig kleinkariert, aber immerhin gotisch. Als dann der Altstadtring gebaut wurde – Kanalisierung der Verkehrsströme nach berufsverkehrsbedingten Gegebenheiten oder so ähnlich – und einer von jenen Verbrechern für Siemens eine Art Frittiergrill aus Beton in Colosseumsgröße gegenüber aufzog, störte die pseudogotische St. Lukas-Kirche. Da modernisierte der Verbrecher von drüben die wehrlose Kleinkathedrale und paßte sie dem Frittierstil an. Vorher war St. Lukas vielleicht scheußlich, jetzt ist sie gar nichts mehr. Bestenfalls Kunstgewerbe. Ein Denkmal des kriminellen Irrglaubens, daß die Funktion die Form bestimmen müsse. Als solches Denkmal ist es ganz gut.

Den Bahnhof von Yrwent haben sie nur modernisiert.

Ganz abzureißen und im Beton-Schlachtschiffstil wieder aufzubauen, dazu hatte die österreichische Bundesbahn nicht das Geld, denn es gibt ja hunderte solcher Bahnhöfe. So überschmierte man die Kapitelle der gußeisernen Säulchen, zerriß die Proportionen durch Einbau großer Panoramafenster (das Panorama: großartiger Blick auf die Rangiergeleise nebst Prellböcken) und stellte Einheitsbänke auf, deren entmenschter Entwerfer wahrscheinlich für diesen Entwurf mit dem Mies van der Rohe-Preis ausgezeichnet worden war.
Auch der Bahnhofsvorplatz war umgebaut. Das alte Hotel *Alpenrose*, eine ehemalige Gründerzeit-Gästeburg, errichtet, als die ersten Ski-Idioten anfingen, ihr Geld in Yrwent zu lassen, ist erweitert worden und aufgestockt und stellt sich nun im Rauhputz-Jodelstil dar. Ein Elefant in Lederhosen. Dort, wo damals das Lagerhaus der Gemüsefirma Pluderer war – die, wenn man so sagen kann, beinahe der Schwiegersohn der Frau Vanitschek geworden wäre – zieht sich jetzt die anmutige Schleife der Umgehungsstraße hin. Der Bach ist zugeschüttet. Wo früher der Gastgarten des Hotels *Alpenrose* war, steht jetzt ein riesiger bronzener Hammel von der Hand des akad. Bildhauers Hungerdobler (für die genaue Schreibweise des Namens verbürge ich mich nicht), der dafür den kulturellen Ehrenpreis der Stadt Yrwent oder sogar des Tauerngaues bekommen hat. Herr Kaaserer, der sich ein wenig um kulturelle Dinge kümmert, aber natürlich keinen Einfluß hat, höchstens einen Leserbrief an das *Yrwenter Wochenblatt* schreiben kann, der sogar abgedruckt wird, aber folgenlos bleibt, Herr Kaaserer weiß, denn er hat sie gesehen, daß die ursprünglichen Entwürfe des akad. Bildhauers Hungerdobler für jenen Hammel ganz anders ausgesehen hatten. Der Hammel hätte aus einzelnen Scheiben bestanden, die an Stangen befestigt gewesen wären und sich – falls einer

vorhanden – im Wind gegeneinander gedreht hätten. Der Entwurf stand schon, sagte Herr Kaaserer, im Gespräch für den Henry Moore-Preis. Aber der Gemeinderat akzeptierte den Entwurf nicht und machte dem Bildhauer zur Auflage, daß der bronzene Hammel als solcher erkennbar sein sollte. Der Hammel ist seit alters her das Wappentier von Yrwent: schwarzer Hammel auf blau-grün geteiltem Grund. Keine Scheiben. Modern kann er sein, das schon, aber als Hammel deutlich erkennbar, für jeden. Das wollte der Gemeinderat.
Der akad. Bildhauer Hungerdobler fügte sich ächzend. Auch er hatte eine Familie zu ernähren. Als er den kulturellen Ehrenpreis entgegennahm, schaute er immer noch leicht säuerlich. (Herr Kaaserer zeigte mir die Bilder aus dem *Yrwenter Wochenblatt.*) Aber die 100 000 Schilling nahm er doch. »Steuerfrei«, sagte Herr Kaaserer. Der Hammel war den Yrwentern aber meistenteils immer noch zu modern. Ein paar windige Bäume sind dort gepflanzt. Wenn sie zu groß werden, so alle fünf Jahre, sagt Herr Kaaserer, werden sie gegen kleinere ausgewechselt. Der städtebauliche Gestalter des Bahnhofsplatzes, Dipl.-Arch. Brunstgluffer (oder so ähnlich) hat gesagt: Die formalen Bezugspunkte des Platzes dürften nicht durch zu hohe Bäume gestört werden. Früher standen dort die großen Kastanien des Wirtsgartens von der *Alpenrose.* Dipl.-Arch. Brunstgluffer erhielt für die Gestaltung des Bahnhofsvorplatzes den Le Corbusier-Preis. Später bekam er auch, sagte Herr Kaaserer, aber das sei eine ganz andere Sache, ein Steuerstrafverfahren.
Ungefähr dort, wo jetzt der bronzene Hammel steht, stand Gustl *Mozart* und hielt das Fahrrad meiner Mutter am Sattel. Ich stieg auf und begann zu treten. Gustl lief mit. »Nicht auslassen, Mozart!« schrie ich. »Nein«, schrie Gustl. Er ließ heimlich doch aus, lief aber noch mit. Dann

ließ er länger los, blieb auch stehen. Ich lernte es, zum Zaun vom *Alpenrosen*-Wirtsgarten hinzufahren und mich abzustützen, mittels des Zaunes sanft zu bremsen. Die ersten Male ging es nicht so sanft. Bald lernte ich Auf- und Absteigen, dann machten wir gemeinsam einen Übungsausflug in die Zephyrau hinaus, dorthin, wo Herr Kaaserer am Sonntag immer Mammutknochen suchte – genehmigt von Frau Vanitschek –, Gustl *Mozart* auf dem Ladenfahrrad mit Aufschrift auf einer Tafel an der Stange zwischen den Beinen, ich auf dem Fahrrad meiner Mutter. Wir setzten uns ins Gras. Gustl hatte es nicht eilig, zurückzufahren. Dann suchten wir auch nach Mammutknochen. Wir fanden keine. (Herr Kaaserer übrigens auch nicht.)

Der Sommer war herrlich, einer der schönsten Sommer der Welt, ausgerechnet dieser Sommer 1945. Die Wiesen waren gelb vor Dotterblumen und Löwenzahn. Die bemoosten Zäune rochen nach Harz, und die kleinen schwarz-braunen Käfer an den Stämmen der Weißäpfelbäume rochen nach Klo. Der Himmel ohne Wolke; die Hitze lag wie ein Block, der summte, etwa ein, zwei Meter über dem Boden. Das Gras war kühl. Gustl zeigte mir, daß man Sauerampfer essen kann. Über dem Moor kreiste ein Bussard. *Hennengeier* nennen sie den Vogel in der Gegend dort. Ich möchte noch einmal dort liegen.

»Wir können gern hinausfahren«, sagte Herr Kaaserer. »Ich suche zwar schon lang nach keinen Fossilien mehr, es ist mir zu beschwerlich geworden; aber ich kenne noch jeden Steig.«

»Nein«, sagte ich, »ich möchte noch einmal *damals* dort liegen.«

»Ach so«, sagte Herr Kaaserer, »ich verstehe.«

Außerdem, sagte er dann, sei jetzt ein großer Steinbruch draußen in der Zephyrau. Sie brechen den ganzen Berg ab und zerkleinern ihn, und daraus werden anderwärtig architektonische Albträume gebaut, für die die Architekten dann den Alvar Aalto-Preis bekommen. Sogar eine Stichstrecke der Bahn wurde dorthin gelegt, damit die Steine schneller abtransportiert werden und die mit dem Frank Lloyd Wright-Preis ausgezeichneten Betongeschwüre schneller hochgezogen werden können. Über die Zephyrau breitet sich eine feine Staubschicht. Als es ruchbar geworden war, daß man dort einen Steinbruch plane, hatte Herr Kaaserer wieder einen Leserbrief an das *Yrwenter Wochenblatt* geschrieben und dargelegt, daß die Zephyrau ein unvergleichliches Moorgebiet sei und unter Naturschutz gestellt gehöre. Selbstverständlich habe das nichts geholfen, zumal der Bürgermeister Verwaltungsvorstand der Zephyrau-Zement-AG wurde. *Hennengeier* gebe es dort längst keine mehr, auch keine nach Klo stinkenden schwarzbraunen Käfer.

Der Sommer 1945 war schön, aber er kam spät. In Yrwent kommt der Sommer überhaupt spät, und daß es am 8. Mai in dem Jahr damals noch einmal geschneit hat, war zwar auffallend, aber nichts Außergewöhnliches. Es hat nicht nur geschneit, als die Amerikaner in Yrwent einzogen, es hat sogar für vielleicht eine halbe Stunde ein richtiggehender Schneesturm geweht. Wir schauten zum Fenster hinaus. Frau Vanitschek war bei uns herüben. »Ein Schneesturm«, seufzte Frau Vanitschek, als die olivgrünen Kettenfahrzeuge unten vorbeirasselten, »am achten Mai. Was mechten *die* von uns denken?« Der Schnee blieb aber nicht mehr liegen. Eine Woche später war nicht nur Frühling, sondern Sommer. Auch am 7. Mai, einem Montag, war es schon warm gewesen, und niemand hätte geahnt, daß das Wetter noch einmal so umschlagen würde. Am 7. Mai vormittags, es könnte um 11 Uhr gewesen sein, Schule war ja keine, schon seit ein paar Wochen nicht mehr, seit sich der Lehrer aufgehängt hatte, am 7. Mai um circa 11 Uhr vormittags war ich mit Gustl *Mozart* drüben an der Straße, die vom Bahnhofsvorplatz seitlich am Wirtsgarten vom Hotel *Alpenrose* vorbei zum Lagerhaus der Firma Pluderer führte und lernte Radfahren. In der Hauptstraße, hatte Frau Vanitschek gesagt, ist doch Verkehr, und ab und zu fährt ein Lastwagen oder ein Omnibus, und außerdem die vielen Auslagscheiben; dort drüben an der Bahn fährt niemand.

Auch Züge fuhren so gut wie gar nicht mehr. Man konnte von der Straße aus den Bahnsteig überblicken. Die ganzen Tage schon, an denen wir, Gustl und ich, Fahrradfahren übten, war kein Zug gekommen, kein Personenzug und auch kein Güterzug. Woher sollten sie auch kommen? Rundum marschierten die Amerikaner ein, im Großen Tal draußen wurde sogar gekämpft. Auch drinnen in Jöchlstein, habe ich später von Rudi erfahren, ist noch geschossen worden. Aber die Bahn ist, ähnlich wie die Post, eine mysteriöse Einrichtung. Kurz nach elf Uhr kam doch ein Zug. (Vorausgesetzt, dieser mysteriöse Zug fuhr nach einem Fahrplan, könnte man an Hand dessen feststellen – ich nehme an, alte Fahrpläne werden im Bundesbahnfahrplanarchiv aufbewahrt –, wann genau das war, um welche Uhrzeit, falls man dem Umstand Bedeutung beimessen sollte.)

»Ein Zug«, sagte Gustl.

Tatsächlich – ein Zug. Wir unterbrachen die Radfahrübung und schauten zu, wie der Zug in den Bahnhof einfuhr. Niemand hätte sagen können, wem der Zug gehört, was der Zug war, juristisch gesehen: noch Deutsche Reichsbahn? oder schon Österreichische Bundesbahn? In den Radionachrichten hatte man gehört, daß in Wien ein Frau Vanitschek offenbar namentlich bekannter, aber unsympathischer Mann namens Dr. Karl Renner die österreichische Republik wieder ausgerufen hatte. Man hörte zwangsläufig solche Nachrichten, auch wenn man nicht Feindsender hören wollte, denn alles ging drunter und drüber, und niemand konnte sagen, was das jetzt für ein Sender war, der aus dem Volksempfänger tönte. War das jetzt hier, am Bahnhofsvorplatz von Yrwent noch Großdeutsches Reich? oder schon (wieder) Österreich? War Dr. Karl Renner im fernen Wien in der Lage, par distance dem Standortkommandanten von Yrwent – einem einbeinigen Major – dem Ortsgruppenleiter, die wohl als Exponenten der angeschlagenen oder schon fast so gut wie untergegangenen großdeutschen Macht zu gelten hatten, den staatsrechtlichen Teppich unter den Füßen wegzuziehen? Unter welcher juristischen Käseglocke fuhr dieser Zug? Auf den Flanken waren noch die Reichsbahn-Reichsadler mit dem Hakenkreuz aufgemalt, aber das besagte wohl nichts, denn so fuhren die Lokomotiven und Waggons auch später noch herum. Bis das alles überpinselt war, dauerte seine Zeit. Das alles bewegt mich – nicht sehr tief allerdings – auch nur heute, damals dachte ich nicht darüber nach. Auffiel uns, Gustl und mir, etwas anderes: *ein Mann stieg aus dem Zug*. Soviel wir sehen konnten, waren in den drei (glaube ich) Waggons sonst überhaupt keine Passagiere. Wer sollte auch wohin reisen am 7. Mai 1945? Nur der eine Mann, und der stieg hier in Yrwent aus. Er trug einen grauen Kleppermantel und eine braune Baskenmütze. Er hatte einen größeren Koffer aus Leder dabei, etwas abgewetzt, aber Vorkriegsqualität, und einen ganz kleinen Koffer, der sichtlich aus Pappendeckel war. Der Mann stieg aus und blieb zwischen den Gleisen stehen, während der Zug hinter ihm pfiff und fauchte und dann abfuhr. Wohin? Der Mann schaute sich unschlüssig um. Er stellte einen Koffer ab, und zwar, das fiel mir damals schon auf, den kleineren, leichteren; den größeren, sichtlich schwereren, behielt er in der Hand.

Dann nahm er den Koffer wieder auf und ging ins Bahnhofsgebäude. »Aus Yrwent ist der nicht«, sagte Gustl. Er selber stammte von hier und kannte jeden.
Wir nahmen die Fahrradübung wieder auf, und ich war schon ein paar Mal hin- und hergefahren, als der Mann auf der Stadtseite aus dem Bahnhofstor trat. Viel mehr Zeit war vergangen, als man an und für sich braucht, um das schmale Gebäude zu durchschreiten. Wahrscheinlich hatte sich der Mann drinnen nach etwas erkundigt.
Vor dem Bahnhof blieb er aufs Neue stehen und stellte wieder den kleineren Koffer ab. Wieder schaute er unschlüssig, dann nahm er den Koffer neuerdings auf und ging in Richtung Adolf Hitler-Straße davon. Die hieß noch eindeutig Adolf Hitler-Straße, aber die Schraubenzieher, die morgen die Schilder abschrauben würden, lagen schon – ich kann es mir nicht anders vorstellen als: leicht bebend – in einer Schublade der Gemeindeverwaltung bereit. Daß der Nazi-Bürgermeister seinerzeit die alten Straßenschilder *Andreas Hofer-Straße* (gleiches Format, die Schraublöcher an gleicher Stelle) vorsorglich aufbewahrt hatte, erfuhr ich erst später.
Als ich jetzt, vorige Woche, an diesem schlamm-braunen Märztag am Bahnhof von Yrwent ankam, wo mich Herr Kaaserer abholte (den ich, im Gegensatz zum Bahnhof, sofort wiedererkannte) und dann auf den Bahnhofsvorplatz trat, schaute auch ich mich unschlüssig um. Ich hatte keine zwei Koffer mit, auch nicht einen Koffer, ich reise immer nur mit einer bauchigen schwarzen Reisetasche, aber die stellte ich hin und schaute mich um. Nichts, aber wirklich gar nichts war unverändert. Vom Bahnhof selber, vom Hotel *Alpenrose* habe ich schon geschrieben. Auch die kleine Bohlenbrücke (mehr breit als lang) war weg, war überflüssig geworden, nachdem sie den Bach zugeschüttet hatten. Die gußeisernen Kandelaber waren weg und die

Holunderbäume entlang dem Bachufer. Die Briefkästen waren anders, anstelle der Bäckerei Wirfel, wo im ersten Stock die gefürchtete Geschäftsstelle des H-J-Bannes Yrwent war, steht ein Appartementhaus von Zweitwohnungen für bayerische Röntgenfachärzte, und die alten, ovalen Straßenschilder mit der schwarzen gotischen Schrift waren durch längliche, viereckige, ohne Zweifel von einem *Designer* entworfen, ersetzt; weiße Weichschrift auf Sanftblau, und die Adolf Hitler-Straße hieß nicht mehr Andreas Hofer-Straße, sondern John F. Kennedy-Straße. Ich hätte genausogut in einem ganz anderen Ort ankommen können.

Herr Kaaserer schlug mir vor, daß wir ein Taxi nähmen, aber ich sagte: nein. *Eins*, sagte ich, wird sich in Yrwent ja wohl nicht verändert haben: die Entfernungen. Vom Bahnhof bis zum Haus Herrn Kaaserers wird wohl der Fußweg immer noch eine Viertelstunde betragen.

»Aber Ihre Reisetasche?« sagte Herr Kaaserer.

»Die ist nicht schwer«, sagte ich. »Es sei denn«, fügte ich hinzu: »Sie sind nicht gut zu Fuß?«

»Doch, doch«, sagte Herr Kaaserer, »von hier bis zur Stadt, das geht schon noch. Nur hinaus zu den Mammutknochen, das ist mir schon vor Jahren zu beschwerlich geworden.«

Auf dem Weg entdeckte ich dann doch noch ein paar Fossilien meiner Erinnerung: ein Haus, einen Mauerrest, ein Stück Rinnstein, alles aus Ecken und Löchern herauslugend, zurückgedrängt, förmlich versteckt von den Neubauten.

Die Altstadt selber ist soweit konserviert und renoviert, daß man sie nicht mehr erkennt oder – um gerecht zu sein – erst nach längerem Hinschauen. Riesige Schaufenster sind in die Erdgeschosse der alten Häuser gebrochen, Leuchtschriften ziehen sich über die Fassaden hin. In der Mitte, über dem Platz, hängt ein riesiger Himmel aus Neon-

röhren, der in der Saison von sechs bis elf Uhr rötlich leuchtet. Vor der Margarethen-Kirche, die neu verputzt ist, steht ein Brunnen zum Andenken Dr. Zamenhoffs, von der Esperanto-Gemeinde Yrwent gestiftet, und vor dem Gemüseladen Pluderer, der jetzt Supermarkt heißt, steht ein Sperrautomat für Ski: Skifahrer, die zwar mit Ski aus dem Hotel gehen, können sich so, ohne die Achtung ihrer Sportfreunde zu verlieren, auf dem Weg zum Sessellift auf einem Seitenweg verdrücken, durch die Hinterstadt auf den Hauptplatz zurückkehren, durch das Einwerfen einer Münze (ähnlich wie bei Gepäckschließfächern an Bahnhöfen) eine Sperrhaltung öffnen, die Skier hineinklemmen, den Schlüssel abziehen und ins Café gehen. (Mit geschulterten Skiern kann man nicht ins Café gehen, nicht einmal in Yrwent.) Wenn sie nachmittags dann, mit Ski, ins Hotel zurückkehren, meint jeder, sie seien Skifahren gewesen.
Die Häuser der Hauptstraße sind bunt gestrichen, jedes in einer anderen Farbe: der berühmte Blick durch die Hauptstraße von Yrwent, von Sylvius Castellani-Taurer in seiner kernigen, von Schnee überwölbten, von urtümlichen Volkstypen durchsetzten Manier dutzendfach dargestellt. Castellani-Taurers Originale hängen im Heimatmuseum. Sie sind so pastos gemalt, daß sie schon reliefartig wirken. Die Reproduktionen der Bilder sind in Millionen Postkarten verbreitet. Frau Witwe Castellani-Taurer kann davon leben. Als eine freche Kulturzeitschrift in Graz, erzählte Herr Kaaserer, herausfand, daß Sylvius Castellani-Taurer in seiner Jugend, bevor er nur noch Schnee und kernige Volkstypen malte, ein guter Jugendstilmaler gewesen war und unter anderem feine Akte gemalt hatte und die Zeitung solche Akte sogar abdruckte (teilweise in Farbe), sank das Ansehen Castellani-Taurers in dem auf seine Sauberkeit bedachten Yrwent. Der Postkartenverkauf mit Motiven von Castellani-Taurer ging zurück. Die Witwe geriet

ans Existenzminimum (erzählte Herr Kaaserer). Da ging Frau Witwe Castellani-Taurer zum Bürgermeister und sagte, daß sie einen ganzen Karton voll von ihrem verewigten Sylvius gezeichnete nackte Weibsbilder habe, und diese Blätter müsse sie nun in den Kunsthandel geben. Eine Galerie in München sei schon interessiert. Von irgendwas müsse sie leben. Außerdem wisse sie noch genau, wer ihrem Mann damals Modell gestanden habe. Die betreffenden Damen seien zwar inzwischen achtzig Jahre alt, aber dennoch glaube sie – und es sei darunter zum Beispiel die jetzige Frau Professor... Halt, halt! Schrie der Bürgermeister. Um des Himmels Willen! Und er sorgte dafür, daß die Postkarten wieder an bevorzugter Stelle in den Schreibwarenhandlungen und Andenkenläden plaziert wurden.
Auch Herrn Kaaserer gehört eins der Häuser. Es liegt nicht in der Hauptstraße, sondern in einer Seitenstraße gegenüber dem ehemaligen Gasthof *Sonne*, das jetzt *Jet-Dancing* heißt. Auch Herr Kaaserer hat sein Haus streichen lassen, dunkelrot. Den ehemaligen Uhrmacherladen im Parterre hat er verpachtet. Dort ist jetzt eine *Boutique* für alpenländische Edelfolklore. Kein Stück Folklore unter 500 Schilling. Gürtel mit gestickten Initialen, Bowlengeschirr aus Zinn mit Eichentablett, Hüte mit Gewürzsträußen, Teller mit dem Yrwenter Hammel in Kupfer getrieben, handgenähte Schuhe zum Trachtensmoking. Im ersten Stock liegt Herrn Kaaserers Wohnung. Er lebt allein, ist verwitwet. (Ich wußte gar nicht, daß er verheiratet war. Jetzt, im nachhinein fällt mir auf, daß mir Herr Kaaserer immer wie ein Junggeselle vorkam. Ich bitte Herrn Kaaserer, für den und auf dessen Veranlassung ich dies alles schreibe und der das lesen wird, um Verzeihung dafür, daß ich mich in Erinnerungen an ihn vergaloppiere. Aber ich soll ja alles hinschreiben, alles, hat er ausdrücklich gesagt, auch das,

was nicht unbedingt mit dem Mann mit dem Koffer zusammenhängt.) Der zweite Stock ist für Herrn Kaaserers Tochter ausgebaut, die dort mit Mann und Kindern lebt. Der Schwiegersohn von Herrn Kaaserer ist der Leiter des Rechenzentrums des Fremdenverkehrsamtes. Früher machte das eine ältliche Dame namens Fräulein Berndekker, die auch im Kirchenchor Geige spielte. Fräulein Berndecker machte auf einem Papier Striche, wenn von den Hotels und Gasthöfen und den privaten Vermietern die Meldezettel für die Fremden kamen: immer vier Striche senkrecht, den fünften quer. Am Ende der Woche gab sie die zwei Zahlen (Ankunft: soundsoviel, Abreise: soundsoviel) an den *Yrwenter Wochenanzeiger*, der sie dann veröffentlichte.
Jetzt macht das das Rechenzentrum unter der Leitung von Herrn Kaaserers Schwiegersohn. Die Zahl der Gäste und Beherbergungen ist auch enorm gestiegen. Mit Strichen kommt man da nicht mehr durch. Da braucht es schon Chips und Bits. Es werden Namen, Unterkunftsadresse, Heimatadresse, Geburtsdatum und so fort gespeichert, auch wie oft der Gast schon in Yrwent war. Auch die Schuhgröße, die Körpergröße, Konfektionsgröße und Gewicht werden registriert, damit sofort Leihski und Leihskischuhe angeboten werden können, dazu Blutgruppe und andere medizinische Daten für den Fall von Knochenbrüchen und Lawinenverschüttungen sowie die Sarggröße. Wenn einer öfter als neunmal in Yrwent war, druckt der Computer eine Glückwunschkarte aus (Motiv: Die Stadt im Schnee nach Sylvius Castellani-Taurer), adressiert und frankiert sie. (Zur Post gebracht werden muß sie noch von Hand.) Ab fünfundzwanzig Aufenthalten von mindestens vier zusammenhängenden Übernachtungen gibt der Computer ein Signal, und der betreffende Gast bekommt einen Hammel in Silber, bei fünfzig in

Gold. Schon mit zehn wird er auch im *Yrwenter Wochenblatt* erwähnt, ab dreißig mit Bild.
Einmal hat es einen großen Stunk gegeben, sagte Herr Kaaserer, habe sein Schwiegersohn erzählt. Da sei ein Gast aus dem Rheinland gewesen, ein uraltes Männlein, das schon ausgesehen habe wie ein folkloristischer Krampus aus Zwetschgen unten in der *Boutique*, der sei sage und schreibe sechzig Mal in Yrwent gewesen. So hoch war der Computer nicht programmiert. Es stand daher keine Nachricht in der Zeitung, keine Würdigung. (Den Hammel in Silber und auch den in Gold hatte der Rheinländer längst.) Die Enttäuschung für den Alten sei so groß gewesen, beschwerte sich die Vermieterin (Frühstückspension Buntschwamm), daß er nur still im Aufenthaltsraum gesessen sei und geweint habe. Der Fremdenverkehrsdirektor kreierte daraufhin rasch entschlossen den *Hammel in Gold mit Eichenlaub* (woher er wohl die Anregung dazu nahm?) und verlieh ihn in einer speziellen kleinen Feierstunde dem Sechziger-Krampus. Selbstverständlich wurde das Bild von der Verleihung in dem *Yrwenter Wochenanzeiger* veröffentlicht: der Rheinländer weinend (diesmal vor Rührung), der Fremdenverkehrsdirektor braungebrannt, die Zähne bleckend, der Hammel in Gold mit Eichenlaub und dahinter der überörtlich bekannte Akkordeonvirtuose Happacher Sepp, wie er – das war natürlich nicht zu hören, aber aus der Bildunterschrift zu entnehmen – dem Alten die Klänge des Liedes »Yrwent, der Schnee und die Ski / und auf die Ski, da steh' i . . . juchie!« ins Ohr träufelte.
Damit sowas nicht mehr vorkomme, wurde der Computer von Herrn Kaaserers Schwiegersohn etwas hochprogrammiert, oder wie man da sagt. Hammel in Gold und Eichenlaub für sechzig Aufenthalte.
»Für fünfundsiebzig«, sagte ich, »Hammel in Gold mit Eichenlaub und Schwertern?«

Herr Kaaserer lachte: »Das würden sie wahrscheinlich gern, trauen sich aber doch nicht.«
Ja, sagte Herr Kaaserer, solche Dinge erzähle ihm ab und zu sein Schwiegersohn. Sonst seien ihre Interessen zu verschieden und sei der Kontakt gering, obwohl man im selben Haus wohne.
»Hier«, sagte Herr Kaaserer, und zeigte mir ein Zimmer, das auf den Garten hinausging, »können Sie schlafen. Schreiben können Sie im Wohnzimmer. Papier und Stift habe ich schon hergerichtet.«
Draußen ist das Große Tal. Yrwent liegt am Eingang: Das Yrwental zieht sich von oben oder von hinten, vom Felsjoch aus, wo der Lärchsee liegt, nach Norden herunter, wird breiter und mündet dort, wo Yrwent liegt, ins Große Tal. Hinten ist das Tal dicht bewaldet, ein paar Ortschaften liegen dort, das Dorf Jöchlstein, ein paar Weiler, auch einschichtige Bauernhöfe. Die Yrwentaler, immer schon gute Kaufleute, haben es im vorigen Jahrhundert, als die Bahn gebaut wurde, durchzusetzen verstanden, daß der Schienenstrang nicht unten im Großen Tal verläuft. Man baute eine sinnlose Kurve herauf und wieder hinunter. So liegt Yrwent an der Bahnlinie. Heute hätten die Yrwentaler gern auch eine Autobahn; das geht nicht, weil selbst das Große Tal draußen zu eng ist. Aber die Straße ist gut ausgebaut. Die Omnibusse strömen ungehindert herein. Das sehen die Leute von Yrwent auch wieder nicht so gern: das sind Tagesgäste, die nur die Pisten verstopfen, nichts kaufen, weil sie im Omnibus alles dabei haben; und ins Café gehen sie nur, um die Toilette zu benützen. Solche Gäste kommen mit den Omnibussen, und die Omnibusse kommen, seit die Straße aus dem Tal herauf so breit ist. Aber wenn die Straße wieder schmäler gemacht würde – ein völlig absurder Gedanke natürlich, das hat es ja noch nie gegeben – könnten die Yrwentaler nicht mehr mit ihren

teuren Mercedes und BMW so schnell fahren. Man weiß nicht, wie man es ihnen recht machen soll.

Damals, 1945, war die Straße noch schmal und ziemlich schlecht. Seit Kriegsbeginn war kein Schlagloch und kein Frostaufbruch mehr ausgebessert worden. In den ersten Maitagen dröhnten draußen im Großen Tal die Kolonnen der geschlagenen deutschen Armee nach Norden. Die Kanonen und alles mögliche Kriegsgerät, was sie auf der Flucht behinderte, ließen die Soldaten nach und nach zurück. Noch monatelang standen die grauen Ungetüme an den Straßenrändern und in den Feldern. Später sammelten sie die Amerikaner ein und transportierten sie ab. Einige Gruppen und Trupps, auch einzelne Soldaten, verdrückten sich seitlich ins Yrwental, blieben allerdings nicht in der Stadt, sondern gingen weiter hinein. Dort wurde hie und da sogar noch gekämpft, als die Amerikaner am 8. Mai vorsichtig nachrückten. Noch im Herbst spürten sie in den Wäldern um Jöchlstein und hinten am Felsjoch verwilderte Waffen-SSler auf, die sich von Pilzen und Beeren ernährt hatten. Es soll auch welche gegeben haben, die das Benzin aus ihren Tanks oder wer weiß was, was sonst, bei den Bauern gegen Zivilkleider ausgetauscht und sich so selber kurzerhand ausgemustert haben. Mancher soll, heißt es, für ganz dageblieben sein.

Als ich am 7. Mai vom Fahrradfahren heimkam – an dem Tag waren die Amerikaner noch nicht da –, stand der Mann mit dem Koffer (eigentlich: mit den zwei Koffern, aber interessant war ja nur der große) unten im Hausflur, der vom Büro des Vanitschek-Ladens zum Hinterausgang führte, und redete leise mit Frau Vanitschek. Herr Vanitschek war im Keller beschäftigt. Das Haus hatte Zentralheizung. Im Keller stand der große Kessel. Herr Vanitschek kniete vor dem Feuerloch und verfeuerte Dinge, die er aus einem Korb nahm, den er neben sich stehen hatte.

Ein zweiter Korb voll mit Sachen stand an der Wand. Huberti lag bäuchlings auf dem Kokshaufen nebenan und schaute unbemerkt über die Trennwand. Ich schlich mich zu ihm, als ich heimkam. Herr Vanitschek war so beschäftigt, daß er uns gar nicht bemerkte. Die Glut aus dem Feuerloch färbte seine karierte Mütze rot. Er verfeuerte seine NSKK-Uniform, acht Hitlerbilder, verschiedene Schärpen, viele Bücher – es werden wohl *Mein Kampf*, *Volk ohne Raum*, *Der Mythos des zwanzigsten Jahrhunderts* usw. gewesen sein, seine WHW-Abzeichen, mehrere Hakenkreuzfahnen, einen hölzernen Hitlerkopf, der zu groß für das Feuerloch war, Herr Vanitschek mußte ihn mit dem Beil halbieren. (Von Herrn Kaaserer erfuhr ich jetzt erst, daß es sich um ein Werk der heimischen Holzbildhauerin Anna Ozana gehandelt habe, das Herr Vanitschek im Jahr 1938 in einer vaterländischen Tombola gewonnen hatte.)
Plötzlich schrie der widerwärtige Huberti neben mir auf, als hätte ihn eine Otter gestochen. Herr Vanitschek schaute erschrocken zu uns her. Er hatte eine Schnur in der Hand. Huberti rollte vom Koksberg hinunter, weinte und schimpfte gleichzeitig und schrie: »Nicht die Schnur! Nicht die Schnur!« Wie ein Berserker sprang er seinen Großvater an und versuchte, ihm die Schnur zu entreißen. Es war Hubertis *Jungvolk-Rottenführer-Schnur*, grün-weiß gedreht, die ihn im vergangenen Jahr ermächtigt hatte, jüngere Knaben und solche ohne Schnur bei den sogenannten *Appellen* zu schikanieren. »He! – he!« sagte Herr Vanitschek. Da biß ihn Huberti in die Hand, und der alte Vanitschek gab seinem Enkel eine solch gewaltige Ohrfeige, daß er zurück bis fast in den Koks fiel. Dann warf er die Rottenführer-Schnur in die Glut. Huberti heulte wie eine Luftschutzsirene und raste hinauf zu seiner Großmutter. Ganz rasch und möglichst unauffällig drückte ich mich hinter Vanitschek vorbei und rannte auch nach oben.

Im Parterre stand der Mann mit dem Koffer und flüsterte mit Frau Vanitschek. Huberti schrie: »Er hat meine Rottenführer-Schnur verbrannt! Ich hasse ihn – ich hasse ihn!« Aber diesmal reagierte Frau Vanitschek unwirsch. »Halt deinen Mund!« herrschte sie Huberti an. Der verstand die Welt nicht mehr, verstummte für einen Moment, rannte aber dann die Treppe hinauf und schrie: »Wenn ich nicht meine Rottenführer-Schnur wieder bekomme, verlasse ich sofort das Haus.« Da begann mich die Sache wirklich zu interessieren. Wohin würde Huberti gehen? In den Wald? (Ohne holländischen Cacao?)

»Hör auf jetzt«, schrie Frau Vanitschek, »dein Großvater weiß schon, was er tut.«

Huberti brüllte unartikuliert und so markerschütternd heraus, daß das Stiegengeländer zitterte.

Frau Vanitschek raffte ihre Kittelschürze und schlurfte über die Treppe hinauf. Der Mann mit dem Koffer blieb unten stehen. Wieder hielt er den größeren, schweren Koffer in der Hand, den leichteren hatte er abgestellt.

»Schau, Huberti«, sagte Frau Vanitschek, »er hat auch Sachen verbrannt, die mir gehörten. Ich hätte gerne ... hm – und du brauchst die Rottenführer-Schnur sicher nicht mehr. Wir kaufen dir dafür einen Kanarienvogel.«

»Dem Kanarienvogel drehe ich den Hals um!« brüllte der widerwärtige Huberti.

Da schubst ihn die Großmutter in die Wohnung und zog die Tür zu. Noch tagelang danach beschäftigte sich Huberti – er weihte mich in seine Pläne ein – mit Attentaten auf seinen Großvater. Er trug sich mit dem Gedanken, ihn mittels eines sprengstoffgefüllten Nachttopfes in die Luft zu jagen. Den Nachttopf besorgte er sich. An Sprengstoff kam er nicht heran.

In einer weichen Stunde erzählte Frau Vanitschek den

Vorfall meiner Mutter, redete wieder viel von Undank. »Das hat man davon. Man zieht den Buben auf, und wie mechte er es einem danken? Wenn es nach ihm gegangen wäre, mechten die Amerikaner bei der Hausdurchsuchung die Rottenfihrer-Schnur finden. Bitt' ich. Malen Sie sich das bildlich aus. Heiliger Antonius!« Frau Vanitschek weinte. »Die hetten uns womäglich alle an die Wand gestellt. Aber das ist dem Kerl gleich. Undank ist der Welt Lohn. Das hat er von seiner Mutter.« Auch sie hätte Opfer gebracht, sagte Frau Vanitschek, so habe sie sich vom Mutterkreuz und vom goldenen NS-Frauenschaftsabzeichen getrennt sowie vom persönlichen Handschreiben Baldur von Schirachs zu ihrem sechzigsten Geburtstag. Das waren immerhin auch Erinnerungen, obwohl – fügte sie rasch hinzu – sie natürlich eigentlich nie Nationalsozialistin gewesen sei, hätte sie als gute Katholikin gar nie sein können.

»Ja, ja«, sagte meine Mutter.

Was Frau Vanitschek nicht wußte war, daß ich, als ich mich hinter Herrn Vanitschek vorbeidrückte, aus dem zweiten Korb das goldene NS-Frauenschaftsabzeichen herausgenommen hatte. Meine Mutter vertauschte es später an einen Neger gegen eine große Dose orangefarbenen Hartkäse.

Der Mann mit dem Koffer redete ganz leise mit Frau Vanitschek. Aber ich hörte es doch, denn nachdem Huberti in die Wohnung gesperrt worden war und ich rasch das NS-Frauenschaftsabzeichen (in braunem Samt-Futteral) in unserem Zimmer in Sicherheit gebracht hatte, schlich ich wieder hinaus und schaute durchs Stiegengeländer nach unten.

Der Mann sagte, daß er schon überall in den Häusern gefragt habe, daß aber niemand bereit sei, ihm zu helfen. Man habe ihm zuletzt gesagt, er sollte Frau Vanitschek fragen: »... die hat ein gutes Herz.« Offenbar erkannte der Mann die schwache Stelle Frau Vanitscheks.

»Hm«, sagte Frau Vanitschek.

»Haben Sie nicht noch eine Kammer? Eine Besenkammer? Einen Verschlag? Kann man nicht im Dachboden ein Bett aufstellen? Ich zahle per Nacht...« Der Mann senkte seine Stimme. Ich konnte die Zahl nicht hören, die er nannte, aber offenbar traf er auch Frau Vanitscheks andere schwache Stelle.

Frau Vanitschek führte den Mann in die untere Küche. Das Parterre des Hauses bestand nämlich nicht nur aus dem Laden, dem Büro hinter dem Laden, dem Klo und dem Flur zum Hinterausgang, sondern auch aus dem Magazin, wo die erwähnten Schätze der Vanitscheks versteckt waren, und aus einer so gut wie nie benutzten Küche. Dort stand Gerümpel. Flüchtlinge – zum Beispiel uns – hatte Frau Vanitschek dort nicht untergebracht, obwohl es auf den ersten Blick nahegelegen hätte: Wir hätten das – wenngleich eher unerfreuliche – Familienleben der Vanitscheks weniger gestört, wenn wir im Parterre einquartiert worden wären. Drei Flüchtlingsfamilien in einer enorm großflächigen Küche, das hätte niemand als herzlos empfunden. Wir hätten freiwillig das Klo hinter dem Ladenbüro benutzt, und Herr Vanitschek hätte nicht so viel Klopapier zurechtschneiden müssen. Aber! Der einzige Zugang zum Magazin führte durch diese Küche. Unmöglich also, daß so unzuverlässige Hausgenossen wie etwa Flüchtlinge dort untergebracht hätten werden können. Der Mann mit dem Koffer mußte sich in kurzer Zeit, eigentlich schon während der – durch den Heul-Auftritt Hubertis unterbrochenen – Unterredung im unteren Flur das Vertrauen der Frau Vanitschek erworben haben, was sonst weder der Familie Obkowski noch dem Ehepaar Wernatz und auch meiner Mutter nicht gelungen war.

Wie der Mann mit dem Koffer hieß, daran kann ich mich nicht erinnern. Ich glaube mich nicht zu täuschen, wenn ich sage: der Name wurde im Haus auch nie genannt. Weder der widerwärtige Huberti wußte ihn noch Gustl *Mozart*. Wenn Huberti in den etwa drei Monaten (also vom 7. Mai bis Ende Juli), in denen der Mann in der riesigen Küche mit dem rot-weiß gekachelten Boden wohnte, von ihm sprach, dann sagte er nur »der Mann da unten«. Von Gustl erfuhr ich, daß Herr Vanitschek ihm beim gemeinsamen Holzhacken in der Holzlege verraten habe: *Er wisse, wer der Mann sei.* Herr Vanitschek hackte Holz, Gustl schichtete die Scheiter auf. Dort in der Holzlege waren auch stapelweise alte Zeitungen und Zeitschriften. Herr Vanitschek habe, sagte Gustl, ihm eine Illustrierte vom vorigen Jahr gezeigt. Herr Vanitschek habe aber die Zeitschrift gleich wieder an sich genommen und dann zu dem Stapel gelegt, der heute noch zu verfeuern war.

Der Mann lebte in der unteren Küche und ging nie aus. Das Essen ließ Frau Vanitschek ihm bringen. Manchmal trug es Huberti hinunter – ungern und maulend –, an den Werktagen brachte es ihm meist Gustl. Zwei- oder dreimal mußte (oder durfte) ich es hinuntertragen. Frau Vanitschek hatte eine nahezu bewunderungswürdige Art, ihre Befehle den Flüchtlingen gegenüber in eine Form zu kleiden, die durchschimmern ließ, daß das Anbefohlene eine Gnade sei: »Gell, Frau Heiß, Ihr Kleiner mechte das schon hinuntertragen?« Sie redete von mir zu meiner Mutter immer nur als von: »Ihrem Kleinen«. Wenn Vanitscheks untereinander von mir sprachen (wußte ich von Hubert), sagten sie: *der Minchner*. Ein einziges Mal rief mich Frau Vanitschek beim Vornamen: Franz. Ich heiße aber Fritz.

Die zwei- oder dreimal, die ich dem Mann das Essen brachte, saß er in der großen Küche in der Ecke, die am dunkelsten war, auf einer grün lackierten, ehemaligen Gartenbank neben dem kalten Herd und las eine alte Zeitung. Herr Vanitschek, der – wußte ich von Huberti – alle greifbaren Zeitungen abonniert hatte, vielleicht, um genügend Material für Klopapier zu haben, denn im Grunde genommen steht in allen Zeitungen immer nur das gleiche drin, nur ein wenig anders formuliert, Herr Vanitschek ließ dem Mann die älteren Zeitungen zukommen. Er mußte sie allerdings zurückgeben, wegen des Klopapiers.

Auf der anderen Seite des großen Herdes stand ein ungemachtes Bett. Der kleine Koffer stand geöffnet auf dem riesigen Küchentisch. Neben dem kleinen Koffer stand das Rasierzeug. Den großen Koffer hatte der Mann neben sich auf der grün lackierten Gartenbank stehen und hielt den Griff fest. Ich stellte das Essen – einen Teller Kartoffelsuppe mit Würstel, einen leeren Teller darübergestülpt zum Warmhalten – auf den Küchentisch und gab dem Mann zwei Zeitungen von vorgestern. Er brummte etwas, was vielleicht »danke« heißen konnte, faltete die Zeitung von vorvorgestern zusammen, legte sie auf eine andere, schon zusammengefaltete, stand auf, ohne den Koffer loszulassen, gab mir das Bündel Zeitungen ohne ein weiteres Wort in die Hand, setzte sich an den Tisch, stellte den großen Koffer zwischen seine Beine, begann zu löffeln und gleichzeitig die eine der neuen Zeitungen zu lesen. Ich schaute ihn an. Da drehte er den Kopf zu mir, hielt in der Bewegung das Löffeln inne, den Löffel im Mund, sagte nichts – hätte er ja nicht können, wo er den Löffel im Mund hatte – und sah mich mit einem Blick an, der besagte: ist noch was? Ich sagte rasch: »Auf Wiedersehen«, und ging.

Der Mann hatte ein sehr großes flaches Gesicht. Der Kleppermantel hing hinter der Tür. Die braune Baskenmütze hatte er auf.

Besuch empfing der Mann naturgemäß nie. Nur einige Wochen später kam ein rußgeschwärzter Mensch ab und zu – der Sprache nach ein Hiesiger –, wurde von Herrn Vanitschek eingelassen und blieb eine Zeitlang bei dem Mann in der unteren Küche. Gustl *Mozart* brachte irgendwie heraus, wer der Mann war: der neue Bürgermeister von Jöchlstein. »Ein Kommunist!« flüsterte Gustl mit Entsetzen. »Der ist Bürgermeister von Jöchlstein geworden, seit die Amerikaner da sind!«

Auch in Yrwent selber hatte sich am und nach dem 8. Mai einiges (wenn auch nicht allzuviel) geändert. Die für mich auffallendste Änderung war die Umbenennung oder Rückbenennung unserer Straße in *Andreas Hofer-Straße.* Ich nehme an, daß der Nazi-Bürgermeister abgelöst wurde. Der Kreisleiter und der Ortsgruppenleiter verschwanden. Im übrigen schob man alles auf jenen bei der Séance anwesenden stellvertretenden Ortsgruppenleiter Brusch, von dem alle Yrwenter vor der Entnazifizierungskommission einhellig aussagten, daß er der eigentliche Obernazi gewesen sei. Brusch stammte nicht aus Yrwent. Er war im Jahr 1939 aus Oberösterreich zugezogen. So wurde Brusch eingesperrt und verprügelt, dann in die Landeshauptstadt verbracht und weiter eingesperrt. So wurde er entgegen der Weissagung des Tisches nicht Kreisleiter übers Jahr, sondern ein einäugiger Krüppel. Er kehrte nicht nach Yrwent zurück. Der damalige Kreisleiter schon und auch der Ortsgruppenleiter. Der Kreisleiter wurde Ortsvorsitzender der neugegründeten FPÖ, der Ortsgruppenleiter wurde neuer Gewerkschaftssekretär.

Einige Tage nach dem Einmarsch der Amerikaner – es sprach sich wie ein Lauffeuer unter der Jugend herum – wurde die Geschäftsstelle des HJ-Bannes Yrwent geräumt. Als Elfjähriger war ich noch nicht Mitglied der HJ gewesen, nur Angehöriger des *Jungvolkes*, ein *Pimpf* also, welche Bezeichnung allgemein als diffamierend empfunden wurde. Da um die Zeit, als ich zum völkischen Pimpftum eingezogen wurde (schon in Yrwent), gab es keine Uniformen für *Pimpfe* mehr, und auch die an und für sich vorgeschriebenen *Appelle* unterblieben aus Schlamperei – nehme ich an – fast immer, zum Leidwesen des Jungvolk-Rottenführers Huberti. Ich wurde also wenig behelligt. Ein strengerer Zug herrschte bei der HJ, der Gustl *Mozart*, da sechzehnjährig, schon seit zwei Jahren angehörte. Die hatten auch noch durchfallfarbene Uniformblusen und schwarze Schnürlsamthosen sowie Koppel und Dolche. Der Ober-H.J.ler in Yrwent war ein Erwachsener, ein sogenannter *Hinterlandstachimierer* (ein Ausdruck von Herrn Vanitschek für solche Leute, die eigentlich fronttauglich waren, es aber fertiggebracht hatten, sich freistellen zu lassen), der im ersten Stock über der Bäckerei *Wirfel* in der Bahnhofstraße ein Büro hatte und unter anderem damit beschäftigt war, Gustl *Mozart* auf offner Straße eine Ohrfeige zu geben.

Vor der Bäckerei *Wirfel* stand ein Lastwagen, auf dessen Ladefläche zitternd der stellvertretende Ortsgruppenleiter Brusch stand und schimpfend der einbeinige Major und ehemalige Standortkommandant. Der – nunmehr republikanisch-österreichische – Gendarm ging ins Haus. Ein Jeep mit Militärpolizei stand neben dem Lastwagen. Gustl und ich lehnten die Fahrräder an den Zaun. Eine große Menge von Buben stand neugierig herum. Als der Gendarm den HJ-Bannführer aus dem Haus schob, brachen wir in ein großes Geheul und Gelächter aus. Auch Huberti war da. »Ist heut' kein Appell?« kreischte Huberti – ausgerechnet er, der Rottenführer. »Hier, hier!« wimmerte der Bannführer, »der Schlüssel zur Kasse. Genügt das nicht?« Aber der Gendarm stieß ihn auf die Pritsche des Lastwagens.

Vorher aber noch sah ich, wie ein Zug lederner Entschlossenheit in Gustls sechzehnjähriges Gesicht schoß. Er biß die Zähne zusammen, schob die kleineren Buben vor sich zur Seite, trat mit ein paar Schritten zum Bannführer hin und zum Gendarmen, der erstaunt schaute.
»Kennst d' mich?« sagte Gustl gefaßt, aber entschlossen.
»Der *Mozart*!« hauchte der Bannführer.
»Jawoll«, sagte Gustl und haute ihm eine Ohrfeige herunter. Dann sagte Gustl: »So.« Die Menge klatschte Beifall.
Als alles vorbei war, der Lastwagen und die Militärpolizei abgefahren waren, alle Buben weggelaufen waren, fuhren wir, Gustl und ich, weiter. Ich bewunderte Gustl noch mehr als je zuvor, fand aber kein Wort, das meine Bewunderung kühl genug ausdrücken konnte. Pathos war unter Buben verpönt. (Schon deswegen war uns das HJ- und Jungvolk-Getue unbewußt suspekt.) Gustl merkte es und winkte bescheiden ab: »Es mußte sein.«
»Ja«, sagte ich.
Eigentlich, fügte Gustl hinzu, habe er auch noch – zur Erinnerung für den Ex-Bannführer – einen Wind lassen wollen, aber das sei ihm im Augenblick nicht möglich gewesen.
Die Séancen wurden erst später fortgesetzt. Huberti lauerte schon darauf, denn er wollte den Ausgang seines Experiments mit dem Nagel erfahren. Aber vorerst waren Séancen nicht möglich, denn für die Zeit nach Einbruch der Dunkelheit hatte die Militärregierung Ausgangssperre verhängt, und bei Tageslicht kann man nicht gut eine Séance abhalten. So wurde es Herbst bis zur ersten Séance. Herr Brusch war natürlich nicht mehr anwesend. Ich weiß vom Verlauf dieser Séance Genaueres, denn diesmal war Huberti dabei, und er erzählte mir alles. Natürlich war es nicht so, daß Huberti – das unschuldige Kind – von seinen Großeltern zu dieser Versammlung zugelassen worden

wäre. Huberti tat vielmehr so, als ginge er ins Bett, legte statt seiner den großen Teddybären (der hieß *Old Shatterhand*) hinein und deckte ihn bis über die Ohren zu. Bei günstiger Gelegenheit schlüpfte Huberti dann ins Wohnzimmer und versteckte sich – wie das Geißlein im Märchen – im Kasten der großen Standuhr.

»Das Warten, bis sie endlich kamen, war natürlich höllisch. Zum Glück war ich so schlau und habe mir ein paar Comics und eine Taschenlampe mitgenommen. Aber dann ist es interessant geworden.« (Huberti hatte schon Comics, er war up to date.)

Die Séance stand unter besonderen Vorzeichen. Frau Vanitschek hatte in der Zeitung gelesen, daß in der Steiermark eine Marienerscheinung stattgefunden hatte. Auch hatte man Nordlicht gesehen, was ebenfalls in der Zeitung stand. Zwar hatte man das Nordlicht nur in anderen Teilen Österreichs bemerkt, nicht im Tauerngau, dennoch behauptete Frau Vanitschek, daß sie es gesehen habe. »Eine gewaltige rote Wand, bitte, iber den Warmen Tauern, wie hundert Feiersbrinste.« Die Holunderdolden waren in diesem Jahr auffallend klein, was bekanntlich ein sehr schlechtes Vorzeichen ist, und in der Zephyrau hatten spielende Kinder vier Steine gefunden mit schwarzen Einsprengseln, die, wenn man sie zusammenlegte, ein Kreuz ergaben. »Wenn das, bitte, nichts bedeiten mechte?« sagte Frau Vanitschek dumpf. Der Friseur Zwiebling nickte. Und nicht genug damit hatte Frau Vanitschek die Nacht davor geträumt, daß ihrem Mann der Schnurrbart abgefallen war. »Und das in einer Nacht auf einen Siebzehnten!« Lauter schlechte, ganz schlechte Vorbedeutungen. »Tuet Buße! tuet Buße!« sagte Frau Vanitschek. Sie selber trage sich mit dem Gedanken, in den *Dritten Orden* einzutreten.

Der Tisch wurde hergerichtet – Huberti hielt den Atem an. Die Erwachsenen bildeten eine *Kette*, das heißt: sie legten die gespreizten Hände an den Tischrand, Daumen und Daumen und kleine Finger und kleine Finger berührten sich. Herr Zwiebling murmelte die Formeln oder Gebete oder wie man da sagen soll und – der Tisch bewegte sich. Trotz des Nagels.

Als erstes wurde die tote Lärchfilzerin gerufen. Sie kam und ließ durch Tischwackeln, übersetzt von Herrn Zwiebling, wissen, daß die Amerikaner in längstens drei Monaten abzögen und schon 1946 die Fremden wieder kämen. Außerdem bäte sie um eine Seelenmesse am nächsten Freitag.

Frau Vanitschek versprach, die Messe lesen zu lassen.

Dann wurde der Geist Hitlers gerufen. Es war schwierig und Zwiebling murmelte: »Der ist noch nicht lang genug tot, das geht doch nicht«, da kam er aber doch. Der Tisch wackelte heftig.

»Der Führer ist wütend«, flüsterte der Friseur. »Er versteht nicht, daß das deutsche Volk nichts Besseres zu tun hat, als weiterzuleben.«

»Das Vaterland, mein Führer, kann immer auf mich zählen, respektive auf meine Treue«, sagte Herr Vanitschek ölig.

Der Tisch wackelte heftig und heftiger. Frau Vanitschek schrie auf.

»Was sagt er?« rief Vanitschek.

»Auch Sie, Herr Vanitschek, sagte der Führer, hätten Ihre NSKK-Uniform verbrannt«, übersetzte Herr Zwiebling.

»Ich mag nicht mehr, ich gehe«, sagte Vanitschek.

»Du bleibst da!« kreischte Frau Vanitschek, »wenn du die Kette unterbrichst, gibt es ein Unglick!«

Der *Führer* unterließ dann weitere persönliche Angriffe und verbreitete sich mehr allgemein über die Begriffe *Treue* und *Vaterland.* Er verkündete dann, daß Zeiten

kommen würden, und zwar gar nicht so ferne, da werde man anders von ihm reden.
Frau Vanitschek versprach, auch für den *Führer* eine Seelenmesse lesen zu lassen. »Danke!« sagte der Führer. »Heil Hitler!« sagte Herr Dr. Wernatz leise und fast ein wenig verlegen. Frau Vanitschek schrie ihm noch nach, daß sie aber leider verständlicherweise bei der Bestellung der Seelenmesse den Namen dessen, für den sie gelesen werden soll, nicht werde nennen können: »– fir Ungenannt – mechte Ihnen das recht sein?« Aber der *Fiehrer* hörte das schon nicht mehr.
Es wurden dann auf Bitten Herrn Dr. Wernatz noch zwei Personen oder besser gesagt, Geister zitiert, deren Namen Huberti nichts besagten. Auch die Prophezeiungen waren ihm unverständlich. Dann erklärte Herr Zwiebling, daß seine in ihm wohnende *Aura* erschöpft sei – aber Frau Vanitschek bat, nur noch ganz rasch ihre Mutter zu rufen. Seufzend fügte sich Herr Zwiebling. Die Mutter kam rasch. Aber dann wurde es Huberti mulmig. Frau Vanitschek fragte nämlich, ob der Huberti immer brav bleiben und dereinst Priester werde?
»Teufel auch«, sagte Huberti, »da kannst dir denken, wie mir war. Ich bin zusammengefahren und an den Perpendikel gestoßen. Zum Glück hat es niemand gemerkt. Hoffentlich sagt sie nicht, habe ich mir gedacht, der horcht dort in der Uhr. Aber sie hat dicht gehalten. Das rechne ich ihr hoch an. Sie hat nur so mehr allgemein gesagt, daß ich besser gehorchen soll, und so weiter. Was halt Erwachsene so sagen. Da brauche ich keine Urgroßmutter aus dem Jenseits. Aber sie hat dann noch was gesagt, von dem Mann da unten –« da meinte er den Mann mit dem Koffer, »– er soll sich vor dem Wasser in acht nehmen.«
»War *der Mann* auch dabei?«
»Nein, aber der Tisch oder der Geist oder der Zwiebling

hat gesagt oder übersetzt: man soll es ihm ausrichten. Und dann hat sie noch gesagt: solang das Mutterkreuz im Haus ist, bleibt der Fluch.«

Jetzt wurde es mir mulmig.

»Was für ein Fluch?« fragte ich.

»Das hat sie nicht gesagt. Nur so allgemein: der Fluch. Sie meint wahrscheinlich die Verstopfung von der Oma. Die Oma hat gesagt: ›Aber Mutter, wir haben doch das Mutterkreuz, das ist im Ofen verglüht, und die Asche und die Schlacke weggeworfen...‹ ›Nein‹, hat der Geist gesagt, ›das Mutterkreuz ist noch im Haus.‹«

Mir war ganz schlecht, aber ich wagte doch, es meiner Mutter zu verschweigen. Ein paar Tage später kamen wieder ein paar weiche Tage. Frau Vanitschek kam mit einer Tasse Kaffee herüber. Sie erzählte das von der Séance auszugsweise (Hitler verschwieg sie). »Und der Alte hat, sage ich Ihnen, das Mutterkreiz. Er leignet. Aber ich mechte es nur finden, dann erlebt er was.«

Ich nehme an, nun wurde es meiner Mutter mulmig. Sie ließ sich aber nichts anmerken. »Was sollte Ihr Mann von dem Mutterkreuz haben?«

»No! Natierlich verkaufen wird er es wollen. Hinter meinem Ricken. Sind doch ganz wild auf so Sachen, die Amerikaner. Ibrigens: stellen Sie sich vor – bei der Scheanz ist doch, Jeschuschmária – wie von Geisterhand die Uhr stehengeblieben. Kein gutes Zeichen!«

Wenig später verkaufte meine Mutter das Mutterkreuz, wie erwähnt. Ob sich der Fluch der Verstopfung von Frau Vanitschek löste, weiß ich nicht.

Es tauchten um die Zeit zwei Frauen auf, eine jüngere und eine ziemlich alte, beides Flüchtlinge, die aus dem Kaffeesatz lasen. Frau Vanitschek brauchte ja nach dem Tod der Lärchfilzerin eine neue Wahrsagerin. Die jüngere begnügte sich sogar mit Satz von Malzkaffee. Frau Vanit-

schek ließ jede einmal probeweise wahrsagen, war nicht zufrieden. Herr Vanitschek argumentierte zwar: »Eigentlich braucht man ja nur die Lärchfilzerin beim Tischrükken zitieren – das hat dazu noch den Vorteil, daß es nichts kostet. Die Lärchfilzerin war nicht billig, das Luder.«
»Wie redest du, Vanitschek«, sagte die Alte, »sie mechte dich womäglich heren!«
Nach einigen Monaten fand Frau Vanitschek eine gewisse Frau Ameysser (angeblich: Baronin von Ameysser) aus einem Ort im Großen Tal. Die kam einmal im Monat nach Yrwent und besuchte ausgewählte Kunden. Frau Vanitschek gelang es, über die Vermittlung der Inhaberin des Hutgeschäftes Permoser eine Empfehlung für die Baronin von Ameysser zu bekommen. Die Baronin hatte immer einen Chow-chow dabei und konnte auch Hühneraugen schneiden. Beides, Wahrsagen und Pediküre, war sehr teuer. »Aber, Frau Heiß«, sagte Frau Vanitschek, »in bestimmter Weise vorzieglich. Was Wettervoraussagen und Gesundheitliches betrifft, ist die Baronin unibertroffen. Bei mehr allgemein politischen Sachen und et cetera war sich, bitte, die Lärchfilzerin besser. Aber der Krieg, wo man sowas eher braucht, ist ja vorbei.«
Einmal wollte die Vanitschek ihren Mann bereden, daß er sich auch die Hühneraugen schneiden lassen solle. Der Dialog fand auf der Stiege statt, weshalb ich ihn hörte.
»Du gehst ja schon ganz schief, vor lauter Hieneraugen!« sagte sie.
»Ich zieh' mir doch vor der Ameise keine Strümpfe nicht aus«, brummte Vanitschek.
»Ein Mensch ohne Härzensbildung!« seufzte Frau Vanitschek.

*

Die etwas komplizierten Vorgänge, die ich nun auf Bitten von Herrn Kaaserer beschreibe, und die letzten Endes wahrscheinlich dazu führten, daß der Mann mit dem Koffer im Sommer 1945 die untere Küche und das Haus Vanitschek verließ, diese Vorgänge und die entsprechenden Zusammenhänge sind mir erst heute klar. Damals als Kind, als Zehnjähriger, achtete ich nicht auf Einzelheiten, wenngleich ich, wie ich jetzt merke, viele Einzelheiten beobachtet und im Gedächtnis behalten habe. Aber aus den Einzelheiten ein Bild zusammenzufügen, interessierte mich damals nicht. Ich sah den Mann mit dem Koffer später dann niemals wieder. Ich vergaß ihn damals sofort. Es kam der heiße Sommer. Ein Freund Hubertis – der Eisenbahner-Wolfgang (sein Vater war Weichensteller, daher der Name) – hatte eine Bande. Huberti gehörte zu dieser Bande, stand sogar in der Hackordnung ziemlich hoch. Mir widerfuhr die Ehre, daß ich mich auch dieser Bande anschließen durfte, konnte mir allerdings trotz größerer Anstrengungen und der Nachahmung der Großmäuligkeit der Anführer nicht die Achtung des Eisenbahner-Wolfgangs erwerben. Umgekehrt war unsere – selbst Hubertis – Hochachtung für Eisenbahner-Wolfgang grenzenlos. Eisenbahner-Wolfgang wohnte im oberen Geschoß eines einstöckigen Hauses hinter der chemischen Reinigung Nitzel, etwas weiter stadteinwärts der Adolf Hitler-(Andreas Hofer-)Straße. Die Wohnung der Eltern Eisenbahner-Wolfgangs hatte eine verglaste Veranda zum Abhang hinaus, der sich hinter dem Haus zum Krebsberg hinaufzog. Oft hatten wir dort an diesem Abhang unser *Lager*. Einmal öffnete Eisenbahner-Wolfgangs Mutter das Fenster der Veranda und schrie hinunter: »Wolfgang, komm! Gehst du mir Milch holen?« Eisenbahner-Wolfgang schrie zurück: »Leck mich doch am Arsch!« Eisen-

bahner-Wolfgangs Mutter schloß das Fenster, und bald darauf sahen wir sie unten mit dem Milchkübelchen aus dem Haus gehen. Aber nicht nur solche Vorfälle sicherten Eisenbahner-Wolfgang unseren Respekt. In den Tagen, in denen die fliehende deutsche Armee ihre Kanonen und auch die Munition dazu, sofern sie noch welche hatte, draußen im Großen Tal an den Straßenrändern zurückließ, war Eisenbahner-Wolfgang spätabends hinausgeschlichen und hatte *organisiert.* Es gab ein Versteck im Wald, in dem Eisenbahner-Wolfgang einen ganzen Berg von Patronen und Granaten bewahrte. Er ließ ab und zu durchblicken, daß er damals in einer Nacht, bevor die Amerikaner alles abtransportierten, auch eine Kanone hereingezogen habe. Wo er die versteckt hatte, verriet er nicht, jedenfalls mir nicht. Mag sein – nehme ich heute an –, daß das gelogen war. Huberti allerdings behauptete, er habe die Kanone gesehen und wisse, wo sie sei, habe aber Eisenbahner-Wolfgang sein Ehrenwort gegeben, es nicht weiterzusagen. Aber auch das konnte natürlich gelogen sein, war es sogar höchstwahrscheinlich, denn so speziell stand Huberti mit dem Eisenbahner-Wolfgang nicht. Eisenbahner-Wolfgang lehnte es zum Beispiel ab, dem Huberti den Sprengstoff für das Nachttopf-Attentat auf den Großvater zu überlassen.
Auch Zündschnüre hatte Eisenbahner-Wolfgang. Einmal durften die Hilfskräfte der Bande (vier oder fünf Buben; darunter ich) ein paar Granaten aus dem Versteck in den Wald hinter dem Bierdepot schleppen (in Decken gewikkelt, die Huberti aus dem Magazin seiner Großeltern entwendete), wo Eisenbahner-Wolfgang und Huberti sie aufschraubten und das Pulver auf einen Haufen in ein Loch unter einen großen Findling schütteten. Es wurden dann noch mehrere Handvoll Gewehrpatronen dazugeworfen und die Zündschnur gelegt. Auf das Kommando

Eisenbahner-Wolfgangs legten wir uns hinter anderen Steinen weiter weg in Deckung. Der kühne Eisenbahner-Wolfgang blieb allein vorn, zündete die Schnur und schlenderte dann, während das Feuer im Zack-Zack hin- und her- und immer näher zum Loch unter dem Findling zischte, langsam weg. Dann, nach einigen Augenblicken, rannte er aber doch, und dann krachte es auch schon.

Es gab einen Blitz, gelb und rot, es hob den Findling um vielleicht einen Meter, dann fiel er zurück und schaukelte ein paarmal, Kugeln pfiffen, schlugen gegen Baumstämme und surrten wie wirre Wespen. Alles überdröhnte der Knall. Ich meinte im ersten Augenblick, daß ich taub geworden sei. Ein Donnerschlag bei strahlendem Sommerwetter. Er brach sich an den Bergen im Tal und rollte ein paarmal hin und her. Eine Rauchwolke stand turmhoch über dem Wald. Im Bierdepot drückte es die hinteren Fenster ein, und die Frau des Bierdepot-Leiters erzählte später Frau Vanitschek, die es wieder meiner Mutter erzählte, daß sie grad eine Schüssel Gurkensalat in der Hand gehabt habe, die ihr förmlich aus der Hand gerissen worden sei und am Klavier zerschellte. Die Gurkenscheiben habe sie einzeln zwischen den Tasten herausklauben müssen.

Wir schauten aus sicherer Entfernung und geschützt unter der Menge der rasch zusammengelaufenen Neugierigen zu, wie die Feuerwehr, die österreichische Gendarmerie und die Military Police kamen. Sie durchsuchten den ganzen Wald, fanden natürlich die Sprengstelle, aber sonst nichts. Alle Leute aus den Häusern der unteren Andreas Hofer-Straße wurden im Lauf der folgenden Woche zur Polizei bestellt. Auch ich wurde gefragt, ob ich was beobachtet hätte. Ein amerikanischer Offizier stand dabei. Selbstverständlich hielt ich dicht.

In der Zeit war der Mann mit dem Koffer längst weg. Ob er

das Yrwental überhaupt verlassen hatte oder ob er sich woanders aufhielt und sich versteckte wie bei uns, darüber machte ich mir keine Gedanken. Erst heute weiß ich von Herrn Kaaserer, daß sich der Mann nach Jöchlstein begeben hatte und daß mein Freund Rudi Mehrberg ihn kannte, sogar gesehen hat, was in dem Koffer war. Seltsamerweise sprachen wir nie von dem Mann. Es kam nie die Rede drauf. Es interessierte uns auch nicht.

*

Meine Mutter war, wie ich schon erwähnt habe, Näherin. Nicht Schneiderin, nur Näherin. Trotzdem konnte sie ein wenig schneidern, und fast alles, was ich trug, hatte sie gemacht. Ihre eigenen Sachen schneiderte sie auch selber. Als in Yrwent in den Kalten Tauern die Amerikaner waren und der Krieg vorbei und der ganze Tauerngau plötzlich wieder ein Bundesland der Republik Österreich war, schlossen sich die Grenzen nach Deutschland, *ins Reich*, wie man in Yrwent sagte, oder vielmehr: die Grenzen dorthin, wo noch vor einer Woche *das Reich* und jetzt gar nichts mehr war. Wir saßen wie in der Falle. Die Familie Obkowski und Dr. Wernatz mit Frau stammten aus St. Pölten und aus Wien, und obwohl dort die Russen herrschten, erstreckte sich doch eine wiedererwachte, rätselhafte und wohltätige österreichische Staatsbürgerschaft von Ferne her auf diese Flüchtlinge, erhob sie zwar nicht zu Menschen erster Klasse (wie die nun ebenfalls wieder Österreicher gewordenen Einheimischen), aber wenigstens zu Flüchtlingen erster Klasse. *Wir* wurden Flüchtlinge zweiter Klasse. Das war keine offizielle Einteilung (obwohl es auch einen offiziellen Hieb hatte: *wir* bekamen keine neuen Pässe, sondern mußten die mit dem Hakenkreuz behalten), aber eine Einteilung auf der Gradstufe der Behandlung durch die anderen Leute, vor allem durch Frau Vanitschek.

»Sie sind ja jetzt wieder sozusagen Reichsdeitsche«, sagte Frau Vanitschek säuerlich zu meiner Mutter.

»Naja«, sagte meine Mutter devot, »das waren wir eigentlich immer.«

»Ich meine«, sagte Frau Vanitschek, »*wir* sind jetzt wieder Esterreicher, aber Sie und Ihr Kleiner ... ich weiß nicht recht.«

»Es wird sich irgendwann alles normalisieren«, sagte meine Mutter.

«*Normalisieren*«, sagte Frau Vanitschek, »ich bitte, *irgendwann*, ich bitte Sie, aber wann? Sie sind jetzt Reichsdeitsche, aber es gibt kein Reich mehr. Wann mechte es wieder ein Reich geben? bitte ich Sie scheenstens? Das weiß kein Mensch nicht, sondern respektive hechstens der Himmel. Sie sind jetzt quasi Ausländer, wenn Sie den Ausdruck erlauben, und ich weiß nicht...«

Meine Mutter sagte nichts.

»Und von Ihrem Herrn Gemahl haben Sie auch schon finf Monate nichts mehr geheert. Naja. Da kennen Sie nichts dafir, hechstens der Hitler, was sich aber verflichtigt hat. Trotzdem – Sie verstehen: eine Ausländerin nebst Kind, wo nicht weiß, wo ihr Mann ist – womeglich lebt er gar nicht mehr. Sie verstehen.«

Aber es blieb bei den Drohungen, die Frau Vanitschek in unregelmäßigen Abständen wiederholte. In Gegenwart von Frau Vanitschek beherrschte sich meine Mutter immer, aber danach weinte sie. Die erste Nachricht von meinem Vater aus dem Gefangenenlager kam erst im November. Ausziehen aus dem Haus Vanitschek mußten wir nicht. Wahrscheinlich fürchtete Frau Vanitschek immer noch, statt uns unangenehmere Flüchtlinge zu bekommen.

Ein ernstes Problem aber war das Geld. Bis April hatte meine Mutter das Gehalt meines Vaters immer aus München überwiesen bekommen. Damals habe ich nicht darüber nachgedacht, *wer* das Geld überwiesen hat. Heute weiß ich, daß die Wehrmacht wie bei allen eingezogenen Arbeitnehmern die Bezüge – abzüglich des Wehrsoldes und der Zwangssparbeträge – anstelle des Arbeitgebers an die Angehörigen ausbezahlte. Geld war damals zwar nicht viel wert, aber man brauchte es doch. Zum Glück hatte meine Mutter Geld gespart, und zum Glück hatte sie nur die Hälfte des Ersparten auf die Sparkasse getragen. Die andere Hälfte hatte sie in einem Loch hinter der Bodenleiste im Zimmer versteckt. Als meine Mutter Ende Mai in ohnedies unsicherer Hoffnung auf die Sparkasse in die Stadt hinaufging, um zu fragen, ob das Gehalt für diesen Monat gekommen sei – es war schon nicht mehr gekommen –, wollte sie hundert Mark abheben. (Es galten immer noch Mark; Schilling kamen erst später.) Die Schalterbeamtin rief den Chef.

»Gnä' Frau«, sagte der Chef, »tut mir aufrichtig leid – aber Ihr Konto ist gesperrt. Wir dürfen nichts auszahlen.«

»Wieso nicht?«

»Die Konten feindlicher Ausländer sind unter Sequester.«

Es war das einzige Mal, daß ich meine Mutter, die sonst eher eine ängstliche Person war, in der Öffentlichkeit schimpfen hörte. »Ich weiß zwar nicht«, schrie sie, »was eine Sequester ist. Aber *feindliche Ausländer* – machen Sie sich doch nicht lächerlich. Feindliche Ausländer! Sie waren hier genauso Nazi wie wir.«

»Schreien Sie bitte nicht in öffentlichen Amtsräumen herum, Gnä' Frau«, sagte der Chef, »hier hat es *nie* Nazi gegeben. Im Grunde genommen.« In seinem Sakko, am Revers, sah man das Loch und die Druckstelle, wo vor einem Monat noch das Parteiabzeichen gesteckt war.

Offenbar merkte der Chef, daß meine Mutter auf die Stelle starrte. »Ich kann wegen dem kleinen Loch da nicht das ganze Sakko wegwerfen. Heutzutage, wo es nichts gibt. Kann man doch nicht ein noch gutes Sakko einfach wegwerfen.« Er senkte seine Stimme ins Menschliche: »Wir mußten so tun, liebe gnädige Frau, sehen Sie – ich als Chef der Sparkasse. Ich war ja *gezwungen.* Praktisch. *Innerlich* – gnä' Frau, innerlich nie. Und darauf kommt es doch an.«
Meine Mutter war schon wieder eingeschüchtert. Statt zu weinen, hatte sie aber überlegt, offenbar sehr rasch und sehr klar. »Geben Sie mir das Sakko mit«, sagte sie. Sie bügelte, dämpfte, bügelte, vorsichtig und gezielt. Nach einigen Bemühungen war die sieben Jahre alte Druckstelle weg und das Loch auch, weil das Gewebe nicht eigentlich verletzt, sondern nur verzogen war. Diese geheimnisvolle Fertigkeit meiner Mutter im Entnazifizieren von Kleidungsstücken sprach sich herum. Viele Leute, selbst (ja sogar: vor allem:) Einheimische brachten Kleider mit Druckstellen. Meist schlichen sie durch den Hintereingang. Es gab auch: einfärben von Braunhemden, heraustrennen von Hakenkreuzen und dergleichen. Später kamen Leute von auswärts, aus dem Großen Tal. Ich vermute, daß der bescheidene Übernachtungstourismus, der sich daraus entwickelte, bei den Wirten damals, wo sonst mit Fremden nichts los war, zu Buch schlug. Man dankte es meiner Mutter nicht, aber immerhin lebten wir davon.
An Frau Vanitschek mußten wir eine höhere Strompauschale zahlen, als die dahinterkam. Das war schmerzlich, aber zum Entnazifizieren kamen bald kleine Ausbesserungsarbeiten, dann größere Reparaturen, endlich bekam dann meine Mutter sogar Aufträge zu nähen. Sie hatte damals aus München ein paar Modejournale mitgenommen mit Schnittmusterbogen. Die waren für uns plötzlich

von unschätzbarem Wert. Es kamen Frauen aus der ganzen Stadt und ließen bei meiner Mutter aus Hakenkreuzfahnen Sommerkleider nähen oder ein Kostüm aus dem Anzug des gefallenen Gatten. Meine Mutter nahm Maß, schnitt nach der Mode von 1938 zu und nähte bis spät in die Nacht hinein. Verkleinern war oft ihre Arbeit: für die jüngeren Kinder aus abgetragenen Sachen der größeren kurze Hosen machen und so fort. Meist waren Flüchtlinge ihre Kunden, die Einheimischen waren sich selbst in dieser Situation zu schön, bei ihr was in Auftrag zu geben. Nur Frau Vanitschek hatte meiner Mutter ein ganzes neues Stück Stoff gebracht. »Aber daß Sie es mir nicht verhunzen mechten«, sagte sie süßlich, »das ist Friedensware.« (Friedensware oder Friedensqualität: Ausdrücke von unnennbarem Duft damals.) Meine Mutter sollte ein Kleid daraus machen. Sie legte Frau Vanitschek die Modejournale vor. Frau Vanitschek blätterte und wählte ein Modell mit halblangem Ärmel und Flatterrevers, zweireihig asymmetrisch geknöpft. »Hibsch«, sagte Frau Vanitschek. Ich starrte fassungslos. Das Mädchen, das auf dem Bild das Kleid trug, hatte dort – an der Taille – die dünnste Stelle, wo Frau Vanitschek ihre dickste hatte. Aber meine Mutter nahm Maß, schnitt zu und begann zu nähen. Es paßte nie. Zehnmal mußte meine Mutter zur alten Vanitschek hinüber, um das halbfertige Kleid anzuprobieren. Nie paßte es. Frau Vanitschek jammerte, daß sie kommen sehe, wie die kostbare Friedensware verdorben werde. Meine Mutter weinte. Sie nähte, trennte auf, änderte und schnitt. Es half nichts. Der Vanitschek paßte das Kleid nicht. »Ich versteh' das nicht«, sagte meine Mutter, »gestern war es ihr um eineinhalb Zentimeter zu lang, jetzt habe ich es abgeschnitten, genau eineinhalb Zentimeter, jetzt ist es um drei Zentimeter zu kurz.« Noch schlimmer war es mit der Breite. Wahrscheinlich paßten Frau Vanitschek überhaupt

keine Kleider. Wahrscheinlich veränderte sie dauernd ihre Gestalt wie die Amöben. Deswegen trug sie wohl fast immer nur Kittelschürzen.
Das Kleid wurde doch fertig. Ohne Dank und mit geringschätziger Miene nahm es Frau Vanitschek entgegen. Den bedungenen Lohn zahlte sie wie ein Almosen. Tragen sehen habe ich Frau Vanitschek das Kleid nie.
Auch für Frau Obkowski nähte meine Mutter. Da gab es keine Probleme, obwohl Frau Obkowski – obzwar jung – eher noch dicker war als Frau Vanitschek und, zu meinem grenzenlosen Staunen, von einer Woche auf die andere um die Hüfte dünner wurde. Dafür hatten Obkowskis jetzt zwei Kinder. Meine Mutter nähte aus dem, was nun von den Kleidern der Frau Obkowski weggeschnitten werden konnte, die Erstausstattung für das zweite Obkowski-Kind.
Auch Frau Wernatz wandte sich an meine Mutter. Frau Wernatz war – was mich damals völlig unberührt ließ, knabenhafte Träume erotischen Inhalts hatte ich noch wenig, vielleicht lag das an der schlechten Ernährung – Frau Wernatz war eine füllige Blondine und sonnte sich gelegentlich im Garten, wobei sie das Kleid bis zum Nabel öffnete und den Rock weit übers Knie hochschob. Herr Vanitschek machte sich dann immer draußen zu schaffen, und auch Huberti schlich dort herum. Er war ja viel besser ernährt als ich. Frau Vanitschek beklagte sich wegen dieser Sonnenbäder und der damit verbundenen Gefahr für die Sittlichkeit bei meiner Mutter und gebrauchte dabei Ausdrücke, die ich nicht verstand. Ich verstand nur, daß Frau Vanitschek sagte: »Es ist ja auch wegen Ihrenem Kleinen, wo doch die kindliche Sääle so mir nix, dir nix zu verfiehren ist. Sehen Sie, Frau Heiß, mein Sohn, also der Ferdi, das war *so* ein sittlicher Mensch. Ich habe aber auch seinerzeit jede Sinde von ihm ferngehalten. Und so *unschuldig* war er, denken Sie, Frau Heiß. Der ist Ihnen,

sag ich, im zweiundzwanzigsten Jahr als Jingling in die Ehe gegangen. Der hette auf sowas wie diese Wernatz, wenn sie ihre Recke bis aufs – naja, wissen schon – hinaufschiebt, gar nicht hingeblickt. Aber der Vanitschek«, sie senkte ihre Stimme, »... der alte Trottel, der mechte da womeglich noch Gefiele kriegen, bitt' ich Sie! Mit sechsundsechzig. Aber dem werd' ich's schon verleiden. Ich jag' ihn jedesmal zur Beichte – nur: weiß ich, was er beichtet? Weiß ich eben nicht. Womeglich beichtet er ganz was anderes ...«

Meine Mutter empfahl Frau Vanitschek, sich doch an Herrn Dr. Wernatz zu wenden, damit der auf seine Frau einwirke. Das habe sie längst getan, sagte Frau Vanitschek, aber das Weib tanze offenbar ihrem Mann förmlich auf der Nase herum. Und überhaupt. »Sie wissen ja ...« raunte Frau Vanitschek.

Meine Mutter wußte aber nichts.

»So! Sie wissen nichts? Naja – vielleicht ist es besser, Sie wissen nichts. Schweig' still, mein Herz und singe.« Sie stand auf, nahm ihre Kaffeetasse und ging.

Viel später erfuhr ich, daß meine Mutter – zu der Zeit – zwar noch nichts *wußte*, wohl aber ahnte. Wernatz' hatten mehr zu essen als wir oder Obkowskis. Sie hatten sogar kostbarere Sachen als Vanitscheks. Als Frau Wernatz an meine Mutter mit dem Auftrag herantrat, ein Kleid zu nähen, zeigte sie einen Stoff – geblümt auf grünem Grund – aus reiner Seide. Auf die Frage, wo man so etwas heutzutage herbekomme? sagte Frau Wernatz: Von der Vanitschek. Eingetauscht gegen fünf Kilo Zucker und eine Flasche Whisky. (Neben seiner einzigen Leidenschaft für Uhren hatte Herr Vanitschek – außer dem vielleicht nur angedichteten Faible für Lehrmädchen – eine Vorliebe für geistige Getränke. »Lieber, als daß er sonstwas tut«, sagte Frau Vanitschek meiner Mutter.) Für mich hatte Frau

Wernatz oft eine Packung Kaugummi, gelegentlich sogar eine Tafel Schokolade *(Libby's)*, worüber sogar der widerwärtige Huberti neidisch wurde.
Das Nähen für Frau Wernatz war für meine Mutter auch ohne Schwierigkeiten. Zu den Anproben kam Frau Wernatz zu uns herüber. Einmal saß ich im Zimmer, als Frau Wernatz kam. Es war ein ganz heißer Tag Ende Juli. Frau Wernatz sagte: »So, dann probieren wir einmal das neue Kleid«, zog das Kleid, das sie anhatte, mit einer raschen Bewegung über den Kopf und stand splitternackt im Zimmer. (Nur Sandalen hatte sie an.) Sie war die erste Frau, die ich nackt gesehen habe. Frau Wernatz fing den erstaunten Blick meiner Mutter auf und sagte: »Ach, wissen Sie, Frau Heiß, bei dieser Hitze spare ich mir die kostbare Unterwäsche. Was ich nicht anhabe, kann nicht abgetragen werden.« Sie sah mich sitzen. »Der Fritzi wird auch nicht blind davon werden.« Sie lachte. »Ist noch keiner blind geworden davon.« Sie hatte recht. Ich bin nicht blind geworden.
Es war nur wenige Tage später. Die Hitze versengte die Luft über dem Tal, lag wie eine Walze zwischen den Bergen. Selbst im Wald war es zu heiß zum Spielen. Eisenbahner-Wolfgang lag schwitzend auf der Veranda, streckte die Füße in die Luft und las – oder besser: schaute an – was die neueste Unterhaltung der Jugend war: Comics. (Man fand sie in den Aschentonnen hinter dem Grand Hotel, wo das amerikanische Hauptquartier war.) Seiner Bande hatte er Urlaub gegeben.
Der widerliche Huberti und ich langweilten uns. Wir ödeten uns an, trieben uns im Stiegenhaus herum, das einigermaßen kühl war, und rutschten lustlos das Gelände herunter. Da sahen wir, daß der *Mann* aus der unteren Küche, den größeren Koffer in der Hand, aufs Klo ging. Er benutzte, weil das für ihn natürlich näher lag, das untere

Klo. Das war auch die einzige Gelegenheit, zu der er seine Küche verließ. »Ins Magazin!« zischte Huberti. Huberti witschte in das Laden-Büro – er konnte nahezu unhörbar witschen – und holte den Magazin-Schlüssel, der dort hinter der Tür hing. Dann liefen wir in die Küche, sperrten dort die Magazin-Tür auf und huschten hinein. Nach einiger Zeit hörten wir, daß der Mann draußen in seine Küche zurückkehrte. Er hatte natürlich nichts von uns gemerkt. Wir hatten das öfters schon so gemacht. Wir verließen das Magazin in solchen Fällen immer dann wieder, wenn *der Mann* neuerdings aufs Klo ging, oder, falls das zu lang auf sich warten ließ, durchs Fenster, was ungefährlich war, denn das alles lag ja im Parterre. Das Fenster war vergittert, aber die Gitterstäbe waren nicht so eng gesetzt, daß wir nicht hindurchgekommen wären. Buben kommen durch fast alle Gitter. Jedenfalls war es damals so. Da wir das Fenster von außen nicht schließen konnten, zogen wir es nur zu. »Ich mache das nur«, sagte Huberti altklug, »weil das Fenster vergittert ist. Sonst würde ich das natürlich nie machen, das Fenster vom Magazin offenlassen. Ausgerechnet zum Magazin. *Wir* kommen durch das Gitter, aber ein Erwachsener, zum Beispiel ein Einbrecher, nicht. Gehört ja schließlich alles *mir*, was im Magazin ist. Weil ich es einmal erbe.«

Im Magazin – wo immer die Vorhänge zugezogen und die Fenster geschlossen waren – war es so kühl wie in einem Keller. Wir verkleideten uns. Huberti probierte Damenunterwäsche. Dann bauten wir aus Anzugstoffen Zelte. Der Reiz allein, daß das alles verboten war, war Vergnügen genug. Huberti war übrigens sehr geschickt darin, die Sachen nachher alle wieder korrekt zusammenzulegen und in den Cellophanhüllen zu verwahren, als wären sie nie herausgenommen worden. Was wir an jenem Tag Ende Juli sonst noch spielten, weiß ich nicht mehr. Die dramatischen Ereignisse der folgenden Stunde überlagerten die unwichtigen Details. Vorauszuschicken wäre – und damit weiß man eigentlich schon, was kommen mußte –, daß Huberti an diesem Tage vergessen hatte, die Magazintür hinter uns zuzusperren. Es klopfte. Es klopfte ganz leise, dreimal: bumm-bumm – kleine Pause – bumm. Nach einigen Augenblicken wieder: bumm-bumm – kleine Pause – bumm. Es klopfte nicht an der Magazintür, sondern draußen an der Tür zur Küche. Wir schlichen uns an die Magazintür und legten je ein Ohr an. (Durchs Schlüsselloch war nichts zu sehen, nur die Seitenwand eines Schrankes.)

Das Bett des Mannes knarzte. Er schlurfte zur Tür und machte auf. Wir hörten gedämpfte Stimmen.

»Ein Weib«, sagte Huberti.

Wir preßten die Ohren an.

»Hörst du was?« flüsterte ich.

»Nein«, flüsterte er, »die reden ganz leise.«

Schritte. Der Mann sperrte die Küchentür von innen ab. Wieder Schritte, viele Schritte, ein rasselndes Geräusch. Die Vorhangringe. Der Mann zog die Vorhänge zu. Schritte. Das Bett knarzte. Die Frau sagte etwas in lauterem Ton.

»Das ist die Wernatz«, flüsterte Huberti.

»Die habe ich vorige Woche nackt gesehen«, sagte ich weltmännisch.

»So«, sagte Huberti. »Ich habe schon hundert Frauen nackt gesehen.«

»Aber nicht die Wernatz«, sagte ich.

»Die seh' ich auch noch nackt«, sagte er, »früher oder später.« Er ahnte nicht, wie schnell seine großsprecherische Prophezeiung in Erfüllung gehen sollte.

Das Bett begann zu knarzen, anders als vorhin, als der Mann aufgestanden war. Es knarzte rhythmisch.

»Hui!« sagte Huberti, »die *treiben* es.«
Ich wußte nicht, was Huberti damit meinte, genierte mich aber, meine Unwissenheit bloßzustellen, indem ich gefragt hätte.
»Sauber, sauber«, flüsterte Huberti, »die *treiben* es. Die Wernatz treibt es nicht nur mit den Amerikanern, sondern auch mit dem da.«
»Was tut sie mit den Amerikanern?«
»Bist du noch nicht *aufgeklärt?*« fragte er.
Ich wußte wieder nicht, was er meinte. »Selbstverständlich bin ich aufgeklärt«, sagte ich.
»Wahrscheinlich bist du doch nicht richtig aufgeklärt«, sagte der widerwärtige Huberti und preßte sein Ohr wieder an die Tür.
»Ich bin vielleicht mehr aufgeklärt als du!« sagte ich.
»Psst!« zischte Huberti.
Vor dem Haus, unter dem Magazinfenster, knirschte der Kies. Schließlich waren wir – wenigstens ab und zu – Indianer und erkannten, ob jemand normal geht auf dem Kiesweg, der ums Haus herum und dicht an den Magazin- und den Küchenfenstern vorbei nach hinten zur Holzlege führte oder ob da jemand auf Zehenspitzen schlich. Es schlich jemand auf Zehenspitzen.
»Pst!« hauchte Huberti. Er nahm sein Ohr von der Tür und lauschte nach draußen. »Jetzt wird's scheinbar interessant«, sagte er. »Hörst du nichts?«
»Klar«, sagte ich. »Es schleicht einer ums Haus.«
Der Indianer Huberti (als Indianer nannte er sich gern *Falkenauge*, was ein Hohn war, denn er war kurzsichtig und sollte eigentlich eine Brille tragen, schämte sich aber) schloß die Augen, um besser zu hören. Offenbar war sein Gehör gut. *Luchsohr* hätte er sich nennen sollen. »Einer mit drei Beinen«, sagte er.
»Einer mit drei Beinen? So ein Käse.«

»Doch«, sagte er. »Ich höre deutlich: ein Dreibeiniger.«
Wir schlichen uns an ein Fenster und schoben vorsichtig den schweren dunkelbraunen Vorhang einen Spalt zur Seite: tatsächlich. Zwar nicht ein Dreibeiniger, aber zwei mit insgesamt nur drei Beinen: Dr. Wernatz und der einbeinige Herr Obkowski. Sie blieben vor einem der Küchenfenster stehen. Wir hielten den Atem an. Sie waren ganz nah. Wir hörten, was sie sprachen, obwohl sie ganz leise redeten.
»Und Sie meinen, daß sie bei dem da drin ist?« fragte Dr. Wernatz.
»Wenn ich es Ihnen sage, daß ich sie hineingehen hab' sehen«, sagte Herr Obkowski.
Dr. Wernatz knirschte mit den Zähnen. Selbst das hörten wir. »Es ist keine zehn Minuten her«, sagte Herr Obkowski.
»Der dreh' ich den Kragen um«, fauchte Dr. Wernatz.
»Naja«, sagte Herr Obkowski, »ob Ihnen das empfehlenswert sein möchte? Wo Sie doch, wenn Sie die Bemerkung erlauben, gewissermaßen von ihr leben.«
»Das geht Sie gar nichts an. Aber eine Watschen kriegt sie.«
»Naja«, sagte Herr Obkowski, »das ist eher vertretbar.«
»Sie haben natürlich die Vorhänge zugezogen«, sagte Dr. Wernatz.
»Natürlich«, sagte Obkowski.
»Wenn Sie mir hinaufhelfen möchten, dann könnte ich doch vielleicht durch einen Spalt was sehen.«
Die Unterkante des Fensters war weit über Augenhöhe.
»Ich bitte Sie, Herr Dr. Wernatz«, sagte Obkowski, »wie soll ich Ihnen hinaufhelfen? Vielleicht eine Räuberleiter machen? Oder einen Buckel? Ich mit nur einem Bein? Aber ich bin ziemlich leicht – *Sie* können *mich* hochheben, dann könnte ich –«

»Das täte Ihnen so passen«, sagte Dr. Wernatz, »nein, nein. Dann gehe ich jetzt hinein und klopfe an seine Tür. Wenn Sie sicher sind, daß das Luder da drin ist?«
»Absolut.«
»Dresche ich so lang gegen die Tür, bis der Bock aufmacht. Und Sie bleiben bitte da und beobachten die Fenster. Daß sie nicht da zu entkommen versucht.«
Dr. Wernatz rannte ins Haus, Herr Obkowski zog sich etwas zurück, um alle Küchenfenster überblicken zu können. Bald darauf hörten wir Dr. Wernatz draußen an die Küchentür trommeln. »Aufmachen! Aufmachen! Ich weiß, daß die Bestie bei Ihnen ist!« brüllte er.
Das Bett hörte mit einem Schlag zu knarzen auf. Schritte huschten hin und her.
»Aufmachen!« schrie Dr. Wernatz. »Aufmachen!«
»Was erlauben Sie sich!« schrie der *Mann*.
»Aufmachen!« brüllte Dr. Wernatz.
Da riß Frau Wernatz die Magazintür auf. Sie versuchte wohl in höchster Not den letzten Ausweg und fand zu ihrem Erstaunen die Tür unverschlossen. Frau Wernatz war – wieder – splitternackt. Sie hatte jetzt nicht einmal Sandalen an, die hatte sie in der Hand, auch ihr Kleid.
Blitzschnell versteckten wir uns: ich in einem großen Karton (er war zur Hälfte mit Bettfedern in Papierbeuteln gefüllt), Huberti in einem Regal. Frau Wernatz, ohnedies in Panik und auf das achtend, was draußen in der Küche vorging, hatte uns nicht bemerkt. Sie zog die Tür zu, atmete schwer, blies ein paar Mal die Luft durch die Nase und strich mit den Händen ihr Haar zurück.
»Was erlauben Sie sich!« schrie der *Mann*, aber jetzt in einem anderen, sichereren Ton.
»Aufmachen!« brüllte Dr. Wernatz.
Der Mann schlurfte zur Tür. Der Schlüssel wurde umgedreht. »Wo«, fragte der Mann, »soll da Ihre Frau sein?«

Wir hörten, wie Dr. Wernatz in der Küche herumlief, wahrscheinlich schaute er in allen Ecken nach.
Frau Wernatz drehte sich um. Sie blickte zum Fenster. Da kannst du nicht hinaus, dachte ich. Das Gitter ist zu eng für dich, und außerdem lauert draußen der einbeinige Obkowski. Aber vielleicht wollte sie sich nur verstecken. Gelegenheit wäre genug gewesen, daß ihr Mann sie in zwei Stunden nicht finden würde in all dem Zeug da herin. Sie bückte sich, um ihre Sandalen anzuziehen. Ohne es zu wissen, streckte sie dabei ihren Hintern unmittelbar vor das Gesicht des dahinter auf eben dieser Höhe in einem Regal atemlos liegenden Huberti. Ich sah es aus meinem Karton. Huberti bekam Stielaugen. Frau Wernatz schlüpfte in ihre Sandalen. Ihr Hintern wakkelte. Offenbar überwältigte es den Huberti. Ich sah, wie er eine hohle Hand formte und in die Rundungen hineingriff. Frau Wernatz ließ einen zolldicken Schrei von eisiger Schärfe aus ihrem Mund herausfahren, und noch bevor der Schrei ganz aus ihr heraußen war, wurde die Tür aufgerissen, Dr. Wernatz holte aus und gab seiner Frau eine Ohrfeige, die noch lauter schallte als der Schrei. Die Brüste und der Hintern bebten.
»Du Schlampe«, schrie Dr. Wernatz.
Der *Mann* kam nun auch herein. »Vergreifen Sie sich nicht an einer unbekleideten Da...« Da sah er Huberti im Regal liegen und zog ihn am Ohr heraus. (Es war diese Szene übrigens das einzige Mal, daß ich den *Mann* sah, ohne daß er den großen Koffer in der Hand gehabt hat.) Huberti wimmerte.
»Ich vergreife mich an meiner Frau, so oft ich will!« schrie Dr. Wernatz, »du ziehst dich sofort an, du Geteerte.«
»Ich weiß gar nicht, was du hast?!« heulte sie. »Bei den Amerikanern hast du ja auch nichts dagegen.«

»Bei den Amerikanern? bei den Amerikanern!« schrie er. »Die zahlen ja schließlich.«
»Er hat auch bezahlt«, sagte sie.
»Was hat er? bezahlt? womit?«
»Mit Geld«, sagte sie.
Dr. Wernatz lachte auf. »Scheiß auf das Geld. Was sollen wir mit den Wischen.«
Es ging das alles aber viel schneller, als ich es darstellen kann, vor allem aber liefen mehrere Dinge gleichzeitig ab, die ich alle aus meinem Karton heraus beobachtete. Durch den Lärm aufmerksam gemacht, war Herr Vanitschek heruntergekommen, fragte, was da los sei. Herr Dr. Wernatz schubste nun seine endlich wieder angezogene Frau vor sich her in die Küche hinaus und weiter in den Gang. Das Geschrei entfernte sich. Der *Mann* und Obkowski begannen zu streiten. Huberti biß Herrn Obokowski in die Hand, worauf Herr Obkowski zum Schlag ausholte.
»Unterstehen Sie sich und rühren den Buben an!« fauchte Herr Vanitschek, »oder ich schlage Ihnen das andere Bein auch noch ab.«
Huberti entfloh. Obkowski rief noch ein paar Mal: »Ich bin juristischer Zeuge!« und humpelte hinaus. Herr Vanitschek sperrte die Magazintür zu (er hatte einen zweiten Magazinschlüssel an seinem Schlüsselbund). Ich hielt mich noch eine Zeitlang im Karton verborgen, dann schlüpfte ich auf dem gewohnten Weg durchs Fenster ins Freie und verdrückte mich für zwei Stunden in den Wald am Krebsberg, wo ich allein im Unterholz herumstrich und aus einer Zaunlatte ein Schwert schnitzte. Über das Schimpfwort »du Geteerte«, das Dr. Wernatz seiner Frau entgegengeschleudert hatte, habe ich lange nachgedacht, auch damals schon. «Du Geteerte!« Hatte das mit *Teeren* und *Federn* zu tun, einem Begriff, den ich aus meiner Karl May-Lektüre kannte? Übrigens ohne zu wissen, wie das

genau ging, dieses ominöse *Teeren* und *Federn*, denn nirgends bei Karl May wird das näher erklärt. Offenbar ging Karl May davon aus, daß jeder seiner Leser entweder selber schon einmal geteert und gefedert worden war oder zumindest so einer Prozedur beigewohnt hat. Aber ich zweifelte: Die Situationen, in denen bei Karl May von *Teeren* und *Federn* gesprochen wurde, waren grundverschieden von der, in der Herr Dr. Wernatz seine unbekleidete Frau: »Du *Geteerte*!« schimpfte. Außerdem sagte er nichts von: »Du Gefederte!«
Erst unzählige Jahre später, bei einer Gelegenheit, die mit dieser Erzählung nichts zu tun hat und bei welcher ich auch an alles andere als an jene Vorgänge im Magazin dachte, kamen mir schlagartig nacheinander die Assoziationen, die Erinnerung und die Erklärung, und ich lachte (was da in dem Moment eigentlich völlig unpassend war): »– du Hetäre!« hatte Dr. Wernatz gesagt.
Als ich am späten Nachmittag heimkam, war es schon kühler, selbst im Juli liegt in Yrwent schon das halbe Tal um diese Tageszeit im Schatten, ist die Sonne hinter den Kalten Tauern verschwunden, beleuchtet allerdings drüben jenseits des Großen Tales das weltberühmte Panorama der Warmen Tauern mit goldenem Licht (vielfach dargestellt auf den Bildern Sylvius Castellani-Taurers), wofür ich allerdings wenig Sinn hatte, im Gegenteil, das Massiv der Warmen Tauern war mir zutiefst verhaßt, weil wir in Heimatkunde den Namen jeder Zacke auswendig lernen mußten; ich war nicht frech in der Schule, eher ein fügsamer und scheuer Schüler, aber einmal hatte ich der Heimatkundelehrerin gegenüber keck argumentiert: wofür solle ich diese Namen auswendig lernen? Ich stamme aus Ramersdorf, einem Stadtteil von München, dorthin werde ich mit meiner Mutter zurückkehren, und von dort aus kann man die Warmen Tauern eh' nicht

sehen. Die Heimatkundelehrerin ließ sich nicht verblüffen; sie sagte: Die meisten deiner Kameraden stammen aus Essen im Ruhrgebiet, von dort aus kann man die Warmen Tauern noch weniger sehen, und trotzdem lernen diese Kameraden die Namen der einzelnen Zacken. Es würde mir zugute kommen, wenn ich dereinst als Erwachsener Yrwent wieder besuchen und die schönen Berggipfel ersteigen wolle. »Nein«, sagte ich aus dem tiefsten Grund innerster Überzeugung, »*nie* werde ich freiwillig nach Yrwent zurückkehren. Und auf Berge steigen werde ich schon gar nicht, wenn es sich irgend vermeiden läßt.« Die Heimatkundelehrerin war so gekränkt, daß sie mir nicht einmal einen Verweis gab. (Sie stammte aus einer alten Yrwenter Familie.) Sie drehte sich weg und behandelte mich zwei Wochen lang wie Luft. Es gibt Schlimmeres, was Schülern passieren kann. – Bin ich jetzt doch freiwillig nach Yrwent zurückgekehrt? Kann ich überhaupt zurückkehren, wenn ich eigentlich gar nie fort von hier bin, wenn das – gegen meinen Willen – meine Heimat ist, die ich vielleicht sogar...? Nein, ich will das nicht hinschreiben. Eine unsichtbare Leine, auch wenn sie noch so lang ist, ist nicht Liebe. Es sei denn, wie ihm wolle. Auf Berge steigen werde ich jedenfalls nicht. – Als ich also aus dem Wald vom Schwertschnitzen heimkam, möglichst nichtsahnend und unschuldig schauend, lag das Haus scheinbar ganz friedlich. Aber meine Mutter erwartete mich schon. Sie nähte und schaute von ihrer Arbeit auf, als ich hereinkam.

»Frau Vanitschek war da«, sagte sie.

»So«, sagte ich so beiläufig wie möglich.

»Hast du nicht gewußt, daß man nicht ins Magazin darf?«

»In welches Magazin?«

»Tu' nicht so scheinheilig – warst du im Magazin oder nicht?«

»Offen gestanden«, sagte ich gespreizt, »*ja.*«

»Ein Skandal«, sagte meine Mutter. Sie legte das Nähzeug weg und schneuzte sich. Sie weinte fast. »Frau Vanitschek war da und hat gesagt, wir müssen gehen.«
»Wohin«, fragte ich, »müssen wir gehen?«
»Das ist es ja eben«, sagte sie. »Wohin sollen wir gehen, wenn sie uns hinauswirft?! Wenn ich wenigstens wüßte, wo Papa ist...« Sie heulte nun in ihr Taschentuch. Es klopfte. Meine Mutter wischte sich schnell ihre Tränen ab und sagte: »Herein!«
Frau Vanitschek kam herein. Ohne Kaffee.
»Ich habe«, sagte sie süßlich, »Ihren Kleinen hereinkommen sehen – da mechte ich mir doch erlauben jetzt zu fragen, was er im Magazin zu suchen hat?«
Meine Mutter senkte den Kopf. Ich nahm mein geschnitztes Schwert in die Hand und stand auf. Ich weiß heute noch genau, was mir durch den Sinn ging: Wenn womöglich der Vater nicht mehr lebt, bin wenigstens *ich* noch da.
»Wer sagt bitte, Frau Vanitschek«, sagte ich, »daß ich im Magazin war?«
»Huberti...«
»So«, sagte ich. Eine ungeheure Kraft stieg in mir auf, weit mehr als damals, als ich mich weigerte, die Namen der Zacken der Warmen Tauern auswendig zu lernen. »So – ich war seit dem Mittagessen im Wald.« Ich überlegte blitzschnell: außer Huberti hatte mich ja niemand im Magazin gesehen. »Der Huberti lügt.«
Frau Vanitschek verschlug es fast den Atem. »Mechte sich der Bengel erlauben, erst verleitet er den Huberti, der noch so unschuldig ist, zu Unsittlichkeiten, und dann –«
»Frau Vanitschek«, sagte ich, »Ich bitte –« (ich spürte ein Gefühl in mir, das mich ungeheuer stark machte). »Wenn ich im Magazin war, soll mich *sofort*, hier auf der Stelle, der Blitz treffen.« In dem Augenblick, wo ich das sagte, erschrak ich selber. Es war zwar vorhin, als ich heimkam,

keine Wolke am Himmel, aber – weiß man's? Ich schaute zum Plafond. Aber auch meine Mutter erschrak, sie stopfte das Taschentuch in den Mund, und sogar Frau Vanitschek erschrak, sie riß die Augen auf. Ich hatte richtig kalkuliert: so etwas wirkte bei ihr. Langsam wendete auch Frau Vanitschek ihren Blick zum Plafond. »Soll mich auf der Stelle der Blitz treffen«, sagte ich noch fester, schon kühner geworden. Frau Vanitschek trat einen Schritt zurück. Kein Blitz. Der Himmel deckte meine Lüge. (Bei Licht betrachtet: Eigentlich braucht sich der Himmel darüber keinen Vorwurf zu machen.)

Frau Vanitschek wich erst zurück, dann ging sie ohne eine weitere Äußerung hinaus. Zwischen meiner Mutter und mir wurde die Sache nie mehr auch nur mit einem Wort erwähnt. Ausziehen mußten wir nicht. Hubert – was ich später erst erfuhr – bekam an diesem Tag die einzige Ohrfeige von seiten seiner Großmutter, von seinem Großvater bekam er einen Fußtritt; mit mir redete Huberti ungefähr drei Tage nicht mehr. Herr Obkowski bat Herrn Vanitschek wegen seiner Entgleisung dem Enkel des Hausherrn gegenüber in aller Form um Entschuldigung, die gewährt wurde. (Das erfuhr meine Mutter im Lauf der nächsten weichen Stunde mit Kaffee.) Auch Wernatz' durften bleiben, wohl weil die Whisky-Versorgung für Herrn Vanitschek nicht gefährdet werden sollte. Frau Vanitschek sah in dem Zusammenhang sogar über den sündigen Ursprung dieser Dinge hinweg.

Nur der *Mann* verschwand. Schon am nächsten Tag war er weg. Als Huberti nach den erwähnten drei Tagen wieder mit mir redete, erzählte er mir, daß der Mann noch in der Nacht, die auf den Vorfall gefolgt war, zu seinen Großeltern heraufgekommen sei – den größeren Koffer in der Hand – und länger mit ihnen konferiert habe. Auch der rußige Kommunist aus Jöchlstein sei da gewesen. Huberti

habe zwar versucht, sagte er, an der Tür etwas zu erlauschen, aber der *Mann* habe zu leise geredet. Einen Satz von seinem Großvater habe er aber aufgeschnappt, und der Satz habe ungefähr gelautet: »Ich verstehe, daß Ihnen unter diesen Umständen der Boden zu heiß geworden ist. Es ist besser, wenn Sie weiter hinten im Tal überwintern.«
Im letzten Moment, erzählte Huberti, sei er dann in sein Zimmer gesprungen, als die Tür aufging. Der *Mann* habe nämlich nicht nur sehr leise geredet, er sei auch praktisch lautlos geschlichen, weswegen er, Huberti, die Annäherung an die Tür nicht wahrgenommen habe. Aber er sei ja flink, er, Huberti, *Falkenauge* (in dem Fall besser *Wieselfuß*?). Die Großmutter habe gesagt, habe er, Huberti, gehört: »Warum in aller Welt ist hier beim Huberti die Türe offen?« und habe diese zugemacht. Der Großvater habe etwa gleichzeitig zu dem *Mann* gesagt: »Wie ein Grab. Sie können sich darauf verlassen: wie ein Grab.«
Durchs Fenster habe dann Huberti wahrgenommen, daß der *Mann* – Yaskenmütze, Kleppermantel, größerer Koffer, kleinerer Koffer – von einem Lastwagen abgeholt worden sei. Der Fahrer des Lastwagens sei ausgestiegen und habe dem *Mann*, der dabei seinen größeren Koffer nicht aus der Hand ließ, hinten auf die Plattform (die von einer Plane überdacht war) hinaufgeholfen. Der Kommunist sei vorn eingestiegen. Dann sei der Lastwagen davongefahren, und zwar nicht in Richtung hinaus ins Große Tal, sondern in Richtung taleinwärts.
So wie ihn Huberti beschrieb, kannte ich diesen Lastwagen. Es gab nicht viele in Yrwent und im ganzen Tal. Es war ein großer Holzgaser, hellbraun gestrichen, aber die taubenblaue Luftwaffenfarbe schaute dort heraus, wo die schlechte neue Farbe schon wieder abblätterte. Ein mürrischer, wortkarger Mann, der aber sehr freundlich zu Kindern war, fuhr mit diesem Lastwagen herum und besorgte

Lieferungen, meist zwischen Jöchlstein und Yrwent, aber auch bis Sandgrub hinein und hinaus in die Ortschaften im Großen Tal. Er beförderte auch Personen, weswegen auf der Plattform eine Bank angebracht war und eine elektrische Klingel, mittels der sich die Passagiere hinten auf der Plattform zum Fahrer vorn bemerkbar machen konnten, wenn sie aussteigen wollten. Die Leute im Tal waren sehr dankbar für diese zusätzliche Fahrgelegenheit, denn der Postomnibus fuhr selten und unpünktlich. Meine Mutter benutzte sie auch ab und zu, es kostete wenig. Von Kindern verlangte der Fahrer gar nichts. Manchmal hielt er, wenn er Kinder sah, und wir durften in die Zephyrau hinauf mitfahren und wieder mit herunter. Das Schönste aber war immer das Läuten, wenn wir aussteigen wollten.

*

Das ist also mein Bericht über den Mann mit dem Koffer, den ich für Herrn Kaaserer abgefaßt habe. Ich habe den Mann nie wiedergesehen nach jenem Tag Ende Juli. Wie der Mann geheißen hat, habe ich nie gewußt. Wer der *Mann* war, hat mir jetzt erst Herr Kaaserer erzählt, aber das brauche ich ja für ihn hier nicht aufzuschreiben.

Aber noch etwas fällt mir ein, was mir jetzt – damals überhaupt nicht – einen Zusammenhang mit dem *Mann* zu haben scheint. Es dürfte im Spätherbst gewesen sein, denn es war – leider – wieder Schule. (Das war nicht mehr das ausgelagerte Gymnasium aus Essen, sondern die normale *Bürgerschule* von Yrwent, für mich die 2. Klasse.) Da erschien in der *Tauerngauer Tageszeitung* ein Leserbrief aus der Feder des Herrn Vanitschek. »Eigentlich«, sagte Herr Vanitschek, als er meiner Mutter das betreffende Exemplar dieser Zeitung überreichte, »ist die Darstellung viel ausführlicher gewesen. Sie haben meinen Brief leider gekürzt. Trotzdem.« Es war das einzige Mal, soweit ich

mich erinnere, daß Herr Vanitschek mehr als nur einen – mürrischen – Gruß an meine Mutter richtete. Herr Vanitschek hatte von dieser Ausgabe hundert Stück nachbestellt und in jedem Exemplar seinen Leserbrief mit Rotstift umrandet. Ein Exemplar gab er meiner Mutter, eins Herrn Obkowski und eins Dr. Wernatz. Es kann sein, daß er noch einige Exemplare an die Bewohner der benachbarten Häuser verteilte. Neunzig Stück lagen, schön gebündelt und in Cellophan gewickelt, im Magazin, wie wir, Huberti und ich, feststellten, als wir nach angemessener Zeit wieder dort hineinzuschleichen wagten.
An den Wortlaut des Leserbriefes kann ich mich natürlich nicht mehr erinnern. Aber ich erinnere mich daran, daß er vom *Vaterland*, von *Treue*, vom *Eid* und vom *Verrat* handelte. Herr Vanitschek vertrat die Meinung, daß man auch in Zeiten des Chaos' die Werte von *Treue* und *Eid* hochhalten müsse. Das *Vaterland*, meinte Herr Vanitschek, sei immer noch das *Vaterland*, und das müsse man sagen dürfen. Den *Verrat* aber, schrieb Herr Vanitschek, verabscheue er zutiefst. *Verräter* hätten kein Anrecht auf Schonung, wen immer man auch verraten habe. Konkrete Einzelheiten, erinnere ich mich, nannte Herr Vanitschek nicht, oder aber die Redaktion hat sie zur Vorsicht gestrichen.
Herr Vanitschek ließ einen der Zeitungausschnitte rahmen. Er hing dann zwischen zwei Uhren im Flur der Vanitschek-Wohnung. (Gelegentlich kam ich ja dorthin, wenn mich Huberti mitnahm.) Als wir, meine Mutter und ich, das Jahr darauf endlich nach München zurückkehren konnten, mein Vater heimgekehrt war und uns in Yrwent abholte, war das, obwohl sich die Verhältnisse inzwischen ja weitgehend normalisiert hatten, eine abenteuerliche Reise. Wir fuhren in der Früh um sieben Uhr in Yrwent weg. Frau Vanitschek hatte uns mit den Worten verab-

schiedet: »Ach ja, Frau Heiß, na, Sie werden mechten froh sein, endlich hier wegzukommen dirfen.« Es war aber klar, daß sie meinte; sie war froh, uns endlich loszuhaben. (Die anderen Flüchtlinge waren schon vor uns weg. Obkowskis freiwillig schon im Winter 1945, Dr. Wernatz wurde im Frühjahr 1946 von der Polizei abgeholt. Der Polizist sagte – auch das hörte ich durch die Tür: »*Doktor* Wernatz? Daß ich nicht lache.« Frau Wernatz reiste wenig später mit einem amerikanischen Sergeanten im Auto ab.) Wir mußten, glaube ich, drei- oder viermal umsteigen. Einmal mußten wir fast sechs Stunden auf einen Anschluß warten. Meine Mutter vertrieb sich die Zeit unter anderem damit, unser Gepäck zu erleichtern. Sie warf die alten Modehefte und Schnittmusterbögen fort. »Jetzt gibt es eine andere Mode«, sagte mein Vater. Auch den Zeitungsausschnitt mit dem Leserbrief des Herrn Vanitschek warf meine Mutter in einen bahnamtlichen Papierkorb in – glaube ich – Salzburg. »Was du alles aufgehoben hast«, sagte mein Vater. »Wenn ich ihn fortgeworfen hätte«, sagte meine Mutter zu meinem Vater, »und der alte Vanitschek hätte das bemerkt, dann hätte alles nichts geholfen, dann wären wir hinausgeworfen worden.«

Und noch eins: das Fahrrad, das Fahrrad meiner Mutter. Das ist eine eigenartige Sache. Wir konnten es auf unserer Rückreise nicht mitnehmen. »Macht nichts«, sagte mein Vater, »wir werden uns ein neues anschaffen.« Aber direkt schenken wollte es meine Mutter den Vanitscheks auch nicht. »Verwahren Sie es bitte«, sagte mein Vater zu Herrn Vanitschek, der viel höflicher zu meinem Vater in den zwei Tagen damals war als in dem ganzen Jahr zu meiner Mutter, ja fast freundlich; er lud ihn sogar ein, zu ihm herüberzukommen auf ein Glas Wein und erkundigte sich nach seinen Erlebnissen im Krieg und in Gefangenschaft, erzählte auch von seinen eigenen Erlebnissen im Ersten

Weltkrieg an der Isonzofront. »Verwahren Sie das Fahrrad einstweilen, ich hole es, wenn die Verhältnisse es wieder erlauben.« Dazu kam es nie. Wahrscheinlich vergaßen es meine Eltern schlichtweg, und selbst wenn sie es nicht vergessen hatten – wegen eines alten und inzwischen wahrscheinlich verrosteten Fahrrades von München nach Yrwent zu fahren, hätte sich nicht gelohnt.
Jetzt aber, in den Tagen, in denen ich hier Gast im Haus von Herrn Kaaserer war (morgen reise ich wieder ab), habe ich nach diesem Fahrrad geforscht. Der Laden der Vanitscheks ist längst aufgelöst, dort ist heute ein folkloristisches Café mit Namen *Gipshax'n*. Ich erfuhr auf dem Katasteramt, daß das Haus nach dem Tod von Frau Vanitschek 1969 (sie hatte ihren Mann um zehn Jahre überlebt) an den widerwärtigen Huberti gefallen war, der damals schon nicht mehr in Yrwent lebte. Huberti hat das Haus wenig später verkauft. Mit einiger Mühe gelang es mir, festzustellen, daß den restlichen Warenbestand des Ladens, auch einen Teil der Möbel und die Uhren, ein Trödler übernommen hatte, der aber auch schon gestorben war. Sein Nachfolger im Geschäft (nunmehr *Antiquitätenhändler*) hatte einige Gegenstände ungeklärter Herkunft, brachte ich heraus, zu seiner Entlastung bei Gericht deponiert. Ich las die Protokolle, die mir der heutige Bezirksrichter von Yrwent freundlicherweise aus den alten Akten heraussuchen ließ: es war ein *Damenfahrrad, gebraucht*, dabei.
»Wohin sind die Sachen gekommen?« fragte ich.
»Hm«, sagte der Bezirksrichter, »ich nehme an, auf den Speicher im Rathaus.«
Der Richter telefonierte, und daraufhin wurde mir gestattet, im Speicher des Rathauses zu suchen.
»Aber Sie müssen schon gefälligst selber hinauf«, sagte der Gemeindesekretär, »in dem Staub. Da müßte ich mir

ja meinen Anzug nachher reinigen lassen. Und wer zahlt mir das? Niemand.« Er gab mir die Schlüssel.
Ich suchte den ganzen Speicher ab. Das Fahrrad fand ich nicht. Aber in einer Ecke, ganz hinten, fand ich einen Karton. In dem Karton lagen, in Decken eingewickelt, mit den entsprechenden Schrauben dazu, die Straßenschilder *Adolf Hitler-Straße*.

II

Brief und Niederschrift von Rudi Mehrberg

Sehr geehrter Herr Kaaserer,
verzeihen Sie, daß ich so lang gezögert habe, Ihren freundlichen Brief zu beantworten. Das liegt nicht nur daran, daß das Abfassen der Antwort längere Zeit in Anspruch genommen hat, wie Sie sich denken können, denn das, was Sie jetzt in Händen halten, ist kein Brief mehr, sondern schon fast ein Roman; es lag auch daran, daß ich mir lang im unklaren war, ob ich Ihnen überhaupt antworten sollte.

Nein – geantwortet hätte ich Ihnen schon, so unhöflich bin ich nicht. Ich wußte nicht, ob ich Ihrer Bitte willfahren kann. Von Anfang an allerdings war mir klar, daß ich Ihr liebenswürdiges Angebot, nach Yrwent zu kommen (Sie schreiben sogar: auf Ihre Kosten) und bei Ihnen im Haus zu wohnen, *nicht* annehmen würde. Das soll keine Unfreundlichkeit Ihrer Person gegenüber sein. Ich kenne Sie kaum; im ersten Augenblick, als ich den Absender Ihres Briefes sah, konnte ich mich überhaupt an nichts erinnern, aber dann, als ich Ihren Brief las, dämmerte es mir doch nach und nach. Es ist das alles sehr lang her. Ich erinnere mich nun tatsächlich an Sie. Ich habe Sie ein paar Mal gesehen, und vor Ihrem Laden hat eine Zeit lang der Omnibus gehalten, mit dem ich von Yrwent aus der Schule zurück nach Jöchlstein fuhr. Ich habe oft in Ihre Auslage geschaut. Ich weiß auch, daß Sie einer der wenigen Yrwenter sind, deren Interessen über den Sport und den Tourismus und über das Geschäftemachen hinausgehen. Schon deswegen wäre ich nicht so unhöflich gewesen, Ihren Brief unbeantwortet zu lassen.

Ich erinnere mich an Sie als an einen großen, dunkel gekleideten Mann, der immer leicht nach vorn gebückt ging und – verzeihen Sie, wenn ich das so hinschreibe – eine auffallend lange Nase hatte. Vielleicht sind Sie gar nicht so groß, kamen mir nur aus der Perspektive eines Kindes so groß vor. Im Laden trugen Sie immer, wenn ich mich recht erinnere, einen grauen Staubmantel.

Nach Yrwent, ins Tal in den Kalten Tauern, nach Jöchlstein, will ich keinesfalls zurückkehren, auch nicht als Besucher für wenige Tage. Sie konnten es nicht wissen, und es soll auch kein Vorwurf sein: Als ich Ihre Einladung las, dorthin zu Ihnen zu fahren, Yrwent in den Kalten Tauern und womöglich das in dumpfem Aberglauben modernde Jöchlstein wiederzusehen, bin ich fast krank geworden. Gewiß: Das Yrwental und Jöchlstein sind keine Hölle. Die Touristen fahren nicht grundlos hin. Vielleicht ist in ihrer Art Ihre Heimat sogar ein Paradies – ohne Zutun der Yrwentaler oder vielmehr: die Yrwentaler tun alles, um das Paradies zu zerstören, wie man hört, und wie ich mir ohne weiteres vorstellen kann. Was schön war, selbst für uns Flüchtlinge und unter den Umständen damals, und es war vieles schön, möchte ich unbeschadet in Erinnerung behalten. Auf Eindrücke aus dem heutigen Irwental lege ich keinen Wert.

Ich gehe noch weiter und gestehe Ihnen: gewisse Erinnerungen an das Tal sind für mich Gedanken an reines Glück. Ich habe das in dem folgenden Bericht an der einen oder anderen Stelle anzudeuten versucht. Dennoch will ich das Tal nicht wiedersehen. Es wäre für mich der Versuch der Rückkehr in die Jugend, und man soll das Rad der Zeit

nicht zurückzudrehen probieren. Ich hätte Angst vor der Enttäuschung.
Sehr viel konnte ich über *die Baskenmütze* nicht beisteuern, wie Sie schon sehen werden, wenn Sie die Blätter lesen. Das werden Sie wohl auch nicht erwartet haben. Ich war damals 12, 13 Jahre alt. Mich hat *die Baskenmütze* nicht interessiert. Aber ich habe, nachdem ich mich vor vierzehn Tagen entschlossen hatte, Ihnen diesen Bericht zu geben, meine Geschwister gefragt, soweit sie für mich erreichbar sind. Meine Geschwister sind alle älter als ich, zum Teil erheblich, und haben damals mehr und aufmerksamer beobachtet als ich Knirps, sich auch für mehr interessiert (und vor mehr gefürchtet). Meine Mutter, Ida Mehrberg, geb. Becker, ist allerdings verstorben. Die kann ich nicht mehr fragen.
Meine älteste Schwester Ida, verheiratete Korschmann und inzwischen verwitwet, wird bald siebzig Jahre alt, sie lebt hier, ich habe sie gefragt, aber sie habe, sagte sie, kein Interesse an dem alten Zeug. Sie interessiert sich – als echte Schleifferstädterin – ausschließlich für das, was in der Gegenwart vor sich geht. Was vergangen ist, ist vergangen. Ihr Gedächtnis reicht nur bis zum jeweils letzten Veranlagungszeitraum für die Einkommensteuer zurück, und was älter ist als die letzten aufbewahrten Bankbelege, ist für sie endgültig in der Vergangenheit versunken. Sie ist tüchtig (macht noch heute die Buchhaltung der Fa. Konrad Korschmann, Steinhandel, deren Inhaber jetzt ihr Sohn, mein nur wenige Jahre jüngerer Neffe Christian ist), aber sie ist ausschließlich gegenwärtig. Trotzdem erfuhr ich von ihr jetzt Dinge auf indirekte Weise. Ida lebte damals nicht wie wir beim Niederbrunnhofer, sondern mit ihrem Christian beim Bruckwirt und mußte praktisch als Bedienung und Küchenhilfe arbeiten. Da aber auch meine Schwester Clara – aus Gründen, die sich in der folgenden Nieder-

schrift erhellen werden – sich oft bei Ida beim Bruckwirt aufhielt, erzählte ihr damals Ida viel, und Clara behielt alles im Gedächtnis. Meine unverheiratete Schwester Berta Mehrberg (Claras Zwillingsschwester) ist aus Schleifferstadt fortgezogen. Sie lebt als pensionierte Musiklehrerin im Badischen. Wir schreiben uns oft, telefonieren auch, aber zur Zeit erreiche ich sie nicht, denn sie ist mit einer reichen Freundin, die ihr das wohl finanziert, auf einer Weltreise begriffen. Im Augenblick dürfte sie in Neu-Seeland sein. Ihre Erinnerungen an das Jahr in Jöchlstein wären wohl die bittersten von allen. Sie hat am meisten gelitten, weil sie ihr Cello nicht mitnehmen durfte. Klavier gab es auch keins. Ich glaube nicht, daß in ganz Jöchlstein irgendwo ein Klavier steht. Die Leute dort legen auf so etwas keinen Wert. (In Schleifferstadt legen sie auch keinen Wert auf so etwas, sie *haben* aber ein Klavier aus bürgerlicher Reputation. Sie spielen nur nicht darauf.)
Meine beiden älteren Brüder, Willi und Max, kann ich nicht fragen, Willi ist in russischer Gefangenschaft umgekommen. Max ist Ende 1944 an der italienischen Front desertiert. Beide waren also nicht in Jöchlstein. Von beiden wußten wir damals nichts. Erst Ende 1946 bekamen wir einen Brief von Max aus Brasilien, wo er heute noch lebt. Ich habe ihn nie wiedergesehen. Er setzte sich damals zu den Partisanen ab, von denen einem der Name meines Vaters geläufig war. Die Partisanen halfen ihm weiter, und so kam Max über Portugal nach Brasilien, wo meine Mutter ausgewanderte Verwandte hat. Jedermann in Schleifferstadt hat in Brasilien ausgewanderte Verwandte.
Mein Bruder Hans Walter, sechs Jahre älter als ich, kam zunächst mit nach Jöchlstein, wurde aber im März 1945 noch als Flakhelfer eingezogen und stieß erst, als wir Ende 1946 nach Schleifferstadt zurückkehren, wieder zu uns. Hans Walter weiß von *der Baskenmütze* nichts.

Meine Schwester Hanna lebt zwar in Schleifferstadt, interessiert sich aber für nichts als ihren Nabel. Sonst ist sie Baghwan-Jüngerin und beschäftigt sich mit Weltverbesserung. Sie war immer ziemlich fett und tranig und leidet, bilde ich mir ein, unter Körpergeruch. Das heißt: Sie leidet nicht, die anderen leiden. Sie ist immer so angezogen, daß ich froh bin, wenn die Leute nicht wissen, daß sie meine Schwester ist. Damals in Jöchlstein war sie mit einem gewissen Petsch Günter verlobt, der in Schleifferstadt zurückgeblieben war, und wechselte, soweit es unter den Umständen ging, sentimentale Briefe mit ihm. Später heiratete er sie doch nicht. Ich kann ihn verstehen. Ich konnte es nicht über mich bringen, zu Hanna zu gehen und sie nach ihren Erinnerungen an die Zeit in Jöchlstein zu fragen. Ich habe nie verstanden, daß man Leute nur deshalb sympathisch finden soll, nur weil man zufällig mit ihnen verwandt ist.

So sind also von meinen neun Geschwistern nur meine schon erwähnte zweitälteste Schwester Clara – deren Schicksal in gewissem Sinn Jöchlstein wurde –, meine jüngste Schwester Gertrud (damals 17 oder 18 Jahre alt) und mein Bruder Louis (der drei Jahre älter ist als ich) übriggeblieben, die ich fragen konnte. Das habe ich auch getan, und so sind das, was ich Ihnen, geehrter Herr Kaaserer, auf dem folgenden Konvolut von Blättern zusammengestellt habe, nicht eigentlich meine Erinnerungen, sondern eher die von Clara, Gertrud und Louis, und indirekt, wie gesagt, die von der tüchtigen Ida. Deshalb schreibe ich die Erinnerungen auch nicht in der ersten, sondern in der dritten Person.

Ich lebe hier in Schleifferstadt, obwohl ich es hasse: Ich lebe hier, weil ich mich meinem Vater gegenüber verpflichtet fühle. Wie Sie von meinem damaligen Schulkameraden Fritz Heiß – von dem Sie meine Adresse haben –

wissen, bin ich Musiklehrer hier am Gymnasium. (Mit Fritz Heiß, der in München lebt, bin ich in loser Verbindung. Ab und zu fahre ich in den Ferien nach München zu den Opernfestspielen. Ich atme dann kulturell tief durch und tanke auf, um das kommende Jahr in der Enge der schleifferstädtischen Unkultur zu überdauern. Wir haben auch einmal eine unvergeßliche Radtour durch Holland gemacht, aber das gehört nicht hierher. Von der Zeit im Yrwental reden wir nie.) Ich bin nicht nur Musiklehrer hier am Gymnasium, ich leite auch einen Laienchor, veranstalte Kammerkonzerte, halte musikalische Vorträge an der Volkshochschule, spiele in der Kirche Orgel usw. Alles geht nur zäh, man muß um hundert Mark Subventionen kämpfen, wo den Sportvereinen tausend Mark nachgeworfen werden. Alles ist auch immer schlecht besucht. Die Schleifferstädter erholen sich, wenn sie von ihren Umsatzsteuerrückvergütungsanträgen und Bankauszügen aufblicken, fast ausschließlich mit Fernsehen. Trotzdem bleibe ich hier, sonst wäre die Arbeit, ja das Leben meines Vaters, umsonst gewesen. Auch er war Musiklehrer hier. Auch er hat versucht, eine zarte Pflanze von Kultur hier großzuziehen. Ich hätte das Gefühl: ginge ich von hier fort – nichts täte ich lieber – gösse niemand mehr die Pflanze, müßte sie verdorren. Nach meinem Tod wird es allerdings dann doch so kommen. Meine Kinder sind echte Schleifferstädter geworden, das sagt alles. Die Tochter reitet, der Sohn spielt Tennis. Wenn ich einen begabten Schüler habe, so wandert er nach wenigen Jahren ab. Ich kann es ihm nicht verdenken.
So übergebe ich Ihnen also diese Blätter. Ich hoffe, Sie helfen Ihnen ein wenig weiter. Falls Sie noch Fragen haben, können Sie sich natürlich gern an mich wenden, aber ich sage gleich: Mehr als in den folgenden Blättern

niedergeschrieben, weiß ich nicht. Nach Yrwent komme ich sicher nicht und nie.
Mit vorzüglicher Hochachtung bin ich Ihr

Rudolf Mehrberg.

*

Die Niederschrift:
Die Familie Mehrberg aus Schleifferstadt bestand im Jahr 1944 aus dem Vater Wilhelm Mehrberg, der Mutter Ida Mehrberg und zehn Kindern (sechs Töchtern, vier Söhnen) im Alter zwischen sechsundzwanzig und elf Jahren. Die älteste Tochter Ida war seit vier Jahren verheiratet (mit Konrad Korschmann, Steinhändlerssohn, damals im Felde) und hatte einen Sohn Christian. Zwei Söhne Mehrberg – Wilhelm und Maximilian – waren Soldaten. Die beiden Töchter nach Ida, Clara und Berta, waren Zwillinge. Die vier jüngsten Kinder – Hans Walter, Gertrud, Louis und Rudolf – gingen noch zur Schule, als der Vater Wilhelm Mehrberg verhaftet wurde.
Wilhelm Mehrberg stammte nicht aus Schleifferstadt, sondern aus dem Ostpreußischen. Seinen Akzent verlor er nie, obwohl er schon vor dem Ersten Weltkrieg nach Schleifferstadt gekommen war. Er war Musiklehrer und Klavierstimmer. Er spielte später auch die Orgel in der katholischen Kirche. Er war nicht Musiklehrer an einer Schule, sondern freiberuflich. Er gab Klavierstunden und ging von Haus zu Haus. Der *Bürgeradel* von Schleifferstadt, wie sich die Pfeffersäcke selber gern nennen, legt Wert auf Reputation. In jedem Haus steht ein Klavier, in größeren Häusern ein Flügel. Die Prinzen und Prinzessinnen des Bürgeradels werden zum Klavierspiel geprügelt. Davon lebte Wilhelm Mehrberg. Später, wenn sie der elterlichen Gewalt entwachsen sind, wenden sich die Bürgeradel-Sprößlinge dem Sportwagenfahren, dem Alkohol-

konsum, dem Bordellbesuch oder ähnlichen standesgemäßen Vergnügungen zu, aber es wachsen ja neue Prinzen und Prinzessinnen nach, die wieder zum Klavier geprügelt werden, so daß eine gewisse Kontinuität für das Gewerbe und das Einkommen Wilhelm Mehrbergs gewährleistet war. Trotzdem lebte er, wie man sich denken kann, dürftig, zumal mit zehn Kindern. »Epgentlich sind es nur neun«, pflegte Wilhelm Mehrberg entschuldigend zu sagen, »Clara und Berta sind ja Zwillinge.« Wilhelm Mehrberg hatte eine Schleifferstädterin geheiratet, die Tochter eines Arbeiters. Angesehener unter den Einheimischen wurde er dadurch nicht.

Nach dem Ersten Weltkrieg übernahm Wilhelm Mehrberg die Leitung des Gewerkschafts-Liederkranzes *Freundschaft und Harmonie*, was ihm zusätzlich ein paar Mark einbrachte. Er komponierte auch. Ein Streichquartett schickte er an Hindemith, der ihm daraufhin einen anerkennenden Brief schrieb. Der Brief hing gerahmt über dem Sofa im Wohnzimmer und verbrannte bei der Bombardierung im März 1945, als das Haus zerstört wurde, in dem Mehrberg mit seiner Familie gewohnt hatte. Aber mit einem Streichquartett legte man beim Gewerkschafts-Liederkranz *Freundschaft und Harmonie* keine Ehre ein. Deshalb komponierte Mehrberg auch Chöre, gemäßigtmodern. »Ich brauche mich der Chöre nicht zu schämen und sie sind auch sangbar«, pflegte er zu sagen. Einer dieser Chöre war förmlich ein Erfolg: *Letzte Hoffnung* auf einen Text von Bert Brecht: »Auch am Abend hat sich nichts gebessert/ Morgen ist und Mittag jetzt verbraucht...« Diese Komposition wurde oft gesungen, auch von anderen Chören. Sie erschien sogar im Druck. Das war 1930. Die Tantiemen hatte Mehrberg in einem Anflug von unangemessener Großzügigkeit dem Sozialfonds der SPD gestiftet. Es waren die einzigen Tantiemen, die er je erzielte. Nach dem Krieg erfuhr Bert Brecht davon, den Mehrberg in der Meinung, es handle sich um Idealismus, vor der Komposition nicht gefragt hatte. Brecht prozessierte. Den Prozeß gegen die SPD verlor Brecht, den gegen die Witwe Mehrberg gewann er. Sie mußte den Tantiemen-Anteil Brechts (in West-Geld) nachzahlen.

Nach dem 30. Januar 1933 wurde der Gewerkschafts-Liederkranz in Schleifferstadt (wie überall ähnliche Vereinigungen) aufgelöst. Wilhelm Mehrberg weigerte sich, die Leitung des *Kraft durch Freude*-Chores (obwohl er in der Besetzung praktisch identisch war mit dem Gewerkschafts-Liederkranz) zu übernehmen. Das brachte negative Punkte. Auch manche Klavierstunde wurde gekündigt. Frau Mehrberg mußte in fremde Familien *(Bürgeradel)* zum Putzen gehen. »Der Schicklgruber regiert nicht ewig«, sagte Mehrberg. Er sagte es nicht leise genug. Das brachte noch mehr negative Punkte. Ein Freund Mehrbergs aus Gewerkschaftstagen, der jetzt in der Kreisleitung saß, nahm Mehrberg beiseite und sagte: »Willi, sei kein Trottel; halt den Mund; komponiere einen Chor auf ein Gedicht Baldur von Schirachs. Das hat der Werner Egk auch gemacht, und was dem recht ist, darf dir doch billig sein. Oder nimm einen alten Chor von dir und setz' den Schirach-Text drunter, merkt doch niemand. Schick' es dem Schirach, und der freut sich. Und du kriegst deine Klavierstunden wieder.« Das wollte aber Wilhelm Mehrberg nicht. Die Familie hungerte. Da rettete der katholische Pfarrer Mehrberg. Mehrbergs waren zwar protestantisch, wie fast alle Schleifferstädter, dem katholischen Pfarrer aber waren sie sympathisch, weil sie zehn Kinder hatten. Der Pfarrer bot Mehrberg die Stelle als Organist an. Mehrberg akzeptierte; das war 1938.

Damals erschien ein Buch (120 Seiten, 1 Bildtafel), das hieß *Hört auf Hans Pfitzner! Kernsätze deutscher Kunstge-*

sinnung. Ausgewählt und herausgegeben von A. Morgenroth. Wilhelm Mehrberg kaufte dieses Buch. Er hielt den Auswähler und Herausgeber A. Morgenroth für ein Pseudonym des Nazi *Walter Abendroth*, auch eines Pfitzner-Adepten, dessen Ehefrau Annie Abendroth, eine musikalische Ober-Nazisse, Pfitzners Sekretärin war. Mehrberg hatte sie einmal auf einem Musikfest kennengelernt. Aber das mit dem Pseudonym stimmte nicht. Es gab im Freundes-Clan um den griesgrämigen Pfitzner tatsächlich sowohl einen Abend- als auch einen Morgenroth. Dr. Alfred Morgenroth war ein hoher Funktionär in der Reichsmusikkammer. Die Auswahl von *Kernsätzen deutscher Kunstgesinnung* aus Pfitzners schriftstellerischen Absonderungen war nicht schwer. Fast alles waren *Kernsätze.* Man brauchte in den Antisemitismus nur hineinzugreifen.

Mehrberg hatte Pfitzner schon immer als ganz besonders widerwärtig empfunden, obwohl ihm – das mußte er einräumen – manches von Pfitzners Musik gefiel. Mehrberg hat es nicht mehr erlebt, daß Hans Pfitzner nach dem Krieg förmlich als Widerstandskämpfer dargestellt wurde (wiederum von Walter Abendroth, der offenbar zu denen gehörte, die am 8. Mai 1945 in sich gegangen waren), als Widerstandskämpfer, weil er grobe Briefe an Göring geschrieben hatte und an andere Nazigrößen. Aber man sollte nicht vergessen, *warum* Pfitzner diese Briefe schrieb: weil ihm die Nazigrößen nicht national-sozialistisch genug waren und Göring nicht antisemitisch genug.

Wilhelm Mehrberg las in seinem Stammcafé in Schleifferstadt seinen wenigen ihm verbliebenen Freunden solche *Kernsätze deutscher Kunstgesinnung* vor. Laut. Frau Mehrberg zeterte. Er solle doch an die Kinder denken. Natürlich hatte Frau Mehrberg mit ihrem Zetern recht,

aber Wilhelm Mehrberg hatte wiederum mit diesem Vorlesen der *Kernsätze* recht.
Vom Sommer 1944 an, als der *Totale Krieg* ausgerufen war, und als es keine öffentlichen Konzerte mehr gab, veranstaltete Mehrberg in der katholischen Kirche kleine Kammerkonzerte, die für Schleifferstädter Begriffe recht guten Zulauf hatten. Es waren insgesamt vielleicht drei oder vier Abende. Schuberts Streichquintett, Streichquartette von Mozart und Haydn. An einem Abend spielte Berta Mehrberg, die Cellistin, zusammen mit ihrem Vater eine der Cellosonaten von Mendelssohn. (Es ist nicht mehr festzustellen, ob es sich um op. 45 oder um op. 58 gehandelt hat. Ein Programm wurde nicht gedruckt.) Niemand merkte etwas, fast niemand. Eine alte Dame, keine Schleifferstädterin, nur vorübergehend bei Verwandten hier, hatte aber das Konzert besucht. Es hat sich um eine sehr alte Dame gehandelt, eine knochige Person von imponierender Größe, in einem langen schwarzen Samtkleid, aus der Herbstkollektion von 1897, mit Krückstock und Hörrohr, die krächzte laut nach dem Konzert: »Schön, daß man endlich Mendelssohn wieder hören kann!« Die Dame war über den Gang der Dinge nicht mehr ganz auf dem laufenden.
Einer von der Ortsgruppe, der als Spitzel in Mehrbergs Konzert geschickt worden war, und dem natürlich von sich aus nie aufgefallen wäre, um was für ein Werk es sich da gehandelt hat, schnappte diese Bemerkung auf. Er ging zu Mehrberg.
»Ist dieser Mendelssohn nicht Jude?«
»Doch«, sagte Mehrberg.
»Wieso spielst du ein Stück von einem Juden? Das ist doch verboten. Was dir bekannt sein dürfte.«
»Das Stück war nicht von Mendelssohn, sondern von Pfitzner, Pfitzner ist kein Jude.«

»Von Pfitzner?«
»Ja. Cellosonate in fis Moll op. 1. Aus dem Jahr 1890.«
»Hm«, sagte der Parteigenosse, drehte sich um, ging in das Büro der Ortsgruppe und machte Meldung über den Vorgang. Auf Umwegen kam die Sache Pfitzner zu Ohren. Wilhelm Mehrberg wurde nach Berlin zur Reichsmusikkammer zitiert, wo ihm der oben erwähnte Dr. Alfred Morgenroth heftige Vorwürfe machte. Meister Pfitzner sei zutiefst gekränkt. Mehrberg hatte nämlich keine Tantiemen abgeführt. (Wer Pfitzners Biographie kennt, weiß, daß sich der Meister durch den Ärger über mangelnden Tantiemenfluß ein Gallenleiden zugezogen hatte, das letzten Endes seine Todesursache wurde – auch die Ursache für die gallige Tonsprache seiner späteren Werke, die deshalb als ungenießbar immer seltener aufgeführt wurden, wodurch noch weniger Tantiemen flossen – ein circulus virtiosus.)
Wilhelm Mehrberg bat um Entschuldigung und versprach, die Tantiemen zu überweisen.
Aber während Mehrberg in Berlin war, klopfte es in Schleifferstadt in einer rauhen, eisigen Novembernacht von Montag auf Dienstag gegen zwei Uhr in der Früh einige Male kräftig an die Tür der Wohnung der Mehrbergs im Haus Nr. 3 der Ackerstraße. Die Wohnung hatte eigentlich eine Klingel, aber die drei Herren in knöchellangen Ledermänteln mit Schlapphüten ignorierten die Klingel und klopften. Hinter den drei Männern in Ledermänteln standen zwei Polizisten in Uniform.
Es spielt keine Rolle, ob die drei Herren – man führt sie besser mit Anführungszeichen –, ob die drei »Herren« Ledermäntel angehabt haben oder nicht. Es spielt keine Rolle, ob sie Ledermäntel oder vielleicht Lodenkotzen oder vielleicht Kleppermäntel oder vielleicht auch nur ganz einfach warme, gefütterte Wintermäntel aus blauem Tuch

oder aus Fischgrätmusterstoff angehabt haben – aber sie *hatten* knöchellange Ledermäntel an. Die Details der Weltgeschichte sind fast immer so, wie sie sich *der kleine Moritz* vorstellt. Die Gestapo-Bullen hatten tatsächlich immer knöchellange Ledermäntel an. Es ist zum Lachen, wenn es nicht – in vielen, vielen Fällen – zum Weinen gewesen wäre bzw. *war.* Es ist wohl auch nicht untersucht, warum sich Gestapo-Bullen offenbar nur in knöchellangen Ledermänteln stark fühlten. Aber vielleicht würde man mit so einer Untersuchung der Gestapo nur zu viel Ehre antun. Sei es, wie es will.

Clara Mehrberg machte auf. Sie war so erschrocken, daß sie vergaß, einen Morgenmantel anzuziehen. Die Gestapo-Bullen betrachteten wohlgefällig die durch das dünne Nachthemd kaum verhüllten Formen und drängten in die Wohnung.

»Gibt es einen Hinterausgang?« pfiff einer.

»Nein.«

Da postierten sich die uniformierten Polizisten vor der Wohnungstür. Mehrbergs mußten aufstehen und sich in der Küche an die Wand stellen. Rudi Mehrberg hatte den ganzen Tag Bauchweh gehabt – eine Vorahnung? – und mußte dringend aufs Klo. Mutter Mehrberg schrie und weinte. Rudi schrie auch. Da holte der eine der Ledermäntel in einem Anflug grenzenloser Menschlichkeit den einen der uniformierten Polizisten von draußen, und der mußte mit Rudi Mehrberg aufs Klo gehen. Aber Rudi Mehrberg genierte sich, in Gegenwart eines Fremden zu expektorieren. Es gab neue Tränen. Mutter Mehrberg wollte auf den Gang hinaus, um Rudi zu helfen, wurde rüde zurückgedrängelt. Der grenzenlos menschliche Ledermantel entschied: durchsucht das Klo zuerst, und laßt den Bengel alleine scheißen.

Während Rudi im Klo saß – viel länger, als er mußte –,

stellten die Ledermäntel die Wohnung auf den Kopf. Sie nahmen alles mit, was Noten waren. (Es fehlte dann später allerdings auch ein Pfund Butter und ein silbernes Armband, das Berta von ihrer Taufpatin zur Konfirmation geschenkt bekommen hatte.) Ordentlich, wie nationalsozialistische Beamte waren – ob in Ledermänteln oder nicht – wurde nachher ein Protokoll erstellt und die *Sicherstellung* von soundsoviel Blättern, Heften und Büchern *musikalischer Noten* quittiert. (Die Butter und das Armband nicht.) Um halb vier Uhr verließen die Ledermäntel die Wohnung und Rudi Mehrberg das Klo. Den Hindemith-Brief hatten die Ledermäntel nicht mitgenommen, obwohl das ja womöglich auch ein corpus delicti gewesen wäre. Ein Brief des entarteten Hindemith: »Lieber Kollege Wilhelm Mehrberg ... bestens grüßend Ihr Paul Hindemith.« Aber es waren diese gerahmten Zeilen eben keine *musikalischen Noten*. Und Ordnung mußte sein. Ordnung war immer bei den Ledermänteln. Sie hatten nur den Auftrag, *musikalische Noten* mitzunehmen. Ordnung war immer. Das mit der Butter und dem Armband, das muß man nicht so eng sehen. Schließlich waren auch Ledermäntel Menschen, und so betrachtet ist das ja direkt ein versöhnlicher Zug. Sagt heute mancher.

Als Wilhelm Mehrberg heimkam und alles erfuhr, wußte er sofort Bescheid. Als er wenige Tage später vorgeladen wurde, nahm er schon eine Zahnbürste und seinen Schlafanzug mit. Es sprach sich rasch herum, daß Mehrberg verhaftet worden war. »Ist auch Zeit geworden«, sagte mancher vom *Bürgeradel*.

Auf der Gestapo hatte man Mehrberg die sichergestellten Noten vorgehalten: *nichts* von Pfitzner, insbesondere nicht die Cellosonate in fis-Moll op. 1 aus dem Jahr 1890, dafür ein ganzer Berg Mendelssohn. Was er, Mehrberg, dazu sage?

»Die Noten für die Pfitzner-Sonate haben wir ausgeliehen gehabt und wieder zurückgegeben«, log Mehrberg.
»Und dieser ganze jüdische Schund?«
Mehrberg zuckte mit den Schultern.
»Werden wir ja sehen«, sagte der Ledermantel (der allerdings, da im Büro sitzend, keinen Ledermantel trug, sondern Ärmelschoner), »werden wir ja sehen«, sagte der Ledermantel resp. Ärmelschoner: »Abführen!«
Nach einem Spezialverhör von vier Tagen, zu welchem Behufe Wilhelm Mehrberg nach Koblenz verlegt worden war, gestand er, daß er und seine Tochter tatsächlich nicht die Sonate von Pfitzner gespielt hätten, sondern die von Mendelssohn. Seine Tochter – davon ließ er sich auch im speziellsten Spezialverhör nicht abbringen – habe die Sonate aber für die von Pfitzner gehalten. Er habe seine Tochter bewußt im unklaren darüber gelassen. Den Namen *Mendelssohn* auf der Cellostimme habe er überklebt. Das stimmte sogar und konnte anhand der sichergestellten Noten nachgeprüft werden. Die Ledermäntel schauten nach. Ordnung war immer. Tatsächlich überklebt. Es war aber so, daß Berta doch sehr gut gewußt hatte, was sie spielte. Berta ist eine viel zu gute Musikerin, um eine langweilige Sonate von Pfitzner mit dem eleganten Stück von Mendelssohn zu verwechseln. Die Vorwürfe aber, die gegen Mehrberg erhoben wurden, verschärften sich dadurch natürlich: Er habe, hieß es, eine rassereine Heranwachsende zum Spiel artfremder Machwerke verleitet. Zu einem Gerichtsverfahren kam es nicht. Wilhelm Mehrberg wurde aus Koblenz erst nach Köln verlegt – wo ihn seine Frau zum letzten Mal besuchen durfte –, dann mit unbekanntem Ziel *verschubt.* Im April 1945 erhielt Frau Mehrberg – schon in Jöchlstein – eine lakonische Todesnachricht: Lungenentzündung.
Über die Gestapo-Zentrale, die Reichsmusikkammer und

Herrn Dr. Alfred Morgenroth erfuhr Hans Pfitzner von dem Vorfall. Er bekam angesichts der Tatsache, daß eine jüdische Sonate für ein Werk von ihm ausgegeben worden war, Krämpfe und einen starken, vier Stunden dauernden Schluckauf. Auf die Tantiemen insistierte er aber doch. Auch er prozessierte erst gegen Mehrberg, dann nach dessen Tod gegen die Witwe. Aber die Prozeßakten gingen in den Kriegswirren gemeinsam mit dem ganzen Amtsgericht Schleifferstadt unter. (Dort hatte Pfitzners Anwalt geklagt: § 132 ZPO Gerichtsstand des Deliktortes.)
Im Gegensatz zu Brecht bekam Hans Pfitzner von Frau Witwe Mehrberg kein Geld.
Es wäre reizvoll, sich in dem Zusammenhang auszudenken, was passiert wäre, wenn Hans Pfitzner unbefugt ein Gedicht von Bert Brecht vertont hätte. Vielleicht das Gedicht:
»Setzen Sie sich!
Sitzen Sie?«
Ich habe Ihnen etwas mitzuteilen, was Sie interessieren wird.
Sie sind ein Plattkopf...«

*

Frau Mehrberg wollte nicht mehr in Schleifferstadt bleiben. Sie glaubte zu spüren, daß die Leute hinter ihrem Rücken mit Fingern auf sie wiesen. Kurz bevor im März 1945 das Haus Nr. 3 in der Ackerstraße durch einen Bombenangriff zerstört wurde, übersiedelte die Familie – mit Ausnahme der Söhne Wilhelm und Max – nach Jöchlstein am Fuße der Kalten Tauern im Tauerngau. Ein trauriger, makabrer Gedanke: Hat die Verhaftung und dann der Tod Wilhelm Mehrbergs seine Familie davor gerettet, unter den Trümmern ihres Hauses begraben zu werden?
Die Übersiedlung war nicht einfach, wie man sich denken

kann: Mutter mit acht Kindern und einem Enkelkind. Das finanzielle war noch das wenigste. So seltsam das klingt: Nach der Verhaftung Mehrbergs ging es der Familie, was das Geld betraf, besser als vorher. Frau Mehrberg bezog eine Rente, irgendwelches Familiengeld, Zuschüsse und so fort. Da kam sogar eine Germanin vom NSV ungefragt daher und half Formulare auszufüllen, übernahm unentgeltlich Gänge zu den Behörden und machte sich administrativ nach allen Seiten nützlich. Mehrbergs waren ja nicht rassisch minderwertig, nur der Vater war entartet. Da unterschied man sehr genau in Schickelgrubers Großreich. Ordnung war immer. Die Kinder eines Entarteten sollten dem gesunden Volkstum erhalten bleiben. Der Scholle wieder verknüpft werden, sofern man dieses Bild gebrauchen darf. Eine Scholle kann man nicht knüpfen, und *knüpfen* oder *verknüpfen* weist eher in die Welt des Strickes; aber der Strick war ja für Schickelgruber mindestens ebenso wichtig wie die Scholle. Reichskanzler Schollenstrick.
Das Finanzielle also war gar nicht das Problem, zumal auch Tochter Idas Schwiegereltern, die Steinhändler Korschmann, ein wenig unter die Arme griffen. Von Idas Schwiegermutter kam auch der Tip mit Jöchlstein. Der alte Konrad Korschmann – damals, 1945, schon tot – hatte zwei Passionen: den deutschen Schäferhund und die Natur. Was den deutschen Schäferhund anbetraf, so sagte Wilhelm Mehrberg, der mit seinem Gegenschwieger (wie dieses Verwandtschafts- oder besser Schwägerschaftsverhältnis zwischen Schwiegereltern früher genannt wurde) wenig Umgang pflog: »Er hält einen deutschen Schäferhund und ist auch sonst ein unsympathischer Mensch.« Die Natur liebte der alte Korschmann bevorzugt in steiniger Form. Wenn er das Wort Gebirge aussprach, bekamen seine Augen den gleichen Glanz wie sein deutscher Schä-

ferhund *Goldi*, wenn er den Freßnapf sah. Zwar gibt es in Schleifferstadt Felsen, sogar hochaufgetürmte Felsen, brüchigen Schiefer, in den sich der Fluß eingegraben hat, im engen Tal lag Schleifferstadt, aber das waren nur Felsen, kein Gebirge. Oben auf dem Felsen war nicht *nichts*, wie es der alte Korschmann liebte, oder statt nichts: *Der deutsche Herrgott, hörst du, Goldi?* Wau, Wau! *(Glauben Sie, daß der Hund jedes Wort verstand? Garantiert?)* Oben auf dem Felsen war wieder Landschaft, waren Dörfer, Straßen, Wälder. Richtige *Natur* für den alten Korschmann war nur dort, wo nach oben die Welt zu Ende war. Er reiste deshalb – mit Frau und Goldi, das war lang bevor er Ida Mehrbergs Schwiegervater wurde – in die Schweiz. Uri, Schwyz, Unterwalden; Vierwaldstätter See, Churfürsten; *Mei' Vat'r isch ein App'nzöller, der frißt 'n Kaas mitsamt 'm Töller;* das war das Lieblingslied des alten Korschmann, gleich nach der *Wacht am Rhein.* (Da kann man sich denken, daß die Berührungspunkte mit Mehrberg spärlich waren.) Aber eines Tages verdarb es sich die Eidgenossenschaft mit Korschmann. Sie ließ *Goldi* nicht hinein. Goldi hatte Würmer. Die Schweizer wollten ihre deutschen Schäferhunde (oder heißen sie dort Eidgenössische Schäferhunde?) wurmfrei halten, und wenn schon nicht wurmfrei, so sollten doch Eidgenössische Schäferhunde nur eidgenössische Hundswürmer haben.

Der alte Korschmann machte eine unbeschreibliche Szene an der Grenze, küßte seinen Hund und schritt unter Absingen des Liedes *»Die Wacht am Rhein«* ins Reich zurück, respektive auf die deutsche Bahnsteigseite in Basel. Er wich nach Österreich aus und strich den Appenzeller-Vater, der Teller frißt, aus seinem Gedächtnis. In Österreich waren Goldis Würmer willkommen.

Korschmanns wohnten in Jöchlstein beim *Bruchwirt.* Fremdenverkehr gab es damals in den dreißiger Jahren zwar in Yrwent, noch nicht aber in Jöchlstein. Jöchlstein war ein Pfarrdorf mit vielleicht 2000 Seelen. Das mondäne Leben draußen in der Saison von Yrwent berührte das sittsame Jöchlstein noch nicht. (Inzwischen hat sich das alles selbstverständlich geändert, auch in Jöchlstein gibt es heute zahlreiche Hotels und riesige Appartementhäuser für niedersächsische Augenärzte, wie ich gelesen habe.) Jöchlstein verfügte über eine etwas gedrungene romanische, im XVIII. Jahrhundert barockisierte Kirche, über eine Volksschule mit zwei Klassenzimmern, demgemäß auch zwei Klassen: 1. Klasse und 2. Klasse; mehr braucht es im Tauerngau nicht, weil eh alle immer sitzenbleiben; Lesen und Schreiben gilt als Luxus, Analphabetismus als gottgefällig, die Schwarze Partei erzielt dort seit eh und je 85%. Jöchlstein verfügte weiters über ein Gemeindeamt, in dem auch die Post, die Raiffeisenkasse und die landwirtschaftliche Genossenschaft untergebracht war (später auch die Ortsgruppe Jöchlstein der NSDAP, auch 85%), über zwei Gasthäuser, den schon erwähnten *Bruckwirt* und den etwas kleineren *Neuwirt*. Der Bruckwirt vermietete auch Zimmer. Die Zimmer waren sehr einfach damals, die hygienischen Verhältnisse waren noch einfacher – höflich ausgedrückt –, aber der Bruckwirt war ein begeisterter Sänger der *Wacht am Rhein* und hatte auch einen deutschen Schäferhund. Vom Bruckwirt lernte der alte Korschmann das Lied *Wir sind die Kaiserjäger vom ersten Regiment*, das bei ihm dann bald die Stelle des Tellerfressers einnahm. Vor allem aber keuchte Korschmann auf den Brotzenkogel, auf die Talspitze, auf den Großen und den Kleinen Wöllener, und wie die Berge alle heißen, die als vertikale Natur um Jöchlstein herumstehen und in ihrer Gesamtheit die Kalten Tauern ausmachen. Auf Felsen kletterte Korschmann nicht, Seil und Pickel und Steigeisen, das nicht, nur Bergwanderungen mochte er, stapfte über Almwiesen, setzte sich auf Steine, hielt Butterblumen für Edelweiß, trug Goldi einen Hang hinauf, schwang oben seinen Trenkerhut und sagte unten dann: »Käthe, für mich ist das der reinste Gottesdienst.« Käthe war Frau Korschmann.

So verbrachten die Korschmanns manchen Sommer im Tauerngau. Als Wilhelm Mehrberg verhaftet wurde, und Frau Mehrberg sich der nunmehr verwitweten Gegenschwiegerin Käthe Korschmann anvertraute, sagte die: »– das kann ich sehr gut verstehen. Unter *den* Umständen würde ich auch nicht in Schleifferstadt bleiben.«

»Aber wohin?« fragte Frau Mehrberg.

»Nach Jöchlstein«, sagte Käthe Korschmann nach kurzem Nachdenken. Es ging dann recht rasch. Frau Korschmann schrieb an den Bruckwirt, die Antwort kam bald. Der Bruckwirt hatte den Pfarrer gebeten, ihm den Brief vorzulesen und die Antwort abzufassen. »Freue mich, wieder von Ihnen zu hören. Wie geht es Goldi? Hochachtungsvoll Meiereder Anton, Bruckwirt.« Der Bruckwirt selber sah sich außerstande, alle aufzunehmen, vermittelte aber für Ida Mehrberg und sieben Kinder ein Quartier beim *Niederbrunnhofer.* Dort bekam Frau Mehrberg zwei Zimmer und das Recht, die Küche zu benutzen. Ida Korschmann aber und ihren Christian nahm der Bruckwirt auf. Das lasse er sich nicht nehmen, schrieb er, die Schwiegertochter und den Enkel seines alten, leider verstorbenen Freundes aufzunehmen. Wenn die Schwiegertochter wolle, schrieb er weiter – das heißt: ließ er, wie erwähnt, vom Pfarrer schreiben –, so könne sie ruhig auch Goldi mitbringen. Damit man Goldi vor den Bomben rette. Aber Goldi war zu der Zeit längst schon bei den immerwährenden Freßnäpfen. Sie war schon 1938 heimgegangen. Goldi war damals praktisch viereckig geworden. Aufs Sofa, ihren Lieblingsplatz, mußte sie gehoben werden. Ein entsprechender Spottvers im deutschen Schäferhunde Verein Schleifferstadt e.V., vorgetragen bei der Nikolausfeier 1937, hatte den alten Korschmann so gekränkt, daß er erstens aus dem Verein austrat und zweitens seinem Hund eine Abmagerungskur verordnete. Nach einigen Wochen Hungerns konnte Goldi wieder allein aufs Sofa springen. Auch auf der Straße rollte sie wieder etwas behender. Das führte aber dazu – in Verbindung mit dem Hunger –, daß sie alles fraß, was nicht niet- und nagelfest war, vornehmlich Zigarettenstummel.

Eines Tages war es dann soweit. Goldi hatte mehr Zigaretten- und wohl auch Zigarrenstummel gefressen, als selbst ein deutscher Schäferhund verträgt. Sie bekam Blähungen. Sie furzte so, daß sie jedesmal quer durchs Zimmer schoß, oft mehrfach. Wenn man einen Luftballon nicht zubindet, sondern nur so mit der Hand festhält, dann losläßt, schießt er wie toll hin und her, und hinten entweicht die Luft. Genau so war es mit Goldi. Der alte Korschmann zerfloß vor Mitleid. Er holte den Tierarzt. »Einschläfern«, sagte der. »Nur über meine Leiche«, sagte Korschmann.

Aber Korschmanns Wohnung war nahezu unbewohnbar. Es mußten ständig die Fenster offen gehalten werden. Um noch mehr Durchzug zu erzielen, öffnete der alte Korschmann auch die Tür zur Terrasse. Goldi furzte, schoß vom Sofa zum Schrank, zurück zum Sofa, prallte schräg auf – Ausfallswinkel ist gleich Einfallswinkel – schnellte zur Standuhr, furzte nochmals und fuhr am hilflos die Hände ringenden Korschmann vorbei zur Terrassentür hinaus quer über die Mainzer Straße und explodierte im Vorgarten der Kreissparkasse. Die Feuerwehr rückte aus, weil man zunächst einen Gasrohrbruch vermutete. Die Standuhr in Korschmanns Zimmer blieb durch den Aufprall

Goldis auf 11 Uhr 34 stehen. Korschmann beließ sie so, überlebte das alles aber um kein Jahr.

*

Am 26. Februar 1945, einem Montag, an dem Tag, als die Nazi den schon recht vielsagenden Erlaß zur *Errichtung von Sonderstandgerichten zur Bekämpfung von Auflösungserscheinungen* herausgaben, wobei anderseits der *Völkische Beobachter* und der salbungsvolle Rundfunkkommentator Hans Fritsche energisch bestritten, daß es Auflösungserscheinungen gab, ging Frau Mehrberg zur Hauseigentümerin hinunter, einer gewissen Frau Schlagintweit, die in ihrer Kittelschürze und mit heruntergerollten Strümpfen in der Wohnküche saß und Malzkaffee schlürfte.

»Ich gebe die Wohnung auf«, sagte Frau Mehrberg.

»Mhm«, sagte die Hauseigentümerin.

»Zum Ersten«, sagte Frau Mehrberg, »ich lasse die Schlüssel stecken.«

»Zu welchem Ersten?« fragte die Hauseigentümerin, »April oder Mai?«

»Ich dachte: zum ersten März«, sagte Frau Mehrberg.

»Mhm«, sagte die Hauseigentümerin.

»Nicht?«

»1. April, früher nicht. Die Märzmiete müssen Sie mir schon noch zahlen.«

»Gut«, sagte Frau Mehrberg und seufzte, »dann brauchen die Möbel ja wohl auch erst im Lauf des März abgeholt werden. Das ist eine gewisse Erleichterung.«

Frau Mehrberg hatte mit der alten Korschmann ausgemacht, daß die Möbel und alles, was nicht nach Jöchlstein mitgenommen wurde, auf den Speicher des Korschmannschen Hauses in der Mainzer Straße – der sehr groß und fast ungenutzt war – gelagert werden sollte.

»Wieso«, fragte die Hauseigentümerin, »nehmen Sie die Möbel nicht mit? Dorthin, wo Sie hinziehen?«
»Nein, dort wohnen wir möbliert.«
»So«, sagte die Hauseigentümerin.
»Naja, *vorerst*«, sagte Frau Mehrberg.
»Und wohin ziehen Sie, wenn man fragen darf? Damit eventuell die Post nachgeschickt werden kann, falls eine kommt.«
»Nach Jöchlstein.«
»Wohin?«
»Nach Jöchlstein.«
»Das habe ich noch nie gehört. Jöchlstein?«
»Im Tauerngau.«
»Wo ist der Tauerngau?«
»In der Ostmark. In den Alpen also, gewissermaßen.«
»Du meine Güte«, sagte die Hauseigentümerin, nickte grüßend und wandte sich wieder ihrem Malzkaffee zu. Mit dem gekrümmten Finger angelte sie die Haut aus der Tasse und schlürfte sie ab.
Die alte Korschmann versprach, für den Transport der Möbel und der Sachen aus der Wohnung in der Ackerstraße in ihr Haus zu sorgen. Mehrbergs sollten nur alles schön herrichten, in Kisten und Kartons und so weiter.
So standen die Möbel aufgereiht in der Wohnung, als Mehrbergs Schleifferstadt verließen, die Schränke leer, alles verpackt in Kisten und Kartons – alle Kinder hatten brav geholfen mit Ausnahme von Hanna, die nur, wenn Clara sie anfauchte: »Heb' endlich deinen fetten Hintern und tu' auch was!« kurz aufstand, lustlos ein Glas zum Geschirrkarton brachte und dann erschöpft wieder in einem Stuhl versank – die Teppiche zusammengerollt, die Lampen von den Decken, die Vorhänge von den Fenstern genommen.
Alles stand auch noch so in der Wohnung, als am 4. März

eine amerikanische Sprengbombe das Haus erst in eine Feuersäule und dann in einen Haufen Ruß und Ziegelschutt verwandelte. »Aber die Transportkosten sind somit nicht angefallen. Das hätte hundert Mark gekostet, gut und gern«, schrieb die alte Korschmann in dem Brief, in dem sie das Unglück nach Jöchlstein mitteilte. Das war der erste Brief, den Mehrbergs in Jöchlstein bekamen, und den drückte die Niederbrunnhoferin Frau Mehrberg in die Hand, kaum daß sie ihre Sachen in den zwei angemieteten Zimmern ausgepackt hatte.

Die Reise war furchtbar gewesen. Frau Mehrberg, sieben Kinder: Clara, Berta, Hanna, Hans Walter (der die zweite Post in Jöchlstein bekam: den Gestellungsbefehl), Gertrud, Louis, Rudolf und die älteste Tochter Ida Korschmann mit dem kleinen Christian.

»Da würde wirklich nur der Köter fehlen«, sagte Berta.

Zehn Personen also. Wenn man davon ausgeht, daß Jöchlstein 2000 Seelen hatte, dann vermehrte sich durch Mehrbergs die Einwohnerzahl auf einen Schlag um immerhin ein halbes Prozent. Und die vielen Koffer und Taschen, damit darin auch alles Platz hatte, was man mitnehmen wollte. (»Auch die Sommersachen, wer weiß, wie lang wir dort bleiben müssen.«) Es wurde in Pappschachteln, ja sogar in Tüten verpackt. Einkaufsnetze voll Kochgeschirr. Die Schultaschen der jüngeren Kinder. Aus Bettbezügen wurden Ballen gemacht, die mit Wäsche vollgestopft waren. Und das alles im Schneesturm, der durch Schleifferstadt pfiff und den Perron des hochgelegenen Bahnhofes mit griesigem kaltem, weißem Staub überzog. Und der Zug kam nicht. Das war aber anderseits wieder ein Glück, denn die ganzen Koffer, Taschen, Schachteln und Ballen konnten, selbst wenn jeder (einschließlich des kleinen Christian) zwei Stück trug – mehr als zwei Hände hat ja keiner – konnten gar nicht auf einmal von der Ackerstraße zum Bahnhof gebracht werden. Clara, Berta und Hans Walter liefen an die fünfmal durch den Schnee, quer durch die Stadt. Nur Hanna, der mühsam zwei ganz leichte Taschen in die Hand gedrückt werden konnten. »Wenn du die Füße aufhebst, gehst du leichter«, fauchte Berta – ging nur einmal. Ganz langsam schlurfte sie zum Bahnhof. Dort setzte sie sich mit Entschiedenheit nieder und sagte: »Ich habe einfach keine Lust mehr.«

Das Einwaggonieren: Der Schaffner wurde fast wahnsinnig. Zum Glück war der Zug nicht voll. (Der nicht; andere später, schon.) In zwei Abteile wurde durch Fenster und Tür hineingeschoben. Der Zug habe vier Minuten Verspätung bekommen, sagte der Schaffner vorwurfsvoll.

»Das macht bei sechzig Minuten Verspätung, die er ohnedies hat, auch nichts mehr aus«, schimpfte Berta.

Mehrbergs mußten mehrmals umsteigen. Das Wetter wurde nicht besser, die Anschlüsse aber seltener. In Stuttgart war der Anschlußzug so voll, daß sich das Mehrbergsche Transportgut nicht mehr unterbringen ließ. Ein Karton mit Geschirr fiel hinunter zwischen die Gleise. Ein sattes Klirren Tausender von Brüchen. »Den brauchet Sie gar net mehr heraufhole«, sagte ein mitfühlender Reisender, der sich aus dem Fenster beugte und zuschaute, wie Mehrbergs versuchten, ihr Gepäck zwischen die Beine der anderen Fahrgäste zu schieben, die schon im Gang des Waggons standen. Die Ballen mit der Wäsche waren schon feucht und schwer, die Kartons begannen aufzuweichen, zum Teil auch die Koffer.

»Wenn ich mir jetzt vorstelle«, sagte Hans Walter, »daß wir auch noch den Köter dabeihätten.«

»Halt deinen Mund«, sagte Clara, »es reicht mir Hanna.«

Der Fahrdienstleiter pfiff und schimpfte, fuchtelte wild mit den Händen. Mehrbergs verstanden hier den Dialekt bereits nicht mehr, aber sie ahnten, was der Fahrdienstleiter meinte. Die erbosten Passagiere im Waggon schrien und drückten die mühsam hineingewürgten Gepäckstücke wieder hinaus. Frau Mehrberg weinte. Nur Hanna hatte einen Sitzplatz ergattert und hielt ihr Poesiealbum auf dem Schoß.

Es ging nicht. Mehrbergs hatten in dem Zug nicht mehr Platz. Es ging nicht. Es gibt Dinge, die lassen sich nicht zwingen. Im letzten Augenblick, bevor der Zug gnadenlos abfuhr, gelang es Mehrbergs, wenigstens ihre Sachen wieder herauszubekommen. Erschöpft wankten sie in den ungeheizten Wartesaal und schichteten ihre Habseligkeiten um sich auf. Eine trübe, schwefelgelbe Birne, die infolge der sparsamen Reichsbahnstromfrequenz flakkerte, beleuchtete die Szene. Es gibt alte Holzstiche und Öldrucke: *Zwischendeckpassagiere* oder *Auf dem Weg in eine neue Heimat* – die stellen solche Szenen dar.

Nur Hanna war nicht mehr aus dem Zug gekommen. Man traf sie in Bischofshofen wieder beim siebenten Umsteigen. Sie hatte immer einen Sitzplatz gefunden und als Gepäck ihr Poesiealbum dabei.

Am dritten Tag nach der Abfahrt aus Schleifferstadt, einem Samstag, dem Tag, als die US-Army Trier einnahm und Finnland dem *Reich* den Krieg erklärte – was das Kraut auch nicht mehr fett machte, oder vielleicht sollte man umgekehrt sagen: was dem Kraut auch nicht mehr viel Fett entzog – standen Mehrbergs durchnäßt und erschöpft, übernächtigt und halb verhungert am Bahnhof von Yrwent. Der Schneesturm wehte Hauben auf das rasch aus dem Zug gezogene, achtlos hingeworfene Gepäck.

»Ich habe geglaubt, da gibt es Berge?« fragte Rudi.

»Die sieht man nur nicht«, sagte Berta, »bei dem Wetter.«

Frau Mehrberg zählte die Gepäckstücke. Da aber niemand genau wußte, wieviele es in Schleifferstadt gewesen waren, konnte man einen eventuellen Schwund nicht feststellen. Nur den verlorenen Karton mit Geschirr von Stuttgart wußte man sicher. Während des ganzen Aufenthaltes der Familie in Jöchlstein redeten sich alle immer, wenn man etwas nicht fand, darauf hinaus, daß das beim *Umzug* – wie dieses Chaos familiär-euphemistisch genannt wurde – verloren gegangen sei. In Wahrheit allerdings und insgesamt, meinte Frau Mehrberg, sei es doch erstaunlich, wie wenig man eingebüßt habe – an den Umständen gemessen. Auch alle Kinder waren da und auch der Enkel. Selbst Hanna.

»Obwohl es um die am wenigsten schade gewesen wäre«, sagte Hans Walter.

»Halt deinen Mund!« sagte Frau Mehrberg, »sowas sagt man nicht.«

»War ja nur Spaß.«

»Auch nicht im Spaß.«

Ein älterer Mann in hohen Stiefeln, eine Peitsche in der Hand, einen grauen Hut auf dem Kopf, ohne Mantel, aber in eine dicke, grobe Jacke gekleidet, trat auf Frau Mehrberg zu und sagte etwas, was keiner der Familie verstand. Es wurde schon erwähnt, daß man sich von Stuttgart an schwer tat, die Leute zu verstehen. Die ganzen Monate in Jöchlstein gewöhnte sich Frau Mehrberg nicht an den Dialekt des Tauerngaues, und was die Leute zu ihr sagten, ahnte sie mehr, als daß sie es verstand. Den älteren Kindern – mit Ausnahme Claras – erging es nicht anders, und nur die jüngeren von Gertrud abwärts, erlernten, begünstigt durch die Aufnahmefähigkeit der frühen Jugend, die Sprache der Gegend, vergaßen sie allerdings später bald wieder.

Der Mann in den Stiefeln war der Niederbrunnhofer. Er hatte einen flachen Wagen dabei, vor den ein armseliges

Pferd gespannt war, half das Gepäck aufladen, ließ Mutter Mehrberg, Ida Korschmann und ihren Christian auf dem Bock sitzen, gab ihnen eine große, graubraune, filzdicke Pferdedecke, in die sie sich etwas einhüllen konnten, bedeutete den anderen mit dem Peitschengriff, daß sie sich auf der Pritsche verteilen sollten, stieg dann selber auf und schrie: *»Hü!«*

Das arme Pferd zog an. Ganz langsam durch den eher noch stärker und bald schwefelgelb werdenden Schneesturm stapfte das Tier die Straße entlang, durch Yrwent durch, hinein ins Yrwental. An der steilen Stelle an der Schwarzen Brücke, wo das Tal zum ersten Mal ganz eng wird, mußten alle absteigen und schieben. Spät abends knarzte das Gefährt in einem sanften Bogen von der Straße ab in den schneeüberkrusteten Kies des freien Platzes vor dem Niederbrunnhofer-Hof. Frau Mehrberg hatte zu dem Zeitpunkt schon aufgegeben zu hoffen, in dieser Schneehölle noch irgendwann irgendwo anzukommen.

Unter der Tür stand die Niederbrunnhoferin. Ursula, genannt die *Brillenputt.* Sie trug als einzige Bäuerin im ganzen Tal Augengläser und galt auch sonst als herrisch und hochfahrend. Man war im Tal aber doch froh, daß die Niederbrunnhoferin eine Brille trug. Ihr wurde nachgesagt, daß sie den *Bösen Blick* habe, der durch das Brillenglas abgeschwächt wurde.

»Paß auf!« schrie der Niederbrunnhofer.

Zu spät. Der alte Niederbrunnhofer, Vater des Hofherren und Austragsbauer, war neugierig aus dem Haus getreten und schon war er hingefallen. Die Bäuerin hob ihn auf und führte ihn zurück.

Viel mehr Leute wohnten – bevor Mehrbergs kamen – nicht auf dem Niederbrunnhofer-Hof: der alte Austragsbauer, der *junge* Bauer, der aber auch schon längst nicht mehr jung war, und seine Bäuerin, die besagte *Brillenputt.*

Kinder hatte der Himmel den Niederbrunnhofern versagt. »Ein Glück«, pflegte die Bruckwirtin zu sagen, »daß sich *die* nicht fortpflanzt.« Es gab auch noch eine Alte Magd (Wetty, welche Bezeichnung in jenem Landstrich eine Koseform für Barbara ist, über *Babette* zu *Bette – Betty – Wetty* abgeleitet) und den Ukrainer. Der Ukrainer war ein sogenannter *Hiwi*: Hilfswilliger, das war ein zwangsrekrutierter und zum Arbeitseinsatz im Reich abkommandierter Mann, der dem Niederbrunnhofer anstelle des zum Militär eingezogenen Knechts zugewiesen worden war. Der Ukrainer konnte nicht deutsch, dennoch verstand ihn Frau Mehrberg besser als sie die Leute im Tal verstand. Der Ukrainer schlief im Stall, worum ihn Rudi glühend beneidete. Die alte Wetty schlief – seit Jahrzehnten, seit sie als junges Mädchen auf den Hof gekommen war – in einem Verschlag im Dachboden. Der Austragsbauer hauste in einer Kammer, die über dem Hühnerstall, etwas abseits vom Haus, jenseits des Misthaufens, aufgestockt worden war. Mehrbergs bekamen das eheliche Schlafzimmer der Bauern und eine Kammer daneben. Der Niederbrunnhofer und seine Frau schliefen von da ab im Erdgeschoß in einer Kammer, die durch eine niedrige Tür hinter dem riesigen Ofen in der Stube zu erreichen war. Dort war es immer am wärmsten.
Die Küchenbenützung, die Mehrbergs zugesichert war, stellte sich als etwas ganz anderes heraus. Man muß sich fragen: Hat der Tourismus den Menschenschlag im Yrwental verdorben? Oder war diese abergläubische und streitsüchtige Rasse von vornherein auf die künftige Korruption durch Schick und Sport und Geld angelegt? Hat die Idiotie des Profites diese bergschratischen Kelten ergriffen, weil sie von vornherein dazu prädisponiert waren? Oder hat sich der elende Geist des Wintersportes eben dieses Tal ausgesucht, in dem eine Bevölkerung lebt, die

den Stumpfsinn als Tugend zu verstehen imstande ist? Hat der Zorn der Gottheit den Fremdenverkehr in dieses ehedem paradiesische Tal geschleudert, um die Yrwenter für ihre Borniertheit zu bestrafen, oder hat eben diese Borniertheit den Gottesblitz angezogen?

Wenn man die Niederbrunnhoferin betrachtet, Ursula, die Brillenputt, muß man letzteres annehmen. Sie hat das Überschwappen des Fremdenverkehrs nach Jöchlstein, das Heraufbranden von Schmutz, Sport und Geld aus Yrwent nicht mehr erlebt, ist 1947 schon gestorben, und doch hat sie vorher eine Haltung an den Tag gelegt, die jeden Fremdenverkehrsdirektor zieren würde.

Daß Geld im März 1945 nichts mehr wert war, es sei denn, es wäre *viel, sehr viel* Geld gewesen, aber das ist eine andere Sache, wenngleich sie mit der Baskenmütze zusammenhängt, hat die Niederbrunnhoferin wie jeder gewußt; die paar Mark, die Frau Mehrberg für die zwei Zimmer und die Küchenbenutzung zahlte, waren als Gegenleistung überhaupt nicht zu beachten. Die Niederbrunnhoferin hatte es auf ganz etwas anderes abgesehen: acht Leute, das sind sechzehn Hände. Wenn auch der jüngste Mehrberg, Rudi, erst zwölf Jahre alt war, konnte selbst der sich schon nützlich machen, und eine Frau (rechnete sie sich aus), die zehn Kinder großgezogen hat, konnte keine sein, die nur auf der faulen Haut liegt. Die Küchenbenutzung hatte sich schon im April dahingehend ausgewachsen, daß Frau Mehrberg für das ganze Haus kochte, den Sautrank zubereitete, gelegentlich auch fütterte, Brot buk, die Wäsche wusch, kurzum: den Haushalt auf dem Hof versorgte. Die Brillenputt schaffte nur noch an. (Unter Sautrank versteht oder besser verstand man, heute wird auch das anders sein, eine stets säuerlich stinkende Brühe in einer großen Tonne, die neben den zwei steinernen Stufen stand, die von der Küche zum Stall führte. In diese Tonne wurde jeder Abfall geschüttet, sofern es sich nicht um Kehricht oder Asche handelte. Auch das Abspülwasser wurde hineingegossen. In der graugrünen Brühe schwammen fettige Kohlstücke und bräunlich-blasiger Schaum. Die Schweine bekamen das vorgeschüttet und schlürften es.)

Clara und Berta lernten melken. Hans Walter wäre von der Brillenputt für gröbere Arbeiten vorgesehen gewesen, wurde dem aber durch die Einberufung zu den Flakhelfern entzogen. Das paßte der Brillenputt gar nicht.

»Du, Frau Mehrberger«, sagte sie und bemühte sich, hochdeutsch zu reden, »das mit dem großen Buben ... weil der ja jetzt weg ist ...«

»Wie bitte?« fragte Frau Mehrberger.

»Naja, quasi – weil der größere Bub jetzt weg ist, zu die Flakhelfer. Da wird die Miete quasi höher. Gewissermaßen. Weil ja einer fehlt.«

»Das verstehe ich nicht«, sagte Frau Mehrberger (verstand es aber sehr wohl), »warum soll ich mehr zahlen, weil hier einer *weniger* wohnt?«

Die Niederbrunnhoferin, so schlau sie sonst war, konnte ihre Argumente nicht formulieren, jedenfalls nicht hochdeutsch. Das heißt: Die *wirklichen* Argumente hätte sie schon formulieren können, aber sie wollte sich nicht bloßstellen, indem sie ihre wahren Beweggründe gesagt hätte. Das tut kein Kelte, einer mit Brille schon gar nicht. Also ließ die Brillenputt es dabei bewenden. Die paar Mark, wie gesagt, waren ohnehin unwichtig.

Gertrud und Louis und auch der kleine Rudi mußten Kühe auf die Ötz treiben und wieder herunter, mußten Ziegen und Gänse hüten, dem Niederbrunnhofer helfen, wenn er einen neuen Zaun zog, und als es im Spätsommer ans Heuen ging, mußten sie von früh bis spät zur Arbeit. Es wäre aber falsch, das alles für die Mehrbergs als eine Art Sklaverei zu betrachten. Die Arbeit war – zum Teil –

schwer, manchmal nicht ungefährlich, aber es war auch schön. Der Geruch von Stall und Mist, der Geruch der Zaunpfosten, wenn sie frisch gesägt waren, der Geruch der Wiesen, des warmen, eben gebackenen Brotes, die unglaubliche Aufregung, wenn ein Kalb in der Nacht zur Welt kam. (Rudi war dabei und mußte eine Fackel halten.) Wenn ein Huhn geköpft wurde, das frische Wasser im Brunnbach neben dem Haus, das Liegen im Gras, wenn die Kühe mit sattem Mampfen das Gras rupften, die Kuhglocken bimmelten, und er schaute zum Himmel hinauf, wo die Wolken zogen, und wenn er lang genug hinaufschaute, meinte er, er flöge mit; der heiße Sommer, wenn es wie ein Baldachin über den Obstbäumen summte, und Rudi saß auf einem Ast und wippte ... und *keine* Schule, unabsehbar weit keine Schule. Oft sagte Rudi später: Er glaube nicht, daß er je in seinem Leben glücklicher gewesen sei als in jener Zeit in Jöchlstein, so schwer sie auch – selbst für ein Kind – war. Die mürrischen Anordnungen des Niederbrunnhofers, die lieblose Diktatur der Brillenputt, die Enge der Schlafstellen in der Kammer, selbst der Tod des Vaters und die Tränen der Mutter waren nur eine Art Kruste, die – zumindest in der Erinnerung – abfiel und aus der sich das reine Glück wie ein Goldklumpen herausschälte, wenn Rudi vor der Tenne stand und mit dem echten, richtigen Männerbeil Holz machen durfte (nicht mußte!), und er hieb in den Stock und die Scheiter flogen ihm um die Ohren und abends hatte er einen ganzen Ster aufgeschichtet und seine Hände dufteten nach frischem Harz. Und er brauchte sie nie zu waschen.
Aber auch für die anderen gab es Vorteile: nicht zuletzt die Versorgung. Es fehlte an nichts, wenn man sich nicht – was aber die bescheidene Frau Mehrberg ohnedies nicht tat – auf Bohnenkaffee oder frische Austern kaprizieren hätte wollen. Milch, Butter, Honig, Brot und Speck, alles war da,

und eins mußte man der Brillenputt lassen: damit war sie den Mehrbergs gegenüber nicht geizig – nicht aus Menschenfreundlichkeit, sondern aus der richtigen Kalkulation, daß mit ordentlicher Ernährung der Arbeitseifer und der Gehorsam besser gewährleistet waren.
So lebten Mehrbergs auf dem Niederbrunnhofer-Hof zu Jöchlstein in den Kalten Tauern, während draußen die Welt zusammenbrach. Ein Wetterwinkel. Aber nicht in allem. Denn allerdings hatte die Niederbrunnhoferin damals an dem schneestürmischen Märztag, als Frau Mehrberg vom Wagen stieg, sich aus der Roßdecke wikkelte und der Bäuerin die Hand entgegenstreckte, sie mit den Worten begrüßt: »Aha, da sind Sie also die Frau Mehrberger, wo ihr Mann im G'fängnis sitzt ...« Über die alte Korschmann und den Bruckwirt war diese Nachricht, vor der die Familie eigentlich geflohen war, hierher gedrungen, noch bevor die Flüchtlinge da waren. Frau Mehrberg erschrak im ersten Moment, aber bald bemerkte sie, daß die Gefangenschaft (und dann der demütigende Tod) ihres Mannes hier moralisch nicht von Bedeutung waren. Daß die Brillenputt ihr das sofort ins Gesicht gesagt hatte, war vielmehr der Hinweis darauf: Wer hier auf dem Hof der Herr war, und welche Ordnungsverhältnisse die Ankömmlinge erwarteten. Aber aufgemüpft hätte Frau Mehrberg sowieso nicht, was jedoch die Brillenputt doch noch nicht wissen konnte.

*

Es ist nicht ganz richtig, wenn berichtet wurde, daß Frau Mehrberg auf ihrem zugigen Sitz auf dem Bock, eingehüllt oder besser gesagt eingeschachtelt in die harte, nicht anschmiegsame, sondern nur knickbare Roßdecke, durchfroren und übernächtigt, schon gar nicht mehr hoffte, jemals irgendwo anzukommen, als der Wagen endlich

doch nach dieser Fahrt durch die fremde Nacht und den Schneesturm in den Vorplatz des Niederbrunnhofer-Hofes einbog. Da hatte die Hoffnung irgendwann doch irgendwo anzukommen, schon wieder in Frau Mehrbergs Herzen Platz ergriffen, denn man war kurz vorher schon einmal stehengeblieben: Ida Korschmann und der kleine Christian wurden beim Bruckwirt im Dorf ausgeladen. Der Bruckwirt trat unter die Tür, nahm seine Gäste in Empfang und bedauerte, daß Goldi nicht mitgekommen war.
Der Niederbrunnhofer brüllte irgendetwas Unverständliches durch den Sturm zum Bruckwirt hin, dann kletterte er zurück auf den Bock, schrie wieder: »Hü!« und sagte zu Frau Mehrberg wiederum Unverständliches. Frau Mehrberg aber ahnte, daß es heißen sollte: Jetzt sei es nicht mehr weit, und die Lebensgeister begannen sich wieder zu regen. Nach einer Viertelstunde war man da. Das Haus war beheizt, die Petroleumlampen brannten, die Brillenputt hatte einen fetten Holzhackerschmarrn vorbereitet. Hätte sie nicht vorher gleich gesagt, daß sie von der Schmach der Gefangenschaft von Vater Mehrberg wisse, hätte sich Frau Mehrberg wie vollkommen gerettet gefühlt. Aber die Kinder, obwohl sie dasaßen wie lahme Fliegen, waren glücklich und fielen hungrig über den exotischen Holzhackerschmarrn her, dann sanken sie kreuz und quer übereinanderliegend in den Schlaf. Nur Frau Mehrberg lag auf dem Rücken in dem riesigen Ehebett der Bauern – ein überreichlich mit maschinengeschnitzten Zierraten versehenes schwarzes Möbel, ein sogenanntes Prunkstück; hatte viel Geld gekostet seinerzeit, daran konnte es nicht gelegen haben, daß den Niederbrunnhofern ein Hoferbe versagt war – neben ihr die zwei älteren Töchter und Gertrud in der *Besuchsritze* und schaute zur Balkendecke. Obwohl sie müde war, mehr als müde, todmüde, schaute sie lang zur Balkendecke. Der Schnee draußen machte die Nacht weiß,

es war fast hell im Zimmer. (Vorhänge gab es nicht.) Frau Mehrberg fuhr mit den Augen den Rissen in den Balken nach. Die Risse klafften, manche mehr, manche weniger, manche nach dahin, manche nach dorthin. Frau Mehrberg zählte die Nägel an den Balken (alte, grobe, schmiedeeiserne Nägel mit bauchigen, gehämmerten Köpfen), die ganz unregelmäßig eingeschlagen waren, wie es eben notwendig war, als der Zimmermann die Balken fügte. Das war ein paar hundert Jahre her. Ob von dem Zimmermann noch ein Knochen vorhanden war? Unten im Friedhof neben der Kirche? Frau Mehrberg hatte den Friedhof gesehen, undeutlich, als man gehalten hatte, um die Tochter Ida und den Enkel beim Bruckwirt abzuladen. Zwischen dem Gasthof und der Kirche, die finster und massig dalag, war der Friedhof zu sehen gewesen mit den für Frau Mehrberg ungewohnten, gespenstisch wirkenden geschmiedeten Kreuzen, die jetzt alle weiße Hauben aus Schnee trugen.
Dort wird vielleicht der Zimmermann liegen und auch seine Urenkel und Ururenkel schon, aber die Nägel, die er in die Balken geschlagen hatte, waren noch da, und Frau Mehrberg zählte sie, versuchte sie zu ordnen: in Dreiergruppen zu fassen, ein Ornament daraus zu machen – aber endlich schlief sie doch ein.
Noch oft in dem Jahr in Jöchlstein lag sie so da, zählte die Nägel, wenn es endlich ganz still war, und fuhr mit den Augen den Rissen nach.

*

Der nächste Morgen war eine Pracht. Rudi sprang hinaus wie in eine neue Welt. Der Schneesturm war vorbei, als wäre er nie gewesen, der Himmel war so blau und wolkenlos, daß die Augen schmerzten, die Märzsonne leckte am Schnee, überall tropfte es, von den Bäumen schmolz es,

ganz weiße Berge rutschten vom Dach. Der Weg hinunter ins Dorf war schon schneefrei – stellenweise allerdings ein langgezogenes Schlammloch. Der Föhn, der vom Joch herunter wehte, brachte so warme Luft, daß die Vögel meinten, es sei schon Frühling, und zu singen anfingen. Die Sonne strahlte über dem Tag. An einer Stelle, ganz am Haus in der Nähe des Bretterverschlages, der den hygienischen Bedürfnissen der Bewohner diente, blühten drei Krokusse.
Rudi rannte vor das Haus.
Die weißen Zacken der Kalten Tauern ragten wie geschliffen in den blauen Himmel. »Die Berge«, schrie Rudi.
»Natürlich«, sagte Hans Walter, »was meinst denn du?«
Aber selbst die älteren Kinder waren aufgeregt, die entsetzliche Fahrt der letzten Tage war vergessen, man hatte das Gefühl, als begänne ein schönes Abenteuer. Nur Hanna wälzte sich noch in ihrem Bett und maulte über irgend etwas, was ihr nicht paßte. Doch auch dieser Tag brachte einen Schlag für Frau Mehrberg. Der Briefträger kam – eine sehr seltene Erscheinung auf dem Niederbrunnhofer-Hof –, setzte sich zur Brillenputt in die Küche, redete mit ihr Unverständliches, bekam ein kleines, geschliffenes Gläschen voll öligtrübem Schnaps und brachte den schon erwähnten Brief, den die Brillenputt Frau Mehrberg gab, und in dem stand, daß das Haus in der Ackerstraße einem Bombenangriff zum Opfer gefallen war. Nur Bertas Cello war gerettet. Berta hatte es nämlich am Tag vor der Abreise noch selber zu Korschmanns getragen, weil sie es den Möbelpackern nicht anvertrauen wollte. Leider, sagte sie, habe sie den Hindemith-Brief nicht auch gleich mitgenommen.
Am Abend vorher war Ida mit ihrem Christian unten vor dem Bruckwirt nur rasch abgestiegen und hatte nichts als ihre Handtasche mit dem Nötigsten mitgenommen. Das

komplizierte, durchweichte und auf der Pritsche des Wagens mit Schnee überwehte Gepäck in der Dunkelheit auseinanderzuklauben, wäre unmöglich gewesen. Frau Mehrberg machte nun am Vormittag Ordnung.
»Vielleicht hebt Hanna auch einmal ihren fetten Arsch aus dem Bett und greift mit an«, sagte Clara.
Hanna tat, als höre sie es nicht. Es ging schon gegen elf Uhr.
»Laß sie«, sagte Frau Mehrberg, »wenn sie im Bett liegt, steht sie wenigstens nicht im Weg herum.«
Nach dem Mittagessen, als Idas und Christians Sachen ausgesondert in dem am besten getrockneten Karton verstaut waren, machten sich Clara und Rudi auf den Weg zum Bruckwirt. Rudi trug den Karton. Er war nicht sehr schwer.
Der *Bruckwirt* war ein großer, alter Gasthof, rosarot angestrichen, aber die Farbe schon abgeblättert. Über dem großen, grünlackierten Tor hing ein Wirtshausschild mit einem Stern, denn der Bruckwirt hieß eigentlich *Zum goldenen Stern*, wie auch die verblaßte Schrift, die sich über das ganze Haus hinzog, verkündete. Aber von dem Namen machte niemand Gebrauch. Da neben dem Gasthof die Straße über eine kleine Brücke führte, unter der die Tauernache hinaus nach Yrwent floß, hieß er Bruckwirt. Der Wirt selber hieß auch der Bruckwirt. Er war einer der sechs Mitglieder der NSDAP in Jöchlstein. Die anderen fünf Mitglieder der *Ortsgruppe Jöchlstein* waren: der Neuwirt (dessen Gasthof, erheblich kleiner als der Bruckwirt, eigentlich nur eine Schenke, taleinwärts lag, eines der letzten Häuser des Dorfes), der Pfarrmesner, der Waidringer hieß, der Leiter und einzige Angestellte der Raiffeisen-Filiale (der trotzdem *Herr Direktor* genannt wurde), der Weißleitner, das war der Bauer, der den größten und schönsten Hof in dem ganzen mittleren Tal hatte, und der

Maurermeister Roidl, der die Funktionen des Ortsgruppenleiters und des Bürgermeisters in sich vereinigte.
Daß der Pfarrmesner Waidringer, ein grobschlächtiger Mensch, klein, fast zwergartig, aber ungeheuer kräftig, der so klumpenartige Wörter von sich gab, daß Clara anfangs meinte, er sei taubstumm, der Nazi-Ortsgruppe angehörte, störte den Pfarrer nicht. Einen gewissen Zwiespalt gab es zwar schon: selbst in Jöchlstein erfuhr man von den Verfolgungen der Kirche, von den Verhaftungen und Hinrichtungen Geistlicher, auch in Jöchlstein wurde 1944 der Religionsunterricht in den Schulen abgeschafft, und auch in Jöchlstein war der eine oder andere – um die Kirchensteuer zu sparen – aus der Kirche ausgetreten und *gottgläubig* geworden (allen voran der Ortsgruppenleiter Roidl), aber das machte alles wenig aus. Die überkommenen Herrschaftsstrukturen des Dorfes konnten durch so eine windige Sache wie den Nationalsozialismus nicht aufgebrochen werden. Am Sonntag predigte der Pfarrer, die Weiber saßen links, die Männer rechts in der Kirche, nach der Messe gingen die Weiber heim kochen, die Männer standen noch eine Stunde vor der Kirche, diskutierten über die Ernte, das Wetter und machten wohl auch diesen oder jenen Handel. Die Bauern gingen zum Bruckwirt, die Knechte und Fuhrleute zum Neuwirt, am Freitag gab es Knödel ohne Fleisch, die ledigen Frauen trugen grüne, die verheirateten schwarze Bänder am Hut, im Mai wurde das Vieh auf die Almen, Ende September wieder heruntergetrieben, zu Martini wurde die neue Magd oder der neue Knecht eingestellt, uneheliche Kinder galten (für die Mutter, für den Vater nicht) als Schande, abends spielten der Pfarrer, der Lehrer, der Mesner und der Bruckwirt im Extrazimmer *Viererschnapsen*, und nach Hochzeiten, Beerdigungen, Kindstaufen und zu Kirchweih wurde gerauft. Die Bauern bekreuzigten sich, man klopfte Holz,

damit nicht *etwas verredet* wurde: »– mir ist noch nie ein Kalb in den Bach gefallen... unberufen!« Der heilige Ingenuin war der Patron der Pfarre, am Donnerstag – der seit Jahrtausenden als der Hexentag gilt, also: seit Jahrtausenden vielleicht nicht, wohl aber seit die Jöchlsteiner nach Wochentagen rechneten – am Donnerstag durfte man nicht mähen, das bringt Unglück. So war es und so blieb es, Ortsgruppe hin oder her. Die Kornhexe, die die Weiber freundlicher oder besser gesagt ängstlicher: die Kornmutter nannten, versteckte sich in den Getreidefeldern, und beim Abernten mußte man darauf achten, daß man sie nicht beleidigte. Die christlichen Pfarrer hatten schon vor unvordenklichen Zeiten diese Kornmutter in die heilige Notburga umgewandelt, trotzdem verbarg sie sich in den Ähren, und deshalb muß man ein Ährenbündel am Feld stehen lassen, damit Notburga, die Kornmutter, eine Zuflucht hatte. Wehe, wenn irrtümlich einmal das letzte Ährenbündel abgemäht wurde – womöglich an einem Donnerstag. Mißernten, Viehseuchen, Unwetter und Teuerung wären die unfehlbaren Folgen gewesen. Da konnte dann nur ein Umgang um das Feld helfen. Das Blut einer *Kalbin* – einer Kuh, die zwar erwachsen ist, aber noch kein Kalb gehabt hat – mußte verspritzt werden, und eine jungfräuliche Magd mußte: »Tschötsch, der Tschötsch, laß' aus, du Bär...« rufen und barfuß (nach anderer Meinung: noch besser nackt) über das Feld springen. Das versöhnte die Kornmutter, möglicherweise. Vorsorglich konnte man dann auch noch die eine Garbe vor das Bild der heiligen Notburga legen, das am Seitenalter links steht, (eine nicht schlechte Arbeit des Brixentaler Meister Placidus Firmin, was die Jöchlsteiner aber nicht wissen). Dieser Versöhnungsritus war naturgemäß schwierig, weil es wenig jungfräuliche Mägde gab im Tal. Außerdem zierten sie sich beim Ausziehen, und selbst das bloßfüßige Herumspringen auf den Stoppeln war unbeliebt, wie man sich denken kann. Daß es so wenig jungfräuliche Mägde gab, daran waren gewisse andere, alt-ehrwürdige Bräuche schuld: das Einfahren der letzten Heufuhre, zum Beispiel. Diese letzte Fuhre heißt: *die Hunt* und wird vom Pfarrer mit Weihwasser bespritzt, wobei das Erntevolk »*Meerstern, ich dich grüße*...« singt. Aber das allein hilft nicht, wenn nicht eine Art Baldachin aus einem Heutuch, gehalten von den Rechten, über dem letzten Fuder gebildet wird. Danach folgt der Heutanz, der bis in die Nacht hinein dauert, ja oft bis in den frühen Morgen. Trocken geht es dabei nicht zu, und da geht auch leicht die Jungfräulichkeit verloren, sofern sie nicht ohnedies schon beim *Maienpfeifen* dahin war. Das *Maienpfeifen* wird am frühen Morgen des 1. Mai vollzogen. Da tanzt die Dorfjugend um die Felder, um die Fruchtbarkeit zu wecken – die Fruchtbarkeit der Felder, notabene, wenn auch bei der Gelegenheit noch ganz anderes geweckt wird. Da zieren sich die Mägde weniger, sind ja auch noch keine Stoppeln auf dem Feld. Abends dann trifft man sich bei der feierlichen ersten Maiandacht, und der Monat Februar ist es dann auch, in dem die meisten unehelichen Kinder geboren werden. So wuchsen die 2000 Seelen von Jöchlstein durch die Jahrhunderte heran, gefestigt in altem Brauchtum und christlichen Glauben. Generation für Generation entstand, blühte und sank ins Grab unter einem schmiedeeisernen Kreuz im Friedhof an der Kirche. Nicht der Sturz der Monarchie, nicht die Räterepublik, nicht der Ständestaat Dollfuß' und nicht der *Anschluß* von 1938 hat daran etwas geändert. Auch die *Befreiung* von 1945 änderte nichts – erst als *Touropa* kam, zerbrach die alte Hierarchie binnen weniger Jahre, und der Grund für die Seltenheit der Jungfräulichkeit bei den Mägden änderte sich.

Vorher änderte sich nie etwas, das heißt aber natürlich

nicht, daß man nichts erfuhr. Soweit hinter dem Mond war man in Jöchlstein nicht. Der Raiffeisen*direktor*, der Pfarrer und der Lehrer hielten eine Zeitung, der eine oder andere hatte ein Radio, der Raiffeisendirektor ein Telephon. Der Bruckwirt hatte *Der Deutsche Schäferhund* abonniert. Wenn die Männer nach der Messe vor der Kirche herumstanden, wurde auch über Politik geredet. 1938, kurz vor der bewußten Abstimmung, kam ein Nazi aus Wien und hielt im Saal beim Bruckwirt eine Versammlung ab, die gut besucht war.

»Die Juden müssen verschwinden«, schrie der Wiener, »sie sind Parasiten!« Er wartete auf Beifall, der kam aber nicht, weil die Jöchlsteiner nicht wußten, was *Parasiten* waren. »Die Juden sind wie Läuse und Wanzen!« Jetzt kam der Beifall. Was Läuse und Wanzen waren, wußten die Jöchlsteiner. »Die Juden sind Blutsauger wie Läuse und Wanzen und müssen vom Erdboden vertilgt werden. Führer befiel, wir folgen dir!« Neuerlicher Beifall. Obwohl noch nie ein Jöchlsteiner einen Juden gesehen hatte, war man sich in diesem Punkt einig. Auch der Pfarrer predigte es von der Kanzel: obzwar er nicht alle Ziele des Nationalsozialismus billigen könne, sagte er an dem Sonntag auf der Kanzel, der auf den 13. März 1938 folgte, heiße er die Judenvertilgung vom christ-katholischen Standpunkt aus für gut. Von Rasse et cetera verstehe er nichts, aber soviel sei sicher, daß, wenn die Juden nicht in ihrem Irrglauben verharrt und unseren Herrn und Heiland Jesus Christus nicht abgelehnt hätten, dann wären sie im allgemeinen Christenvolk aufgegangen und heute die reinsten Germanen. So gesehen sei es nicht unchristlich, die *Rasse* zu bestrafen, denn bestraft würde eigentlich der hartnäckige Irrglaube. Im Grunde genommen, predigte Hochwürden, *wüßten* ja die Juden, daß der Heiland der wahre Messias war, und daß *ihr* Messias nicht mehr kommt: »– ich bitte:

nach 5000 Jahren! wenn er in 5000 Jahren nicht gekommen ist, kommt er nie mehr!« Sie *wüßten* es, sie wollten es nur nicht zugeben, um die Christen zu ärgern. Und jetzt bekämen sie eben die Quittung. Die *Beweggründe* bei der »Neuen Vaterländischen Bewegung« und bei der Kirche seien zwar verschieden, das Ziel aber sei das gleiche. »Gelobt sei Jesus Christus in Ewigkeit. Amen.«

So hatte er auch nichts dagegen, daß sein Mesner der NSDAP beitrat. Insgeheim war es ihm sogar recht, denn da erfuhr er von seinem Untergebenen Dinge, die ihm sonst verborgen geblieben wären. Selbstverständlich ging beim Pfarrmesner nämlich die Loyalität seinem Pfarrherrn und Arbeitgeber gegenüber *vor* der zu Volk und Reich und Führer.

Aber so ums Jahr 1943 herum, als der Pfarrer und der Raiffeisendirektor anfingen, heimlich in der Nacht die Nachrichten der Schweizer Rundspruchgesellschaft und von Radio Beromünster zu hören (welche Programme man in Jöchlstein recht gut empfangen konnte), und namentlich nach *Stalingrad* wurde es im Ort stiller um Volk und Reich und Führer. Mancher Bauernsohn fiel draußen im Krieg und wurde, statt unter einem schmiedeeisernen Kreuz neben der Kirche beerdigt zu werden, bei Orel oder am Donezbogen von den russischen Panzerketten in den Schlamm gequetscht. Vom Herbst 1944 an zog der Roidl seine Parteiuniform schon nicht mehr an, und im April 1945, bald nach Ostern, kamen im Extrazimmer des Bruckwirts sieben Herren zusammen und tuschelten.

Bei den sieben Herren handelte es sich um: den Bruckwirt, den Neuwirt, den Pfarrmesner, den Raiffeisen*direktor*, den Weißleitner und den Maurermeister Roidl, (noch) Bürgermeister – also um die komplette NSDAP-Ortsgruppe Jöchlstein und dazu den Pfarrer. Ida Korschmann – die wie ihre Familie oben beim Niederbrunnhofer hier beim

Bruckwirt zu Dienstleistungen herangezogen wurde, wenngleich nicht so ausgreifend – brachte die Speisen und Getränke ins Extrazimmer.
Nach etwa einer Stunde wurde Ida Korschmann zum *Kluibermaß* geschickt. Der Herr Wirt, solle sie sagen, lasse ihn bitten, auf einen Sprung zu kommen. So fein drückte sich der Bruckwirt aus: *er lasse ihn, den Kluibermaß, bitten, auf einen Sprung zu kommen.* Das war besonders angesichts des Adressaten verwunderlich. Der Kluibermaß Lorenz, genannt der *Häusler-Lenz* oder der *rote Lenz*, hatte ein kleines Haus, eine Hütte eigentlich nur, am Rand des Dorfes. Er war der Unterste in der Hierarchie der Bauern, eigentlich sogar außerhalb der Hierarchie. Wenn die anderen Bauern und selbst der Weißleitner mit dem Vorletzten der Hierarchie, dem Leonikofer, zwar mit Herablassung aber doch wie mit ihresgleichen verkehrten, behandelten sie den Häusler Lenz als *weit* unterhalb stehend. Der Abstand zwischen dem Häusler Lenz und dem Leonikofer war viel, viel größer als der zwischen dem Leonikofer und dem Weißleitner. Der Häusler Lenz galt gar nichts. Eine Kuh und zwei Ziegen, eine saure Wiese, kein Wald. Dafür hatte der Häusler Lenz eine Menge Kinder und hatte nie ein Hehl daraus gemacht, daß er früher, vor 1934, kommunistisch gewählt hatte. Ein Kommunist in Jöchlstein! Im Nebenberuf reparierte der Häusler Lenz Fahrräder und Dachrinnen; die Frau vom Häusler Lenz ging auf die Ster nähen. Als um 1930 herum die Freiwillige Feuerwehr von Jöchlstein gegründet wurde, wurde der Häusler Lenz nicht einmal eingeladen, beizutreten. In die Kirche ging er auch nicht. Innerlich rot, äußerlich schwarz, sagte der Pfarrer, denn der Häusler war immer wie mit Ruß überkrustet, weil er auch Holzkohle brannte, und man kannte ihn nicht anders als mit einem breitkrempigen Schlapphut. Er wurde so wenig ernst

genommen, daß der Roidl, als er 1938 Bürgermeister und Ortsgruppenleiter wurde, das mit der kommunistischen Wählerei des Lenz nicht einmal anzeigte. Das war ein Glück für den Lenz, denn er wurde in Ruhe gelassen, es war aber auch – wie sich jetzt auf einmal herausstellte – ein Glück für die Gemeinde, oder jedenfalls für die besseren Leute der Gemeinde: für die sechs Mitglieder der NSDAP. So *schien* es vorerst, muß allerdings hinzugefügt werden.

Der Häusler Lenz kam gleich mit der Ida mit. Selbstverständlich verkehrte er sonst nicht beim Bruckwirt, allenfalls beim Neuwirt. Er putzte sich polternd die Schuhe ab am eisernen Rost draußen und nahm sogar – was sonst der Bauer nur in der Kirche, vor Gericht oder im Bett tut, den Hut vom Kopf. Ida führte ihn ins Extrazimmer.

»Also, Lenz«, sagte der Bruckwirt, »setz' dich her, magst einen Schnaps? oder ein Dünnbier? Geht alles auf meine Rechnung. Es ist sogar ein Wein da, ein Tiroler – und, Ida, bring dem Herrn Häusler respektive Kluibermaß einen Teller und ein Stück Schweinernes mit Kraut – magst doch, Lenz? oder? Also!«

So fein drückte sich der Bruckwirt aus: *Herr* Kluibermaß ... Dem Lenz war klar, daß die Honoratioren etwas von ihm wollten.

»Also, Lenz«, sagte der Bruckwirt, »es ist quasi so, daß wir dir eigentlich nie was getan haben, oder?«

Der Lenz brummte. Er wußte noch nicht, worauf die Sieben da hinaus wollten.

»Sie haben nie ein Hehl daraus gemacht«, sagte der Pfarrer, »seinerzeit, also *damals*, sagte der Pfarrer, »Sie wissen, was ich meine, daß Sie damals, hm, ähm, kommunistisch gewählt haben.«

Der Lenz brummte.

»In die Kirche gegangen sind Sie auch nicht. Grad, daß

Sie Ihre Kinder taufen haben lassen, mit Müh' und Not, sozusagen.«
»Das ist mei' Sach'«, sagte der Lenz.
»Wenn ich als Ortsgruppenleiter beziehungsweis Bürgermeister«, sagte der Roidl, »dich angezeigt hätte, verstehst d'? Angezeigt bei der Kreisleitung et cetera, dann wärst auf Dachau hinaus 'kommen oder auf Mauthausen. Vergast hättens' dich mitsamt die Juden und Seifen aus dir g'macht. *Haben* dich aber nicht angezeigt, verstehst d'?«
»Ja, und?« sagte der Lenz.
»Wir haben dir das Leben gerettet!« sagte der Neuwirt.
»Und ich hab' dir sozusagen unter Lebensgefahr«, sagte der Roidl, »wie der Anbau vom Stall vom Weißleitner gemacht worden ist, den Auftrag zug'schanzt, daß d' die Dachrinnen machen darfst. An und für sich hätte ich das niemals einen Kommunisten nicht machen lassen dürfen. Habe aber doch. Aus Menschlichkeit.«
»Und weil du halt doch quasi ein Jöchlsteiner bist«, sagte der Weißleitner.
»Kurzum«, sagte der Pfarrer, »Sie wurden von der Gemeinde behütet.«
Der Lenz brummte. Er wußte immer noch nicht, was die Sieben von ihm wollten.
»Verstehst d'?« sagte der Roidl.
»Nein«, sagte der Lenz.
»Der Krieg«, sagte der Roidl, »dauert nimmer lang: die Russen sind in Wien eing'ruckt.«
»Aha«, sagte der Lenz.
»Der Krieg dauert nimmer lang, verstehst?«
»Der Endsieg ist nahe«, sagte der Lenz und kniff die Augen zusammen. »Wollt's mich schnell noch hinhängen?«
»Aber was! Lenz!« sagte der Roidl. »Geh' weiter mit dei'm Endsieg.«

»Also?« sagte der Lenz und tat erstaunt.
»Der Führer pfeift aus'm letzten Loch«, sagte der Roidl.
»Das traust dir zu sagen?« sagte der Lenz. »Ich hab' da noch ganz andere Sachen im Ohr, was du da so g' sagt hast – von wegen Endsieg und Führer und etcetera.«
Der Roidl machte eine unwillige Handbewegung. »Scheiß' der Hund drauf, Lenz. Wien ist weit weg, und in Berlin sind auch schon die Russen, und die Amerikaner sind schon übern Rhein –«
»Die Gemeinde hat Ihnen geholfen, Kluibermaß«, sagte der Pfarrer, »und jetzt sollen Sie der Gemeinde helfen.«
»*Ich* soll der Gemeinde helfen?« sagte der Lenz.
»Ja«, sagten alle.
»Ja, sehen Sie«, sagte der Raiffeisendirektor, »ich habe gewisse Informationen« (aus den Schweizer Rundfunksendungen natürlich hatte er die), »über kurz oder lang werden die Amerikaner hier einmarschieren. Und dann ... also, wie soll ich sagen, in Wien wurde die Österreichische Republik wieder ausgerufen. Es wird also – also der Anschluß von 38 wird rückgängig gemacht, und ...«
Jetzt erst fiel dem Lenz auf, daß das ja – mit Ausnahme des Pfarrers – alles Mitglieder der NSDAP-Ortsgruppe Jöchlstein waren, die hier um ihn herumsaßen. Gleichzeitig fiel ihm auf, daß keiner mehr ein Parteiabzeichen trug.
»Wo habt's denn euere Abzeichen?« fragte Lenz.
»Wenn die Amerikaner kommen«, sagte der Neuwirt, »dann sollst du der Bürgermeister werden. Bis Gras drüber g'wachsen ist. Dann wirds wieder der Roidl.«
»Ich Bürgermeister?« sagte der Lenz.
»Und weil«, sagte der Bruckwirt, »weils praktisch ein bißl g'fährlich ist, weil, man weiß ja nicht, was die Amerikaner alles wissen, die Teufel, haben wir uns gedacht, daß man dir vielleicht pro forma, bis Gras drüber g'wachsen ist, unsere Güter überschreibt. Quasi pro forma.«

»Und warum?«

»Damit sie nicht enteignet werden können«, sagte der Bruckwirt, »verstehst? Magst noch ein Gselchts? Sollst es auch nicht umsonst tun. Ein paar gewisse Perzente... sollst es nicht umsonst tun.«

»Ein Werk christlicher Nächstenliebe«, sagte der Pfarrer, »und Sie vergelten damit, daß die Gemeinde Sie die ganzen schweren Jahre vor dem KZ bewahrt hat.«

»Wenn noch ein Bröckl Gselchts da ist«, sagte der Lenz, »gern«. Der Wirt schrie: »Ida! noch ein' Teller G'selchts fürn Herrn Kluibermaß. Und packst ein bißl was ein in eine Schüssel... daß er der Frau und die Kinder was mitbringen kann.«

So wurde am nächsten Montag, als das Grundbuchamt zu Yrwent wieder Amtstunden hatte, der Kluibermaß Lorenz vulgo Häusler-Lenz, Kleinbauer zu Jöchlstein in den Kalten Tauern, wohnhaft Haus Nr. 32½ lastenfreier Eigentümer: des riesigen Weißleitnerhofes, des Bruckwirtanwesens, des Gasthofes *Neuwirt*, des Anwesens Roidl nebst Materiallager und Baumaschinen, aller zu den genannten Anwesen gehörenden Wälder, Felder und Wiesen nebst dem lebenden und toten Inventar. Auch wurden alle Konten der sechs Herren, die auf der Raiffeisenbank bestanden, auf den Lenz übertragen, und selbst das Fische reirecht des Pfarrmesners, das der für die Ache, beginnend an der Jöchlsteiner Brücke achenaufwärts bis Sandgrub, besaß.

In der Kirche schwur der Lenz am 17. April in Gegenwart der sechs bewußten Herren und des Pfarrers einen schrecklichen Eid bei den Augen seiner Kinder und unter bedingten Selbstverfluchungen entsetzlichster Arten auf das Allerheiligste, das der Pfarrer ihm hinhielt, daß er – wenn der Pfarrer oder dessen Nachfolger ihn dazu auffordern würde – seinerzeit das übertragene Gut so lastenfrei wie erhalten an die eigentlichen Besitzer zurückübertragen werde, nach Abzug einer Provision von vier Prozent. Der Pfarrmesner achtete streng darauf, daß der Lenz beim Schwur nicht hinten mit der linken Hand den Eid ableitete, und dann schloß sich ein opulentes Mittagessen (Lüngerl mit Knödel) an, das wieder im Extrazimmer vom Bruckwirt eingenommen wurde. Dort wurde dann auch zusätzlich ein weltliches Dokument aufgesetzt, in dem der Lenz zusicherte, daß es sich beim Eigentumsübergang nur um ein Scheingeschäft handle.

*

Clara war oft beim Bruckwirt. Clara war damals fünfundzwanzig Jahre alt und recht adrett. Die fette bäuerliche Kost schlug ihr gut an, und als sie einmal beim Bruckwirt das *Dirndl* der jüngeren Bruckwirtstochter probierte und die Haare zu zwei Zöpfen flocht und zu einer *Gretelfrisur* aufsteckte, sagte die Bruckwirt-Moidi: »– du könntest direkt eine Jöchlsteinerin sein.« Ein seltenes Kompliment. Daß Clara oft beim Bruckwirt war, hatte anfangs den Grund in Schwester und Neffe, die dort wohnten. Clara hatte schon immer eine fast mütterliche Zuneigung zu dem kleinen Christian gehabt. Bald danach kam aber noch ein anderer Grund dazu: Toni.

Der Bruckwirt hatte außer seinem Schäferhund *Nero* vier weitere Kinder: den ältesten Sohn, der *Sepp* hieß (also Joseph) und Soldat war, die beiden Töchter *Anni* und *Moidi* (das ist soviel wie Maria) und den jüngsten Sohn, der wie der Vater *Anton* hieß und Toni gerufen wurde, auch wie der Vater, sonst aber ganz anders war.

Toni war zweiundzwanzig Jahre alt. Er brauchte nicht in den Krieg, weil er einen Klumpfuß hatte. Eine Dorfgemeinschaft wie die – damals – in Jöchlstein ist grausam wie die Natur. Ein Krüppel taugt nichts. Früher wäre der Toni nur so lang am Leben geblieben, bis er abgestillt war, damit sich die Milch bei der Mutter nicht staute. Dann hätte ihn der Vater in den Wald hinaufgetragen und in ein Felsloch geworfen. Etwas später, in christlichen Zeiten, wäre man so nicht mehr verfahren, aber man hätte den kleinen Krüppel mehr oder minder unabsichtlich verhungern lassen. Nur so erhielt sich die Rasse rein im Tauerngau und konnte in den unwirtlichen und eigentlich für menschliches Leben ungeeigneten Gegenden überstehen. Ein Krüppel, der nicht richtig arbeiten kann, ist Zeit seines Lebens für den Hof eine Belastung, die die Konkurrenzfähigkeit beeinträchtigt. Außerdem bringt der Anblick eines Krüppels Unglück. Daß sich ein Krüppel fortpflanzt, ist selbstverständlich doppelt unerwünscht.

Der Bruckwirt-Toni hatte das Glück, in einem Jahrhundert zur Welt zu kommen, in dem eine gewisse humanitäre Zimperlichkeit selbst bis in den Tauerngau, sogar bis Jöchlstein gedrungen ist. Er wurde weder im Wald ausgesetzt noch in der Jauchengrube ertränkt, wurde sogar gefüttert. Gewisse Zuwendungen an Liebe erfuhr er, solang er ganz klein war, von der Mutter; der Vater schämte sich seiner. Als Toni das erste Mal in die Schule hinkte, warfen ihm die Schulkameraden Roßbollen nach. Der Lehrer hieß Toni Schuhe und Strümpfe ausziehen und demonstrierte an Tonis Fuß den Begriff der Verkrüppelung. Bei Raufereien konnte Toni selbstverständlich nicht mithalten; später, nach der Schule, wollte kein Mädchen was von ihm wissen. Bei der Freiwilligen Feuerwehr wurde er nicht genommen, obwohl er sich förmlich dazu drängte. Der Feuerwehrhauptmann – das war damals der Pfarrwieser-Bauer – lachte sich fast einen Ast, als der Toni auf seinen Hof kam und bat, in die Mannschaft aufgenommen zu werden.

»Bis *du* daherg'humpelt kommst, ist das Haus längst abgebrannt«, lachte der Pfarrwieser.
»Aber...«
»Kannst du überhaupt auf eine Leiter steigen?«
»Nein«, sagte der Toni, »aber ich könnte den Spritzenwagen fahren. Kutschieren kann ich gut.« (Die Feuerwehr zu Jöchlstein fuhr bis in die fünfziger Jahre mit pferdebespannter Dampfspritze.)
Der Feuerwehrhauptmann lachte.
»Bitte!« flehte der Toni.
Der Feuerwehrhauptmann ließ einen Gruß an den Bruckwirt ausrichten, drehte sich um und ging in den Stall.
Daß er zum Militär genommen würde, hoffte Toni schon gar nicht mehr. Als aber im Oktober 1944 der *Volkssturm* ausgehoben wurde, wanderte der Toni – heimlich, damit die anderen nicht lachten, zu Fuß, eine Qual für ihn – hinaus nach Yrwent zur Erfassungsstelle. Im Tauerngau hieß der Volkssturm: die *Standschützen*, nach alter Tradition. Herrische Aufrufe waren zu lesen. In den Illustrierten waren Bilder zu sehen, wie bärtige Greise und feurige Jünglinge in improvisierten Uniformen entschlossen zum Bild des Führers aufblickten. Wie *Anno 9*, als *Andrä Hofer* zum Dreschflegl griff. Und auch Bilder jenes Herrn Schollenstrick, wie er, herausgekrochen aus seinem Betonloch unter der Reichskanzlei eine Reihe unterernährter HJ-Buben abschritt.
– Ich wollte, hatte Schollenstrick damals gesagt, erzählt man, ich wollte, meine Generäle hätten soviel Schneid wie ihr. Hat Schollenstrick, der Führer und Reichskanzler, zu den HJ-Buben gesagt. Was für ein Blödsinn. Die Generäle, die soviel Schneid gehabt haben, vor allem so viel Schneid *ihm*, dem Schollenstrick zu sagen, daß der Krieg verloren ist, daß der Krieg schon 1939 vor dem ersten Schuß für Deutschland verloren war, soviel Schneid ihm,

dem *Gröfaz* (= *Gr*ößter *F*eldherr *a*ller *Z*eiten) zu sagen, daß er ein Versager ist, die Generäle hat Gröfaz-Schollenstrick vulgo Schicklgruber in Pension geschickt, und statt ihrer solche Flaschen wie Jodl und Keitel und Dönitz angestellt, die immer brav: *Jawoll, mein Führer!* gesagt haben. Da haben freilich die HJ-Buben mehr Schneid gehabt. Der Bruckwirt-Toni auch. Er hätte schon gewußt, wie man eine Panzerfaust abfeuert. Aber erstens gab es bei der Erfassungsstelle in Yrwent keine Panzerfäuste. Es gab nur uralte, ausrangierte und aus Dachböden hervorgekramte Gewehre, sogar Vorderlader waren dabei. Die wären den Amerikanern nur insofern gefährlich geworden, als daß sie sich darüber gegenseitig die Schädel eingeschlagen hätten, um die Antiquität zu erbeuten. Zweitens aber ging es Toni bei den Standschützen ähnlich wie bei der Freiwilligen Feuerwehr. Er wurde heimgeschickt.

Aber die Natur, so grausam sie ist, gleicht auch aus. Klumpfuß gegen Intelligenz. Zwar gilt Intelligenz bei den Leuten in Tauerngau als fast noch schlimmer als ein Klumpfuß, aber der einzige Vorteil des Gebrechens Intelligenz ist, daß es nicht so offensichtlich ist wie ein Klumpfuß. Dem Toni gab die Intelligenz, die er an den Tag legte (oder vielmehr: sozusagen verborgen hielt) die Möglichkeit zu überlegen. Er las. Heimlich lieh er sich beim Pfarrer Bücher aus. Er hörte Radio. Wenn niemand in der Nähe war, hörte er zu, wenn im Radio Gedichte vorgetragen wurden oder ein Symphonieorchester spielte. Die Mutter, die Bruckwirtin, kam eines Tages doch dahinter. »Warum«, sagte da die Mutter zum Bruckwirt, »lassen wir den Toni nicht Geistlicher werden?«

Der Bruckwirt war dafür: »Der Bub ist versorgt, eine Frau braucht er dann nicht mehr und von Jöchlstein weg ist er auch.« Der Pfarrer begünstigte den Plan, man fuhr mit

dem Buben in die Diözesanhauptstadt, aber dort wurde von einem Domkapitular, der der Vorstand des Priesterseminars war, darauf hingewiesen, daß für das Priesteramt nach kanonischem Recht unter anderem *körperliche Unversehrtheit* vorgeschrieben sei. »Aber was, Herr Domkapitular«, sagte der Bruckwirt, »*körperliche Unversehrtheit*... das bißl Klumpfuß...«
»Oh«, sagte der Domkapitular und hob beschwörend die Hände, »bei einem verkrüppelten Arm, sechs Finger an den Händen, Wasserkopf... sicher, da könnte man vielleicht eine Dispens erwirken. Aber ausgerechnet ein *Klumpfuß*, lieber Herr.« Der Domkapitular schaute in den Brief, den er vom Pfarrer bekommen hatte. »Herr Meiereder, ausgerechnet ein *Klumpfuß*... Sie verstehen.«
So wurde der Toni zum Geschirrspülen eingeteilt, zu einer Arbeit, bei der er zwar stehen, aber wenig gehen mußte. Dreimal am Tag stand er in der Küche des Bruckwirts, in dem alten, verrußten Gewölbe mit dem riesigen Herd in der Mitte, zwischen den Weiberleuten, den Köchinnen und den Mägden, und spülte. Seine Reputation unter den Burschen der Dorfjugend hob sich durch diese Tätigkeit nicht, wie man sich denken kann.
Wenn er nicht in der Küche arbeiten mußte, saß er, sofern es schönes Wetter war, hinterm Haus im Gras an dem kleinen Abhang, der zur Ache hinunter führte (ein Fleck, der fast von nirgendwoher eingesehen werden konnte) und wenn schlecht Wetter war, in irgend einer Ecke im Haus. Das brauchte er jetzt nicht mehr zu verstecken. Die Bücher, die der Pfarrer hatte, hatte er alle schon gelesen. Er las Bücher aus der *Leihbücherei* des Herrn Kießguth in Yrwent. Zweimal in der Woche humpelte er dorthin. Für die Stunde Fußmarsch brauchte er das doppelte. Manchmal nahm ihn ein Fuhrwerk mit. Er las zunächst, was ihm der Inhaber der Leihbücherei empfahl, ein ausgemergel-

tes Männchen, das einen Staubmantel in exakt der sandgelben Farbe trug, wie die Bücher eingebunden waren: *Die Borgia-Trilogie, Irene von Trapezunt, Das herrliche Leben,* aber dann auch *Vom Winde verweht* und *Menschen im Hotel.* Als das alles gelesen war, schnaubte Herr Kießguth, rümpfte die Nase, schaute über seine Brille die Regale entlang und sagte: – hm, hm, was lesen wir jetzt, was lesen wir jetzt…? Toni bekam Band für Band die Werke Peter Roseggers. Toni mußte sich an den veränderten Ton erst gewöhnen, aber dann gefiel er ihm. Als er Rosegger ausgelesen hatte, schnaubte Herr Kießguth wieder und holte nun ganz oben einen Band herunter, fast wie neu, selten ausgeliehen. – Ganz schwere Kost, sagte Herr Kießguth. *Schuld und Sühne.* Toni las es zweimal (mußte extra nach Yrwent, um verlängern zu lassen), verlangte mehr von diesem Autor, las alles. Einmal, ein einziges Mal meinte er, erklären zu müssen, warum er das so gern las und sagte zu Herrn Kießguth: »– es kommt mir vor, der schreibt über mich.«

»Ha?« sagte Herr Kießguth, der nicht nur schmalbrüstig, sondern auch schwerhörig war.

»Nix, nix«, sagte der Toni.

*

Es war wenige Tage, nachdem Mehrbergs in Jöchlstein angekommen waren, da sah Clara Toni zum ersten Mal. Das gute Wetter hatte angehalten (später allerdings kam noch einmal der Winter für kurze Zeit zurück), der Föhn, der vom Joch herunterströmte, leckte den Schnee weg. Alles glitzerte von den Tropfen, die von den Dächern schmolzen. Toni saß auf dem Zaun, neben ihm eine schwarze Katze. Dank seiner umfangreichen Lektüre verstand Toni genügend Hochdeutsch, so daß eine Verständigung möglich war.

»Wer seid's ihr nachher?« fragte Toni.
»Aus Schleifferstadt«, sagte Clara, »wir wohnen jetzt beim Niederbrunnhofer. Unser Haus in Schleifferstadt ist zerstört, von den Bomben.«
»Aha«, sagte Toni, »hab' schon gehört. Bist du die Schwester von der Ida?«
»Ja«, sagte Clara, »Ich heiß' Clara.«
»Und wer ist der da?«
»Das ist mein jüngster Bruder. Er heißt Rudi.«
»Ru*dolf*«, sagte Rudi.
»Wird aber Rudi gerufen«, sagte Clara.
»Ich bin der Toni«, sagte der Toni. Er streckte den einen Fuß vor. »Der Toni mit 'm Klumpfuß. Damit's d' es gleich weißt.«
»Vorsicht«, schrie Clara, »der Hund –!«
Der Deutsche Schäferhund des Bruckwirtes – *Nero* – raste bellend aus dem Haus. Rudi versteckte sich hinter Clara, Clara versuchte, sich hinter Rudi zu verstecken, aber Nero interessierte sich nur für die Katze. Heroisch kläffend fletschte er seine Zähne, um die Katze im nächsten Augenblick zu zerreißen. Toni blieb ganz ruhig, auch die Katze, die sich nur auf ihrem Zaunpfosten erhob und die Haare sträubte. Der Hund tat so, als wolle er springen, wippte vor und zurück und kläffte weiter. Als er mit der Schnauze zu nahe an den Zaun kam, wischte ihm die Katze über die Nase. Blut schoß heraus. Wie umgeschaltet wandelte sich von einem Moment auf den anderen das Bellen des Hundes in ein Winseln. Mit eingeknickten Beinen schlich Nero ins Haus zurück, mitleidheischend die Triefaugen zum Himmel erhoben. Die Katze putzte sich.
»Katzen gelten *auch* nichts hier bei uns«, sagte Toni; »sind aber *auch* schlauer.«
Er rutschte vom Zaun und stellte vorsichtig sein schlech-

tes Bein hin. »Clara heißt d'? Gut. Wahrscheinlich willst d' deine Schwester besuchen. Ich zeig' dir 's, wo sie ist.«
Von da ab besuchte Clara ihre Schwester fast jeden Tag. Immer seltener nahm sie Rudi mit.

*

Anfangs Mai verdüsterte sich das Bild von der Welt selbst für Jöchlstein. Der Häusler-Lenz alias Kluibermaß, der Köhler, stand eines Morgens in der Stube des Niederbrunnhofers und zeigte eine Zeitung her, die nur aus einem einzigen Blatt bestand: *Der Führer im Kampf um Berlin gefallen.* Der Niederbrunnhofer brummte etwas. Der Lenz hatte aber die Radionachrichten aus der Schweiz gehört: der Schollenstrick zu Berlin war mitnichten *gefallen* wie ein Held, er hatte sich feig aus seinem kleinbürgerlichen Gigantomanenleben gestohlen; sein Tod war verlogen wie sein irdisches Dasein.
»Hin ist hin«, sagte der Niederbrunnhofer. Eine Äußerung, die vielfach gedeutet werden konnte, worauf man auch am 2. Mai 1945 (oder gerade da) noch achten mußte.
»Der Dönitz ist jetzt *Führer*«, sagte der Lenz grinsend.
»Nicht der Göring?« fragte der Niederbrunnhofer.
»Nein«, sagte der Lenz, »nicht der Göring.«
Etwa um die gleiche Zeit erfuhr man, daß draußen im Großen Tal der *Rückzug* stattfand. Hunderte, ja Tausende von deutschen Militärfahrzeugen, Zehntausende von Soldaten, zogen vorbei. *Rückzug* – wohin zogen sie sich zurück? Der kernige Kommentator Hans Fritsche hatte unlängst noch aus dem Volksempfänger seinen seifigen Intellekt ertönen lassen: daß die Amerikaner und Russen die Reichsgrenzen, sogar den heiligen Deutschen Rhein nebst Elbe und Oder überschritten hätten, dürfe die Volksgenossen und Volksgenossinnen nicht beunruhigen.

Das sei ein ganz schlauer Trick des Führers. Die Laus, sagte der Führer, die Laus könne man nur im eigenen Pelz fangen.
Was aber dann, wenn gar kein eigener Pelz mehr da ist? Wo fängt man dann die Laus? Abgesehen davon, daß es nicht *eine* Laus war, sondern sichtlich ihrer mehrere davon waren. In welchen Pelz zogen sich die Zehntausende von Soldaten zurück, die da draußen an dem unsterblichen Panorama der Warmen Tauern entlang fuhren?
Einige Einheiten oder Gruppen schwenkten in Höhe von Yrwent vom großen Zug ab und schlugen sich seitwärts ins Tal. In Yrwent hielten sie sich nicht lang auf, kamen herauf über die Schwarze Brücke bis Jöchlstein.
»Es wird Ernst«, sagte der SS-Offizier zum Bürgermeister Roidl, als er Lebensmittel requirierte. *Kampfgruppe Jöchlstein.* Sie wurde sogar in einem der letzten Wehrmachtsberichte erwähnt. Den Bewohnern von Jöchlstein blieb das Herz stehen. Sollte das, was sie in den ganzen Jahren von heroischem Widerstand, Artilleriebeschuß, planmäßigem Rückzug, Endsieg oder Heldentod gelesen und gehört hatten, was sie sich nicht anders als weit, weit weg vorstellen konnten (auch wenn nicht wenige junge Jöchlsteiner dort zwangsweise dabei waren), sollte das plötzlich hier, vor ihrer Haustür, an der Schwarzen Brücke oder auf der Weißleitner-Ötz grausame Realität werden?
»Wenn einer eine weiße Fahne zeigt«, schrie der SS-Offizier, »wird er erschossen.«
Der *Stab* quartierte sich beim Bruckwirt ein. Auf dem Kirchturm wurde ein Beobachtungsposten eingerichtet. Mit genagelten Stiefeln trabten die Soldaten herum, die Offiziere trieben die Männer des Dorfes zusammen, die dann an der Schwarzen Brücke Stacheldrahtverhau ziehen und Steine auf der Straße zusammenrollen mußten. Große Kanonen hatte die *Kampfgruppe Jöchlstein* nicht dabei, nur

ein paar sehr kleine, die in den Abhängen seitlich der Brücke in Stellung gebracht wurden. Am Dach der Schule wurden Ziegel herausgenommen. Ein Maschinengewehr ragte aus dem Loch. Der Bürgermeister Roidl hatte rasch wieder das Gröfazbild in seinem Amtsraum aufgehängt.
»Vom Dönitz hab' ich noch keins«, sagte er entschuldigend zu dem SS-Offizier.
Zwei von der Kampfgruppe Jöchlstein wurden beim Niederbrunnhofer untergebracht. Die hatten einen ziemlich großen Lastwagen mit Plane dabei. Sie hießen Werlberg und Braune. Offenbar waren diese beiden nicht zum Kampf bis zum letzten Blutstropfen entschlossen. Sie trafen ein Abkommen mit dem Niederbrunnhofer, von dem selbstverständlich der SS-Offizier nichts wissen durfte. Der Heustadl war um diese Jahreszeit noch leer, oder schon, je nachdem. Das meiste Heu war über den Winter verfüttert worden. Nur auf einer Seite lag noch etwas, das reichen mußte, bis das Vieh auf die Alm getrieben werden konnte. Es war viel Platz im Stadel. Dorthin fuhren Werlberg und Braune den Lastwagen und strichen ihn heimlich hellbraun. Auf die Türen malten sie in Schönschrift: *Werlberg & Braune, Speditionsunternehmen, Jöchlstein i. T.* Die Farbe und, wie sich später herausstellte, Zivilkleider, hatten Werlberg und Braune dabei.
Rudi Mehrberg streifte durch das Gebüsch an der Ache. Die Palmkätzchen sprossen. Frau Mehrberg hatte Rudi strengstens untersagt, talauswärts zu gehen. Aber dort war es natürlich interessanter. Ein Unteroffizier hörte das Rascheln und schrie: »Halt, wer da?!« Rudi zeigte sich. Der Unteroffizier zog Rudi am Ohr aus dem Gebüsch und sagte: »– das ist nichts für Kinder hier. Hier ist die Hauptkampflinie. Marsch!« Er gab Rudi einen Fußtritt und deutete in Richtung Dorf.

Aber Rudi ging nur bis zur nächsten Biegung, und obwohl ihm der Hintern schmerzte, schlich er seitwärts durch einen Graben in den Wald hinauf und erklomm einen Abhang. Auf einem Felsvorsprung hoch über der Ache legte er sich ins Gras und schaute hinunter. Wie aus einer Loge. Von draußen kamen die Amerikaner. Das heißt: es kam eine Reihe von vier olivgrünen Sauriern herauf, die Ketten dröhnten, sehr lange Kanonen reckten sich drohend in die Luft. Soldaten sah man keine. Als die Steigung vor der Brücke kam, heulten die Motoren noch mehr auf, der Lärm brach sich in der Talenge. Rudi wurde es nun doch mulmig, und er bereute, dem Befehl des Unteroffiziers nicht gefolgt zu sein. Aber nun wagte er nicht mehr davonzulaufen.

Die Ungetüme scharrten mit ihren Ketten am Straßenbelag, rutschten ein wenig hin und her (noch lang danach sah man die Spuren), dann rollten sie hinauf. Ein kleiner Schuß ertönte, kaum zu hören im Gedröhn der Ketten und Motoren. Es war ein Schuß aus der getarnten deutschen Kanone. Der Unteroffizier – eben jener, der kurz vorher Rudi den Tritt gegeben hatte – schaute durchs Fernglas auf die Panzer hin, was ziemlich lächerlich war, denn Rudi konnte von hier oben mit freiem Auge sehen, daß der Schuß den ersten Panzer getroffen und am Turm etwas Lack abgestreift hatte. Ein zweiter Schuß. Der ging hinter den Panzern in den Wald.

Die Panzer verhielten, drehten die Türme wie unschlüssig. Dann ein gewaltiger Schlag, ein fürchterliches Krachen, Rudi drückte sich ins Gras. Noch ein paarmal. Von der Gewalt des eigenen Schusses wippten die Panzer, dröhnten dann vorwärts. Der deutsche Unteroffizier lag mit gespreizten Beinen da und mit offenem Mund. Der Stahlhelm war ihm übers Gesicht gerutscht, das Fernglas hatte er noch in der Hand. Auch die anderen Soldaten lagen am

Boden. Sie schauten gar nicht aus wie tot, nur einer hatte keinen Kopf mehr.
Jetzt kam ganz hinten ein amerikanischer Lastwagen, auch olivgrün. Soldaten mit Netzen über den Helmen sprangen von der Ladefläche und liefen geduckt nach vorn. Als sich an der Kanone nichts mehr rührte, gingen die Amerikaner vorsichtig hin und gaben den Toten prüfende Tritte. Etwas seitlich, das hatte Rudi vorher schon gesehen, saß ein einzelner deutscher Soldat in einem Loch. Er lebte noch, rührte sich aber nicht, saß in dem Loch wie ein verschreckter Hase. Die Amerikaner entdeckten ihn. »Hilfe! Hilfe!« schrie der Deutsche. Rudi hörte es bis herauf. Es war ein ganz junger Soldat, eigentlich gar nicht viel älter als Rudi. Die Amerikaner lachten. Einer nahm dem Deutschen den Helm ab, der Deutsche wehrte sich nicht. Ein anderer Amerikaner hieb ihm mit dem Spaten den Kopf auseinander. Rudi schaute blitzartig weg, hatte es aber doch gesehen.
Rudi vergrub sein Gesicht im Gras. Es war ihm schlecht. Er hörte das Dröhnen der Panzer, die weiter fuhren, hinauf Richtung Jöchlstein. Es wurde still. Rudi robbte rückwärts in den Wald, vermied es ängstlich, hinunterzuschauen. In ganz großem Bogen kehrte er ins Dorf zurück. Dort war dann schon alles vorbei. Die vier Panzer und der Lastwagen standen auf dem Platz vor dem Bruckwirt. Die Kirchenglocken läuteten, der Bruckwirt brachte ein Tablett mit vollen Weingläsern heraus und reichte die Gläser den Soldaten. Die Tochter des Raiffeisendirektors überreichte dem Fahrer des Lastwagens – obwohl der sicher nicht der ranghöchste Amerikaner war – ein Sträußchen Wiesenblumen. Von allen Häusern wehten rot-weiß-rote Fahnen. Es hatte sich, während Rudi vor Schreck und Grauen zusammengekauert auf dem Felsvorsprung über der Schwarzen Brücke saß, folgendes ereignet: der Beobach-

tungsposten vom Kirchturm hatte den Vormarsch der Amerikaner gemeldet. Daraufhin hatte die alte Lärchfilzerin, eine Frau, die allein in einem kleinen Häuschen am Eingang des Dorfes wohnte, ein Stück Leintuch aus dem Fenster gehängt. Der SS-Offizier bellte: »Habe ich nicht gesagt, daß keine weißen Fahnen gezeigt werden dürfen? Ich dulde keine Vaterlandsverräter!« Er zog den Revolver.
»Leck mich am Arsch, preußischer Depp«, sagte die alte Lärchfilzerin und schloß das Fenster. Der SS-Offizier sprang hin, stieß das Fenster wieder auf – das Haus der Lärchfilzerin war nur ebenerdig – und schoß hinein. Später wurde ganz unten auf der Heldengedenktafel links neben dem Kirchenportal (rechts waren die Gefallenen von 1914/18 verzeichnet) auch der Name der Lärchfilzerin eingemeißelt.
Etwa gleichzeitig aber hörte man das Schießen von unten von der Schwarzen Brücke, der Posten kam vom Kirchturm herunter und sagte atemlos: »Aus is', aus is'...« und rannte davon. Da entfaltete der SS-Offizier eine weiße Fahne, schwenkte sie und ging den Amerikanern entgegen.
Der alte Niederbrunnhofer, der Austragbauer mit den ewig aufgeschlagenen Knien, kam auch neugierig dahergelaufen. »Vorsicht!« schrien alle. Aber da haute es ihn schon hin. »Höllteufel!« fluchte er.
Als Rudi auf den Dorfplatz zurückkam, saßen der SS-Offizier und ein paar andere Deutsche auf der Pritsche des amerikanischen Lastwagens. Ein Amerikaner hielt eher lässig die Maschinenpistole auf sie. Werlberg und Braune standen in Zivil unter den Bauern. Während die alte Lärchfilzerin noch in ihrem Zimmer lag, mit einem Loch in ihrem Hinterkopf, und der Unteroffizier, der keinem Kind mehr einen Tritt geben würde, und seine paar Soldaten und der junge Soldat mit dem jetzt gespaltenen Schädel unten an der Schwarzen Brücke in die Anfangsstadien der

Verwesung übergingen, verteilten die GIs die ersten Kaugummiriegel an die Dorfjugend.
Der Krieg war vorüber.

*

Die Verhältnisse normalisierten sich rasch wieder. Die gefangenen SS-ler wurden von den Amerikanern abtransportiert. Die toten Soldaten, die unten an der Schwarzen Brücke lagen, wurden vom Pfarrmesner in einem großen, gemeinsamen Grab beerdigt. Ihre Namen wußte man nicht, weshalb auf das einfache, *sehr* einfache Holzkreuz geschrieben wurde: *Sieben deutsche Soldaten, gef. 8. 5. 1945 an der Schwarzen Brücke.* »– für Führer und Vaterland?« fragte der Pfarrmesner, als er die Schrift malte. »Nur: Vaterland«, sagte der Roidl. Vielleicht hätte man die Namen ausfindig machen können, aber viel Mühle gab man sich da nicht. »Wir haben anderes zu tun«, sagte der Raiffeisendirektor, »jetzt, wo es die Demokratie wieder aufzubauen gilt.« Der Pfarrer lehnte eine Einsegnung der Toten ab, weil er ja nicht wisse, ob sie katholisch waren. Mehr als die Särge und das Holzkreuz stiftete man nicht. »Waren ja nicht von da.«
Auch bei der Einsegnung der Lärchfilzerin zeigte sich der Pfarrer zäh. »Die war der personifizierte Aberglauben!« schrie der Pfarrer im Extrazimmer des Bruckwirts und fuchtelte mit den Händen, »des Aberglaubens, der hier in dem Tal trotz zweitausend Jahren christkatholischer Heilsverkündung noch die Hirne verdunkelt.« Die Lärchfilzerin hatte davon gelebt, daß sie zu den Bäuerinnen und sogar zu den Leuten draußen in Yrwent Kartenschlagen, Handlesen und Wahrsagen ging. Auch die Niederbrunnhoferin war Kundin.
Der Wirt und die anderen, die am Tisch saßen, duckten sich.

»Schon, schon«, sagte der Roidl.
»Auch zu Ihrer Frau, Herr Roidl«, sagte der Pfarrer, »ist sie gegangen.«
»Ja mei –«, sagte der Roidl, »hab's ihr nicht verbieten können, meiner Frau. Und außerdem: Daß der Krieg verloren geht, hat sie vor zwei Jahr' vorausgesagt.«
»Auch schon eine Kunst!« sagte der Pfarrer und stand auf. Die Blase drückte ihn. »Aber das, daß sie der SS-ler niederschießen wird, hat sie nicht vorhergesehen.« Der Pfarrer ging zur Tür. Tonis schwarze Katze lief in dem Moment, als der Pfarrer die Tür öffnete, draußen über den Gang. Der Pfarrer zögerte, ging dann doch auf den Abort. Als er zurückkam, gab der Weißleitner die Karten aus.
»Also! also! also!« fauchte der Pfarrer, »das soll ein Blatt sein? Lauter Mist. Naja – wenn einem beim Wasserlassen eine schwarze Katze über den Weg läuft.«
Als später bekannt wurde, daß die kinderlose Lärchfilzerin ihr Haus und eine erstaunliche Menge Bargeld sowie einen noch erstaunlicheren Vorrat an Bohnenkaffee der Kirche vermacht hatte, schlug die Meinung des Pfarrers um, und er las doch ein Requiem. Er hatte dann auch nichts mehr dagegen, daß ihr Name unten an die Liste der Kriegstoten angefügt wurde. »Katholisch war sie ja immerhin«, sagte er.
Anstelle der Lärchfilzerin tauchte nach einiger Zeit eine angebliche Gräfin auf, die Ammelmeister oder so ähnlich hieß, mit dem Omnibus aus Yrwent hinaufkam und Karten schlug, allerdings nur beim Weißleitner und beim Roidl; den anderen war sie zu teuer und wohl auch zu hochdeutsch. Die Niederbrunnhoferin mußte sich von da ab mit ihrem Traumbuch begnügen, aus dem sie ihre Träume deutete. Gewisse bescheidene Wettervorhersagen konnte der Austragsbauer aus seinen Hühneraugen herleiten.
Die Verhältnisse normalisierten sich rasch, allerdings zum

Glück nicht so rasch, daß wieder Schule gehalten worden wäre. Als Mehrbergs damals zu Anfang März nach Jöchlstein gekommen waren, mußten die Kinder von Hans Walter abwärts in das Gymnasium in Yrwent eingeschult werden. An und für sich gab es kein Gymnasium im Tal, nur zwei Volksschulen, eine in Yrwent, eine in Jöchlstein sowie eine *Bürgerschule*, eine Art bessere Fortsetzung der Volksschulen von der 5. Klasse ab. Wenn einer die Bürgerschule absolviert hatte und kam dann in eine handwerkliche oder kaufmännische Lehre, brauchte er ein Lehrjahr weniger zu machen. Wenn einer aus dem Tal – was selten vorkam – von unbändigem Bildungsdrang für seinen Sohn oder seine Tochter beseelt war, mußte er das Kind auf das Gymnasium nach K. ins Große Tal hinaus schicken. Aber im Krieg, vom Schuljahr 1944/45 ab, wurde ein komplettes Gymnasium aus Duisburg nach Yrwent evakuiert. Da es keine Schulgebäude dafür gab, wurde es in verschiedenen Hotels und Pensionen und sonstigen Örtlichkeiten untergebracht. Auf dieses zersplitterte Gymnasium mit enormen Schülerzahlen (pro Klasse 60 Stück) gingen die jüngeren Mehrbergkinder: Rudi in die 1., Louis in die 5., Gertraud in die 7. Klasse und Hans Walter in die Oberprima, allerdings nicht länger als drei Wochen, dann mußte er zu den Flakhelfern.

Die Omnibusfahrten von Jöchlstein nach Yrwent waren abenteuerlich. Der Holzgaswagen hielt alle paar hundert Meter, brauchte daher eine Stunde für den kurzen Weg, oft hatte er Verspätung, nicht selten fuhr er gar nicht. Das war für den Weg *in* die Schule nicht schlimm, aber für den Heimweg: da mußten Hans Walter, Gertraud, Louis und Rudi zu Fuß zurückgehen, kamen oft in der Dämmerung erst an. Aber selbst das war nicht weiter tragisch, denn in den ersten Apriltagen versickerte der Unterricht. Die Lehrer flohen, versuchten sich nach Duisburg durchzuschlagen, selbst Kinder schlossen sich zu Rudeln zusammen und marschierten – ohne Proviant, ohne Geld – in das Große Tal hinaus ... ob sie jemals in Duisburg ankamen? Der Klassenlehrer Rudis, erfuhr man hinter vorgehaltener Hand, hatte die größte Angst vor den Amerikanern. Er hängte sich auf dem Dachboden des Hotels *Alpenrose* in Yrwent auf.

Rudi trabte mit seinem Schulranzen von der Omnibushaltestelle – die vor dem Haus des Uhrmachers Kaaserers lag – in das Fremdenverkehrsamt, in dessen Souterrain die 1. Klasse unterrichtet wurde. Ein Mitschüler – Heiß Fritz – kam ihm am Eingang entgegen und sagte: »Kannst heimgehen. Mit der Schule ist Sense.«

Lehrer war schon gar keiner mehr da. Wer den Zettel an der Tür angebracht hatte: UNTERRICHT ENTFÄLLT BIS AUF WEITERES interessierte die Schüler nicht. Rudi grüßte den Fritz: »Also, Servus, nachher«, und machte sich zu Fuß auf den Weg zurück nach Jöchlstein. Der Omnibus wäre erst mittags gegangen.

Als die Amerikaner dann da waren, der Häusler Lenz Bürgermeister geworden war und der Niederbrunnhofer sagte: »Jetzt werden sich die Verhältnisse rasch normalisieren», befürchtete Rudi, daß nun sofort die Schule wieder anfangen würde. Aber die Schulen blieben vorerst geschlossen, so schnell ging es nun wieder nicht.

So regierte also in Jöchlstein Lorenz Kluibermaß als Bürgermeister. Viel zu regieren gab es nicht, und wenn was zu tun war, zeigte es ihm der Ex-Ortsgruppenleiter Roidl.

Die Amerikaner – es kam in den Tagen nach jenem Gefecht an der Schwarzen Brücke, oder wie man es nennen soll, noch eine größere Anzahl – durchkämmten das ganze hintere Tal. Das ging noch vierzehn Tage. Ab und zu fanden sie einen versprengten und verhungerten SS-ler. Geschossen wurde nicht mehr.

Ende Mai zogen die Kampftruppen ab, und es kamen andere. Zwei Offiziere waren dabei, die konnten Wienerisch. Der eine hieß Captain Greentree, der andere Sergeant Schlesinger. Sie bezogen Quartier beim Bruckwirt und genossen die Sommerfrische. Ihr Kaugummivorrat war märchenhaft. Captain Greentree konnte sogar Viererschnapsen, und so saß er Abend für Abend im Extrazimmer des Bruckwirts mit dem Wirt, dem Pfarrer und dem Maurermeister Roidl und spielte Karten. Ida mußte servieren.

»Wissen S', Herr Hauptmann«, sagte der Pfarrer, »wie soll ich Ihnen das sagen... Nazi... Nazi hat es hier in Jöchlstein überhaupt nicht gegeben. Schauen Sie, Herr Hauptmann, in einem christkatholischen Land wie dem Tauerngau hat doch so eine *satanische* Weltanschauung keine Chance.«

»Aber trotzdem hat die Nazi-Partei sechs Mitglieder gehabt«, sagte Captain Greentree.

»Woher wollen S' denn das wissen?« sagte der Wirt.

»Die Army hat die gesamten Parteiunterlagen erbeutet.«

»Sind die nicht vernichtet worden?«

»Doch«, sagte der Captain, »die Originale. Aber vorher sind sie in sechsfacher Ausfertigung kopiert worden. Die Kopien sind uns in die Hände gefallen.«

»Das ist mir sehr peinlich«, sagte der Roidl.

»Sie waren hier der Ortsgruppenleiter?« fragte der Captain.

»Ja, wissen Sie, Herr Hauptmann...«

»Das ist mir doch Wurst«, sagte der Captain, »aber ich hätte an Ihrer Stelle nicht *Laub* gespielt.« Er stach mit dem Laub-Zehner. »Sie hätten doch wissen müssen, daß der Laub-Zehner noch irgendwo steckt.«

Der Häusler-Lenz spielte nie mit. Er redete so wenig wie eh und je und war nicht weniger schwarz und verrußt. Nur

fuhr er auffallend oft nach Yrwent. Was er dort tat, wußte niemand. Der Holzgasomnibus verkehrte vorerst nicht mehr. Dafür hatte der Ex-Soldat Werlberg mit seinem hellbraun gestrichenen Militärwagen einen Kurierdienst eingerichtet. Sein Compagnon Braune hatte sich inzwischen Richtung Heimat abgesetzt, die Spedition hieß dennoch weiterhin *Werlberg & Braune*, vielleicht nur, weil dem Werlberg die Farbe ausgegangen war, um den anderen Namen zu übermalen. Mit dem Werlberg fuhr der Häusler-Lenz immer nach Yrwent hinaus. Dachrinnen und Fahrräder reparierte er nicht mehr. Auch den Kohlenmeiler ließ er kalt werden.
Als der Captain Greentree den Werlbergschen Lastwagen das erste Mal sah, sagte er: »Die Plane hat eine komische Farbe.« Werlberg erschrak. Den Wagen hatte er zwar streichen können, die Plane umzufärben, war natürlich unmöglich gewesen.
»Es ist... es ist...« stotterte Werlberg – »es ist eine alte Wehrmachtsplane. Aber –«
»Schon gut«, sagte Captain Greentree, »aber eigentlich brauchen S' eine Nummer für den Lastwagen, oder?«
»Eigentlich schon«, sagte Werlberg.
»Ich werde sie Ihnen besorgen«, sagte Greentree, »es ist im Interesse der Bevölkerung, daß jemand die Verbindung zu anderen Orten aufrechterhält.«
Der alte Austragsbauer schlurfte eilig über den Hof. Er hatte reden gehört und wollte den amerikanischen Offizier aus der Nähe sehen.
»Um Himmels willen!« schrie Werlberg. Zu spät. Schon war der alte Niederbrunnhofer gestolpert und lag im Kies. Der Captain half ihm auf.
»Höllteufel«, brummte der alte Bauer.

*

Es dürfte Ende Juni gewesen sein oder Anfang Juli, es war schon sehr heiß, und die Kühe längst auf der Alm, da eröffnete der Captain, der am Tag zuvor mit seinem Jeep beim Generalkommando in Salzburg gewesen war, seinen Mitspielern beim Viererschnapsen eine erregende Nachricht.

»Es hat wirklich keine Nazi bei Ihnen gegeben«, sagte er, »bei Ihnen in Jöchlstein.«

»Wirklich, Herr Hauptmann, wirklich«, sagte Roidl, »Sie müssen sich das so vorstellen: im 38er Jahr, wie der Anschluß war, wo wir *alle geschlossen* dagegen waren, glauben Sie uns, da hat es danach geheißen: es *dürfen* sechse von Jöchlstein zur Partei. Verstehen Sie? Es war wirklich so. Was hätten wir machen sollen? Wer hat gewußt, was kommen wird? Eben. Und was passiert, wenn sich keine sechse melden? Einer hat es auf den anderen geschoben: geh' *du* zur Partei ... nein, *du* ... und so fort. Keiner hat wollen. Da haben uns halt wir sechse dann geopfert.«

»Geopfert«, sagte der Captain und spielte einen Herz-Ober aus, zeigte den König dazu und sagte: »– sage zwanzig an!«

»– der Bruckwirt da, dann der Neuwirt, dann der Pfarrmesner, der Raiffeisendirektor, der Weißleitner, und ich, halt. *Um Schlimmeres zu verhindern.*«

»Sie *waren* keine Nazi«, sagte der Captain und schaute prüfend in seine Karten, steckte ein paar um.

»Nein, ganz bestimmt nicht«, jammerte Roidl.

»Ich meine das in einem ganz anderen Sinn«, sagte der Captain, »im wörtlichen, direkten Sinn. Juristisch sozusagen.«

Die drei anderen schauten auf.

»Ich habe gestern beim Generalkommando die Unterlagen betreffend Nazi-Partei Ortsgruppe Jöchlstein eingesehen. Sie waren mit den Mitgliedsbeiträgen seit 1941 im Rückstand.«

»Ach so«, sagte der Pfarrer.

»Wer länger als ein Jahr mit dem Mitgliedsbeitrag im Rückstand war, galt als ausgeschlossen. Voraussetzung war, daß eine Mahnung ergangen ist. Ist eine Mahnung ergangen?«

»Ja, ja«, sagte Roidl schnell, »ich hab' ja... die Hammel haben ja nicht bezahlen wollen, respektive, das war eine Art Widerstand von uns... und der Kreisleiter in Yrwent hat g'schimpft, weil von der Ortsgruppe Jöchlstein kein Geld eingeht...«

»Ich meine«, sagte der Captain: »eine *schriftliche* Mahnung?«

»Ja, ja, ganz gewiß. Bestimmt. Erinnere mich genau. Wenn ich such', find' ich's womöglich noch.«

»Sie brauchen nicht zu suchen, ich habe die Copien der Durchschläge der Mahnungen gesehen«, sagte der Captain.

»Ja, dann«, sagte der Roidl.

»Ida!« schrie der Wirt. – »Ganz hinten im Keller muß noch eine Flasche Champagner sein!«

*

Der Häusler-Lenz erwies sich als völlig unzugänglich. Er lehnte jede Unterredung ab. Das größere Zimmer im Gemeindeamt, in dem bis vor wenigen Wochen neben dem Gemeindewappen (ein Bär mit einem Stern über dem Kopf auf blauem Grund) noch das Schollenstrickporträt hing, jetzt nur noch das Gemeindewappen, und welches Zimmer als Amts- und Dienstzimmer des Bürgermeisters verwendet worden war, saß der Schreiber des Captains: meistens hatte er die Füße auf dem Tisch. Manchmal saß auch der Captain selber dort und schrieb etwas. Auf dem Schreibtisch stand eine Art Füllfederständer, in dessen Loch ein kleines Stars-and-Stripes-Banner steckte. Der Bürgermeister mußte in das kleinere Zimmer ziehen, wo der einzige Gemeindebeamte saß, ein alter Mann namens Leopold Lustwig, der seinen ersten kommunalen Beamteneid noch auf den Kaiser Franz Joseph geleistet hatte. Ungerührt von allen politischen Veränderungen, die ihm noch mehrere Amtseide abforderten, zog Lustwig Leopold in Schönschrift alles, was an gemeindlichem Amtsverkehr zu Jöchlstein notwendig war, sauber und bedächtig durch die Wirren der Zeitläufe, wurde grau und glatzköpfig, bezog seine bescheidene Löhnung nacheinander in kaiserlichen und republikanischen Kronen, in Schillingen der Republik und des Ständestaates, dann in *Renten-Mark*. Allen Anordnungen, von welcher Seite auch immer sie kamen, sofern sie nur durch ordentlichen Abdruck im Gesetz- und Verordnungsblatt abgesegnet waren, folgte Lustwig mit gradliniger Sorgfalt. Nur der Einführung einer Schreibmaschine widersetzte er sich, so daß selbst zu den Zeiten, in denen – so um 1930 herum – sogar nebenan im Pfarramt die Tauf-, Trau- und Sterbeurkunden mit Maschine geschrieben ausgefertigt wurden, alle schriftlichen Äußerungen der Gemeinde in den Haar- und Schattenstrichen der Lustwigschen Sütterlinschrift erfolgten. Einzig die Neuerung einer Löschwiege akzeptierte Lustwig, nachdem endgültig die Belieferung mit ärarischem Streusand höheren Ortes eingestellt wurde.

Als der Krieg ausbrach, wäre Lustwig eigentlich nach tadelloser Absolvierung einer 47jährigen Dienstzeit im Pensionsalter gewesen, aber er wurde über die Altersgrenze hinaus dienstverpflichtet, da sein bereits ernannter Nachfolger eingezogen wurde. Lustwigs Schönschrift zog sohin weiter über immer faseriger werdendes Kriegspapier. Er sagte es nie, aber heimlich war er froh um den Krieg, denn ein Leben ohne Amt hätte er sich nicht vorstellen können. Zum Schluß allerdings war das Amtspapier so holzhaltig, daß es die Tinte wie ein Schwamm aufsog und nicht einmal die Löschwiege mehr notwendig war, allerdings auch die dünnen Haarstriche kaum mehr anzubringen waren. Die Militärregierung – in Jöchlstein durch Captain Greentree verkörpert – hatte mit Recht nichts gegen Lustwig einzuwenden. Er war nun um die Siebzig und zog wie eh und je seine Schönschrift auf das langsam wieder besser werdende demokratische Papier. Er gehörte zur Gemeinde wie der Kirchturm, und nur die allerältesten Gemeindemitglieder konnten sich dunkel an einen Vorgänger erinnern.

Die Löhnung bezog Lustwig auch nach dem 8. Mai 1945 in *Renten-Mark*, denn diese Währung blieb vorerst. (Als die *Schillinge* kamen, waren Mehrbergs schon wieder fort aus Jöchlstein.) Es war auch ohne weiteres möglich, die reichsdeutschen Münzen und Geldscheine zu verwenden, denn darauf hatte der Führer und Reichskanzler Schollenstrick sein Bürstenbärtchen und seine Haartolle, unter der er heroisch nach oben zu blicken pflegte, nicht prägen und drucken lassen; seltsam, wo er doch sonst nicht sparsam mit seinem Bild war. Nicht einmal Hakenkreuze waren auf dem Geld. Hat das jemals schon einer untersucht, warum das so war? Auf den Briefmarken waren überall Bürstchen und Tolle abgedruckt und das Hakenkreuz, weswegen die Briefmarken mit schwarzen Klecksen versehen wurden, damit sie weiterverwendet werden konnten, bis die neuen, von der Militärregierung herausgegebenen Marken kamen.

Lustwig – ein Junggeselle – wohnte in einem Zimmer hinten im Querbau des Bruckwirtes, und Ida brachte ihm nach Dienstschluß das Abendessen dorthin. Ab und zu

erzählte ihr der alte Mann etwas aus früheren Zeiten, aber gelegentlich auch, was sich jetzt am Tag zugetragen hatte. Zum Beispiel die Szene, als der ehemalige Bürgermeister Roidl zum jetzigen Bürgermeister Kluibermaß kam.
Im ersten Monat der Amtszeit Kluibermaß' war das oft vorgekommen, denn der Roidl sagte dem Lenz immer, was zu machen war. Aber mit der Zeit hatte es Lenz selber gelernt (viel war es eh' nicht), und so waren die Besuche Roidls seltener geworden. Als der Roidl anfangs Juli wieder daherkam, schaute ihn der Gemeindeschreiber Lustwig schon förmlich an wie einen Petenten. Der Bürgermeister hob nur kühl seine verrußten Augenbrauen.
»Du läßt dich ja überhaupt nicht mehr anschauen«, sagte der Roidl zum Lenz.
»Sie wünschen?« fragte der Lenz.
Der Roidl war sichtlich nervös. Er schaute ein paarmal zum Lustwig hin, der zwar tat, als höre er nichts, seinen Kopf in ein Register steckte und mit der Löschwiege Schriftstücke trocknete, aber eben doch *da* war.
»Wir hätten dich gern gesprochen«, sagte der Roidl.
»Bitte«, sagte der Lenz, »sprechen Sie.«
»Nein«, sagte Roidl und schaute wieder zum Lustwig hin, »wir hätten dich... also Ihnen gern gesprochen. In der bewußten Angelegenheit.«
»Ich bin in jeder Angelegenheit, die mich als Bürgermeister angeht, *hier* zu sprechen«, sagte der Lenz.
»Jetzt mach' keinen Schmarrn nicht«, sagte der Roidl, »du sollst hinüberkommen zum Bruckwirt ins Extrazimmer...«
»Wüßt' nicht, was ich dort zu tun hätte«, sagte der Lenz.
Da sprang der Roidl auf. Er war käsweiß geworden.
»Soll das heißen«, zischte er, »daß du...«
»Ich weiß nicht, wovon Sie reden«, unterbrach ihn der Lenz.

»Du Gauner«, zischte Roidl, »du Falott, du grindiger, du doppelgesohlter Aasgeier...«
»Raus!« schrie der Lenz.
»Soll ich dir das Papier zeigen, wo du...«
»Raus!«
»– wo du unterschrieben hast, daß...«
»Raus!«
Der Roidl sprang um den Schreibtisch herum und versuchte den Lenz an der Gurgel zu fassen. Der Militärpolizist nebenan war inzwischen auf den Lärm aufmerksam geworden. Er hatte seine halbhohen, geschnürten Stiefel (die so einen unkleidsamen großen Fuß machen) vom Tisch genommen und stand jetzt plötzlich unter der Tür, den Helm am Kopf, die Zigarette im Mundwinkel, die Maschinenpistole in der Hand.
Als Roidl den Amerikaner sah, ließ er vom Lenz ab und ergriff die Flucht. Der Häusler versuchte danach zwar, dem Amerikaner den Vorfall zu erläutern, aber der Soldat verstand die Erklärung nicht, maß wohl auch einer Auseinandersetzung zwischen Jöchlsteinern keine Bedeutung bei, zog sich in sein Zimmer zurück und legte die Füße wieder auf den Tisch.
Der Häusler Lenz, stellte sich heraus, hatte einen Teil der Grundstücke heimlich verkauft. Aber was heißt: heimlich. Er brauchte ja niemanden zu fragen, war ja auf dem Papier Eigentümer. Wem er die Grundstücke – es handelte sich um eine Wiese des Bruckwirts, um ein Waldstück Roidls, um einen Stall des Neuwirts und mehrere andere kleinere Parzellen – verkauft hatte, sagte der Lenz nicht. Einblick in das Grundbuch bekamen die sechs Honoratioren von Jöchlstein nicht, denn – sagte der von der Militärregierung neu eingesetzte Richter in Yrwent – sie seien ja Nazi. (Ob das juristisch korrekt war, ist unklar, es war aber jedenfalls so.)

Der Pfarrer begab sich ins Häusleranwesen. Ungeahnter Glanz erstrahlte: Silberleuchter standen auf den Tischen, Bilder hingen an den rußgeschwärzten Wänden, die Häuslerin und sogar die älteren Töchter trugen ungeheuer große Ringe, die älteste Tochter sogar ein Diadem. Den Tisch, auf dem der Häusler Lenz die *Arbeiter-Zeitung* ausgebreitet hatte, deckte ein weißdamastenes Tuch, das bis zum Boden herunterhing.
»Und?« fragte der Lenz.
Der Pfarrer bat den Lenz, Weib und Kinder hinauszuschicken. Zögernd gab Lenz nach und winkte mit der Hand einen Befehl. Bei der Gelegenheit bemerkte der Pfarrer, daß auch der Lenz sowohl am Ring- als auch am Mittelfinger je einen großen Ring mit einem Stein trug. Da bisher nichts dergleichen aufgefallen war, vermutete der Pfarrer, daß der Lenz die Ringe nur daheim trug.
Über den Wortlaut der folgenden Unterredung ist nichts bekannt. Aber soviel der Pfarrer noch am selben Abend im Extrazimmer des Bruckwirts den sechs ehemaligen Grundbesitzern erzählte, zeigte sich der Lenz unverändert störrisch. Das Papier, das er unterschrieben habe, betrachte er – so der Lenz nach Mitteilung des Pfarrers – als ungültig, ja als »politischen Betrug«. (So wörtlich der Lenz). Seine Eide seien ihm gleichgültig, er sei Atheist. Der Pfarrer setzte dem Lenz auseinander: die sechs ehrenwerten Gemeindemitglieder seien, wie sich herausgestellt habe, gar nie Nazi gewesen, das seinerzeitige Scheingeschäft also überflüssig. Da habe der Lenz gelacht.
Es sei nichts zu machen gewesen, sagte der Pfarrer. Selbst auf das Angebot – soweit reichte seine Vollmacht zum Verhandeln –, daß der Lenz das behalten dürfe, was er schon verkauft habe, das heißt: daß es mit dem Verkauf sein Bewenden habe und der Lenz den Erlös behalten dürfte, habe der Lenz abgelehnt.

Sünden, habe der Lenz auf entsprechende Vorhaltungen des Pfarrers gesagt, fürchte er nicht. Die einzige Sünde, habe der Lenz gesagt, die er fürchte, sei die Armut. *Die* werde er nicht mehr begehen.
Bei den nun folgenden Verhandlungen rückten die sechs näher zusammen. Der Pfarrer, der bedauerte, nichts weiter tun zu können, verabschiedete sich vorher. Ida mußte noch zu trinken bringen. Dann wurde die Tür zugeschlossen.

*

Der Juli wurde heiß. Das Korn reifte. Das Gras stand hoch, der alte Niederbrunnhofer stolperte über den Hof und fiel hin. »Höllteufel«, sagte er. Der Mensch, sagte er, sei als Vierfüßler gedacht. Wenn er den Idioten erwische, der das Gehen auf zwei Beinen erfunden habe, ergehe es dem schlecht. Jedesmal, wenn der Häusler nach Yrwent oder gar weiter in die Landeshauptstadt fuhr, zitterten die sechs gereinigten Nationalsozialisten, aber es geschah vorerst nichts.
Ende Juli schämte sich der Spediteur Werlberg. Er war bisher ein ruhiger, nahezu unbemerkbarer Mitbewohner des Niederbrunnhofers gewesen. Seit Heu eingefahren wurde, war zwar kein Platz mehr im Stadel für das Lastauto, aber das mußte ja jetzt nicht mehr versteckt werden, hatte dank Captain Greentree eine ordentliche Nummer und konnte ungefährdet vor dem Haus stehen, wenn es nicht unterwegs war. Es war oft unterwegs. Werlberg war fleißig. Manchmal transportierte er Schlachtvieh zu den Metzgern nach Yrwent oder sogar weiter hinaus. Aus der Tatsache, daß sich wieder Frachtgut am Bahnhof von Yrwent stapelte, sah man, daß auch draußen das Leben sich erholte. Manches von dem Frachtgut war für den oder jenen Bauern in Jöchlstein bestimmt, ein Ersatzteil für den Mähdrescher vom Weißleitner, zum Beispiel,

den Werlberg abholte. Oft transportierte er Passagiere. Der regelmäßige Postomnibusverkehr wurde erst im September wieder aufgenommen, und auch da fuhr vorerst nur zweimal am Tag ein Kurs. Der Werlberg fuhr viel öfters. Und nicht selten war er mit dem neuen Bürgermeister unterwegs. Wohin er da fuhr, sagte er nicht.
Der Lastwagen stand also, wenn er nicht unterwegs war, vor dem Haus, seitlich, mehr links am Küchengarten. Oft reparierte Werlberg an ihm herum. Für Rudi war das immer interessant. Motoröl tropfte in den bäuerlichen Schlamm und bildete malerisch schillernde Schlieren. »Das ist eben ein alter Kübel«, sagte Werlberg zu dem Buben, »aber ein *braver*. Was der schon alles mitgemacht hat seit 1939! War sogar in Afrika. Hat mich nie im Stich gelassen. Aber da ist selbstverständlich ab und zu etwas zu reparieren, damit er nicht den Geist aufgibt.« Rudi half gern beim Reparieren, hielt mit dem Schraubenschlüssel oben die Mutter, während unten Werlberg die Schraube anzog.
Werlberg wohnte – wie der Austragsbauer – über dem Hühnerstall. Er bezahlte pünktlich die Miete, ging, wenn er nicht nachts noch eine Fuhre hatte, früh schlafen, die Transporte für den Niederbrunnhofer erledigte er, ohne was dafür zu verlangen. Es gab keinen Grund zum Klagen bis zu jenem Tag Ende Juli. Da hatte Werlberg wieder eine nächtliche Fahrt gehabt und war sehr spät nach Hause gekommen. Schon in der Nacht war sein Benehmen auffällig gewesen. Sonst, wenn er spät kam, ließ Werlberg den Lastwagen unten an der Abzweigung am Bach stehen, vielleicht hundert Meter vom Hof entfernt, ging zu Fuß herauf, um die Leute im Haus nicht zu wecken. Der Motor des Wagens war sehr laut, und alles an seinem Gestell wakkelte, dröhnte und schepperte. Diesmal fuhr Werlberg bis vors Haus und ließ auch da noch den Motor unsinnig lang laufen. Rudi wachte davon auf, schaute zum Fenster hin-

aus und sah, daß Werlberg, nachdem er endlich den Motor abgestellt hatte, mühsam aus dem Führerhaus kroch, nein: fast herausfiel. Das Licht am Auto, bemerkte Rudi und wunderte sich, ließ er brennen. Er bewegte sich vorsichtig und als ob der Boden unter ihm schwankte, zum Hühnerstall hin und zog auf dem Weg dorthin seine Jacke aus. Er warf sie achtlos ins Gras. Dann bemerkte er, daß er das Licht am Wagen hatte brennen lassen, kehrte um, krabbelte ächzend ins Führerhaus, schaltete das Licht aus und fiel wieder fast heraus. Auf dem Weg zum Hühnerstall kam er an seiner im Gras liegenden Jacke vorbei, betrachtete sie lang und schüttelte den Kopf. Dann stellte er sich an den Kirschbaum neben dem Trog und pinkelte. Rudi schlich sich zurück ins Bett. Frau Mehrberg war auch halb aufgewacht, knurrte und sagte: »– was macht denn der Werlberg heute?« schlief aber gleich wieder ein.

Am nächsten Morgen war festzustellen, daß Werlberg nicht nur seine Jacke, sondern auch seine Hose, seine Schuhe, sein Hemd und einen Socken auf dem Weg vom Lastauto zum Hühnerstall ausgezogen und über die Wiese verstreut hatte. Als der alte Niederbrunnhofer in der Früh zum Frühstück herüberkam, stolperte er über einen Schuh, fiel hin, stand auf, stolperte über den anderen Schuh, fiel wieder hin, stand wieder auf, stolperte nochmals ohne Anlaß und kam fluchend in die Küche. »Höllteufel«, sagte er. Der Werlberg habe in der Nacht gesungen. Er habe ziemlich laut mehrere Lieder gesungen. Eins davon handelte, fluchte der Austragsbauer, von einer ihm unbekannten Gegend, die *Westerwald* hieß oder so ähnlich. Die Bäuerin ging hinaus und sammelte Werlbergs Kleider ein.

Erst spät am Vormittag erschien Werlberg. Der Bauer, die alte Magd, der Knecht (der jetzt wieder da war, dafür war der Ukrainer seit Kriegsende verschwunden), die größeren Mehrberg-Kinder (auch Hans Walter, der sich im Mai wie-

der nach Jöchlstein durchgeschlagen hatte) waren längst auf dem Feld. Es wurde Heu gemacht. Nur die Bäuerin und Frau Mehrberg – die kochte – und Rudi waren in der Küche.
»Es soll nicht mehr vorkommen«, sagte Werlberg zerknirscht, »ich verstehe es auch nicht. Haben Sie einen feuchten Waschlappen, Frau Mehrberg? möglichst kalt?«
Er legte sich den Waschlappen auf die Stirn. Stumm stellte ihm die Bäuerin eine Schale Kaffee hin (Malzkaffee, selbstverständlich). Obwohl Werlberg sonst, wie erwähnt, nie etwas davon erzählte, wo er war, wenn er Fuhren für den Bürgermeister, Häusler-Lenz also, ausführte, begann er diesmal zu reden, wahrscheinlich zur Unterstützung einer Bitte um Entschuldigung. Er war nicht weit gewesen, nur in Yrwent. Dort hätten er und der Bürgermeister einen Mann abgeholt. Vorher habe man gewartet, bis alles ruhig war, niemand mehr auf der Straße, vor allem keiner von den amerikanischen Soldaten. Man habe in einer Gastwirtschaft gewartet in Nähe vom Bahnhof: *Zum Silbernen Hammel.* Das Haus, in dem der Mann mit der Baskenmütze abzuholen war, war genau gegenüber. Bis zur Sperrstunde habe er, Werlberg, auf Einladung des Häusler Lenz ein paar Schoppen Wein getrunken. Nach der Sperrstunde sei man dann im Hinterzimmer des *Silbernen Hammel* gesessen, und der Wirt, der offenbar mit dem Häusler Lenz gut bekannt sei, habe eine Flasche Eierliqueur gebracht.
»Es wird mir sofort wieder ganz komisch«, sagte Werlberg »wenn ich jetzt an die Flasche nur denke.«
Lang nach Mitternacht sei dann der Mann mit der Baskenmütze herübergekommen, ein gewisser Herr Vanitschek habe ihn begleitet. Die *Baskenmütze* habe zwei Koffer dabei gehabt, einen kleinen und einen großen. Den großen habe er während der ganzen Fahrt nicht aus der Hand gelassen.
Man war dann zurück nach Jöchlstein gefahren und hin-

aus zum Haus des Häusler Lenz. Eine weitere Flasche Eierliqueur habe Lenz mitgenommen. Bezahlt habe sie die *Baskenmütze*, die zu dem Zweck den großen Koffer eine Hand breit geöffnet und einen ziemlich großen Geldschein daraus entnommen habe. Die zweite Flasche Eierliqueur habe man dann in der Küche vom Häusler Lenz ausgetrunken.

»Wenn ich nur an die gelbe Farbe denke«, wimmerte Werlberg und rülpste. »Aber es kommt bestimmt nicht mehr vor! Bestimmt nicht mehr. Ich verstehe mich selber nicht. So ein Blödsinn. Aber ich bin es nicht mehr gewohnt. Den ganzen Krieg über hat man ja kaum je einen Eierliqueur auch nur zu sehen bekommen.«

»Und wo ist die *Baskenmütze* jetzt?« fragte die Niederbrunnhoferin.

»Er wohnt in der Stube vom Häusler Lenz. Die anderen sind zusammengerückt, und in der Stube haben sie ein Bett aufgeschlagen.«

»So«, sagte die Niederbrunnhoferin. »Wohnt der auch noch dort, wo die Karrner sowieso selber kaum Platz haben?!«

Werlberg zuckte mit den Schultern.

»Und wie heißt der mit der Baskenmütze?« fragte die Niederbrunnhoferin.

»Weiß nicht«, sagte Werlberg, »hat er nicht gesagt.«

»Aber ihr habt doch nicht nur Eierliqueur gesoffen die ganze Zeit, ihr habt doch auch irgend etwas geredet? Wer ist der Mensch, Woher ist er?«

Darüber sagte Werlberg nichts.

*

Der alte Niederbrunnhofer, der Austragsbauer, fiel zwar ständig hin, wenn er etwas zu flott zu gehen versuchte, er fluchte dann stereotyp »Höllteufel!«, aber ein Trottel war er nicht. Er war ein einfacher Mann, doch von geradem Verstand. Sowas kommt vor, selbst im Tauerngau, und es ist nicht einmal sehr selten, daß sich ein alter Mensch im Austrag – sofern er nicht, was allerdings der häufigere Fall ist, in senilen Stumpfsinn versinkt – nach dem Abfall der Sorgen um das Überleben, nachdem die geistverzehrende körperliche Arbeit aufgehört hat, zu einer schlichten aber hellen Weisheit entfaltet. Auch Werlberg war alles andere als dumm. Der Austragsbauer und der Soldat, der sich selber aus der Armee entlassen hatte, wohnten in zwei verschiedenen Zimmern, die aber eigentlich nicht mehr waren als etwas bessere Verschläge über dem Hühnerstall, woraus sich zwangsläufig ein näherer Kontakt ergab.

Hie und da saßen die beiden auf der untersten Stufe der Holzstiege, die zu ihren Verschlägen hinaufführte, und redeten miteinander. Manchmal setzte sich Rudi zu ihnen und hörte zu, wenn sie erzählten. Der Austragsbauer war im Ersten Weltkrieg Soldat gewesen. (*3. Korpsartillerie – Regiment Erzherzog Wilhelm*, der Alte nannte den Namen so oft, daß Rudi ihn sich merkte.) Werlberg war vom ersten Tag an im Zweiten Weltkrieg dabeigewesen, erst in Polen als Funker, dann in Frankreich, in Afrika bei Rommel und zuletzt in Italien. Beide sahen den Krieg nicht aus heroischer Perspektive. Werlberg, der erst Funker, später Meldefahrer, in Afrika Fahrer eines Wassertankzuges, in Italien wieder Funker gewesen war, sagte einmal, daß er zwar fast sechs Jahre lang scharf geladene Waffen getragen oder zumindest bei sich gehabt, aber nie, die ganzen sechs Jahre nicht, auch nur einen Schuß abgegeben habe, außer bei Waffenappellen und zur Probe, nie auf einen Menschen.

Nur ein einziges Mal sei er fast entschlossen gewesen zu schießen und habe sein Gewehr schon durchgeladen gehabt. »Und das war hier«, sagte Werlberg, »am 8. Mai. Wenn der SS-Heini Mucken gemacht hätte, hätte ich ihn umgenagelt.«

Der 20. Juli 1945 mußte ein Freitag gewesen sein, denn da saßen die beiden, Werlberg und der alte Niederbrunnhofer wieder einmal auf der untersten Stufe und löffelten ihre Suppe mit Knödel drin, die ohne Speck waren. (In der Küche am großen Tisch konnte an dem Tag nicht gegessen werden, da Brot gebacken wurde und alles voll Teig und Schüsseln stand; in der Stube wurde nur Sonntags gegessen.) »Für mich gilt das eigentlich nicht: ohne Speck, ich bin Protestant«, sagte Werlberg.

Der Austragsbauer kramte aus seiner Hosentasche einen Schlüssel hervor, gab ihn Rudi und sagte: »Steig hinauf in meine Kammer. In der Truhe ist eine Wurst. Aber daß es die Bäuerin nicht sieht.«

»Nein, nein, laß nur, Niederbrunnhofer«, sagte Werlberg, »vielleicht muß ich eh katholisch werden, wenn ich für ganz hier bleib.«

»Dann essen wir die Wurst morgen, Werlberger.«

»Gut.«

Der alte Niederbrunnhofer sagte *immer* Werlberger statt *Werlberg*. Wahrscheinlich konnte er sich die Herkunft des Namens nicht anders vorstellen, als daß Werlberg vom Werlberg-Hof stammte und somit der Werlberger war. Er selber war ja auch nicht der Niederbrunnhof, sondern der Niederbrunnhofer. (Er schrieb sich übrigens Steinbacher Josef, was dann aber erst auf dem Grabkreuz stand.)

In der Zeitung, die Werlberg immer aus Yrwent mitbrachte, nicht regelmäßig, aber oft, und die dann auch der Austragsbauer las, stand heute ein Artikel zum Jahrestag des mißglückten Attentats von 1944.

Die beiden kamen ins Gespräch darüber.
»Hätt' uns ein Jahr erspart«, sagte der Austragsbauer, »wo warst denn du da, Werlberger?«
»In Pisa, wo der Schiefe Turm ist. Aber keine Woche später waren die Amerikaner da. Plötzlich. Da sind wir getürmt. Am Schiefen Turm vorbei.« Werlberg lachte. »Der Oberst hat gesagt, ich soll vor allem die geheimen Funksprüche einpacken. Ich habe aber statt dessen drei Kilo Kaffee und vier große Flaschen Olivenöl gerettet. War dem Oberst dann auch recht. Später sind wir nach Verona verlegt worden, da war es ruhiger.«
»In Verona unten war ich auch«, sagte der Austragsbauer, »als Gefangener von den Italienern, 1918. In aller Früh sind wir da marschiert, Tausende von gefangenen Österreichern, es war im November, aber noch nicht Winter, Spätherbst. Die Sonne ist aufgegangen, und plötzlich war die schöne Burg da, mit Zinnen, und der große Fluß mit einer wunderbaren Brücke. Wir sind stehengeblieben – so ein herrlicher Anblick! Bis uns die italienischen Bewacher weitergetrieben haben. Ein unvergeßliches Bild, dieser Sonnenaufgang. Ach ja. Italien!«
Rudi, der still und aufmerksam zuhörte, wunderte sich, daß man als Gefangener für Schönheiten der Landschaft ein Auge haben konnte. Aber offenbar war der alte Niederbrunnhofer nicht so gern Soldat gewesen, als daß es ihm viel ausgemacht hätte, Kriegsgefangener zu sein.
»Du bist nie Kriegsgefangener gewesen«, sagte dann der alte Bauer.
»Nein«, lachte Werlberg, »obwohl es vielleicht vernünftiger gewesen wäre. Damals, heute vor einem Jahr hätte es eine Gelegenheit gegeben. In Pisa. An sich hat ja die Truppe nichts erfahren von dem Attentat, eher weniger als die Zivilbevölkerung. Aber ich als Funker habe natürlich meine Möglichkeiten gehabt. Ich habe immer heimlich

alle möglichen Sender abgehört. Der Oberst hat kurz überlegt – ich habe ein sehr gutes Verhältnis zum Oberst gehabt, Möbius hat er mich geheißen, war kein Nazi. Er hat oft sehr offen mit mir gesprochen. Aber es war halt nicht leicht damals. Am 20. Juli, hat er dann mit mir – wir zwei allein – die Nachrichten abgehört. Er hat gut englisch können und auch italienisch, und er hat auch diese betreffenden Nachrichten verstanden; wenn ich an meinem Apparat gedreht habe. Er hat überlegt, ob er nicht die Gelegenheit ergreifen soll und sozusagen kampflos zu den Amis hinüberzumarschieren mit der ganzen Einheit. Hätte manchem von uns das Leben gerettet.« Werlberg schaute nachdenklich auf die Wiese hinaus. »Aber eben der Eid. Der Eid, hat der Oberst gesagt, das ist halt so eine Geschichte, wenn sie tief in einem drin steckt. Obwohl er sonst ein vernünftiger Mann war.«

»Du wärst desertiert?«

»Logisch«, sagte Werlberg, »Eid und Vaterland! Krampf. Wen hab ich denn verteidigt? Das Vaterland? Daß ich nicht lache. Den Gröfaz habe ich verteidigt, daß der noch ein paar Monat in Ruhe kacken kann, und den Göring, daß er noch ein paar Monat seinen Schleichhandel treiben kann. Und die KZ habe ich verteidigt.«

»Aber von die KZ haben wir ja gar nichts gewußt. Und daß die Juden umgebracht wurden. Angeblich.«

»Blödsinn. Selbstverständlich haben wir's gewußt. Ganz genau. Du und ich und alle. Daheim und an der Front. Mit jedem Schuß haben wir die Schweinereien von der Gestapo verteidigt, und den Himmler. Ich sag dir was, Niederbrunnhofer, ich sag dir was von der Tapferkeit: *tapfer* war nur der Soldat, der desertiert ist. Und *feig* war jeder, der für den Gröfaz und das Gesindel weitergekämpft hat. Ja, ja, – der Rommel. Der edle Wüstenfuchs, vor dem sogar der Feind Respekt hatte. Laß mich doch in Ruhe. Ich habe ihn oft gesehen in Afrika, aus nächster Nähe. Sicher – ein imponierender Mann. Einer der wenigen Generäle, der sich wirklich an die Front getraut hat. Von unerschöpflicher Improvisationsgabe – ja. Aber wofür? Daß der Gröfaz ein Jahr länger seine Eva Braun ... und so weiter.« Er warf einen Blick auf Rudi und unterdrückte einen Ausdruck, von dem er glaubte, daß er noch nichts für dessen Ohren war.

»Hat der Rommel *dafür* seinen Eid geleistet? Und der Rommel hat es auch gewußt, was in den KZ vor sich geht. Garantiert. Jeder hat es gewußt. Und wer heute sagt, er hat es nicht gewußt, der lügt.«

»Aber du bist doch nicht desertiert?«

»Leider«, sagte Werlberg, »das ist das einzige aus dem ganzen Krieg, was ich mir persönlich vorzuwerfen habe.«

»Und den Rommel«, sagte der Austragsbauer, »haben sie dann auch umgebracht. Wie alle vom 20. Juli.«

»Nicht alle«, sagte Werlberg, »*fast* alle. Das heißt: alle bis auf einen. Den Goerdeler. Den haben sie jedenfalls nicht sofort umgebracht. Erst später.«

»Goerdeler?«

»Ehemaliger Bürgermeister von Leipzig. Dr. Carl Goerdeler. Carl mit C. Die Verschwörer haben ihn als Reichskanzler vorgesehen gehabt. Ist im letzten Augenblick untergetaucht.«

»Ah ja«, sagte der Austragsbauer, »kann mich erinnern. Wollten ihn unbedingt fangen, die Nazi.«

»Natürlich. Aber er war geschickt. *Zunächst.* Die Gestapo hat selbstverständlich gemeint, daß sich der Goerdeler in die Schweiz absetzt oder nach Schweden oder zu den Amerikanern – aber der Goerdeler ist dort geblieben, wo es die Gestapo am wenigsten vermutet hat: ganz in der Nähe von Leipzig. Eine Million Kopfgeld war auf ihn ausgesetzt.«

»Wer hat sich das verdient?«
»Weiß nicht. Irgendeiner. Der hat ihn gesehen – in einem Café, hat ihn erkannt und der Gestapo gemeldet.«
»Wie kann man in ein Café gehen, wenn auf einen ein Kopfgeld von einer Million ausgesetzt ist?« sagt der Niederbrunnhofer.
»Na ja – er hat sich vielleicht schon in Sicherheit geglaubt. Oder es ist ihm die Decke auf den Kopf gefallen in seinem Versteck, und er wollte sich einmal die Füße vertreten.«
»Und was hat derjenige Betreffende mit der Million gemacht?«
»Keine Ahnung. Viel wird er nicht mehr machen haben können, denk ich mir.«
»Vielleicht schleppt er die heute noch mit sich herum?«
»Wer weiß?« sagte Werlberg.
»Und muß auf der einen Seite aufpassen, daß ihn die Militärregierung nicht schnappt, und auf der anderen Seite, daß ihm keiner das Geld stiehlt. Er dürft' es ja nicht einmal anzeigen, wenn es ihm gestohlen wird.« Der Austragsbauer lachte. »Würde es ihm gönnen.«
»Es wird immer welche geben«, sagte Werlberg, »die so einem helfen. Vor allem, wenn er Geld hat, und das hat er ja.«
»Du hast recht, Herr Werlberger«, sagte der alte Niederbrunnhofer, »ich wüßt in Jöchlstein ihrer ein Dutzend, die ihm helfen würden ...« Er schaute zum Hof hinüber, wo grad die Bäuerin aus der Tür trat und den Hühnern das Futter hinwarf. »... im Fall der Fälle.«

*

Eines der jüngeren von den zahlreichen Kindern des Häusler Lenz war die Kluibermaß Lotte. Sie war ziemlich dick und für ihr Alter – zwölf oder dreizehn Jahre, ein Jahr älter als Rudi Mehrberg – schon recht kokett. Rudi hatte nie gern mit Mädchen gespielt. Er hatte so viele Schwestern, und da kam es ihm vor, daß er sich nicht auch noch mit fremden Personen weiblichen Geschlechts abgeben müsse. Aber die Häusler Lotte spielte nur mit Buben. Sie faßte eine Vorliebe für den Flüchtling Rudi, vielleicht wegen seiner fremden Sprache, vielleicht, weil er etwas anderes als die Bauernbuben war, nicht etwas Besseres, nein – das war selbst den Häusler klar, daß der beste Flüchtling immer noch weniger wert war als der schlechteste einheimische Taglöhner, aber Rudi war *anders*, von weit her, exotisch. Die Häusler Lotte hatte einen Hang zur Ausnahme. Ihr wurde nicht, wie den anderen Kindern – schon gar damals – *etwas angezogen*, sie *kleidete* sich, soweit das ging. Das zeitigte natürlich seltsame Ergebnisse. Rudi fiel es weiter nicht auf. Lotte fand das leinene Hemd kleidsam, das ihre Großmutter bei der Hochzeit getragen hatte. Sie hatte es im Dachboden gefunden, wohin sie mit einigen ihrer Geschwister ausgelagert wurde, als die *Baskenmütze* ins Kluibermaß-Haus einzog und die untere Stube für ihn freigemacht werden mußte. Das Hemd hatte oben Spitzen und ging der Lotte bis auf die Füße. Dort, wo bei der Großmutter der Busen gewesen war, befanden sich ein rotes Herz in Kreuzstich und die Buchstaben A. F. So hieß die Großmutter mit dem Mädchennamen: Anastasia Fuchs. Sie sei, erzählte Lotte, die schönste Frau im Tal gewesen. Es gab im Kluibermaß sogar ein Bild von der Großmutter, eine alte Photographie: Anastasia Fuchs mit ihrem Bräutigam am Hochzeitstag. Da trug sie dieses Hemd, aber man sah es natürlich nicht, denn darüber war das Kleid. Lotte trug das Hemd ohne Kleid darüber, meinte im übrigen selbstverständlich, daß sie der Großmutter ähnlich sei; *auch* die Schönste im Tal. Rudi interessierte sich kaum dafür. Um wirklich die Schönste im Tal zu sein – oder zu werden, in drei vier

Jahren – war Lotte zu dick. Aber vielleicht wurde sie später dünner, war das, was jetzt an ihr war, nur Backfisch-Speck. Etwas Besonderes dünkte sie sich schon deshalb, weil sich wohl sonst kaum jemand in Jöchlstein dafür interessierte, wer vor 54 Jahren die Schönste im Tal war. Lotte hätte auch gern *Anastasia* geheißen, aber zu der Zeit, wo sie zur Welt kam, war *Anastasia* außer Mode. Da wurde kein Kind *Anastasia* getauft. Wenn Kinder nicht auf die geläufigen, sozusagen modisch unbelasteten quasi durchsichtigen und bis zu Charakterlosigkeit abgeschliffenen Vornamen wie: Hans, Sepp oder Toni, Maria, Anna oder Barbara getauft wurden, hießen sie eben Lotte oder Hilda. Einen seiner jüngeren Söhne hatte der Weißleitner-Bauer sogar Adolf getauft, das schon 1936, vor dem Anschluß.

Anastasia – A. K. hätte dann in rotem Kreuzstich auf das Hemd gestickt gehört, dort, wo bei der Großmutter der Busen war. Ob bei Lotte ein Busen dort war, war nicht recht auszumachen. Auch dafür interessierte sich Rudi noch nicht. Lotte füllte das Hemd zwar aus, aber die Fülle war eher allgemeines Fett als dezidierter Busen. Einmal hätte Rudi das feststellen können. Das war im August. Es war so heiß, daß die Hühner wie tot im Gras lagen; der Hahn blusterte sich im Schatten eines Baumes und krähte überhaupt nicht. Die Luft im Tal kochte. Die Katze saß auf einem Holzstoß neben dem Austragshaus und gähnte. Als ein Rotkehlchen sich direkt – normalerweise eine grenzenlose Unvorsichtigkeit – vor ihrer Nase niederließ, öffnete sie nur ein Auge, und für einen Moment zuckte ihre Schwanzspitze. Dann schlief sie trotz des Vogels wieder ein. Kein Gras rührte sich. Schwarz standen die Fichten. Das einzige, was sich regte, war ein Habicht, der hoch oben kreiste. Die Hühner waren zu faul, davonzulaufen. Die Hitze drückte nieder.

Wenn der Habicht, dachte Rudi, niederstoßen würde,

könnte er die Hühner einzeln aufklauben, umdrehen, prüfen und sich das beste nehmen. So eine Hitze war. Aber wahrscheinlich, dachte Rudi, ist der Habicht dazu zu träge. Vielleicht schläft er im Fliegen.
Lotte kam in ihrem Hemd. Rudi saß am Bach, der ungefähr zweihundert Meter vom Haus entfernt zwei Gründe voneinander trennte, und hielt die Füße ins Wasser. Eine Zeitlang hatte er sich damit beschäftigt, Steine in den Bach zu werfen. Es war eigentlich gar kein Bach, nur ein Rinnsal. Weiter unten erst bildete er eine Gumpe, wo man unter günstigen Bedingungen einen kleinen Weißfisch fangen konnte. Daran war bei der Hitze gar nicht zu denken. Rudi hatte nur Steine ins Wasser geworfen und beobachtet, wie sich danach die Strömung jeweils änderte. Aber mit der Zeit verursachte Rudi schon das Bücken nach den Steinen Schweißausbrüche. Er ließ es sein und hängte nur noch die Füße ins Wasser und dachte gar nichts.
Die meisten fetten Leute schwitzen – Hanna Mehrberg zum Beispiel, die sich an solchen Tagen wie heute noch langsamer bewegte –, aber es gibt auch das Phänomen, daß das Fett als Isolation wirkt. Das kommt selten vor, aber es kommt vor. Bei Lotte war das, scheint's, der Fall. Sie kam über die Wiese geschlendert und schwenkte ihren Strohhut wie eine neckische Gärtnerin.
»Ah, Rudi.«
»Grüß dich, Lotte.«
»Was machst d' denn da?«
»Nichts.«
Lotte setzte sich neben Rudi. Obwohl Rudi, wie schon berichtet, kein Interesse am Umgang mit Mädchen zeigte, nicht an Lotte und auch an keiner anderen, schmeichelte ihm doch das überwölbende Maß an Sympathie, das ihm Lotte entgegenbrachte, und er ließ sich die Sympathie gefallen – sofern niemand zuschaute.

»So eine Hitz'«, sagte Lotte.
»Fürchterlich«, sagte Rudi. »Der Hennengeier da oben schläft im Fliegen, glaub' ich.«
»Aber es ist mir lieber, als wie wenn 's kalt wär.«
»Im Sommer ist es nie kalt.«
»Doch, manchmal ist es auch im Sommer kalt«, sagte Lotte.
»Nicht *so* kalt, meine ich«, sagte Rudi.
»Ich möcht trotzdem ins Wasser«, sagte Lotte.
»Da in *das* Wasser? Da kann ja höchstens eine Ratz baden.«
»Gehst du auch ins Wasser? Da unten an der Gumpen ging's schon.«
»Bis da unten? Das sind ja ... das sind ja zehn Meter. Da schwitz' ich ja schon, wenn ich dran denk. Ich bleib' unter dem Busch da.«
Lotte stand auf.
»Dann geh *ich* baden. Aber daß du *ja* nicht herschaust. Beziehungsweise hinschaust«, sagte Lotte.
»Wohin? Warum?«
Lotte kicherte. »Weil ich natürlich das Kleid nicht naß mach.« Sie meinte ihr Hemd. »Das hätte ja auch keinen Zweck. Der Körper muß naß werden.«
»In Schleifferstadt«, sagte Rudi, »wo wir eigentlich wohnen, gehen wir manchmal auch ins Bad. Ins Freibad. Da ziehen wir Schwimmhosen an. Die Mädchen Badeanzüge.«
»Später«, sagte Lotte spitz, »krieg ich auch einmal einen Badeanzug. Ich glaube, ich wähle einen blauen. Daß du aber ja nicht herschaust.«
»Nein«, sagte Rudi.
»Ehrenwort?«
»Ehrenwort.«
Lotte ging die zehn Schritte zur Gumpe hinunter, rief noch

zwei, drei Mal herauf: »– aber *ja* nicht herschauen!« zog sich aus und stieg ins Wasser. Obwohl bekanntlich das Ehrenwort einem Mädchen gegenüber nicht gilt, schaute Rudi in die andere Richtung, das heißt, er legte sich zurück ins Gras und schaute durch die Zweige des Busches hinauf, wo der Habicht immer noch kreiste. Lotte planschte. Sie planschte sehr lang. Dann schrie sie herauf: »– das ist ja fad, mit der Zeit.« Es planschte und gurgelte, als sie herausstieg. Als sie zurück zu dem Bach kam, wo Rudi lag, klebte ihr das Hemd am Körper. Fettringe zeichneten sich ab, auch eine ziemlich große Unterhose. Ob einer der oberen Fettringe aber ein Busen war, war nicht zu erkennen. Rudi interessierte es auch nicht. So versäumte er seine erste Gelegenheit, ein nacktes weibliches Wesen zu sehen. Am nächsten Tag wurde es noch heißer und feucht, am übernächsten Tag kam ein Gewitter. Der Blitz schlug in eine freistehende Buche neben dem Schlechtleitner-Stadel ein, der Stadel brannte ab. Zum Glück kam weder Mensch noch Vieh zu Schaden, außer dem alten Niederbrunnhofer, der neugierig hinlief und – was alle wunderte: erst auf etwa halbem Weg – stürzte. Er schlug sich die Ellbogen und diesmal auch die Nase auf. Der Pfarrer erwähnte das strafende Unwetter in der Predigt am nächsten Sonntag, verwandelte allerdings die Buche in eine Eiche, um nicht ein altehrwürdiges, im christkatholischen Aberglauben fest verwurzeltes Sprichwort in Mißkredit zu bringen. Danach regnete es einige Tage.
Die Niederbrunnhoferin saß während des Gewitters laut betend in der Küche. Sie hatte ihre Brille abgelegt, denn man soll während des Gewitters kein Metall anfassen oder am Leib haben. Einen Fuß – den linken, versteht sich – hatte sie in einem Schaff mit Weihwasser, mit der rechten Hand hielt sie sich den Flügel einer Krähe an die Stirn. So übersteht ein bäuerliches Anwesen jedes Unwetter.

Die Niederbrunnhoferin konnte sehr schnell beten. Während eines durchschnittlichen Gewitters brachte sie es ohne weiteres auf zwei, drei *Schmerzhafte Rosenkränze*, und das unter der erschwerten Bedingung, daß sie dabei ständig den Krähenflügel ans Hirn hielt. Sie galt überhaupt als eine der flottesten Beterinnen im Tal, und bei der alljährlichen Wallfahrt nach St. Virgil im Walde betete sie spielend alle anderen Talbewohner in Grund und Boden. Den Rabenflügel verwahrte sie – mit anderen geheimnisvollen Gerätschaften, die man bei Unglücksfällen, bei Krankheit, Geburt und Tod, bei Viehseuchen, Teuerungen und Katastrophen braucht – in einer Truhe, die im oberen Flur stand und zu der nur sie den Schlüssel hatte. Weihwasser war in Fülle vorhanden. Normalerweise holten die Bauern das Weihwasser im Widum, wo die Pfarrhäuserin es ausschenkte, wobei eine kleine Gabe erwartet wurde. Dazu war die Niederbrunnhoferin zu geizig. Sie setzte daher das Weihwasser selber an, wie Essig. Den Essig zog sie durch eine *Essigmutter*, ein unappetitliches, quallenartiges Gebilde, das in einem großen irdenen Topf mit billigem Wein schwamm. Weihwasser produzierte sie durch schlichte Vermehrung. Das heißt: wenn in dem Weihwasserkübel nur noch eben der Boden bedeckt war, füllte sie ihn mit normalem Wasser auf, denn nur ein einziger Tropfen Weihwasser, erklärte sie dem skeptischen Rudi Mehrberg, vermag ein ganzes Faß ordinäres Brunnenwasser in ein geheiligtes solches zu verwandeln. Daß die Weihekraft dadurch mit der Zeit bis zur Unkenntlichkeit verdünnt werden könnte, befürchtete die Niederbrunnhoferin nicht.

Der Bedarf an Weihwasser war auch groß auf dem Hof. Der Gebrauch bei Gewitter wurde schon erwähnt. Aber auch sonst wurde es viel verwendet. Kranke Kühe bekamen es zu trinken. Einmal, als der Bauer Zahnweh hatte, mußte er auf dem heißen Herd sitzen (auf einer Asbestplatte) mit dem Mund voll Weihwasser. So saß er eine Stunde, und in seinem Mund gluckste es ab und zu. Hernach spülte er mit Schnaps nach. – Immer und überall wurde mit Weihwasser gespritzt. Dazu gab es auch unzählige *Weichbrunnkrügl* im Haus, kleine halbrunde Gefäße, die an der Wand hingen: neben jeder Tür eins, dazu in jedem Zimmer mehrere, selbst im Stall. »Ja, ja«, sagte der Pfarrer mehrfach in Gegenwart Claras, »darüber soll man nicht kichern. Die Niederbrunnhoferin ist eine fromme Frau.« Es gab Weichbrunnkrügl aus Porzellan, aus Steingut, aus Zinn, aus Messing. Manche waren nur schlicht mit einem Kreuz versehen, manche allerdings mit einer senkrechten, kleinen Platte verbunden, auf denen das *Herz Jesu* dargestellt war, die Muttergottes im Rosenkranz, Engel oder Heilige, flankiert von kleinen Säulen oder überwölbt von winzigen Baldachinen. Das Weichbrunnkrügl im Schlafzimmer der Eheleute war förmlich ein Modell des Tempels zu Jerusalem, und das Weichbrunnkrügl in der Stube stellte einen Engel des Jüngsten Gerichtes dar, der eine Trompete in die Luft hielt, in deren Sturz das Weihwasser geschüttet wurde. Es gab Weichbrunnkrügl aus den bedeutendsten Wallfahrtsorten der Alpen: aus Mariazell, aus Weißenstein, aus Maria Fuß, aus Gnadenwald – das von Gnadenwald hatte sogar einen kleinen Glassturz und darin schneite es, wenn man den Finger in das Krügel tauchte. Die bedeutendste Zier aber war ein Weichbrunnkrügl aus Lourdes. Dort war die Niederbrunnhoferin zwar nicht gewesen, wohl aber die Weißleitnerbäuerin, die es dann der Niederbrunnhoferin mitgebracht hatte. Lourdes ist weit, die Fahrt teuer. »Außerdem«, sagte die Brillenputt, »wer weiß, ob nicht die Muttergottes von Maria Fuß, die mir die liebste ist, die hat mir schon viel geholfen, beleidigt ist, wenn ich so viel Geld ausgeb', damit ich zur

Muttergottes von Lourdes hinter fahre.« So dachten auch viele andere Bäuerinnen, und so wurde es nichts aus der Wallfahrt der Jöchlsteinerinnen. Das war 1937 gewesen. Die Weißleitnerin, und die schwamm ja in Geld, hatte sich dann dazu bereit erklärt, stellvertretend für alle Jöchlsteinerinnen nach Lourdes zu fahren, in Begleitung des Pfarrers, was einiges böse Gerede nach sich zog. Allerdings, hatte die Weißleitnerin damals erklärt, bete sie *nur* für solche, die ihr einen Reisekostenanteil zahlten. Der Reisekostenanteil war nach Gebetsminuten gestaffelt. Die Niederbrunnhoferin zahlte nur sechs Schilling, wofür die Weißleitnerin in ihrem Namen ein *Ave Maria* betete. Ein kompletter Rosenkranz hätte hundert Schilling gekostet. Aber für weitere sechs Schilling brachte die Weißleitnerin ein original Lourdes-Weichbrunnkrügl mit halbplastischer Abbildung, links der Bernadette und rechts Papst Pius XI., mit.
Selbstverständlich beobachtete die Niederbrunnhoferin auch alle anderen Bräuche: An *Dreikönig* wurde mit geweihter Kreide K–M–B und die Jahreszahl über alle Türen geschrieben, alle Jahre wurde der Stall und das Vieh gesegnet, die Bäuerin achtete streng darauf, daß ihr zu Neujahr ein *junger, schöner Mensch* als erstes Glück wünschte, wenn der Kuckuck schrie, hielt sie, solang der Ruf zu hören war, ihre Geldtasche fest, und wenn eine Gabel zu Boden fiel, hob sie sie nur mit der nach hinten gewandten linken Hand auf. Beim Viehsegnen damals im Fünfundvierziger-Jahr war der Pfarrer übrigens ziemlich sauer danach, denn das Stück Speck, das die Niederbrunnhoferin ihm nachher überreichte, war so flachsig, daß der Pfarrer es mit seinen schlechten Zähnen gar nicht essen konnte. Er trat es dem Mesner ab.

*

Die *Baskenmütze* ging selten aus dem Haus. Auch im Haus bewegte er sich kaum aus seiner Stube heraus. Nur auf den Abort ging er. Das Essen wurde ihm in die Stube gebracht, was oft Lotte tun mußte. Er redete das Kind nie an. Stets hatte er seine Baskenmütze auf, immer den großen Koffer entweder aufrecht gestellt zwischen den Beinen oder liegend, die Füße darauf gestützt. Wenn die *Baskenmütze* auf den Abort ging, nahm er den Koffer mit.

Es war am Tag Mariae Himmelfahrt, am Großen *Frauenfest*, wie es im Tauerngau heißt – es regnete immer noch –, da war Rudi mit Lotte im Häusleranwesen allein. Allein – bis auf die *Baskenmütze*. Es kam nur ganz, ganz selten vor, daß das Kluibermaßhaus leer war; nicht verwunderlich bei den vielen Kindern. Aber an dem Tag, dem Großen Frauentag, war es so. Der Häusler Lenz war mit zwei seiner Buben – die zum Sozialismus erzogen werden sollten – zu einer Parteiversammlung der neugegründeten KPÖ ins Große Tal hinaus gefahren. Die Häuslerin war im Wald Holz holen, der eine oder andere von den älteren Buben war beim Wildern, die größeren Mädchen auf amourösen Abenteuern. Auch die kleinen Kinder, die jünger als Lotte waren, waren nicht da; vielleicht hatte die Mutter sie mit in den Wald genommen, tragen zu helfen.

Aus Langeweile war Rudi mit Lotte mitgekommen, die ihm den Dachboden des Häusleranwesens zeigen wollte. Eigentlich lockte Rudi nur, daß Lotte behauptet hatte, es hing in dem Gebälk eine Fledermaus. Die Fledermaus war nicht zu sehen, aber Rudi sah etwas anderes, was mindestens so aufregend war: die *Baskenmütze* ging auf den Abort. Der Abort war ein hölzerner Verschlag seitlich am Haus. Um ihn zu erreichen, mußte man aus dem Haus und darum herumgehen. Sei es, daß die Sache, die dort zu erledigen war, für die *Baskenmütze* stark über-

raschend kam, sei es, daß der Mann allgemein zerstreut war an dem Tag... statt des großen Koffers trug er den kleinen in der Hand. Die beiden sahen es von oben durch die Dachbodenluke. Rudi hätte den Umstand überhaupt nicht bemerkt, aber Lotte sah es sofort. Sie nahm Rudi an der Hand, sie rannten die Stiege herunter. Rudi blieb an der Tür stehen, Lotte lief in die Stube. Der große Koffer lag unter dem Tisch. Lotte ließ die Schlösser schnappen, öffnete den Deckel, schrie leise auf. Auch Rudi sah von der Tür aus, was im großen Koffer war. Als die Aborttür draußen schlug, warf Lotte den Koffer zu, und ehe die *Baskenmütze* unter der Haustür auftauchte, waren die Kinder wieder oben auf dem Dachboden.
Der Koffer war gestrichen bis zum Rand voll mit Geldscheinen.

*

Es scheint so, als habe die pantoffel-dämonische Herrschaft des Reichskanzlers *Schicklgruber-Schollenstrick, Adolf* von 1933 bis 1945 und sein Krieg den Lauf der Welt so verändert, daß er nie mehr in das zurückkehren kann, was man *normale Bahnen* nennt. Die Welt ist seitdem aus dem Geleise. Der Fluß der Geschichte ist endgültig umgelenkt. Nur ungern billigt man diesem österreichischen Hundskopf, für den der sonst wirklich nicht bemerkenswerte Reichspräsident und Kryptokaiser Hindenburg die geniale Bezeichnung *der böhmische Gefreite* gefunden hat, einen solchen Einfluß auf die Geschichte zu, aber es ist eben nicht zu leugnen. Größe, historische Größe ist das trotzdem nicht, um das gleich zu sagen, und um nicht falsch verstanden zu werden. Schollenstrick Adolf war *Groß*, aber nur als *Scheißer* (in mehrfachem Sinn des Wortes, man denke nur an sein feiges Verhalten am Schluß), der einen Haufen von so gewalti-

ger Größe hingesetzt hat, daß die Welt bis heute davon verpestet ist.
Er war es natürlich nicht allein. Andere haben kräftig mitgekackt. Viel zu wenig von ihnen wurden nach 1945 in Nürnberg aufgeknüpft. Der Rest kackt heimlich weiter bis heute. Nicht umsonst war die Farbe der *Bewegung*: braun. Noch im ersten Bundestag der Bundesrepublik Deutschland saßen 15% ehemalige NSDAP-Mitglieder. In der Volkskammer der DDR waren es noch mehr, nur durften die dort nicht gezählt werden. Im Parlament Österreichs war es vermutlich am allerschlimmsten. Ein aufrechter Staatstragender gibt immer noch lieber einem Funktionär der ODESSA die Hand als einem Zigeuner. (ODESSA ist die unverschämte Abkürzung für *»Organisation der ehemaligen SS-Angehörigen«*, unverschämt deshalb, weil die germanischen Flachköpfe ausgerechnet den Namen einer Stadt für die Abkürzung ausgeheckt haben, in deren Gebiet sie sich besonders herrenrassisch aufgeführt haben). So gesehen kann man dem Schicklgruber eigentlich gar nicht die ganze Schuld zuschreiben. Aber das ist wieder eine ganz andere Frage. Jedenfalls ist bis heute der letzte Neger mit der Hinterlassenschaft der nationalsozialistischen Schweinigel sowie Herrenrasse konfrontiert. Sofern der Ausdruck Neger in einem Zeitalter gestattet ist, in dem man weder Krüppel noch Putzfrau, noch Lehrling sagen darf, sondern Behinderter, Raumpflegerin und Auszubildender sagen muß – wie darf man dann den Neger bezeichnen? Entwicklungshilfebedürftiger? Pigmentstarker? Um nicht wieder falsch verstanden zu werden: dem Schreiber dieses ist der hinterletzte Neger, von dem er eben redet, am Arsch lieber als diverse bundesdeutsche Minister im Gesicht, aber er – der Schreiber dieses – versteht nicht, warum einer beleidigt sein soll, wenn man ihn als das bezeichnet, was er ist. Ist ein *Gehörloser* ein

feinerer Mensch als ein *Taubstummer*? Ist ein *Drogenabhängiger* besser dran als ein *Rauschgiftsüchtiger*?
Die Verwirrung der Begriffe ist grenzenlos geworden. Wenn man dem alten Konfuzius – gegen den zwar manches einzuwenden ist, dessen Gedanken aber immerhin gut zweitausend Jahre lesenswert sind – glauben darf, kommt von der Verwirrung der Begriffe die Verwirrung der Zeitläufte. Wir befinden uns im Zeitalter der *absichtlichen* Verwirrung der Begriffe: der begrifflichen Verlogenheit. Das ist schlimmer als das, wovon Konfuzius gesprochen hat. Wenn es aber einmal schon so ist, so soll man nicht gegen den Strom schwimmen. Wenn schon, sagen wir, ein Zigeuner kein Zigeuner mehr genannt werden darf, sondern *Sinti* oder *Roma*, dann sollte man, zum Beispiel, auch zum *Baum* nicht mehr Baum sagen, sondern – sondern, ja wie... vielleicht: *Großgrün*. (Ein Begriff übrigens, der nicht vom Schreiber dieses erfunden wurde, sondern von den öffentlichen Gartenadministrationen). Einen Apfel sollte man vielleicht als *Großgrün-Hang-Süßfrucht* bezeichnen. Einen *Europäer* (vordem: Weißen) als *Farbfreien*, wobei das aber vielleicht schon wieder irgendwie für die anderen diskriminierend sein könnte, dieses: *frei*. Also besser: *Unfarbbehafteter*. Für den *Besoffenen*: *Rauschmittelgefüllter*. Für *Greise*: – aber das gibt es schon: feine Greise sind Senioren. Fünfzigjährige: Vor-Senioren.
Man wird nun vielleicht einwenden, daß das eine unbillige Weiterführung ist. Zigeuner – Baum, einerseits, könne man nicht mit Sinti-Großgrün anderseits vergleichen, denn der Begriff *Zigeuner* sei im Lauf der Zeit zum Schimpfwort herabgesunken. (*Lehrling* und *Taubstummer* auch?) Das ist richtig, aber da kann weder der Zigeuner noch der Begriff etwas dafür, nur der, der es als Schimpfwort benutzt, und die *Verwirrung der Begriffe* zeigt sich darin, daß man jenen in Verdacht hat, schimpflich zu

denken, der *Zigeuner* sagt und es gar nicht als Schimpfwort meint. Solange nicht die Schimpflichkeit, die unschuldigen Begriffen angedichtet wird, auf den Schimpfenden zurückfällt, bleibt es bei der Verwirrung der Begriffe und damit bei der Verwirrung der Zeitläufte und damit beim Scheißhaufen, den Schicklgruber-Schollenstrick zurückgelassen hat (statt Scheißhaufen: *Defäkations-Potential*, vielleicht), womit der Schreiber dieses nach ungewollt langer Paranthese bei dem oben besagten *Pigmentstarken* wieder angelangt ist, und bei der leidigen Feststellung, daß auch heute noch der hinterletzte *Entwicklungsbedürftige* in Kenia oder sonstwo unter dem stinkenden Haufen unschuldig zu leiden hat, den Schollenstrick in den Lauf der Weltgeschichte gesetzt und diesen somit in unsäglicher Weise umgeleitet hat. Ist das gerecht? Verdient es die Welt, daß einer, der nichts anderes ist als ein Braungermane, die Welt *so* verändert? mehr verändert als, sagen wir, so edle Naturen wie besagter Konfuzius, Cicero, Spinoza oder Schopenhauer? mehr selbst als immerhin achtenswerte Figuren wie Imperator Marcus Aurelius, Friedrich von Hohenstaufen oder Joseph II.? Aber das alles ist dunkel wie der ganze Lauf der Welt. Wenn es einen Weltgeist gibt, dann wird er wissen, warum er sich ausgerechnet der Dämonen kleinbürgerlichen Zuschnitts bedient (Castro, Ghadafi, Khomeini, Lenin, Mao, Mussolini, Schicklgruber, Stalin – in alphabetischer Reihenfolge), um die Menschheit zu verderben.

Zur Normalität zurückzukehren, hat der Lauf der Welt nicht mehr vermocht, und es ist auch kein Ausweg abzusehen. Aber im Kleinen, in dem, was so der überschaubare Horizont des Alltäglichen ist, hat sich natürlich damals nach und nach alles ungefähr eingerenkt, aus der Sicht des Zwölfjährigen schon gar, und für den war der schmerzlichste Schritt zur Normalisierung der, daß im

Oktober 1945 die Schule dann doch wieder ihre Pforten öffnete.
Die Oberschule aus Duisburg gab es nicht mehr. Rudi mußte in die 2. Klasse der Bürgerschule in Yrwent. Louis, Gertrud und Hans Walter traf es schlimmer: da sie über die nur vierklassige Bürgerschule hinausgewachsen waren, wurden sie ins wiedereröffnete Gymnasium der nächsten größeren Stadt im Großen Tal draußen eingeschult. Sie waren täglich von Montag bis Samstag zwei Stunden hin und zwei Stunden zurück unterwegs. Bei Nachmittagsunterricht kamen sie oft erst um zehn Uhr abends nach Hause, die Hausaufgaben machten sie während des Wartens auf den Zug und den Omnibus in ungeheizten Bahnhofsstationen oder unterm Fahren, die Schultasche als Unterlage auf den Knien.
Im Oktober war es auch, daß – nach dem Almabtrieb, der aber ursächlich damit nicht zusammenhing – der Bürgermeister Kluibermaß die Absicht verkündete, eine *Befreiungskapelle* zu errichten. In der Bevölkerung von Jöchlstein fand der Plan wenig Zuspruch.
»Befreiung *von was?*« fragte der Bruckwirt.
»Eine St. Joseph-Nährvater-Kapelle wäre sinnvoller«, salbte der Pfarrer.
Aber dem Captain Greentree gefiel die Idee. Vielleicht hätte der Häusler Lenz den Plan wegen der geringen Begeisterung wieder aufgegeben, wenn nicht Captain Greentree ihm den Rücken gestärkt hätte. Captain Greentree redete von da ab praktisch von nichts anderem mehr als von der *Befreiungskapelle*, und selbst beim Viererschnapsen schwärmte er von dem künftigen Monument; je säuerlicher die Honoratioren schauten, desto glühender schwärmte Captain Greentree. Er nahm die Sammlung der Geldspenden in die eigene Hand. Der Spielgewinn aus dem Extrazimmer des Bruckwirtes mußte für den Kapel-

lenfonds abgeführt werden. Das machte zwar nicht viel her, aber es gab einen moralischen Grundstock, und mit eisernem Knöchel klopfte der grinsende Captain Greentree – bildlich gesprochen – an die gefüllten Geldtruhen der begüterten Bauern, und dem örtlichen Chef der Befreier konnte man die Bitte schlecht abschlagen. Der Pfarrer mußte sich herbeilassen, eine Sonntagskollekte für die zu erbauende Kapelle abzutreten. Der Häusler Lenz gründete ein Befreiungskapellen-Kuratorium, dessen Ehrenvorsitz Captain Greentree übernahm. Wichtiger aber war, daß sich Greentree für die Herbeischaffung von Baumaterial einsetzte, und als Mitte Oktober bei den ersten Gemeinderatswahlen Lorenz Kluibermaß ab und (als Kandidat der Volkspartei) der Maurermeister Roidl wiedergewählt wurde, lagen schon Eternitsteine, Bauholz und Zementsäcke im Schuppen des Gemeindehauses für den Bau der Kapelle bereit. Es gab kein Zurück mehr.

Den Ort für die Errichtung der Kapelle hatte der Häusler Lenz noch ausgewählt: die Kölderer-Wiese an der Straße ungefähr auf der Hälfte zwischen der Schwarzen Brücke und dem Ortseingang. Das torpedierte aber bald der Alt-Neue Bürgermeister.

Der neue Gemeinderat, in dem die Sitze so verteilt waren, daß nun das geschah, was der Bürgermeister wollte, beschloß, daß die Kapelle auf dem Reindlhorn (2000 m Seehöhe) errichtet werden sollte. Man hoffte damit auf unüberbrückbare Schwierigkeiten, und der Bürger- und Maurermeister Roidl schaute sich bereits um, wohin er das angesammelte Baumaterial verschieben konnte. Aber er hatte die Rechnung ohne den Captain Greentree gemacht. Der besorgte einen Hubschrauber.

Von einem Widerstand der Bevölkerung gegen die Befreiungskapelle war von dem Moment an, als der Hubschrauber auf der Brunnhofer-Ötz landete, keine Rede mehr. Die

Sache nahm nun volksfestartigen Charakter an. Rudi konnte es aus nächster Nähe beobachten. Zwischen dem Niederbrunnhofer- und dem Oberbrunnhofer-Hof zog sich eine große, relativ flache, nur wenig ansteigende Wiese hin. Wenn Rudi auf der Auffahrt zur Tenne des Niederbrunnhofes stand, konnte er alles überblicken. Mit unheimlichem Dröhnen, das sich dutzendfach zwischen den Bergen brach und in den Ohren immer bolzte – wie damals bei den Panzern – kam der Hubschrauber niedrig fliegend von Yrwent herein, leicht nach vorn gesenkt, nicht sehr schnell. Über der Brunnhofer Ötz – wo der Captain aus alten Leintüchern ein Kreuz als Landemarkierung auslegen hatte lassen – verhielt der Hubschrauber ein wenig wie ein Insekt, das mit einem Auge hinunterschaut, dann dröhnte es noch lauter, und der Hubschrauber senkte sich herab auf die Wiese. Die Leintücher hätte es gar nicht gebraucht, denn der Pilot hätte ohne Zweifel an der Menschenmenge, die in ihrer Mitte einen großen Kreis freiließ, erkannt, wo er landen sollte. Die Köpfe aller *2000 Seelen* Jöchlsteins reckten sich nach oben.
»Wie sowas nur möglich ist«, sagte der Pfarrer.
»Höllteufel«, sagte der alte Niederbrunnhofer, der neben Rudi auf der Tennenauffahrt stand und sich den Schmutz von den Knien wischte.
Als der Hubschrauber sich soweit gesenkt hatte, daß man den Piloten erkennen konnte, senkte sich auch eine Glocke von Wind herab. Die Rotorblätter peitschten die Luft um und um, die Bäume im Bereich dieser Glocke bogen sich wie im Sturm; es war, als ob das Gras im Begriff wäre, büschelweise von einer unsichtbaren Hand ausgerissen zu werden. Der Wind zerrte an Rudis Haar. Der alte Niederbrunnhofer hielt seinen Hut fest. Der Hut des Pfarrers flog davon. Jetzt sagte der Pfarrer: »Höllteufel.«
Mit den Vorderbeinen tastete der Hubschrauber auf dem

Wiesenboden, dann setzte er ganz auf, der Motor heulte nochmals und erstarb dann. Die Rotorblätter bewegten sich immer langsamer und nun lautlos. Aus einem grauen, flirrenden Kreis entwickelten sich die leicht nach außen herabhängenden drei Stangen, die dann endlich auch stillstanden.

»Daß man mit nichts als wie mit die drei Stangen fliegen kann«, sagte der Niederbrunnhofer.

Der Captain ging als erster zum Piloten hin, noch als sich die Stangen leicht drehten. Dann lief alles hin und schrie durcheinander. Der Bürgermeister Roidl überreichte dem Piloten einen Zinnteller mit Jöchlsteiner Wappen (den Reichsadler mit Hakenkreuz hatte er vorher von seinem Lehrling wegschleifen lassen), und dann ging es im Triumphzug hinunter ins Dorf, wo für den Piloten im Extrazimmer des Bruckwirts ein kleiner Imbiß vorbereitet war. Neben dem Piloten ging der Pfarrer, der seinen Hut an nur zwei Fingerspitzen weit von sich weg hielt.

Eine Stunde später begann der Transport. Schon am Tag zuvor hatten mehr oder minder freiwillige Helfer das angesammelte Baumaterial und Werkzeug an die Brunnhofer-Ötz hinaufgeschafft. Aber es wurde nun nicht sofort verladen, denn zunächst flog – mit einem anderen Hut am Kopf, den er jetzt festhielt – der Pfarrer in Begleitung des Bürgermeisters, des Captain Greentree und (auf ungern gesehenen, aber dringenden Wunsch des Captains) des Alt-Bürgermeisters Kluibermaß hinauf auf das Reindlhorn. Der Hubschrauber kam wieder herunter, holte ein paar Burschen und etwas Werkzeug. Dann wurde oben feierlich der Grundstein gelegt. Der Pfarrer hielt eine kurze Andacht.

Der Hubschrauber flog den ganzen Tag. Die Zementsäcke wurden verladen. Es hatten aber nie viele Platz, weil ständig Jöchlsteiner mitfliegen wollten, ob sie oben was zu tun hatten oder nicht. Die großen Balken wurden zusammengebunden und an einem Seil unten an den Hubschrauber gehängt. Einmal fiel ein offenbar nicht richtig festgebundener Balken aus großer Höhe wieder herunter und blieb wie ein riesiger Pfeil im Sumpf neben dem Mentlholzer-Hof stehen. Das war aber unbedeutend. Die Sensation waren die Fahrten mit dem Hubschrauber. Er kam nun jeden Tag. Erst drängten sich nur die Kinder. Auch Rudi durfte mehrmals mitfliegen. Ihn beeindruckte nicht so sehr der Blick nach unten und nach allen Seiten, und wie das Dorf kleiner wurde und sich die Majestät der Kalten Tauern aufwölbte, sondern die vielen Uhren und Hebel, die der Pilot bediente.

Mit der Zeit stand, wenn die Stunde nahte, zu der der Hubschrauber in der Regel erschien, schon eine Schlange von Jöchlsteinern wartend da, Männer, Weiber, Greise, Kinder, und der Pilot mußte seine zehn-, fünfzehnmal auf und ab fliegen mit Vergnügungspassagieren, bevor er an seine eigentliche Arbeit gehen konnte.

Es gab kaum einen Jöchlsteiner, der nicht ein paarmal hinauf- und wieder heruntergeflogen wäre. Sogar die uralte, knapp hundertjährige, nahezu blinde Wittfrau Barbara Nauderer vulgo Knollberger-Waben, wurde heraufgeführt, nahm – hineingeschoben von hilfreichen Fäusten – in der Maschine Platz und ließ sich zum Reindlhorn fliegen. Alle, ohne jede Ausnahme, waren sich einig, daß das Erlebnis ganz großartig war. Die Knollberger-Waben sagte, es sei sogar noch ergreifender gewesen als damals im Jahr 59 (1859 natürlich), – als der junge Kaiser Franz Joseph nach der Schlacht von Solferino nach Wien zurückreisend durch Jöchlstein kam, wo er eine Jause einnahm und die Knollenberger-Waben in ihrem Erst-Kommunionkleid einen Blumenstrauß überreichte sowie ein Gedicht aufsagte. Das Gedicht habe gelautet: »Edler Kaiser, hoher Herr, kommst von Solferino her, drücken Dich auch schwere Sorgen, bist in Jöchlstein geborgen...« Das Gedicht – der Verfasser war der damalige, natürlich längst, längst verblichene Pfarrer – hatte noch weitere dreiundzwanzig Strophen, an die sich die Waben allerdings nicht mehr erinnern konnte. Die Jause des Kaisers habe aus einem Speckbrot, einem Apfel und einem Glas Wein bestanden. Für alle Fälle war auch der damals noch außer Haus befindliche Abort des Bruckwirts mit Girlanden geschmückt gewesen, und der damalige Bruckwirt – Urgroßvater des jetzigen – habe eigens aus der Stadt feines Papier kommen lassen. Von dem aber habe Seine Majestät keinen Gebrauch gemacht. Aber sonst sei es ergreifend gewesen. Das Gedicht habe gelautet: »Edler Kaiser, hoher Herr –«

»Du hast's schon g'sagt, Waben«, sagte Roidl, der auch wieder einmal mitflog.

»Ah so«, sagte die Waben.

Aber das hier, sagte sie, sei ein noch bedeutenderes Erlebnis. Und der Lärm sei auch noch etwas lauter als damals bei der Explosion der ersten, unrichtig gehandhabten Dampfspritze der Yrwenter Feuerwehr, was im Jahr 1884, könne auch sein 85, vorgefallen sei.

Selbstverständlich flog auch der neugierige alte Niederbrunnhofer mit, mehrfach, war bei den ersten. Als er oben ausstieg, fiel er hin und sagte »Höllteufel.«

Durch den exzessiven Fahrgastbetrieb – bald baten die Passagiere den Piloten, auch andere Ziele anzufliegen, Rundflüge um die Berggipfel zu unternehmen, ins Große Tal hinauszufliegen oder zum einsamen Lärchsee hinein und so fort, und wenn nicht der Captain ein Machtwort gesprochen hätte, hätten sich die Jöchlsteiner stundenlang in der Gegend herumfliegen lassen, – durch den Fahrgastbetrieb verlangsamte sich natürlich die Arbeit an der Kapelle, aber zum Glück schneite es in jenem Jahr nicht so

bald, selbst oben am Reindlhorn nicht, und gegen Ende Oktober konnten die Arbeiten abgeschlossen, am Allerheiligentag die Kapelle eingeweiht werden, zu welchem Zweck sich die bedeutenderen Jöchlsteiner das letzte Mal schubweise hinaufhieven ließen.
Vorher, bei einem der letzten Flüge, war auch die *Baskenmütze* mitgeflogen, den Geldkoffer fest in der Hand. Er war wohl bis dahin fast der einzige gewesen, der sich nicht an dieser Lustbarkeit beteiligt hatte. Offenbar hielt es ihn, nachdem immer alle flogen, nicht länger, er zog – es war gegen Abend – seinen grauen Kleppermantel an, nahm seinen Koffer und stellte sich wartend in die Schlange. Neben ihm stand der hinkende Bruckwirt-Toni, der inzwischen ein wenig Englisch gelernt hatte und sehr oft mitflog, sich sogar mit dem Piloten unterhalten konnte. Das Kind, das Clara Mehrberg von ihm erwartete, war damals ein Embryo im dritten Monat. Toni wußte noch nichts davon.
Im Hubschrauber saß Toni neben der *Baskenmütze*. Während des ganzen Fliegens sagte die *Baskenmütze* nichts, auch Toni unterhielt sich diesmal nicht mit dem Piloten.

*

Rudi hatte damals in den Regentagen nach Maria Himmelfahrt nur von der Tür aus einen Blick in den Geldkoffer getan. Die Häusler Lotte hatte aber sogar in die Geldbündel hineingegriffen und bis zum Boden des Koffers hinuntergewühlt. »Da liegt nicht nur Geld oben auf, der Koffer ist *voll* Geld«, hatte sie dann gesagt, »das ist ja … das ist ja *eine Million.*«
Lotte und Rudi hatten ausgemacht, daß die Entdeckung verschwiegen bleiben sollte. Wahrscheinlich befürchtete Lotte, daß sie, wenn der Vater hinter ihre Spioniererei gekommen wäre, Schläge bekäme; aber es war wohl auch ein

anderer Reiz für Lotte dabei, denn sie sagte zu Rudi: »Jetzt haben wir ein gemeinsames Geheimnis.« Rudi mußte wieder ein Ehrenwort geben. Auch das hielt Rudi einige Zeit, aber wohl eher, weil ihm die ganze Sache unheimlich war.

Nach ein paar Wochen ergab es sich, daß Frau Mehrberg, Clara und Rudi einmal allein in der Küche saßen. Es kam in dem Gespräch zwischen Mutter und Tochter die Rede auf die *Baskenmütze*.

»Irgendetwas ist mit dem«, sagte Clara.

»Freilich«, sagte Frau Mehrberg, »sonst würde er sich doch nicht verstecken. Er geht nie aus dem Haus.«

»Er hat was zu verbergen, sagen die im Dorf«, sagte Clara.

»Ja«, sagte Rudi, der in dem Moment die Macht seines geheimen Wissens nicht mehr zurückhalten konnte.

»Was weißt denn du?« sagte Clara.

»Ich weiß, was er zu verbergen hat«, sagte Rudi, »*Geld* nämlich. Eine Million.«

Mutter und Tochter schauten sich an.

»Woher willst du das wissen?« fragte dann die Mutter.

Rudi erzählte.

»Am besten«, sagte Frau Mehrberg leise, »kümmern wir uns da nicht darum. Wer weiß, ob nicht ...«

»Ob nicht: Was?« fragte Clara.

Frau Mehrberg kämpfte mit den Tränen. »Wir haben genug Unglück gehabt«, sagte sie, »ich will von nichts mehr was wissen.«

Später nahm Clara Rudi beiseite und fragte ihn genauer aus. Rudi erzählte noch einmal.

»Der Koffer randvoll mit Geldscheinen?« fragte sie dann.

»Randvoll. Habe ich selber gesehen.«

Clara rechnete eine Weile nach, schätzte mit Gesten die Größe des Koffers ab: »So groß ist er ungefähr?« fragte sie.

»Ungefähr«, sagte Rudi.

»Dann kann das ohne weiteres eine Million sein«, sagte Clara.
»Was ist das für ein Mann?«
»Der Toni hat einen Verdacht«, sagte Clara.
»Ein Verbrecher? auf der Flucht vor der Polizei? ein Einbrecher, der die Million gestohlen hat?«
»Dann hätte ihn der Bürgermeister längst verhaften lassen. Nein, nein. Ein Verbrecher ist er nicht. Jedenfalls nicht *so* ein Verbrecher. Meint der Toni.«
»Warum versteckt er dann das Geld?«
»Vielleicht fürchtet er, daß man es ihm stiehlt.«
»Warum tut er es nicht auf die Bank?« fragte Rudi.
»Vielleicht, meint der Toni, hat es ihm einer gegeben, den man jetzt nicht mehr so gern erwähnt. Besser gesagt: für einen Dienst, der jetzt nicht mehr so ... so ... so viel gilt.«
»Das versteh' ich nicht«, sagte Rudi.
»Ich glaube«, sagte Clara, »der Toni kommt noch dahinter.«
Das war alles noch vor der Aufregung mit dem Hubschrauber oder allenfalls in der ersten Zeit, jedenfalls noch bevor *die Baskenmütze* – im Flugzeug mit Toni – jenes einzige Mal auf das Reindlhorn flog. Da wußte Toni – von Clara natürlich – schon, was in dem Koffer war, den der Mann da neben ihm krampfhaft zwischen den Beinen festhielt. Der Mann wußte aber nicht, daß Toni es wußte.
Ein paar Tage später sagt Clara zu Rudi: »Jetzt hat es der Toni herausgebracht. Von *der Baskenmütze*.« Toni hatte in seinen alten Zeitungen gesucht, die er sich als Not-Lesestoff aufbewahrte. Er hatte eine alte Illustrierte gefunden, etwa ein Jahr alt. Auf der Titelseite prangte noch das Hakenkreuz, auf dem Titelbild die Photographie *der Baskenmütze*, allerdings ohne Baskenmütze.

Darunter der Name. Rudi sagte der Name nichts. Eine Million Belohnung von der Gestapo. Das sagte Rudi etwas: die Million war in jenem Koffer.

Es begann zu schneien. Erst die errichtete Kapelle oben auf dem Reindlhorn, dann die Almen und Wälder, endlich das Dorf Jöchlstein versanken im Schnee und in die Ruhe des Winters, aber darunter brodelte es. Der Häusler-Lenz wurde nervös, der alte, neue Bürgermeister Roidl wurde geschäftig. Jetzt konnte ihm der Richter in Yrwent den Einblick in das Grundbuch nicht mehr verwehren. Und wem – man staune – hatte der eidbrüchige Häusler Lenz die ihm zum Schein übertragenen Grundstücke verkauft? Der *Baskenmütze.*

Bei der bald darauf folgenden Unterredung zeigte sich der Häusler Lenz wieder viel zugänglicher. Im übrigen war diese Unterredung zeitweilig so laut, daß Ida, die wiederum im Extrazimmer servierte, ohne große Anstrengung durch die geschlossene Tür hörte, was geredet wurde.

»So!« sagte der Pfarrer, »*so* einem gewähren Sie Unterschlupf, Herr Kluibermaß.«

»Und gewußt hast es auch, wer 's ist«, sagte der Weißleitner.

»Ja, und?« sagte der Lenz, aber deutlich kleinlaut.

»Einen Verräter!« schrie der Pfarrer.

»Nein«, sagte der Bürgermeister Roidl, »Verräter war eigentlich der andere, den er, die Baskenmütze da, angezeigt hat. Man muß schon die Kirch beim Dorf lassen.«

»Aber jedenfalls«, sagte der Raiffeisendirektor, »hat unser Mitbürger Kluibermaß einen Mann beherbergt und sogar! mit ihm Geschäfte gemacht, der einen Widerstandskämpfer geliefert hat. Und das als Kommunist. Na, ich danke.«

»Aber ich … aber es ist …«

»Ich red' nicht davon«, sagte der Roidl, »was passiert, wenn wir das dem Captain Greentree sagen. Davon soll auch keine Rede sein. Erstens, was geht uns dieser Greentree an – ich hab inzwischen erfahren, wie der bis 1938 geheißen hat, warum er so gut Wienerisch und sogar Viererschnapsen kann, und zweitens haben wir es noch nie nicht mit Verrätern gehabt im Heiligen Tauerngau, und mit Judasse und etcetera, denn immerhin haben diese Herren vom 20. Juli einen Eid auf den Fü – also auf den Dingsda geschworen. Und Eid ist Eid. Und im Heiligen Tauerngau ist deutsche Gesinnung...«

»Jetzt kommst in deine Rede von früher hinein, Roidl«, sagte der Bruckwirt, »Vorsicht.«

»Also jedenfalls«, sagte der Bürgermeister, »wir gedenken nicht unsererseits einen Mitbürger, und wenn er Kommunist ist, bei der Besatzung hinzuhängen. Es dürfte genügen, Häusler-Lenz! dürfte es genügen, wenn wir der KPÖ-Zentrale so einen gewissen Hinweis geben, *wen* du da! nicht wahr! versteckt hast. Nebst einer Million.«

»Dann g'hörst der Katz«, polterte der Pfarrmesner.

»Dazu seid's imstand«, fauchte der Lenz.

»Allerdings«, sagte der Bürgermeister, »nach dem, zu was *du* imstand gewesen bist. Unsere Grundstücke verkaufen.«

»Nur ganz wenig«, jammerte der Lenz, »für sechzehntausend Mark. Alles in allem. Ich geb auch alles zurück.«

»Das!« sagte der Pfarrer, »hört sich nun schon anders an!«

»Und was ist mit dem, was der... *die Baskenmütze* gekauft hat?«

»Das gibt er auch zurück, wann man ihn laufen läßt.«

»Hm«, sagte der Bürgermeister, »hört sich auch gut an. Wie gesagt: ein Verbrecher ist er ja schließlich nicht. Vielleicht können sogar... hm... *andere* Zeiten kommen. Und bei dir, Lenz, betrachten wir das eher als eine Art Dummheit. Aus Geldgier.«

»Ja, bitte«, sagte der Häusler Lenz.

»Aber das mit den Grundstücken und etcetera muß natürlich bereinigt werden. Sofort!«
»Ja, bitte«, sagte der Lenz.
So wurden verschiedene Urkunden aufgesetzt und unterschrieben. Werlberg mußte am nächsten Tag ganz in der Früh den Notar aus Yrwent holen. Die Besitzverhältnisse wurden eingerenkt, so wie sie früher waren. Der Häusler Lenz durfte seine Ringe behalten. Die *Baskenmütze* verschwand.
Lotte erzählte Rudi, daß die *Baskenmütze* – die Koffer in den Händen – noch an dem Tag, als der Notar da war, in der Abenddämmerung taleinwärts gegangen sei, Richtung Sandgrub. Der Mann sei nicht unten auf der Straße, sondern auf der Höhe, auf dem Jägersteig und durch den Wald gegangen. Sie habe die Fußstapfen im frisch gefallenen Schnee gesehen.
Im Frühjahr 1946 verließ die Familie Mehrberg Jöchlstein und kehrte – diese Übersiedlung war nicht viel weniger schwierig und abenteuerlich als die Herreise, allerdings war das Wetter besser – nach Schleifferstadt zurück. Im Mai brachte Clara den illegitimen Bruckwirt-Enkel zur Welt. Es war ein Bub. Clara ließ ihn *Anton* taufen, einen für Schleifferstadt völlig ungewöhnlichen Vornamen.
Der Maiereder-Toni hatte versprochen, nach Schleifferstadt zu kommen, sobald das möglich wäre, und sie zu heiraten. Er hatte sogar in Aussicht gestellt, protestantisch zu werden. Im Herbst 1946 aber kam die Nachricht, daß Toni beim Holzfällen tödlich verunglückt war. Ein Baum war in unerwarteter Richtung niedergebrochen, und Toni hatte nicht schnell genug laufen können.
Von der *Baskenmütze* war nie mehr die Rede.

III

Zusammenfassung der Erzählung Ülrichs

Dies ist der Bericht von mir, dem Privatier und Hausbesitzer sowie ehemaligem Uhrmacher Kaaserer zu Yrwent, politischer Bezirk dito, in den Kalten Tauern, Bundesland Tauerngau, vormals »Herzogthum In den Thauern«, jetzt Republik Österreich.
Ich hatte eigentlich vorgesehen, selber nur vielleicht zusammenfassend zur Feder zu greifen oder besser sogar nur zur Feder zu greifen, um die Seiten zu paginieren, die mir zugehen, aber im Fall des Abschnitts *Sandgrub* meiner Recherchen ist es, wie man aus dem Folgenden ohne weiteres sehen wird, unumgänglich, daß ich das, was ich ermittelt habe, selber niederschreibe.
Sandgrub ist ein aus drei bäuerlichen Anwesen bestehender Weiler, der zum politischen Bezirk sowie zum Gerichtsbezirk Yrwent gehört und eine nicht selbständige Fraktion der Gemeinde Jöchlstein bildet. Der Weiler *Sandgrub*, dem auch die *Villa Pfünzger* zuzuzählen ist, von der noch die Rede sein muß, befindet sich ziemlich am Ende der Straße, die vom Großen Tal bei Yrwent abzweigt und im Yrwental nach Süden führt. Sie steigt bald hinter Yrwent an, erreicht nach einigen Kilometern das Dorf Jöchlstein (selbständige Pfarrgemeinde), steigt hinter Jöchlstein wiederum an und erreicht nach weiteren etwa fünf Kilometern den nun schon mehrfach erwähnten Weiler Sandgrub. Ungefähr parallel zur Straße fließt – von Süden nach Norden – der kleine Fluß, der auf den Land-

karten als *Yrwenter- oder Tauern-Ache* bezeichnet ist, von der Bevölkerung aber schlicht *die Ache* genannt wird. Sie entsteht beim Weiler Sandgrub durch den Zusammenfluß zweier unbedeutender Bäche, von denen der kleinere, linke (in Flußrichtung gesehen) der *Sandgrubenbach* heißt und nur wenig überhalb Sandgrub im Wald entspringt, der rechte, der *Virgilbach* aber von weiter oben kommt und wohl ein unterirdischer Ausfluß des *Lärchsees* ist.
Die Bewohner der Pfünzger-Villa sowie der drei Bauernhöfe – auch heute noch wohl nicht mehr als 20 Personen – werden den 2000 Seelen zugezählt, die die Einwohnerschaft der Gemeinde Jöchlstein bilden. Bei den drei Höfen handelt es sich um: den *Vordersandgruber* vor der Sandgrubbrücke, den größten der drei Höfe, ein stattliches Anwesen, die Besitzer schreiben sich Röschmann; den *Hinter-Sandgruber*, der im spitzen Winkel des Zusammenflusses von Virgil- und Sandgrubenbach liegt (die Besitzer, weitschichtig verwandt mit den Erstgenannten schreiben sich Reschmann) und dem etwas auf der Anhöhe liegenden kleinen *Gfallerhof*. Schon damals, also in den Jahren um 1945, ernährten eigentlich nur die Vorder- und Hintersandgruberhöfe ihre Besitzer. Der Gfallerhof war ein Nebenerwerbsbetrieb, was man damals allerdings noch nicht so nannte. Den Hof bewirtschaftete die Bäuerin, der Gfaller war Zimmermann und arbeitete für den Maurermeister Roidl zu Jöchlstein. Heute ist der Gfallerhof unbewirtschaftet. Das Anwesen wurde zu Ende der sechziger Jahre an einen Gynäkologen aus Dortmund verkauft, der dort seither seine Ferien verbringt.
Hinter dem Hinter-Sandgruber im Talgrund und Zwickel des Zusammenflusses, zwischen der – da schon recht schmalen – Straße und dem Sandgrubenbach zieht sich eine längere, breite Sand- und Kiesbank hin, aus der früher das Baumaterial für die Gebäude in den Ortschaften

des Tales bezogen wurden. Daher der Name. Schon um die Mitte des XIX. Jahrhunderts wurde diese Sand- und Kiesbank als unrentabel aufgegeben. Aus eigenen Forschungen – die ich in der Zeitschrift des Tauerngauer historischen Vereins zu veröffentlichen mir erlaubte – weiß ich, daß das Gebiet um die alte Sandgrube schon in prähistorischer Zeit besiedelt war. Ich darf für den interessierten Leser höfl. auf diesen meinen Beitrag *Fossilien-, Knochen- und Scherbenfunde in Sandgrub, Gem. Jöchlstein (Bezirk Yrwent)* in der genannten Zeitschrift, Jahrgang 1963, Seiten 167f verweisen. Für das hier Aufzuzeichnende ist dieser prähistorische Hintergrund ohne Bedeutung.

Nach oder hinter dem Weiler Sandgrub wird die Straße sehr schmal, steigt schon kurz nach dem Weiler in Serpentinen steil an (in der Kehre der ersten großen Serpentine liegt auf einem Abhang die Pfünzger-Villa) und führt durch ausgedehnte Forsten, die zum Teil Staatsforsten sind, zum Teil den Bauern des Tales gehören (so auch die Jagden) zur weit hinten und hoch gelegenen Wallfahrtskapelle St. Virgil im Walde, nebst kleinem Gasthaus. Dort endet die Straße.

Ich habe mich Zeit meines nun schon langen Lebens, das ich – mit Ausnahme einer Lehr- und Wanderzeit, die mich u. a. bis Bern und Amsterdam geführt hat – in Yrwent verbracht habe, neben meinem vom Vater ererbten Beruf und Gewerbe eines Uhrmachers mit der Geschichte und vor allem Vorgeschichte dieses Tales befaßt. Es ist in den vielen, vielen Jahren wohl kaum ein Sonntag vergangen (in den schneelosen Jahreszeiten), wo ich nicht auf meinem Fahrrad durch das Tal gefahren bin (oft mußte ich geländebedingt das Fahrrad schieben), den Rucksack auf dem Gepäckträger und den Spaten quer darüber. Es ist mir klar, daß meine forschenden Bemühungen bei kaum jemandem im Tal, mit Ausnahme selbstverständlich der wenigen

Gebildeten, auf Interesse gestoßen sind, für die freche Jugend sogar Anlaß zu manchem Spott waren. Das hat mich nie angefochten, zumal ich schöne Ergebnisse erzielte. Ich darf mir nochmals erlauben, auf den oben erwähnten Forschungsbericht zu verweisen; aber bereits im Jahre 1959 habe ich im selben Organ einen Bericht über eine von mir in der Zephyrau entdeckte prähistorische Schürfstelle von Kupfer mit unbestreitbaren Werkzeugresten veröffentlicht, im Jahr 1976 hatte ich das Glück, am Stiegenberg knapp nordöstlich von Yrwent eine bronzezeitliche Axt zu finden, die sich als Dauerleihgabe im Museum der Hauptstadt befindet. Herr Prof. Pfaundler, ein erstklassiger Experte, hat die Axt für echt taxiert. Der knochenfundliche Nachweis, daß – wie ich sicher bin – die Gegend hier in vorgeschichtlicher Zeit vom *Elephas primigenius Blum* (vulgo Mammut) bewohnt war, ist mir allerdings versagt geblieben. Es wird dabei leider sein Bewenden haben, denn die Forschungen im Gelände sind mir zu beschwerlich geworden. Ich habe so lang gegraben, wie es irgend ging, jetzt, schon seit einigen Jahren, ist es mir unmöglich. Meine Kinder haben kein Interesse an der Vorgeschichte, so wenig wie am Uhrmachergewerbe. Die bronzezeitliche Axt wird deshalb nach meinem Tod in den unbedingten Besitz des Museums übergehen. Das habe ich testamentarisch verfügt.

Ich bin mir im klaren darüber, daß meine Arbeiten, obzwar für mich mehr als nur Freizeitbeschäftigungen, nur ganz bescheidene Bedeutung haben. Aber man ahnt nicht, welche seltsamen Kreise selbst so etwas ziehen kann. Da kam doch unangemeldet im September 1944 ein Mann zu mir, der sich als Dr. Rusiger vorstellte, Mitarbeiter eines – die genaue Bezeichnung ist mir entfallen, ich will diesen Dingen auch nicht die Ehre antun, sie mir zu merken – *Hauptamtes für Siedlungs- und Rassefragen* oder so ähnlich. Ich erschrak zunächst natürlich, wie man damals immer erschrak, wenn so ein Bonze daherkam, aber der Besuch stellte sich dann als äußerst harmlos heraus. Herr Dr. Rusiger war Anthropologe, und in seinem *Rasseamt* gab es eine Unterabteilung, die beauftragt war – man höre und staune – einen germanischen Neandertaler zu finden, einen Urmenschen, der den nordischen Vorstellungen des Rasseamtes entsprechen solle: langschädelig mit vorspringendem Kinn und hoher Stirn – auch blond? fragte ich.

Herr Dr. Rusiger lachte. Er vertraute sich mir vollkommen an. Der Auftrag sei ein völliger Blödsinn, sagte er, jedenfalls aus anthropologischer Sicht, denn erstens habe es zur Neandertalerzeit noch keine unterscheidbaren Rassen gegeben, da seien alle unsere Altvorderen die gleichen Halbaffen gewesen, und zweitens wisse man, daß die Germanen erst spät in historischer Zeit nach Mitteleuropa gekommen seien. Aber Himmler wolle eben partout *hier* im Großdeutschen Reich einen germanischen Neandertaler finden, der beweise, daß Mitteleuropa schon vor zehntausend Jahren germanisch besiedelt war.

»Solche Sorgen hat der Himmler?« fragte ich, »jetzt im September 1944, wo die Amerikaner munter auf den Rhein zu marschieren?«

»Das ist mir völlig gleichgültig, Herr Kaaserer«, sagte Dr. Rusiger, und ein drängender, fast verzweifelter Ton klang aus seiner Stimme, »aber solange ich nach dem germanischen Neandertaler suche, bin ich *u. k. gestellt*, muß ich nicht an die Front, verstehen Sie?«

»Ach so«, sagte ich, »ja dann. Und Sie finden und finden keinen?«

»Natürlich nicht, weil man etwas, was es nicht gibt, nicht finden kann. Aber langsam wird der Himmler ungeduldig – er will etwas sehen ... es gilt für mich« – sagte er ganz

leise – »nur ein paar Monate zu überstehen, länger dauert ... dauert *es* eh nicht mehr.«
Ich gab Herrn Dr. Rusiger einen Knochen mit, den ich bei einem Ausflug mit meinem Freund Luis im Moor am Lärchsee gefunden habe. Ich vermute, daß der Knochen von einem Mord stammt, der ein paar hundert Jahre zurückliegt. Der Lärchsee wird von den Leuten im Tal seit alters her dazu benutzt, unliebsame Verwandte, verwachsene Kinder, hartnäckige Nebenbuhler, langlebige Erblasser und überhaupt lästige Mitmenschen zu beseitigen. Im Gegensatz zu anderen Gewässern gibt der Lärchsee – wohl auf Grund seiner Moorqualität – nichts mehr her, was in ihn geworfen worden ist, außer nach ein paar hundert Jahren vielleicht einen Knochen.
Ich schrieb auch einen kurzen Bericht für Dr. Rusiger, in dem ich seine Vermutung einer frühgermanischen Besiedlung des Lärchsee-Sattels aus der Sicht meiner dilettantischen Forschung erhärtete. Es kostete mich ja nichts, und ihm war gedient. Ich bin sicher, daß er meinen eher vorsichtigen Bericht zur Expertise eines herausragenden Sachverständigen hinaufstilisierte, aber das soll mir recht sein, wenn ich ihn dafür vor der Front gerettet habe. Er zog glücklich ab, schenkte mir als Dank eine Dose Schweizer Bohnenkaffee.
Ich unterhielt mich mit Herrn Dr. Rusiger auch über andere Dinge, und er erzählte mir, daß es in seiner Behörde – wenn man das so bezeichnen darf – auch eine Abteilung gäbe, die sich damit befasse zu beweisen, daß *Schlesien* altes deutsches Siedlungsgebiet sei. Auch das, sagte Dr. Rusiger, sei schrecklich schwer zu erhärten, denn überall, wo man weiter bohre, stoße man unten auf polnischen Urgrund. Schrecklich. Und was da für Schwierigkeiten ungeahnter Art auftauchten. Da gäbe es zum Beispiel in Schlesien einen Ort, der heiße Strachwitz. Vom 16. Jahr-

hundert an abwärts habe sich der Ort Strachwicze geschrieben. Rein polnisch. Himmler verfügte dann, daß das nur eine polnische Verballhornung der uralten deutschen Ortsbezeichnung *Strauchwies* gewesen sei. So lernen es jetzt die Kinder in *Strauchwies* in Heimatkunde, also – so lang die Russen halt noch nicht dort sind. Nun gibt es aber ein berühmtes Adelsgeschlecht, namens *Strachwitz* (früher Strachwicz), das nicht nur einen romantischen Dichter im vorigen Jahrhundert, sondern auch nicht weniger als zwei Generäle jetzt hervorgebracht habe. Das Ansinnen Himmlers: sich von *jetzt ab, seit jeher Grafen von Strauchwies* genannt zu haben, lehnte der äußerst hochdekorierte Panzergeneral Hyazinth von Strachwitz rundweg ab. Himmler biß bei diesem Hyazinth auf Granit. Damit war die *Rückbenennung* des schlesischen Ortes natürlich nur noch eine halbe Sache.
Ja, so sei das also im Reichs-Siedlungs- und Rassen-Hauptamt (oder wie es geheißen hat), aber immerhin werde man *u. k.* gestellt.
Nachdem ich, wie oben erwähnt, nicht mehr in der Lage bin, die schwere körperliche Mühe der Exkursionen nach prähistorischen Denkmälern auf mich zu nehmen, habe ich mich vor einigen Jahren – um nicht untätig zu sein – einem anderen Forschungsgebiet zugewandt, wenn man das so nennen kann. Im Krieg kam der Fremdenverkehr, von dem Yrwent in den dreißiger Jahren schon fast ausschließlich lebte, selbstverständlich zum Erliegen. Dafür kamen in diesen stets von Bombenangriffen verschonten Reichsluftschutzkeller zahlreiche Prominente der damaligen Regierung und Partei, es kamen berühmte Filmschauspieler und Regisseure, andere Künstler, die mit dem Nazisystem zu leben verstanden, Diplomaten der verschiedenen verbündeten oder neutralen Nationen. Keiner legte Wert auf großes Aufsehen. Von den Orgien, dem Tanz auf

dem Vulkan, den Frivolitäten im Schatten des Galgens erzählte oder besser raunte man sich damals unglaubliche (aber wahrscheinlich wahre oder jedenfalls kaum übertriebene) Dinge zu. Selbst nach dem Einmarsch der Amerikaner ging das eine Zeit lang weiter. Ein deutscher Generalfeldmarschall hatte sich in den letzten Kriegstagen hier in der Gegend versteckt und stellte sich dann dem amerikanischen General. In der frontübergreifenden Kumpanei, die solche Leute charakterisiert, nahm der Amerikaner den Deutschen ins Grand Hotel und ließ die restlichen Flaschen Champagner auffahren, die der Hotelier Burglöffel (ein Vetter von mir) sorgsam über den ganzen Krieg hinweg gerettet, der Adjutant des Amerikaners aber bei der Durchsuchung des Hotels nach versteckten Bomben und Hitlerbildern leider gefunden und sofort requiriert hatte. Eine gewisse Aschhaber Hildegard, aus Pfeilmoos im Tauerngau gebürtig, seit 1935 in Yrwent wohnhaft und als Kellnerin hierorts tätig, soll an dem fraglichen Abend zu späterer Stunde auf dem Tisch getanzt haben, nach Angaben eines Gewährmannes, der nicht genannt werden will: *nackt*. Nach Angaben eines anderen Gewährmannes, der auch nicht genannt werden will, mit einem dünnen Hemd und einer Dienstmütze bekleidet. Ob es sich dabei um die Dienstmütze des amerikanischen Generals oder um die des deutschen Feldmarschalls gehandelt hat, war dem Gewährsmann nicht erinnerlich.

Ich habe überhaupt die Feststellung bei meinen Recherchen getroffen, daß viele, auch weit wichtigere Einzelheiten aus der damaligen Zeit den Gewährsleuten *nicht mehr erinnerlich* sind, auch daß alle Gewährsleute nicht genannt werden wollen, sofern sie damals Erwachsene waren.

Yrwent war auch Lazarettstadt. In den leerstehenden

Hotels wurden verwundete und genesende Soldaten einquartiert. Viele genasen aber nicht mehr, wovon eine nicht unbeträchtliche Sektion des Friedhofs zeugt.
Gegen Ende des Krieges ergoß sich eine Welle von Flüchtlingen nach Yrwent und in das ganze Tal. Die verwundeten Soldaten wurden – soweit sie nicht in die Berge flohen und auf heimlichen Wegen in ihre Heimat zurückzukehren versuchten – von den Amerikanern in Gefangenenlager abtransportiert. In die besseren Hotels quartierten sich die Besatzungstruppen ein, die übrigen füllten sich mit Flüchtlingen. Auch unter den Flüchtlingen befand sich manche Prominenz, die noch mehr als jene oben genannte darauf bedacht war, ihr Incognito zu wahren. Mich begann vor einigen Jahren, nachdem ich ein Buch über die Vorgänge um den 20. Juli 1944 gelesen hatte, ein Mann zu interessieren, von dem – erinnerte ich mich – damals in Yrwent gerüchteweise die Rede war. Niemand wußte – angeblich – Genaueres. Man sprach von ihm als vom *Mann mit dem Koffer* oder von *der Baskenmütze*. Ich brachte nach Recherchen hier am Ort in Erfahrung, daß dieser Mann im Frühsommer 1945 in einem Haus einer gewissen Familie Vanitschek in der Andreas Hofer- (vormals Adolf Hitler-) Straße Unterschlupf gefunden hatte. Die Eheleute Vanitschek, mir seinerzeit persönlich bekannt, waren verstorben, den Enkel Hubert Vanitschek machte ich als jetzt in Vorarlberg lebend ausfindig, trat in briefliche Verbindung mit ihm, erfuhr aber nichts. Die Einzelheiten seien ihm, schrieb er mir, nicht mehr erinnerlich. Aber immerhin konnte er mir die Namen und die ungefähre Herkunft einiger Flüchtlinge nennen, die damals in dem Haus Vanitschek gelebt hatten. Von allen angeschriebenen Personen meldete sich jedoch nur ein Herr Fritz Heiß aus München, der auf meine Bitte hin den Bericht niederschrieb, den der Leser als Abschnitt I hier vorgefunden hat.

Inzwischen hatten meine weiteren Recherchen ergeben, daß sich der fragliche Mann mit dem Geldkoffer Ende Juli 1945 nach Jöchlstein, weiter ins Talinnere, zurückgezogen hatte und dort etwa drei Monate als Mieter eines Mannes lebte, der Lorenz Kluibermaß hieß, allgemein aber *Häusler-Lenz* genannt wurde. In Jöchlstein war es noch schwieriger, jemanden zu finden, der etwas von jenem Mann wußte. Ich hatte den Eindruck, daß die Leute, es leben ja noch genug Augenzeugen, mit der Sache nichts zu tun haben wollen. So einen Mann, sagte man mir unwillig, habe es nie gegeben. Oder: ja, ja, kann sein, da ist einmal sowas geredet worden. Ob es wahr ist? wer weiß das. Einzelheiten waren nicht mehr erinnerlich. Da ich bei meinen Recherchen in Yrwent selber letzten Endes erst bei einem Flüchtling Glück hatte, kam mir der Gedanke, auch in Jöchlstein nach damaligen Flüchtlingen zu fragen. So stieß ich auf die Familie Mehrberg. Herr Rudolf Mehrberg, der – was ich nicht ahnen konnte, als ich ihn mehr oder weniger aufs Geratewohl anschrieb – mit eigenen Augen den Inhalt des Koffers gesehen hat, war mir dann, wie der Leser unter Ziffer II des hier Vorliegenden ersieht, mit der Niederschrift seiner damaligen Beobachtungen behilflich.
Auch in Sandgrub gab es Flüchtlinge. Aber dort erfuhr ich die Dinge auf anderem Wege. Auf dem Hintersandgruber-Hof lebte damals – er ist schon lang tot – ein älterer Mann, der unverheiratete Onkel des damaligen Bauern: Alois Reschmann, bekannt und, ja, ein wenig gefürchtet unter dem Namen Hintersandgruber-Luis, Sprengmeister, Kräuterdoktor und Geburtshelfer für das Vieh, eine Nachtgestalt im Tal, aber nur deswegen, weil die Leute seinen naturverbundenen, wahren Geist nicht fassen konnten. Bei abergläubischen Leuten – und die Leute im Yrwental, im ganzen Tauerngau, sind alle abergläubisch – galt er als

Zauberer, und manches alte Weib schlug hinter ihm, wenn er sie gegrüßt hatte, ein Kreuz.
Den Hintersandgruber-Luis, einen großen, aufrechten Mann mit buschigem, weißen Schnauzbart, kannte ich gut. Nicht zuletzt ihm verdanke ich meine prähistorischen Funde. Wir gingen oft miteinander durch die Weiden und Wiesen, und Luis hatte eine Spürnase für die Stellen, wo vielleicht was zu finden war. Er konnte ja auch mit der Wünschelrute umgehen, und mancher Brunnen im Tal war von ihm gebohrt. Der Luis, so wortkarg er sonst war, war auf diesen kleinen Expeditionen ein unterhaltsamer Begleiter. Die Natur lebte in seinen Augen. Von jeder Blume und jedem Gras wußte er die genaue Bezeichnung, ob Heilkraft oder Gift (oder – meist – beides) darin enthalten war; er kannte längst vergessene Flurnamen und überhaupt uralte Wörter, die die Altvorderen gebraucht hatten. Ich wollte ihn immer bereden, daß er wenigstens dieses Wissen von den alten Wörtern niederschreiben solle, und er sagte, daß er es tun werde – später. Er hat es nicht getan. Mit dem Schreiben tat er sich nicht leicht, obwohl er eine schöne, kalligraphische Handschrift hatte. Als ich von seinem Tod erfuhr – das ist jetzt auch schon wieder fünfzehn Jahre her – fuhr ich sofort hinein nach Sandgrub, um eventuell vorhandene Aufzeichnungen zu retten, denn den Bauern hätte ich zugetraut, daß sie solches einfach in den Ofen stecken. Aber es war nichts da. So ist das Wissen dieses Mannes mit seinem Tod untergegangen, die Wörter der alten Sprache, die er noch gekannt hat, sind mit ihm endgültig verweht.
Er kannte auch viele Sagen. Von jeder bemerkenswerten Naturgegebenheit, sei es ein seltsamer Felsen oder ein Waldstück, das sich in eine schattige Schlucht hineinzieht, von jedem Berggipfel und von jeder Alme wußte er eine komische oder grauenvolle Geschichte zu erzählen. Aller-

dings hatte ich manchmal den Verdacht, daß er solches zu meiner Unterhaltung auf unseren *Expeditionen* auch nur erfand; darauf angesprochen, leugnete er aber. Als Naturheilkundiger war er sehr beliebt und auch erfolgreich, wobei man festhalten muß, daß er kein Kurpfuscher war. Er kannte da die Grenzen, und wenn es kritisch wurde, holte er selber den Arzt, der aber wiederum ihn hoch schätzte, auch der Apotheker von Yrwent, der manches homöopathische Mittel aus dem Kräutergarten des Luis bezog. Den Kräutergarten hatte der Luis schon in seiner Jugend angelegt. Er war der jüngere Sohn des damaligen Hintersandgrubers, und als sein älterer Bruder den Hof übernahm, bedingte er sich nur das lebenslängliche Wohnrecht im Haus aus und eine ohnedies wenig wertvolle Wiese hinten am Sand. Dort pflanzte er seinen Kräutergarten. Niemand durfte da hinein, selbst Ülrich nicht, von dem er eine Zeitlang gehofft hatte, daß er sein Schüler würde, und daß er ihm sein Wissen vererben könne; Ülrich durfte allenfalls unter Luis' Aufsicht gießen, nicht mehr.

Der Luis war, wenn man so will, ein Schüler eines der berühmtesten und seltsamsten *Bauerndoktoren* des Tauerngaues, des *Außerlanzin* von Fultern, über den ich vor einigen Jahren, nachdem mir einige Dokumente in die Hand gefallen waren, eine Lebensbeschreibung zu verfassen begonnen habe. Die Tradition solcher Bauerndoktoren oder Kurpfuscher, Gesundbeter oder Naturheilkundiger ist im Tauerngau sehr alt und reicht wohl bis in graue Vorzeit zurück. Ihr Wissen, oft reiner Aberglaube, oft aber auch wirklich wirksames Wissen um die natürlichen Heilkräfte, wurde geheimgehalten und nur vom Vater auf den Sohn oder auf einen Schüler vererbt. Der Außerlanzin, der in Wirklichkeit Cyprian Rubatscher hieß, ist 1808 geboren und starb 1889 hier in Yrwent im Armenhaus, nachdem sein an sich ansehnlicher Hof wegen Überschuldung versteigert worden war. Der Außerlanzin hatte sich wenig um die Bewirtschaftung des Hofes gekümmert. Sein Sinnen und Trachten galt der Naturmedizin. Von reicheren Bauern nahm er ein kleines Entgelt für seine Mühen, von den Armen nahm er nichts, ließ oft noch – erzählt man heute noch im Tal – versteckt einen Gulden liegen. Da es mehr arme als reiche Kranke gibt, kann man sich denken, daß der Außerlanzin keine Reichtümer scheffelte. Seine Gutherzigkeit dankte man ihm nicht. Als er vom Hof mußte, nahm ihn die Gemeinde Yrwent nur ungern ins Armenhaus, denn eigentlich stammte er nicht von hier. Er praktizierte nicht mehr, seit er im Armenhaus war. Er hatte zusehen müssen, wie seine Instrumente, die ganzen Zangen, Spritzen und Schienen zusammen mit den getrockneten Heilpflanzen, den Salben und Pulvern, die er bereitet hatte, für einige Kreuzer taxiert als Gerümpel mitversteigert wurden. Das brach seinen Geist. Es heißt, daß er die wenigen Jahre im Armenhaus völlig verwirrt verbrachte. Andere sagen, er sei bösartig geworden und habe das Tal verflucht. Verdient hätte es das Tal.

Der Hintersandgruber Luis war der Schüler des Außerlanzin und der einzige, der ihn ab und zu im Armenhaus besuchte, aber selbst ihn – erzählte mir der Luis – habe der Alte kaum mehr angeschaut, obwohl er ihm in der *Lehrzeit* nach und nach viele Geheimnisse verraten habe, bei weitem aber nicht alle, sagte der Luis, vor allem nicht die ältesten. Was selbst der Luis nicht wußte, war, daß im Nachlaß des Außerlanzin ein Rezeptheft gefunden wurde, das man immerhin im Heimatarchiv verwahrte, wo ich es eingesehen habe. Verrenkungen und Knochenbrüche heilte der Außerlanzin mit Fichtenharz, Dachsfett und Schnaps, Lungenentzündungen durch Klistiere aus Gerstwasser mit Kampfer und Sauerkrautkompressen auf die Füße. Rheumatismus wurde von ihm mit Latschenöl, Terpentin und wieder Schnaps behandelt, Geschwüre mit Hammeltalg und Zinnkraut; bei *Vergiftungen* stand in dem Heft: *Skorpionöl, tropfenweise innerlich*, und bei *Ischias* der denkwürdige Vermerk: *Bienenstiche, wirksam aber unbeliebt.*

Der Außerlanzin hatte seine Wissenschaft von einem noch seltsameren Bauerndoktor, der aus dem Tirolischen stammte. Das war ein gewisser Anton Trompedeller, genannt der Hosentoni von Brigadoi. Das muß ein echter Rätoromane gewesen sein. Er studierte zu Innsbruck ein paar Semester Medizin, versumpfte bald und zog dann versoffen von Ort zu Ort und bot gegen flüssiges Honorar seine Dienste an. Das Unangenehmste an seiner Erscheinung sei gewesen, heißt es, daß er so viele Läuse gehabt habe. Entweder machten ihm die Läuse nichts aus, oder aber es war so, daß ausgerechnet gegen seine eigene Läuseplage keines seiner Wundermittel anschlug. Förmlich unfehlbar dagegen sei er bei Lungenentzündungen gewesen. Er behandelte diese Krankheit mit einer Kräutertinktur, deren Rezept er streng geheimhielt. Obwohl er sonst für Alkohol alles tat, gab er dieses Geheimnis nicht preis, selbst als ihm der *Bärenwirt* von Klausen einen Hektoliter Wein dafür bot. Der Hosentoni lehnte ab. Der Bärenwirt erhöhte auf einen Hektoliter Schnaps. Der Hosentoni wurde ganz kurz schwankend, lehnte aber dann doch nochmals ab. Er nahm sein Rezept mit ins Grab. Selbst seinem Schüler, dem Außerlanzin teilte er es nicht mit. Es kursiert diesbezüglich eine Geschichte, wonach der Hosentoni, als er – im Wirtshaus sitzend, (wo sonst) nach der einen Version sei es bei *Staffler* in Mauls, nach der anderen Version beim *Tschötscher* zu St. Oswald gewesen – seine letzte Stunde gekommen gefühlt habe, seinen inzwischen längst selber *praktizierenden* Schüler, den Außerlanzin, habe rufen lassen. Der Außerlanzin sei tatsächlich gleich gekommen. – Kann ich dir helfen, Hosentoni? fragte der Außerlanzin, fügte jedoch sogleich hinzu: – aber du kannst ja viel mehr als ich . . .?! – Nein, nein, sagte der Hosentoni, den die Wirtsleute inzwischen auf die Ofenbank gebettet hatten –, nein, nein, mir ist nicht mehr zu helfen. – Jetzt, sagte er mit ersterbender Stimme –, jetzt tät ich das Geheimnis für den Hektoliter Schnaps verkaufen. Aber ich hab' nicht mehr Zeit, ihn zu trinken. – Sag's mir, Hosentoni, sagte der Außerlanzin, ich verpflicht' mich, auf das Wohl deiner armen Seel' den Hektoliter Schnaps zu trinken; binnen Jahr und Tag von heut an gerechnet. Das habe dem Hosentoni eingeleuchtet, und er habe angefangen, das Rezept zu verraten, aber seine Stimme sei schon nach zwei Sätzen in unverständliches Röcheln übergegangen. Und dann sei der Hosentoni zu den ewigsprudelnden Schnapsquellen hinübergeschlummert und habe das Geheimnis unrettbar dorthin mitgenommen.

Woher der Spitzname Hosentoni kam, ist unklar. Die einen behaupten, er sei der Sohn eines Hosenschneiders gewesen, die anderen berichten, daß er in seiner Studentenzeit einmal seine Hose im Wirtshaus versetzt habe und in Unterhosen im Kolleg erschienen sei, was zu seiner Relegierung von der Universität geführt habe.

Der Luis, mein Freund, war, obwohl Schüler des Außerlanzin und Enkelschüler des Hosentoni, ein in gewisser Weise aufgeklärter Bauerndoktor, der seine Grenzen und die der Naturheilkunde kannte und beachtete. Vor allem aber war ihm alles Sektiererische fremd, was sonst Naturheilkundigen oft anhaftet. Außerdem hatte der Luis einen sozusagen bürgerlichen Hauptberuf und war darin hoch geachtet: er war der einzige behördlich sanktionierte Sprengmeister im Tal. Man möchte meinen, daß ein Sprengmeister Freude am großen Tusch habe. Nicht so der Luis. Als nach dem Tod des alten Niederbrunnhofers das

baufällig gewordene Austragshäuschen abgerissen werden sollte, erbot sich der Luis, die Mauern niederzulegen. In der Niederbrunnhofküche, keine dreißig Schritte nebenan, hantierte die Bäuerin und bereitete die Jause vor. Als der Bauer mit dem Luis hereinkam, fragte sie:
»Wann wird jetzt gesprengt?«
»Schon erledigt«, sagte der Luis. Nicht *ein* Glas hatte in der Küche gewackelt. Ein anderes Mal fand der Luis einen Brunnen im Auftrag der Gärtnerei Metzerer in Yrwent, aber ausgerechnet unter einem Glashaus. Der Gärtnermeister Metzerer seufzte und rechnete schon die Kosten aus, die das Abtragen und der Neubau des Glashauses verursachen würden. Aber: »Keine Sorgen«, sagte der Luis, und sprengte *im* Glashaus einen vier Meter tiefen Brunnenschacht, ohne daß auch nur eine Scheibe zersprang. Da war ich selber dabei. Er berechnete alles sehr sorgfältig, nahm so wenig Pulver wie möglich, sprengte in kleinen Portionen, deckte immer sorgfältig mit schweren Steinen ab, und nach einem Vormittag hatte der Metzerer einen neuen Brunnen auf eigenem Grund.
Höchst wichtig war der Luis als Viehheilkundiger. Solang er lebte, brauchte der Veterinär das Tal nur zu Impfungen zu betreten. Auch das schrägest liegende Kalb brachte der Luis gesund aus dem Leib des Muttertieres; er heilte die Rösser; wenn ein Stier nicht springen wollte, wußte der Luis ein Mittel, und alles ohne Gewalt, sanft, mit ein paar Kräutern, einem Absud oder auch nur mit dem Auflegen der Hand. Wenn es sehr kompliziert war, und alle um ihn nervös, der Bauer bangte um seine beste Zuchtsau, dann sagte der Luis nur: »Jetzt laßt's mich allein.« Man hörte ihn reden. Das Tier wurde gesund. Freilich ist es da nicht verwunderlich, daß er bei den Abergläubischen als Zauberer galt.
»Alles Unsinn«, sagte er zu mir, wenn wir darauf zu reden

kamen, »ich horche nur, was die Natur will. Die Natur will leben, nicht sterben – solang es noch nicht *ganz* am Ende ist. Man muß bloß der Natur ein kleines Türl aufmachen – an der richtigen Stelle, versteht sich. Aber auch da braucht man nur genau hinzuhorchen, wo diese Stelle ist. Die Natur will leben, nicht sterben. Manchmal genügt es, wenn der Mensch bloß auf die Seite tritt und nicht mehr im Weg steht. Es ist ganz einfach. Man muß nur genau hinhorchen. Und nicht schreien.«

Meine Forschungen nach prähistorischen Spuren interessierten den Luis. Wenn ich ihn darum bat, scheute er – er war da immerhin schon ein alter Mann – keine Mühe und keinen auch noch so steilen Steig. Die Ausbeute unserer Ausflüge war aber auch für ihn ergiebig. Oft fand er eine Pflanze, die er als selten erkannte, mit den Wurzeln ausgrub und für seinen Kräutergarten mitnahm. Einmal, als wir oben waren auf den damals schon verlassenen Almen unter dem Kalbichl, sagte er plötzlich zu mir: »Weißt d' was? Möchtest du einen Bergkristall? – Setz' dich einen Moment hin.« Er verschwand hinter ein paar Latschen und kam nach kurzer Zeit mit einem gut drei Kilo schweren, wunderbar ebenmäßigen, hexaedrigen, leicht violett schimmernden Bergkristall wieder. »Da«, sagte er.

Wenn der Luis alle Bergkristalle ausgegraben hätte, von denen er wußte, und in der Stadt verkauft, hätte er ein kleines Vermögen erwerben können. »Für was?« fragte er. Zu essen und zu trinken bekam er auf dem Hof, wo er Wohnrecht hatte. Ansprüche an die Garderobe kannte er nicht. Das Geld für seinen Pfeifentabak verdiente er sich reichlich als Sprengmeister. »Und außerdem: Die Sachen da, diese Kristalle, die sollen dort bleiben, wo sie sind. Es wäre überhaupt das Gscheiteste, wenn alles bleiben tät, wo es ist. Ich bin ja auch geblieben, wo ich geboren bin«, fügte er leise hinzu.

Ich wickelte den Bergkristall in eines der Rupfenstücke, die ich auf solchen Expeditionen immer dabei hatte, und steckte ihn in meinen Rucksack. »Vergelts Gott, Luis«, sagte ich. »Gsegen 's Gott«, sagte der Luis. Wir setzten uns dann hin und stärkten uns für den Abstieg. Luis schnitt mit seinem Messer ein Stück Graukäs auseinander, gab mir die eine Hälfte, schnitt von einer Speckseite gewandt ein paar hauchdünne Scheiben, brach ein Brot, biß von der Weinflasche den Stöpsel herunter. Wir aßen und tranken. Luis erzählte von den uralten Zeiten, als das Meer noch bis ins Yrwental reichte, als die Muscheln hier angeschwemmt wurden, deren Versteinerungen er auch zu finden wußte, er erzählte von den riesigen Ur-Vögeln, die hier flogen, als wäre er selber noch dabei gewesen. Er war alt, sehr alt. Wenn er so dasaß und erzählte, schien es, als würde er noch älter. Da wurde selbst mir ein wenig unheimlich. Oder er erzählte *»von den heidnischen Göttern«*, die vor urdenklichen Zeiten hier herauf geflohen waren, als das Christentum sich ausbreitete. Die bocksbeinigen Hirtengötter oder die sauköpfigen Feuerdämonen, vor allem aber von den Heidengötzinnen mit den nackten, weißen Leibern, so schön wie Marmor.
»Woher weißt du denn das alles, Luis?« fragte ich.
»Na ja«, sagte er, »halt so.«
Oft, wenn keine Brunnen zu sprengen waren und keine Kuh und kein Roß zu kurieren, ging der Luis allein in den Wald und auf die Almen hinauf, besuchte den einen oder anderen Senn, redete ein wenig mit ihm und ging dann weiter, noch höher hinauf. Da blieb er dann oft mehrere Tage. Er sagte nie, wo er gewesen war. Erfuhr er dort das alles, was er erzählte? Soviel er auch mit mir redete, soviel er mir auch zeigte, es war mir immer klar, daß er nicht alles sagte, was er wußte.
Dem Ülrich hätte er es gesagt; der Ülrich war sein Liebling,

aber der Ülrich kam mit siebzehn Jahren in die Heilanstalt, und dort lebt er – wenn man das so nennen kann – heute noch.
Der Ülrich, der natürlich Ulrich heißt, aber darauf besteht, daß man ihn Ülrich nennt, wuchs auch auf dem Hintersandgruberhof auf. Man munkelte, daß der Ülrich ein uneheliches Kind des Luis sei, aber der Luis sagte mir, das stimme nicht. Fast auf jedem Hof im Tal leben neben den legitimen Kindern der Bauern die illegitimen, *die ledigen Kinder*, die die Bauern mit den Mägden zeugen oder – horribile dictu – in blutschänderischer Weise mit den eigenen Töchtern. Die Unzucht und die Blutschande waren seinerzeit in so analphabetischen Gegenden in den tiefverschneiten Wintermonaten oft die einzige Unterhaltung. Die Einführung des Fernsehens, das natürlich auch bis Sandgrub gedrungen ist, hat in dieser Hinsicht segensreich gewirkt. Offiziell galt der älteste Hintersandgruber-Sohn, der Hans (heute der Bauer dort), als der uneheliche Vater des Ulrich Johannes (so sein Familienname) und eine Magd als die Mutter. Beides bezweifle er, sagte mir der Luis, denn der Hans sei zur fraglichen Zeit nicht älter als dreizehn gewesen und die Magd über vierzig. Obwohl – in den Wintermonaten im Yrwental ist in geschlechtlicher Hinsicht nichts unmöglich. Die erwähnten Heidengötzinnen mit den prallen Marmorleibern hätten schon gewußt, warum sie sich ausgerechnet dahin zurückgezogen haben. Trotzdem glaube er, der Luis, daß der alte Hintersandgruber — Luis' Neffe – der Vater sei; darüber, wer die Mutter sei, denke man besser nicht nach, sagte der Luis. Tatsache jedenfalls sei, daß die angebliche Mutter – die unverehelichte, sonst gut beleumdete, aus dem Oberösterreichischen stammende Katharina Johannes – nach der Geburt das Tal verlassen und sich in der Folge nie mehr um das Kind gekümmert habe, was ja immerhin auch bei bäuerli-

chen Verhältnissen und gröberer Gemütsverfassung nicht ganz verständlich sei.
Der Bub wurde ohne größere Umstände mit den anderen Kindern am Hof aufgezogen. Er hieß der Hintersandgruber-Uli, nannte sich bald Ülrich und wurde merkwürdig. In der Schule hielt ihn der Lehrer zunächst für taubstumm, erst im zweiten Schuljahr stellte sich heraus, daß er doch reden konnte. Aber es wurde nichts mit ihm in der Schule. So hellwach er in manchen Dingen war, so dumpf und verstockt zeigte er sich in der übrigen Zeit. Der Lehrer – ich sprach mit ihm, er lebt als Pensionist hier – sagte, er habe das Gefühl gehabt, ganz innen in dem Buben sei eine hohe Intelligenz verborgen, aber der Zugang dahin sei – auch für den Ülrich selber – verschüttet.
Wenn – was ja höchstwarscheinlich ist – der Ülrich ein Groß- oder Urgroßneffe des Luis ist, so hat er von ihm die Hand für alles Lebendige geerbt, aber was beim Luis (bei allem traumwandlerischen Sinn) Überlegung und verstecktes Wissen war, war beim Ülrich Instinkt. Die, wenn man so sagen kann, tiefere, geheimere Weisheit des alten Luis war dem Ülrich nicht zugänglich, obwohl er, solang der auf dem Hof lebte, dem Luis auf Schritt und Tritt folgte, wie ein Küken dem Huhn. (Unter anderem deswegen meinte man, daß der Luis der Vater sei.) Nach einigen Jahren wurde der Ülrich gar nicht mehr in die Schule geschickt. Schulpflicht hin – Schulpflicht her, wer kümmerte sich in Sandgrub und in der Volksschule Jöchlstein darum, und dazu in den damaligen Zeiten? Der Lehrer war froh, einen Schüler weniger zu haben. Der Ülrich war auch körperlich zurückgeblieben. Er war klein und dick, zwar kräftig aber ungewandt. Mit vierzehn sah er noch aus wie ein etwas aufgedunsener Zehnjähriger. »Zur Bauernarbeit taugt er nicht«, sagte die Hintersandgruberin, »nicht einmal für einen Geißknecht. Vielleicht kann

er Geistlicher werden.« Aber der Pfarrer von Jöchlstein winkte ab.

Mit sechzehn Jahren erkrankte der Ülrich. Es war wohl eine Meningitis. Luis' Kunst und seine Kräuter und Tees halfen nichts, Luis holte bald den Arzt. Der Bub kam ins Krankenhaus nach Yrwent, dann in die Landeshauptstadt. Aus dem Krankenhaus kam er in die Heilanstalt, aber geheilt werden konnte er nicht. Er kam in die Abteilung für hoffnungslose, aber harmlose Fälle. Auf dem Hintersandgruberhof redete man nicht mehr von ihm. Die Inzucht in den Tälern bewirkt, daß von fast jedem Hof einer dort in der Heilanstalt lebt oder vegetiert. Das gehört zu den Höfen wie die illegitimen Kinder. Man redet nicht von denen dort in der Heilanstalt – »im Narrenturm«; höchstens, daß man ab und zu eine Frühmesse lesen läßt für sie. Der Luis aber besuchte gelegentlich den Ülrich. In Sandgrub erzählte er nichts davon, wie es dem Ülrich ging. Es fragte ihn auch keiner danach.

Nachdem ich, wie erwartet, in Sandgrub bei meinen Fragen nach jenem Mann, der bald nach Allerheiligen 1945 mit einem Koffer voll Geld dorthin gekommen war und dort wohl den Winter verbracht hatte (ich wußte damals schon, daß er vom Februar 1946 an noch weiter hinten, in St. Virgil, lebte), auf eine Mauer des Schweigens stieß, kam mir der Gedanke, den Ülrich in der Heilanstalt aufzusuchen. Der Gedanke erwies sich, wie das Folgende zeigen wird, als gar nicht abwegig. Ich will übrigens übergehen, was ich an grauenerregenden Dingen bei meinen vielen Besuchen in der Heilanstalt erlebte (ich war gut und gern dreißig Mal dort), was für armselige, bedauernswerte, aufgedunsene, kriechende, sabbernde Lebewesen, kaum Menschen zu nennen, Larven, Engerlinge mit scheinbar menschlichen Gesichtern ich sah – das gehört nicht hierher, obwohl jeder es wissen müßte, was der Ungeist des

menschlichen Blutes da hinter der gelackten Fassade der Zivilisation hervorbringt.
Ich hatte mir natürlich die Genehmigung des Arztes verschafft, eines verständigen Mannes, der es sogar begrüßte, daß jemand sich mit Ülrich beschäftigte. Sonst malte Ülrich nur. Er malte den ganzen Tag, die ganzen Jahre, die er schon in der Heilanstalt ist. Die Aquarellfarben und auch das Papier stellte ihm die Anstalt aus therapeutischen Gründen zur Verfügung. Lang nörgelte Ülrich, nachdem er zu malen angefangen hatte, am Papier herum. Man wußte nicht – erzählte mir der Arzt – was der sonst so friedliche Kranke habe, bis man draufkam, daß dem Ülrich das Papier zu dünn war. Er wollte dickeres Papier, Papier, so dick wie eine gewöhnliche Postkarte. Als er endlich das dickere Papier bekam, zerschnitt er es auf exakte Postkartengröße und bemalte die einzelnen Abschnitte. Ülrich ist nicht der Meinung, Kunstwerke herzustellen; er betrachtet sich als Verfertiger von Ansichtskarten. Alle *Ansichtskarten* bewegen sich, so sagt der Arzt, um das gleiche Thema, um die gleiche *Ansicht*: Grüße *aus der Stadt Babylon*. Ülrich malte nach und nach alle charakteristischen Ansichten von Babylon, nicht nur den Turm und die Große Brücke, sondern auch die Kleine Brücke, die Pfarrkirche, das Gemeindeamt, die Kurpromenade von Babylon und so fort, manchmal vier oder fünf ganz winzige Ansichten auf einer Karte, eine kreisrunde in der Mitte. Die größte Freude kann man Ülrich machen, sagte der Arzt, wenn man sich dumm stellt und fragt: Ist das eine Photographie?
Der bedeutende Psychologe und Kunstkenner Prof. Müller-Thalheim, den zu kennen ich die Ehre habe, hat sich einmal für Ülrich und seine Aquarelle interessiert, aber leider kam nichts heraus dabei, denn Ülrich verschickt auch seine Ansichtskarten. Das ist ihm sogar das wichtigste

dabei: mit Urlaubsgrüßen aus der Stadt Babylon. Er verschickt diese Ansichtskarten an fiktive Personen. Sie kommen natürlich nie an, weil es die Adressaten nicht gibt. Aber zurück, *als unzustellbar*, kommen sie auch nicht, weil der Ülrich als Absender: *Ülrich Johannes, Babylon, Luftgasse 11* angibt. Wahrscheinlich werden die Karten von der Post nach Ablauf der Lagerzeit in der Stelle für rätselhafte Sendungen amtlich vernichtet.
Auch während ich mit Ülrich sprach, malte er weiter. Er muß Zeit seines Aufenthaltes in der Heilanstalt viele Hunderte von Ansichtskarten von Babylon gemalt haben. Wenn man sie sammeln könnte, hätte man wahrscheinlich einen kompletten topographischen Überblick über die Stadt, so wie sie in Ülrichs Hirn existiert. Ich bat Ülrich, mir eine der Ansichtskarten zu überlassen, aber Ülrich schaute mich groß an und sagte: »Da würden doch die Leute meinen, du bist in Babylon auf Urlaub. Und das stimmt doch gar nicht.«
An die Zeit nach dem Krieg konnte sich Ülrich vorzüglich erinnern. Als der Mann mit dem Geldkoffer nach Sandgrub kam, war Ülrich zehn Jahre alt, und man hatte gerade beschlossen, ihn nicht mehr in die Schule zu schicken. Ülrich wußte, daß der Mann nicht auf der großen (verhältnismäßig großen) Fahrstraße von Jöchlstein heraufkam, sondern auf dem Fußweg, dem *Steig*, der oben auf dem Abhang entlang und meist durch waldiges Gelände führt. Ich hatte zunächst die Absicht gehabt, Ülrichs Äußerungen wörtlich zu protokollieren, hatte mir sogar ein kleines Tonbandgerät beschafft. Aber das Tonbandgerät faszinierte Ülrich dermaßen, daß er, so lang es lief, nur Unsinn schwätzte. So protokollierte ich, so gut es ging, schriftlich. Ich schrieb viele, viele Blätter voll; sie liegen hier in meiner wahrscheinlich nicht sehr guten Stenographie (System Gabelsberger). Eine wörtliche Wiedergabe meiner Fragen

und von Ülrichs Antworten wäre jedoch nicht sinnvoll. Ülrich wiederholte sich oft, schweifte ab, oft erzählte er dazwischen von seinen Reisen nach Babylon, antwortete nicht auf die Frage, die ich eben gestellt hatte, sondern auf eine viel weiter zurückliegende usf. So entschloß ich mich, das aus den Erzählungen herauszufiltern, was für die Sache mit dem Mann mit dem Geldkoffer wichtig ist. Ich glaube, daß es mir gelungen ist, die historische Wahrheit, wenn man so sagen kann, von den Phantasiegeschichten Ülrichs auszusondern. Oft vermischte sich das in einem Satz, aber es war im Lauf der Zeit doch für mich zu erkennen, wann er von einer wirklichen Erinnerung erzählte und wann von seiner Phantasie, denn da sprach er mit einer völlig anderen Stimme. Hier folgt nun also das, was aus Ülrichs Bericht zu betrachten ist:

Anfang November, es lag schon Schnee, kam der Mann nach Sandgrub. Auch in Sandgrub lebten Flüchtlinge: einige Personen im Vorder-Sandgruber-Hof, zwei ältere Leute (»feinere Leute, aber zur Zeit arm«, wie sich Ülrich ausdrückte) beim Gfeller und die Familie *Trampedasch* beim Hintersandgruber.

Die Familie Trampedasch – als Ülrich davon berichtete, kam mir meine eigene Erinnerung an diese seltsame Familie zurück, und auch daß mein Freund Luis öfters davon gesprochen hat – stammte aus Ostpreußen. Herr Trampedasch hieß mit Vornamen *B.*, und sein Vater sei, erzählte er oft, Tintenfabrikant gewesen.

Wie der durch B. abgekürzte Vorname lautete, erzählte Herr Trampedasch nie, obwohl er sonst alles andere als mundfaul war. Nur soviel sagte er, daß es der eigenartigste Vorname sei, den man sich denken könne, und sogar ein wenig lächerlich. »Bonifaz?« fragte ihn der Luis einmal. »*Viel* komischer.« »Benedikt – hat's Hemmed g'flickt?« »Nein, nein.« »Kreuzwendedich?« »Das fängt doch nicht mit B. an.« »Ach so, ja.« Nun, der volle Vorname des Herrn Trampedasch, Sohn des Tintenfabrikanten aus Mitau, spielt für den Gang der Ereignisse keine Rolle, und so soll es beim *B.* sein Bewenden haben. Im übrigen bestand die Familie noch aus Frau Jutta Trampedasch und Sohn Raffael, sowie aus einer Tochter, die erst im Sommer 1945 in Sandgrub zur Welt kam.

B. Trampedaschens Füße, sagte Ülrich, seien die schmutzigsten gewesen, die er je an einem Stadtmenschen gesehen habe. Die hygienischen Verhältnisse auf dem Hintersandgruberhof waren aber auch, wie fast noch überall bei den Bauern im Tal, denkbar schlicht. Für das ganze Haus befand sich *ein* Abtritt an einem Ende des Balkons, der sich auf drei Seiten um das Haus herumzieht. Der Abtritt bestand aus einem Brett mit Loch, das direkt in die Odelgrube führte. (Nichts blieb unverwertet.) Vor dem Brett war eine primitive Tür angebracht. Sie war für den großen, ja mächtigen Trampedasch zu kurz. Wenn er auf dem Abtritt saß – und er saß oft und lang dort – schaute oben sein Kopf und schauten unten seine Füße hervor. Trotzdem winkte er, wenn sich in so Fällen jemand anderer auf dem Balkon zeigte, aufgeregt mit seiner Zeitung über dem Kopf und schrie: »Besetzt! Besetzt!« Im Haus und namentlich bei seinen Gängen auf den Abtritt trug Trampedasch einen knöchellangen Morgenmantel aus blauem Samt, ein im Yrwental vorher nie gesehenes Kleidungsstück. Die Füße steckten in Schlappen. Man sah sie unter der Abtritt-Tür. Ülrich nahm seinen Malkasten und mischte eine Farbe: *smaragdgrün.* So waren Trampedaschens Füße, leicht schillernd, wie Moos im Frühtau. An sich eine schöne Farbe, aber nicht für Füße.

Gerechterweise muß man hier einflechten, daß – was ich nicht nur von Ülrich, sondern auch vom Luis weiß – die Umstände, unter denen die Familie Trampedasch in Hin-

tersandgrub wohnte, mit *beengt* nur ungenügend charakterisiert wären. Trampedasch und seine ab Juli vierköpfige Familie bewohnte ein einziges kleines, schräges Zimmer unter dem Dach des Hofes, ohne Wasser, ohne Herd, ohne elektrisches Licht. (Der ganze Hof, ganz Sandgrub – mit Ausnahme der Pfünzger-Villa – hatte damals noch keine Elektrizität.) Nur ein Kanonenofen stand im Zimmer. Frau Trampedasch – ich habe sie gekannt, zwar nie gesprochen, kann mich aber ihrer gut erinnern: eine sehr gut aussehende, ja schöne, dunkelhaarige Frau – hat auf diesem Kanonenofen das Essen und die Kost für das Baby bereitet und die Windeln ausgekocht, und alles. Jeden Tropfen Wasser mußte sie von unten heraufholen. B. half ihr nicht, er war zwar groß und mächtig, aber nicht stark. Er war herzkrank und durfte nichts tragen. Sagte er.
Daß unter diesen Verhältnissen die Körperpflege leicht vernachlässigt wird, ist verständlich, und so gesehen erscheinen Trampedaschens Smaragdfüße sozusagen in milderem Licht, wenngleich wiederum entgegengehalten werden muß, daß Frau Trampedasch, die unter den gleichen Umständen lebte, *keine* solche Füße aufwies.
Trampedasch stammte zwar aus Mitau, hatte aber zuletzt viele Jahre in Berlin gelebt und war ein sonniges Gemüt. Er hatte einen kurz gestutzten schwarzen Schnurrbart und die schwarzen Haare scheitellos wie angeklebt und hinten im Nacken haarscharf gerade abgeschnitten. Auf seine Frisur hielt er. Unter großen finanziellen Opfern besorgte er sich selbst in der schlechtesten Zeit Pomade. Er redete. Er redete praktisch ununterbrochen, sofern er nicht schlief. Der Luis sagte mir, daß er nicht verstehe, wie *ein* Mensch neben diesem Trampedasch das aushalten könne. Aber Frau Trampedasch hielt es aus.
Mit Mitteilungen über sich kargte Trampedasch nicht. Oft erschien er – wenn oben Michaela, das Baby, lauter schrie

als Trampedasch reden konnte – unten bei der Hintersandhoferin und redete. »Ich hab' jetzt kei' Zeit, Herr Trampedasch«, sagte sie. »Reden S' mit dem Buben da, wenn S' unbedingt reden müssen.« So wurde der Redestrom Trampedaschens oft auf Ülrich umgeleitet. Ülrich tat so, als säße er teilnahmslos da, hörte aber doch zu. Da selbst die Erlebnisse eines sonnigen Trampedasch zu Berlin nicht ausreichten, um den Redestrom dieses Mannes zu speisen, ergaben sich zwangsläufig Wiederholungen und mit ihnen Widersprüche, die dem Ülrich wohl auffielen. Einerseits erzählte Trampedasch, sei er Boxer gewesen. In den Zeitungen sei sein Name nach hervorragenden Siegen in Balkenlettern abgedruckt worden. Leider sei ihm der eine Koffer mit den Zeitungsausschnitten auf der Flucht abhanden gekommen. Andererseits konnte er zur Wehrmacht auf Grund eines Herzfehlers nicht eingezogen werden – was offenbar wirklich stimmte, denn Trampedasch kam im Frühjahr 1945 als Zivilist ins Tal. Diese Tatsache stilisierte er im Lauf der Monate nach dem Mai zu antinationalsozialistischem Widerstand empor. Einmal, erzählte er, habe er auf offener Straße einen SS-Mann, der ihn beleidigt hatte, mit einem einzigen Fausthieb – jaja, er, Trampedasch, als Berufsboxer – zu Boden geschlagen. Es habe sich um einen Unterscharführer gehandelt. Die Beleidigung habe darin bestanden, daß sich der SS-Unterscharführer – Schneckhuth habe er geheißen, das habe sich in der nachfolgenden Verhandlung herausgestellt – in voller Uniform unsittlich der Frau Trampedasch (damals noch Braut) genähert habe. »Entfernen Sie«, habe Trampedasch, die Form voll wahrend, gesagt, »unverzüglich die Hände von meiner Verlobten, Herr Scharführer!« Aber dieser Oberscharführer Schneckhuth entfernte seine Hände nicht, meinte wohl, daß das in dem Gedränge nach dem Pferderennen nicht auffallen würde, dem Herr Trampedasch als Sportreporter einer bedeutenden Tageszeitung beiwohnen mußte. Trampedasch habe seine Warnung nochmal wiederholt. »Ich warne Sie, Herr Hauptscharführer!« Umsonst. Da sei in ihm das alte – wenngleich kränkliche – Boxerherz erwacht bzw. habe laut zu schlagen angefangen, Trampedasch habe die Jacke ausgezogen – »Halt' mal, Mausi!« – habe ausgeholt und dem Untersturmführer einen vollen rechten (manchmal sagte er: linken) Haken in die Fresse gedonnert, worauf der Obersturmführer wie ein Sack zu Boden gegangen sei.

Die Sache habe dann natürlich für ihn, Trampedasch – sowieso praktisch ein Widerstandskämpfer – sehr unschön ausgesehen. Man schlägt nicht ungestraft einen SS-Hauptsturmführer zusammen, auch wenn der nur Schneckhuth heißt. Aber zum Glück hätten andere die Zudringlichkeit des SS-Sturmbannführers wahrgenommen und hätten sich nicht gescheut, gegen ihn auszusagen, und so habe sich in der Verhandlung das Blatt gewendet, er Trampedasch, sei freigesprochen, der SS-Obersturmbannführer sei bestraft, degradiert, womöglich sogar aus der SS ausgestoßen worden. Aber freilich habe er, Trampedasch, von da ab doppelt vorsichtig sein müssen. Der SS-Mann – dessen Name auch von Schneckhuth bis Heuschreck changierte – avancierte im Lauf der mehrfachen Schilderungen des Vorfalls vom Unterscharführer bis zum Obergruppenführer. Daß Trampedasch nicht zuletzt den Reichsführer-SS Himmler niedergeschlagen hatte, verdankte dieser – obwohl es ihm durchaus zu gönnen gewesen wäre – nur dem Umstand, daß im Lauf des Jahres 1946 die Familie Trampedasch von Sandgrub wegzog und B. anderwärts mit seinen Erzählungen von vorn anfing.

Gerettet hatte Trampedasch auf seiner Flucht zwar nicht den Koffer mit Zeitungsausschnitten (auch die wertvollen Pokale und sonstigen Trophäen hatten sich darin befunden), wohl aber seine Briefmarkensammlung. Die Briefmarke ist ein leichtgewichtiges Gut. Briefmarken konnte Trampedasch tragen, trotz des Herzfehlers. Er trug sie nach Yrwent, verkaufte sie nach und nach an Sammler, kaufte aber auch andere, hatte Quellen von auswärts, neue zu besorgen. Nebenbei verschacherte er auch bald amerikanische Zigaretten. (Auch kein schweres Gewicht.) Vom Erlös kaufte er sich Pomade und Süßigkeiten. »Du wirst verstehen«, sagte er zu Ülrich, »daß ich dir nichts davon abgeben kann. Es ist hart. Aber in diesen Zeiten muß jeder für sich selber sorgen. Das ist eine Lehre, die du daraus ziehen kannst. Insofern doch ein Gewinn für dich.« Ülrich hätte lieber ein Stück Schokolade als die Lehre gehabt. Trampedaschens Sohn Raffael auch.

An das Gerede B. s, erzählte mir seinerzeit Luis, habe man sich langsam gewöhnt, so wie man sich an das Rauschen gewöhnt, wenn man neben einem Wasserfall wohnt. Eines Tages aber sei Luis förmlich aufgeschreckt. Im ersten Moment wußte er nicht, was los war, dann erkannte er: der Wasserfall. Wie abgeschnitten hatte Trampedasch zu reden aufgehört. Luis saß unten auf der Bank vor dem Haus. Bald danach kam Frau Trampedasch herunter, setzte sich neben Luis und fragte: »Irgend jemand muß ich es sagen. Ich habe es nicht mehr ausgehalten. Ich habe ihm eine heruntergehauen.« Trampedasch war verstummt und blieb es für mehrere Stunden. Dann brach sein sonniges Gemüt wieder durch.

Zum Verständnis dessen, was sich in jenem Winter 1945/46 in Sandgrub abspielte, muß ich nun auch auf die schon erwähnte Villa Pfünzger eingehen. Die Villa Pfünzger hatte früher Villa Whistler geheißen, und im Tal hieß es, Mr. Whistler sei ein Jude gewesen, hätte sich diese Villa in den dreißiger Jahren in Sandgrub erbauen lassen, um dort dem neu aufkommenden Wintersport obliegen zu können.

Lutz Pfünzger legte nach dem Krieg größten Wert auf die Feststellung, daß es sich bei Mr. Whistler nicht um einen *Juden*, sondern um einen reichen englischen *Major* gehandelt habe. Ob damit der Unterschied so groß war, vermag ich nicht zu sagen. Mit Kriegsbeginn wurde die Villa sequestriert und Pfünzger konnte sie mieten. Nicht jeder war damals in der Lage, so eine Villa zu mieten; Pfünzger schon.

Die Villa war sehr groß, stand am Abhang der ersten Serpentine nach St. Virgil und hatte ein unsymmetrisches Dach, war in einem Stil erbaut, der damals im ganzen Tal unerhört war. Sie war mit allem Komfort ausgestattet und hatte sogar in einem Anbau ein überdachtes Schwimmbad. Mr. Whistler mußte Millionär gewesen sein.

Pfünzger war natürlich niemand geringerer als der berühmte Walter Pfünzger, der Pionier der Drahtseilbahn, der Freund der Skifahrer und Bergsteiger, das Symbol der Alpen, der Erfinder des Leichtmetall-Trägers, mit denen er im Lauf der zwanzig Jahre von 1920 bis 1940 die Alpen überzog, an welchen Trägern dann die Seilbahnen aufgehängt wurden, um die Touristen auf die Gipfel zu schaufeln. Pfünzger, der Sohn der Berge, der Vater des Skitourismus, wurde Millionär dadurch. 1940 stellte er seine Produktion von Aluminiumträgern, sagt man, auf Panzerspähwagen und Feldküchen um. Auch dadurch verarmte er nicht.

Pfünzger stammte aus dem Tauerngau, wenngleich nicht aus dem Yrwental. Das lernte er erst schätzen, als er hier die erste Bergbahn von Yrwent auf den Stiegenberg errichtete. Damals lebte er in Berlin, wo er einen berühmten Ufa-Star – jetzt Frau Pfünzger – kennenlernte und heiratete. Nicht unerwähnt bleiben soll, daß Pfünzger außer dem Leichtmetallträger auch die nach ihm benannte weltberühmte Pfünzgerhose erfand, in die er alle Tauerngauer dereinst zu kleiden hoffte, wenn es wieder Stoff genug gab. Vorerst trug nur er sie. Trampedasch wußte Bescheid. Trampedasch kannte Pfünzger von Berlin her, selbstverständlich. Nur leider kannte offensichtlich Pfünzger Trampedasch nicht.

Als die Bombenangriffe auf Berlin häufiger wurden, übersiedelte die Familie Pfünzger für dauernd in die Villa Whistler (nun: Villa Pfünzger). Frau Pfünzger mit den beiden Kindern war immer da, Pfünzger selber nur ab und zu. »Ein großer Schnallentreiber«, wußte Trampedasch. »Jetzt hat er in Berlin freie Wildbahn. Die arme Frau.«

Frau Pfünzger war freundlich, und, obwohl ehemaliger Filmstar, ohne jede Arroganz, selbst zu Ülrich, ja: gerade zu Ülrich. Ülrich und der Trampedasch Raffael schlichen oft hinauf zur Villa, wo sie mit den Pfünzger-Kindern spielen durften, die märchenhaft viele Spielsachen hatten. Oft gab es auch Himbeersaft und Pudding. Förmlich ein Paradies, aber nur, wenn Pfünzger selber nicht da war. Wenn Pfünzger da war, war Frau Pfünzger wie umgewandelt: unfreundlich und verschlossen. Einmal durften Ülrich und Trampedasch Raffael hinauf zur Villa, obwohl Herr Pfünzger da war: als Statisten. Pfünzger schaufelte Schnee vom schrägen Dach. Es war ein kalter, aber strahlend schöner Wintertag. Der Schnee lag mannshoch in Sandgrub. Die Wochenschau hatte eine Kamera aufgebaut. Pfünzger stieg auf das Dach, braungebrannt, mit blitzenden Zähnen, ergriff federnd eine Schaufel und warf einen Quader Schnee herunter. »Die Dorfjugend schaut bewundernd zu«, Schwenk über Ülrich und Raffael. Die Einstellung mußte zwei, dreimal wiederholt werden. Dann stieg Pfünzger wieder vom Dach, die restlichen neun Zehntel des Schnees räumte der Gfaller herunter wie sonst auch immer. Der Gfaller und seine Frau verrichteten damals so eine Art Hausmeisterdienste bei Pfünzgers.

Wenn Pfünzger da war, kamen oft Autos, viele Autos, große, schwere Wagen ohne Holzgas und mit Standarten. Ein Zimmer, fast schon ein Saal in der Villa konnte zu einem Privatkino umgewandelt werden. Ein einziges Mal durften Ülrich und Raffael einer Filmvorführung beiwohnen. Das war zu der Zeit, wo auch Pfünzger selber schon fast immer in Sandgrub war, und da brachte es wohl Frau Pfünzger nicht über sich, ständig verschlossen zu sein. Als der Saal abgedunkelt war, schmuggelte sie Ülrich und Raffael hinter die letzten Stuhlreihen, wo sie sich auf ein Buffet setzen durften. Es war der erste Film, den Ülrich in seinem Leben sah. An den Inhalt erinnerte er sich nicht mehr, nur soviel ist ihm im Gedächtnis, daß mehrfach Frau Pfünzger auf einem Berggipfel stand und in den Sonnenaufgang blickte. Möglicherweise auch Sonnenuntergang. Genau erinnert sich aber Ülrich an die vielen braunen und blauen Uniformen, in denen Männer dasaßen und zuschauten, und daß Orden, Litzen und Ehrendolche blitzten. Aus hochstengeligen Gläsern wurde ein Ülrich nicht geläufiges Getränk genossen. Es wurde gesungen. Nach der Filmvorführung fiel ein sehr dicker Offizier mit ganz vielen Orden vom Stuhl und blieb liegen, sang im Liegen weiter. Alles lachte. Ülrich und Raffael wurden rasch hinausgebracht.
Bereits im Frühjahr 1945 begann Pfünzger offensichtlich, seine bevorstehende Wandlung vorzubereiten. Von da an kamen keine Offiziere mehr, dafür ging Pfünzger in die Kirche. Er fuhr mit seinem Auto nach Jöchlstein, wartete, bis die Messe begonnen hatte, ging nach etwa fünf Minuten langsam und versonnen, in Pfünzgerhose gehüllt, gesenkten Kopfes durch den Mittelgang bis ganz nach vorn, kniete vor aller Augen nieder, schlug groß das Kreuz. Der kernig-fromme Tauerngauer Pfünzger, der Schutzpatron der gewinnbringenden Seilbahnen, der Sohn der ewi-

gen Berge. Dann drückte er sich in eine Bank nahe dem Seitenausgang. Wenn es niemand mehr beobachtete, schlüpfte er, meist noch vor der Predigt, hinaus. Ab Mitte April blieb er allerdings bis zum Schluß. Ab Ende April nahm er sogar die Kommunion. Im August bereits veröffentlichte er in Fortsetzung in der wiedergegründeten *Tauerngauer Tageszeitung* seine Memoiren als Widerstandskämpfer und enthüllte viele entlarvende Scheußlichkeiten aus dem Intimleben der Naziprominenz. Es half eine Zeitlang, aber Ende 1946 wollte der Major Whistler doch seine Villa wiederhaben, und Pfünzger verließ grollend das Tal. Das war aber schon lang nach der Sache *mit dem Mann.*

Der Mann mit dem Geldkoffer bezog ein Zimmer im ersten Stock des Hintersandgruber-Hofes. Er lebte hier, wenn möglich, noch zurückgezogener als in Jöchlstein. Selbst die Bewohner des Hauses bekamen ihn kaum zu Gesicht. Dabei war diese Vorsicht da hinten in Sandgrub gar nicht so notwendig. In Sandgrub war kein einziger Amerikaner stationiert, und der Jöchlsteiner Gendarm kam selten in die Gegend. Das Zimmer, das dem Mann überlassen wurde, war eigentlich das Zimmer der Hintersandgruber-Vroni, der ältesten Tochter des Bauern und – wenn die ärgste Version über die Herkunft zutraf – Ülrichs Mutter. Die Hintersandgruber-Vroni war ein hübsches, resches Ding und half seit Anfang des Jahres bei Pfünzger oben in der Küche aus, nachdem die eigentliche Köchin Pfünzgers, eine russische Hilfswillige, abkommandiert worden war. Es fiel bald auf, daß Pfünzger die Vroni in der Früh mit seinem Auto abholte, obwohl der Weg vom Hintersandgruberhof bis zur Villa in nicht mehr als zehn Minuten Fußmarsch zu bewältigen war. Manchmal aber nahm Pfünzger die Vroni, bevor sie ihren Dienst oben antreten sollte, nach Yrwent hinaus mit: Besorgungen machen. Hie und da dauerten die Besorgungen bis zum

Nachmittag. Die Eltern Vronis wagten nichts zu sagen, aber der Luis machte gelegentlich eine anzügliche Bemerkung. Vroni antwortete patzig. Aber damit, daß Pfünzger ihr, »dem Bergkind von erfrischender Ursprünglichkeit«, in Aussicht gestellt hatte, sie zum Film zu bringen, sobald die Verhältnisse das wieder zuließen, hielt die Vroni nicht hinterm Berg.

Als der Mann mit dem Geldkoffer kam und ihm Vronis Zimmer überlassen wurde, zog Vroni für ganz in die Villa hinauf. Mit den Leuten in Sandgrub redete sie von da an kaum mehr.

Da Trampedasch so groß tönte, wie gut er den Pfünzger aus Berlin her kenne, hänselte ihn der Luis recht gern und fragte ihn scheinheilig, warum er dann hier auf dem Hof unter so beengten Umständen wohne, wenn Pfünzger da oben in seiner Villa Raum im Überfluß habe.

»Ich will«, sagte Trampedasch, »nicht eine mehr berufliche Beziehung, eine sozusagen über den alltäglichen Dingen stehende Freundschaft, ja, ich kann es ruhig so nennen: Freundschaft, für rein persönliche Belange mißbrauchen. Das ist nicht mein Stil. Schließlich war ich Filmkritiker in Berlin. Ich war bei jeder Premiere von den Filmen anwesend, in denen Frau Pfünzger – damals noch Hedi Heyde, ihr Mädchen- oder Künstlername – mitspielte, und ich habe darüber in den bedeutendsten Zeitungen geschrieben. ›Trampedasch‹, sagte Frau Pfünzger mehr als einmal zu mir, ›Ihre Kritiken sind scharf, aber richtig. Ich habe das Gefühl, Sie verstehen meine Filme wirklich.‹«

»Hat Frau Pfünzger gesagt?« fragte Luis.

»Hat Frau Pfünzger gesagt, bzw. Hedi Heyde, und Herr Pfünzger hat genickt. ›Sie verstehen meine Filme richtig. Und wenn Sie manchmal das eine oder andere auszusetzen haben‹, hat sie gesagt, ›dann habe ich mich zwar vielleicht anfangs geärgert, aber ich mußte später, wenn ich den Film mit einigem Abstand selber wieder gesehen habe, immer zugeben, daß Sie recht hatten.‹ ›Wissen Sie was, Frau Hedi‹, habe ich zu ihr gesagt, ›das nächste Drehbuch lassen Sie mich vorher lesen, ich bin Ihnen gern behilflich.‹ ›Ist das Ihr Ernst, Trampedasch?‹ sagte Frau Pfünzger. Sie hatte Tränen in den Augen. So wahr ich hier sitze. Und Pfünzger auch. Auch Tränen.«

»Was ist das: ein Drehbuch?« fragte der Luis.

»Naja – eben das Drehbuch, also das Manuskript, nach dem der Film gedreht wird. Wo alles drinsteht, was die Schauspieler zu sagen haben. Und so fort.«

»Das ist wahrscheinlich sehr kompliziert?«

»Außerordentlich.«

»Aber für Sie keine Schwierigkeit?«

»Ah – bah! Kinderspiel. Wenn man Routine hat, natürlich.« Trampedasch lachte. »Muß man natürlich haben, die Routine. Das letzte Drehbuch für die Hedi Heyde, damals in Berlin, das habe ich praktisch neu geschrieben.«

»Da müßten die Pfünzgers Ihnen ja höllisch dankbar sein?«

»Sind sie auch, logisch, sind sie auch.«

»Dann tät' ich aber schon hinaufgehen. Noch dazu, wo Sie so herzkrank sind. Quasi ein Invalide. Wissen die, daß Sie da in Sandgrub sind?«

»Wissen Sie, Herr Luis, ehrlich gesagt ... sehen Sie, die Umstände, in denen wir hier leben, ich und meine Frau ... das ist nicht mein Stil eigentlich. In Berlin hatten wir eine Etagenwohnung ... Ku-Damm, sagt Ihnen das was? Kurfürstendamm, feinste Gegend, Ecke Uhlandstraße, Beletage ... und hier ... das ist nicht mein Stil. Geniere mich, ehrlich gesagt. Wissen Sie, ein Freund, noch dazu ein so prominenter, soll einen nicht in einer Lage sehen ... wie soll ich sagen ... in einer Lage, die nicht meinem Stil entspricht.«

»Aha«, sagte der Luis, »ich tät' aber doch hinaufgehen. Unter den Umständen. Sie können ja nichts dafür, für den *Stil.*«

»Sie mögen nicht ganz unrecht haben, Herr Luis«, sagte Trampedasch, »aber... man kann eben nicht über seinen Schatten springen. Gehört auch zu meinem Stil. Aber Sie haben vielleicht recht. Ich werde mir's überlegen. Reden wir von etwas anderem. Hab' ich Ihnen schon erzählt, wie ich den SS-Heini, den Oberscharführer zu Boden gestreckt habe?«

»Ja«, sagte der Luis.

»Das war so...« begann Trampedasch und erzählte es nochmals.

Ende November kam es dann doch zu einer Begegnung zwischen Pfünzger und Trampedasch. Pfünzger kam – es hatte die Tage zuvor heftig geschneit – mit seinem Auto aus Yrwent herauf und blieb auf der Brücke, die zwischen dem Vorder- und dem Hinter-Sandgruber über den Bach führte, stecken. Die Räder versanken im Schnee und drehten durch. Der Motor heulte auf, Schnee spritzte, die Räder fraßen sich noch tiefer, Pfünzger fluchte und stieg aus. Ülrich stand zufällig dort.

»Schau net so blöd, Depp«, sagte Pfünzger, »hol jemand, sollen Bretter mitbringen.«

Ülrich lief ins Haus, der Bauer kam, auch der Hans und der Sepp, seine Söhne, Luis, der Ülrich, der Trampedasch Raffael und schließlich Trampedasch selber. Alle (bis auf Trampedasch) halfen, schaufelten, schoben, legten Bretter unter, endlich war der Wagen wieder flott. Pfünzger stieg ein, sein Bergadlerauge blitzte, auch sein Gebiß. Seine Miene zeigte, daß er der Meinung war: Walter Pfünzger geholfen zu haben, sei für das Bauernvolk Lohn genug.

Luis stieß Trampedasch nach vorn. »Jetzt«, zischte Luis, »jetzt ist eine günstige Gelegenheit.«

Pfünzger faßte Trampedasch ins Auge, ins Bergadlerauge. Trampedasch konnte nicht mehr aus. Devot wie ein Kammerdiener trat er einen Schritt vor zum Schlag des Wagens und verbeugte sich. »Verzeihen, Herr Pfünzger, daß ich nicht geholfen habe... nicht helfen konnte. Mein Leiden verbietet mir...«

»Aha«, sagte Pfünzger, »der Sprache nach sind Sie nicht von *da*?« Trampedasch verbeugte sich wieder.

»Von Berlin. Trampedasch mein Name. Von Berlin. ›Abendkurier‹. Vielleicht erinnern Herr Pfünzger? Trampedasch. B. Trampedasch. ›Abendkurier‹!«

»Aha«, sagte Pfünzger. »Na dann kommen S' halt einmal herauf. Auf einen Kaffee.«

Der Wagen fuhr weg. Trampedasch gewann innerhalb weniger Sekunden seine Größe wieder und schritt dem Haus zu. Am nächsten Tage begab er sich hinauf zur Villa. Der Besuch verlief außerordentlich günstig für Trampedasch – scheinbar. Aber wer konnte die Folgen ahnen? (Man erfuhr Einzelheiten später von Vroni, als sie von Frau Pfünzger aus dem Haus geworfen worden war und wieder mit ihren Eltern, Geschwistern und Ulrich sprach.) Von dem Moment an, als Trampedasch von seinem *Schatz* erzählte, behandelte ihn Pfünzger tatsächlich wie einen alten Freund. Seit seiner Flucht aus Berlin, ja wahrscheinlich sogar seit Kriegsbeginn, hatte Trampedasch keinen zwölf Jahre alten Cognac mehr getrunken. Von Pfünzger bekam er ihn jetzt, ein Glas, zwei Gläser, drei Gläser voll. Die angebrochene Flasche gab Pfünzger Trampedasch mit. Seit Kriegsbeginn hatte Trampedasch keine Orangenplätzchen mehr gegessen. Von Pfünzger bekam er welche, einen ganzen Teller voll. Die angebrochene Packung gab Pfünzger Trampedasch mit. Seit Kriegsbeginn hatte Trampedasch keine Havanna-Importe mehr geraucht. Von Pfünzger bekam er eine angeboten. Die angebrochene

Kiste gab Pfünzger Trampedasch nachher zwar nicht mit, aber er sagte: »Stecken Sie sich zwei ein. Oder drei.« »Bin so frei«, sagte Trampedasch.
Der Schatz, den Trampedasch hütete, war das Tagebuch Hermann Görings.
Wie Trampedasch, ausgerechnet der windige vazierende Briefmarken- und kleine Schleichhändler Trampedasch dieses – wie man zunächst vermutete – zeitgeschichtliche Intim-Kleinod an sich gebracht hatte, war für mich am allerschwersten zu recherchieren.
Im Gefolge jenes deutschen Generalfeldmarschalls, der vom amerikanischen Kommandanten so generös bewirtet wurde, ehe man ihn abtransportierte und aufhängte, befand sich ein Adjutant namens Hufnagel, der eine angeheiratete Tante in Yrwent hatte, was aber niemand wußte. Es mag sein, daß der Entschluß des Marschalls, sich nach Yrwent zu begeben, sogar auf jenen Adjutanten Hufnagel (er mochte Oberstleutnant oder Oberst gewesen sein) zurückzuführen war. Hufnagel erbat sich vom amerikanischen General Urlaub auf Ehrenwort für 24 Stunden, bekam ihn bewilligt – auch da war der Amerikaner generös – und verschwand. Er versteckte sich im Dachboden des Hauses seiner Tante. In dem Durcheinander der damaligen Tage ging er niemandem ab. Der General vergaß ihn. Erst viel später, als der Generalfeldmarschall schon längst im amerikanischen Militärgefängnis saß, fiel dem General der wortbrüchige Adjutant ein, und er ließ ihn suchen. Da kein Mensch wußte, wie er aussah, und da Hufnagel so schlau war, nicht außer Haus zu gehen, wurde er aber nicht gefunden. Die Sache verlief im Sand. Um seiner Tante finanziell nicht zur Last zu fallen, wenn sie schon sonst Blut und Wasser schwitzte und jedesmal einen Herzanfall bekam, wenn es an der Tür klopfte, übergab Hufnagel der alten Frau (sie hieß Silbringer) ein versiegeltes Konvolut.

Sie solle es verkaufen, nicht unter 5000 Mark. Die Tagebücher des Reichsmarschalls. Die letzte Eintragung datierte vom 23. April 1945 und lautete (sinngemäß): »Er hat mich aller Ämter enthoben. Lächerlich. Er war doch nur ein Österreicher. Es war nichts anderes von ihm zu erwarten. Habe ich immer schon gedacht. Ich werde nun die Zügel in die Hand nehmen. Was kümmert mich diese Ratte im Kellerloch der Reichskanzlei. Ein Gefreiter will einen Reichsmarschall degradieren. Mehr als lächerlich. Werde das Steuer herumreißen: *mit* dem Amerikaner gegen die Russen. Begebe mich zu General Eisenhower. Es muß doch von Soldat zu Soldat mit ihm zu reden sein. – Das Tagebuch lege ich in vertrauliche Hände.«
Frau Silbringer wandte sich an den Inhaber der Leihbibliothek Kießguth, mit dem sie gut bekannt war. Kießguth, (den ich persönlich kannte, und der mir das bestätigte) nahm das Konvolut an sich und versprach zu sehen, was zu machen sei. Kießguth betrieb nicht nur eine Leihbibliothek, er hatte auch einen kleinen Schreibwarenhandel und führte außerdem philatelistische Briefmarken – in kleinem Rahmen, wie in Yrwent nicht anders denkbar: er verkaufte relativ billige Ware in gefälligen Fenstertüten. Seine Kunden waren meist briefmarkensammelnde Kinder. Aber auch Trampedasch stand diesbezüglich in Geschäftsverbindung mit Kießguth und so bot Kießguth ihm die Tagebücher an. 5000 Mark. Die hatte Trampedasch natürlich nicht, aber er war ganz nervös, witterte ein großes Geschäft und versprach, das Geld oder einen Interessenten zu besorgen; Kießguth solle ja die Sache niemandem anderes anbieten. In ungewohnter Hast und ohne Rücksicht auf sein Herzleiden rannte er aus dem Laden, fuhr mit Werlberg (dem er immer den Fahrpreis schuldig blieb – »ich muß eigentlich nach Sandgrub – reicht aber bis Jöchlstein ... da fahren Sie ja ohnedies hin, oder? entstehen

Ihnen ja keine Kosten. Danke. Vielen Dank.«) bis Jöchlstein, keuchte nach Sandgrub hinauf und stürzte sofort in das Zimmer des Mannes mit dem Geldkoffer.

Was der Mann in seinem Koffer (in dem größeren) hatte, nämlich viele Bündel Geldscheine, war zu der Zeit nicht mehr unbekannt. Die jüngste Tochter des Hintersandgrubers (Maria, genannt Moidi) ging in Jöchlstein zur Schule. Ihre beste Freundin war die Kluibermaß-Lotte. Unter dem Siegel der Verschwiegenheit hatte Lotte der Moidi erzählt, daß sie den Inhalt des Koffers gesehen hatte, und was es war. Von Moidi erfuhr es Ülrich, von Ülrich Trampedasch. Ob Trampedasch den Mann lang bereden, drängen, überzeugen mußte, ob der Mann zunächst den Inhalt des Koffers verleugnete, oder ob er – da er ja genug Geld hatte, mit dem man damals wenig anfangen konnte – sofort und bereitwillig auf das Geschäft einging, ist natürlich unbekannt, soviel jedenfalls steht fest, daß Trampedasch schon am nächsten Tag wieder in der Leihbücherei Kießguth erschien, fünftausend Mark in bar überbrachte und das Tagebuch Görings an sich nahm.

Daß Pfünzger mit seinem Auto im Schnee steckenblieb, kam daher Trampedasch gerade recht. Auch ohne daß Luis ihn geschoben hätte, hätte er sich früher oder später an den Sohn der Berge herangemacht. Pfünzger zeigte sich hochinteressiert an dem Tagebuch, stellte in Aussicht, zehntausend Mark dafür zu zahlen (den Preis, den Trampedasch forderte), begehrte es aber zu sehen. »Selbstverständlich«, sagte Trampedasch. Er stapfte – die angebrochene Cognacflasche unter dem Arm, die angebrochene Orangenplätzchenpackung in der Hand, vier Havanna-Importen in der Tasche – von der Villa herunter, schnaufte und stieß ganze Wolken von Kondensdunst in die kalte Novemberluft, klopfte beim *Mann* unten, flüsterte: »Pfünzger hat angebissen, 10000, will es vorher nur sehen« (welche Bemerkung, durch die offene Tür gemacht, Ülrich mithörte), stieg ächzend die Treppe hinauf, wühlte unter dem Berg schmutziger Windeln (das ist eine Vermutung von mir) das Tagebuch hervor, antwortete auf die Frage seiner Frau, wieso er noch aufgeregter sei als sonst, daß sie das gar nichts angehe (auch Vermutung von mir), und eilte wieder zur Villa hinauf.

»Gut«, wird Pfünzger gesagt haben, (nehm ich an), als er das Konvolut in den Händen hielt, blätterte darin, las den einen oder anderen Absatz – »nehmen Sie doch noch eine Zigarre« – und bat dann, die Hefte bis zum nächsten Tag behalten zu dürfen.

Trampedasch strahlte, nahm eine weitere Zigarre, verbeugte sich und ging.

Am nächsten Tag war Pfünzger für Trampedasch nicht zu sprechen. Auch am übernächsten Tag nicht. Am dritten Tag – das war der 1. Dezember, ein Samstag – ging Trampedasch zweimal hinauf. Vroni kam heraus und sagte: Herr Pfünzger sei verreist. Am Abend dieses Tages öffnete der Mann mit dem Geldkoffer die Tür seines Zimmers, streckte den Kopf heraus und befahl Ülrich, Trampedasch zu holen. Ülrich tat es, Trampedasch ächzte die Stiege herunter und verschwand im Zimmer des Mannes. Ülrich nahm einen erregten Wortwechsel wahr, konnte aber einzelnes nicht verstehen. Man kann sich aber denken, was der Mann zu Trampedasch gesagt hat. Als Trampedasch das Zimmer wieder verließ, war er kreidebleich und faßte sich mehrmals ans Herz.

Mitte Dezember begannen in der *Tauerngauer Tageszeitung* (anschließend an Pfünzgers *Memoiren eines Widerstandskämpfers*) die Tagebücher des Ex-Reichsmarschalls in Fortsetzung zu erscheinen. Copyright und Herausgeber: Walter Pfünzger. Trampedasch hielt sich keine Zeitung, der Mann im Zimmer unten auch nicht. Der Leihbiblio-

thekar Kießguth machte Trampedasch aufmerksam. Trampedasch rannte wieder hinauf zur Pfünzger-Villa. Er wurde nicht vorgelassen. Trampedasch legte sich auf die Lauer. Einige weitere offenbar äußerst erregte Unterredungen im Zimmer des Mannes waren vorausgegangen. Trampedasch jammerte. Es war kalt, und der Schnee lag hoch. Ein eisiger Nordwind kam das Tal hereingeweht.
»Und ich mit meinem dünnen Mantel«, jammerte Trampedasch, als er an Ülrich vorbei hinausging, »das überlebe ich nicht. Mit meinem Leiden.« Er lachte bitter und deutete mit dem Kopf auf die Tür zum Zimmer des *Mannes*. »Er hat leicht reden. Er sagt: ich soll mir einen Iglu bauen.« Trampedasch weinte und lief hinaus – seinem sicheren Tod entgegen, wie er meinte.
Es ging tagelang. Das Weihnachtsfest war vergällt, aber das wäre in dem Jahr ohnedies wenig innig gewesen: keine Geschenke, keine Kerzen, kein Lametta – ein Baum oder jedenfalls ein Bäumchen wäre zu beschaffen gewesen, aber sonst... die paar Orangenplätzchen hatte Trampedasch längst aufgegessen. »Am besten«, sagte er, »man vergißt Weihnachten heuer.« Die Bauern taten sich damit nicht schwer. Sie feierten – früher – Weihnachten als ein rein kirchliches Fest, und nur um Mitternacht, wenn man von der Mette heimkam, gab es Würstel. Bei Pfünzgers aber schimmerte, durch das Fenster des großen Zimmers (des Saales, in dem die Filmvorführungen stattgefunden hatten) ein großer, heller Lichterbaum.
Pfünzger ging nicht aus dem Haus, oder – Trampedasch konnte ja bei der Witterung nicht ununterbrochen lauern, das sah sogar der *Mann* ein – oder er beobachtete seinerseits Trampedasch und fuhr nur weg, wenn die Luft rein war. Inzwischen erschien eine Fortsetzung nach der anderen. Trampedasch sah es mit Zähneknirschen. Am Neujahrstag endlich fuhr Pfünzger – mit seiner Familie nebst

Vroni – aus der Garage, wahrscheinlich wollte er zur Messe. Trampedasch war diesmal auf dem Posten. Er stand seitlich an einer übermannshohen Schneewächte, konnte das Haus sehen, ohne selber gesehen zu werden. Er war vom durchdringenden Eiswind ganz und gar wie überzuckert, nur seine Nase, von der Erkältung rot, leuchtete wie eine Laterne. Als das Auto den schmalen Weg herunterkam, sprang ihm Trampedasch in den Weg, breitete die Arme aus, richtete sich zur ganzen Größe auf und schrie: »Halt! Sie Schuft!«
Pfünzger hupte, gab Gas und raste auf Trampedasch zu. Frau Pfünzger schrie auf, Trampedasch drückte sich im letzten Augenblick zur Seite in die fast senkrechte, hohe Schneewand, der zentimeter-, ja millimeterknapp an ihm vorbeischießende Wagen riß ihm einen Mantelknopf ab, der mit einem länglichen Streifen Stoff an Pfünzgers Außenspiegel hängenblieb. »Das auch noch«, stöhnte Trampedasch. Seine arme Frau versuchte so gut es ging, den Mantel zur Zufriedenheit Trampedaschens auszubessern. Bis zur Schneeschmelze war am Weg zur Pfünzger-Villa die Einpressung von Trampedaschens Gestalt zu sehen.
Trampedasch schrieb an die Zeitung. Es kam eine Antwort: vom geschätzten Absender wisse man nichts, das Manuskript habe man von Herrn Walter Pfünzger erworben. – Über die Höhe des Honorars von Herrn Pfünzger könne man verständlicherweise keine Auskunft geben. Von weiteren Nachfragen bei der Redaktion möge der geschätzte Absender höfl. absehen.
Nach einer sehr langen Beratung – und wohl gegen den Rat des *Mannes* – fuhr Trampedasch nach Yrwent zu einem Advokaten. Vom Leihbibliothekar hatte er erfahren, daß als der beste und erfahrenste der (damals) drei Advokaten von Yrwent Dr. jur. Schluderbacher galt. Ich kenne

Dr. Schluderbacher. Er ist hochbetagt, noch älter als ich, hat sich längst aus dem Berufsleben zurückgezogen und die Kanzlei seinem Sohn übergeben. Ich habe mir die Mühe gemacht, Herrn Dr. Schluderbacher sen. aufzusuchen. Die Sache, raunzte Herr Dr. Schluderbacher, der mich schon sichtlich unwillig empfing und mir nur nach offenbar zähem inneren Ringen einen Platz anbot, die Sache sei ihm überhaupt nicht mehr erinnerlich, und wenn er sich daran erinnern könne, dürfe er mir doch gar nichts sagen, auch wenn die Angelegenheit noch so lang zurückläge. Mandat sei Mandat, die Schweigepflicht des Anwalts bleibe.

»Aber Trampedasch ist doch verschwunden, vielleicht längst gestorben – mit seinem Herzfehler, und der Pfünzger, der Sohn der Berge, hat doch auch schon vor Jahren, nachdem er noch an seinem 90. Geburtstag in Pfünzgerhose gehüllt auf das Hohe Hörndl getragen und dort fürs Fernsehen mit Eispickel in der Hand gefilmt wurde, seine Hausschuhe senkrecht gestellt ...«

»Die Erben, die Erben, Herr Kaaserer«, sagte der alte Advokat, »da könnte man immer noch in die Haftung geraten. Als Rechtsanwalt kann man gar nicht vorsichtig genug sein. Aber selbst wenn ich wollte, wie gesagt: es sind mir Einzelheiten überhaupt nicht mehr erinnerlich.« Auch einer.

»Überhaupt, Herr Kaaserer«, sagte der Advokat, »warum rühren Sie dieses alte Zeug auf, jetzt nach vierzig Jahren? Das hat doch keinen Zweck. So altes Zeug. Sie haben sich doch, wenn ich recht informiert bin, mit prähistorischen Ausgrabungen befaßt ... Mammutknochen oder so? Nicht? Erinnere mich sogar, einen höchst interessanten Aufsatz von Ihnen gelesen zu haben. Sehr brave Arbeit. Mammutknochen. Das ist doch etwas Schönes. Warum wollen Sie sich plötzlich mit so Zeug befassen, das sage und schreibe *vierzig* Jahre zurückliegt. Bleiben Sie bei Ihren Mammutknochen, das rate *ich* Ihnen. Da ecken Sie bei niemandem an. Was haben Sie davon, wenn Sie anekken? Wenn es nach mir ginge, sollte man das damals – schon daß die Schulkinder das lernen. Da gibts Lehrer, *Lehrer*, sage ich Ihnen! Gott sei Dank nicht viele, die meisten sind vernünftig... aber manche, die erzählen das ganze Zeug, das *ganze* Zeug... mein Enkel hat einen Lehrer, im Gymnasium draußen, er heißt Klausnick – also der Lehrer, nicht der Enkel, der Enkel heißt natürlich Schluderbacher, logisch, aber der Lehrer heißt Klausnick. Ein verdächtiger Name, unter uns gesagt... der erzählt denen *Sachen*... jaja, man darf ja nichts sagen. Aber am liebsten wäre es mir, wenn man da, über diese Zeit... Schwamm drüber... sie war schwer genug. Und sehen Sie: zwölf Jahre, in Österreich sogar nur sieben Jahre, was ist das gegen die vierzig Jahre, die seitdem vergangen sind? Sechs Millionen Juden? ich bitte Sie. Österreich hatte damals sechs Millionen Einwohner. Wenn im Reich sechs Millionen Leute verschwunden wären, das wäre doch aufgefallen, oder? Ist Ihnen etwas aufgefallen –?«

»Nein, natürlich nicht, Herr Doktor, aber hier in Yrwent haben ja auch keine Juden gelebt.«

»Aber als Touristen sind sie gekommen, und sind vielleicht nach 1938 weniger –«

»Allerdings, nämlich gar keine mehr.«

»Ja, ja, aber nur wegen dem Krieg. Nein, nein, sechs Millionen, absolut lächerlich. Natürlich hat es Späne gegeben, wo gehobelt wird, und Sie dürfen nicht meinen, daß ich alles gutheiße, was damals geschehen ist. Sehen Sie den Herrn Admiral a. D. Baron von Hentschl-Gutschdorf, ein Freund von mir, kommt immer noch jedes Jahr nach Yrwent, Freund von mir, ja, was wollte ich sagen? Ach ja: der hatte ja wohl einen besseren Überblick damals, als

Admiral: sechzigtausend Juden, *allenfalls*. Und was haben die anderen dagegen alles angestellt. Die unnennbaren Leiden der Deutschen im Osten. Schlesier und Ostpreußen.«
»Die im März 1933 zu 54% den Hitler gewählt haben«, sagte ich.
»Wie bitte? Ich hör' so schlecht. Was meinen Sie?«
»Nichts, nichts«, sagte ich.
»Ja«, sagte er. »Die Mammutknochen sind doch was Schönes. Halten Sie sich an die Mammutknochen. Wenn Sie wieder einmal einen so interessanten Aufsatz über die Mammutknochen schreiben, dann lassen Sie es mich wissen.«
Dr. Schluderbacher jun., der Sohn, wußte wirklich nichts. Er war ja damals gar nicht in Yrwent, sondern in Graz auf der Universität. Alte Unterlagen seien nicht vorhanden, die würden nach einer gewissen Zeit vernichtet, sagte er mir. Anders hätte er ja gar nicht Platz in der Kanzlei vor lauter Akten. Auch das stimmte sicher. Aber ich erinnerte mich an einen Mitarbeiter der Kanzlei, an eine Art Faktotum: Schreiber, Sekretär, Bote damals. »Hieß der nicht Wölscher? der immer vom Schmied-Metzger die Jause für Ihren Herrn Vater holte und die Angewohnheit hatte, die Würstl meist drei Paar, am ausgestreckten kleinen Finger zu tragen?« Ja, lachte Dr. Schluderbacher jun., der gute alte Wölscher.
Auch Wölscher lebte noch. Ihm – eine große Ausnahme in Yrwent – war der Besuch Trampedaschens in der Kanzlei am 2. Januar 1946 erinnerlich. »Es war ein Dienstag, glaube ich«, sagte Wölscher.
Dr. Schluderbacher empfing damals Trampedasch mit der Bemerkung, daß er eigentlich keine Zeit habe, Trampedasch solle rasch vorbringen, was er von ihm wolle.

Es geht um die Tagebücher Görings, sagte Trampedasch.
»Das weiß ich«, sagte Dr. Schluderbacher.
»Ach?« sagte Trampedasch.
Erstens, sagte Dr. Schluderbacher, würde er, wenn er Trampedasch als Mandanten annehmen wolle – und könne! könne! als allererstes einen Vorschuß nehmen. Ohne *Schuß* kein Jus. He, he. Er würde aber keinen Vorschuß nehmen, denn Herr... wie war Ihr Name? Trampedasch, richtig ja, Trampedasch *könne* nicht sein Mandant werden, denn es sei bereits Herr Pfünzger sein Mandant. Zwei Kontrahenten gleichzeitig zu vertreten, sei strafbar. Ja. Und Herr Pfünzger habe *vor* der Veröffentlichung der Tagebücher bereits seinen, Dr. Schluderbachers, juristischen Rat eingeholt, und die Rechtslage sei so – er, Dr. Schluderbacher, sei befugt, das auch namens des Herrn Pfünzger zu äußern, man habe Trampedaschens Besuch eigentlich schon früher erwartet – die Rechtslage sei so: das Urheberrecht an den Tagebüchern habe natürlich Herr Reichsmarschall Göring oder Kriegsverbrecher Göring, je nachdem, wie man die Sache sehen wolle – juristisch jedenfalls Inhaber des Urheberrechts. Dieser aber sitze, wie sattsam bekannt, in Nürnberg im Gefängnis. Er, Schluderbacher enthalte sich diesbezüglich jeder privaten oder juristischen Äußerung, aber eine hohe Summe würde er auf den Kopf resp. darauf, daß ihn Göring noch sehr lange behalten werde, nicht setzen. Das Privateigentum Görings, zu dem auch das Urheberrecht an den Tagebüchern gehöre, sei sequestriert. Die Rechtslage völlig unklar. Wenn die Rechtslage dereinst so oder so geklärt sei, sei die Zeitung bereit, mit einem angemessenen Honorar den Abdruck abzugelten.
»Mag sein«, sagte Dr. Schluderbacher, »daß Sie, Herr Trampedasch, den *Besitz* an dem Manuskript hatten, wobei ich, ohne Ihnen zu nahe treten zu wollen, bezweifle,

ob der Besitz rechtswirksam an Sie übergegangen ist. Aber der Besitz oder sogar das Eigentum – juristisch zwei ganz verschiedene Paar Stiefel – an dem Manuskript, an dem Papier mit den Buchstaben drauf, verschafft noch lang kein Urheberrecht.«
»Dann hat Pfünzger das Urheberrecht aber auch nicht?«
»Weder Herr Pfünzger noch Sie.«
»Aber Pfünzger hat mir das Manuskript *gestohlen* –«, begehrte Trampedasch auf.
»Seien Sie vorsichtig mit der Wahl Ihrer Worte, Herr Trampedasch!« sagte Dr. Schluderbacher streng. »Ich sagte schon: ich zweifle, ob Sie je rechtmäßiger Besitzer gewesen sind.«
»Ich habe es vom Buchhändler Kießguth erworben«, sagte Trampedasch.
»Und der? von wem hat der es?«
»Das weiß ich nicht. Ich habe aber fünftausend Mark dafür bezahlt.«
»Da waren Sie schön dumm. Aber *ich* weiß, von wem es der Buchhändler Kießguth hatte: von der Witwe Silbringer. Der hat er auch den Kaufpreis – obwohl der Begriff streng juristisch nicht zutrifft, aber ich will Ihnen da bei meiner begrenzten Zeit, wie spät ist es? um Himmels Willen, schon fast halb elf – den, sagen wir also einmal, Kaufpreis abzüglich 10 Prozent Provision ausgehändigt. Und die Witwe Silbringer hat es von ihrem *jetzt unbekannten Aufenthaltes befindlichen Neffen erhalten.*«
»Aber ich war doch gutgläubig?« heulte Trampedasch auf.
»Ich kann Ihnen jetzt kein zivilrechtliches Kolleg über bürgerliches Recht halten, ich kann Ihnen nur sagen: Sie können gar nichts machen. Am besten begraben Sie die Sache.«
Aber Trampedasch begrub die Sache nicht. Er konnte sie nicht begraben, denn der *Mann* saß ihm im Nacken, der

ihm die fünftausend Mark geliehen hatte. Trampedasch ging erst zu einem der beiden anderen Advokaten in Yrwent und fuhr dann sogar in die Landeshauptstadt und suchte dort einen auf. Es kostete Trampedasch den Erlös einiger sehr schöner Briefmarkengeschäfte, die Reisekosten und die Vorschüsse aufzubringen. Der *Mann* hatte abgelehnt, dieses Geld wiederum vorzuschießen. Die beiden anderen Advokaten mußten bedauernd die Rechtsmeinung Dr. Schluderbachers bestätigen. Trampedasch war von Pfünzger hereingelegt worden. Höchstens, meinte der Anwalt in der Stadt, könne man versuchen, das Geld von der Witwe Silbringer herauszuklagen. Freiwillig werde sie es wohl nicht hergeben. Die Aussichten eines Prozesses? Hm, hm.

Der Ausflug in die Landeshauptstadt lohnte sich aber doch. Als Trampedasch enttäuscht und deprimiert aus dem Haus trat, in dem die Anwaltskanzlei war, erblickte er auf der gegenüberliegenden Straßenseite Pfünzgers Auto. Es standen damals nicht viel Autos herum, jedes fiel auf.

Das Auto stand vor dem Hotel »Erzherzog Johann«, das bis Dezember das Hauptquartier der Amerikaner beherbergt hatte und jetzt am 1. Januar in Hoffnung auf nach und nach wieder einsetzenden Fremdenverkehr seine Pforten neu eröffnet hatte. Trampedasch ging zum Portier. Er fragte, ob Herr Pfünzger hier abgestiegen sei. Ja, sagte der Portier. Mit Gemahlin? fragte Trampedasch. Darüber gebe er keine Auskunft, sagte der Portier.

Trampedasch setzte sich in die Halle, tat so, als vertiefe er sich in die Zeitung und beobachtete. Dabei fiel ihm auf, daß sich in der Zeitung keine Fortsetzung des Tagebuchabdruckes mehr fand, obwohl noch am Tag zuvor *Fortsetzung folgt* gedruckt stand. Nach einer Stunde kam Pfünzger, Arm in Arm mit Vroni; Vroni trug ein ihr etwas

zu enges Schneiderkostüm aus der Garderobe von Frau Pfünzger.
Pfünzger war damit beschäftigt, leutselig das Hotelpersonal links und rechts zu grüßen und bemerkte Trampedasch nicht. Im ersten Moment wollte Trampedasch hinstürzen, sich dem sündigen Paar in den Weg stellen und rufen: Herr Pfünzger, Sie erinnern mich an einen, der mir auch noch zehntausend Mark schuldig ist! Aber dann beherrschte er sich doch, verhielt sich ruhig, schlich sich aus der Halle, nachdem Pfünzger weg war und fuhr mit dem Zug nach Yrwent zurück. Den Nachmittagszug hatte er versäumt. Zum Glück war Werlberg zum Abendzug am Bahnhof. Trampedasch ließ sich die Kosten nicht gereuen, sich bis Sandgrub hinaus chauffieren zu lassen. Trotzdem war es halb elf Uhr, als er am Hintersandgruberhof ankam und sofort zu dem *Mann* eilte. Nach kurzer, diesmal offenbar in sachlicher und hoffnungsfroher Atmosphäre verlaufenden Besprechung wurde Ülrich gerufen, der eigentlich schon im Bett war.
Er wurde mit einem genau eingeschärften Auftrag in die Pfünzger-Villa hinaufgeschickt. Er solle da oben läuten und klopfen und Lärm machen, auch wenn schon alles schlafe. Er solle Frau Pfünzger verlangen, wenn sie geweckt werden müsse, um so besser, und dann solle er sagen: die Vroni soll sofort nach Haus kommen, der Mutter gehe es schlecht.
Die Sache lief besser, als Trampedasch und der *Mann* gehofft hatten, aber doch auch etwas überraschend, was dem Mann nicht so ganz recht war. Trampedasch und der Mann saßen in des Mannes Zimmer und warteten auf Ülrichs Rückkehr. Der Mann lag auf seinem Bett, angezogen, die Baskenmütze auf dem Kopf und rauchte. Einen Fuß hatte er auf den geschlossenen Geldkoffer gelegt. Er war so zufrieden mit der Entdeckung, die Trampedasch in

der Hauptstadt gemacht hatte, daß er ihm sogar eine Zigarette anbot.
»Wie lang braucht denn der Kerl?« sagte der Mann mit stark sächsischem Akzent.
»Fünf Minuten rauf, fünf Minuten runter, und dann eben, bis er oben die rausklopft«, sagte Trampedasch.
»Hm«, sagte der Mann und schaute auf die Uhr.
Trampedasch hatte seine Zigarette fertig geraucht, reinigte den Stummel von der Asche und steckte ihn in die Tasche. »Ich muß mal eben austreten«, er ging hinaus, kam nach einiger Zeit wieder. »So eine Arschkälte«, sagte er, »und dieses Klo. Praktisch im Freien. Da friert einem ja die Pisse am Schniedelwutz fest.«
»Am *was* fest?«
»Na ja … am Schniedelwutz eben, hähä.«
»Ach so«, sagte der Sachse; er lachte nicht. Es gab niemanden, der ihn je lachen gesehen hätte, jedenfalls nicht, solang der sich im Yrwental aufhielt.
Es klopfte.
»Herein!« schrie der Sachse.
Trampedasch setzte sich aufrecht.
Die Tür ging auf und Ülrich kam herein – und hinter ihm Frau Pfünzger.
Ülrich berichtete mir, daß er oben an der Villa damals in der kalten Januarnacht gar nicht lang zu läuten habe brauchen. Frau Pfünzger habe offensichtlich nicht geschlafen. Sie habe selber aufgemacht und gefragt, was los sei. Ülrich habe dann ausgerichtet, was man ihm aufgetragen, und Frau Pfünzger habe ihm dann ein Orangenplätzchen gegeben: »Aber die Vroni ist doch unten bei euch?« Ülrich, da er keinen Auftrag hatte, wie er auf diese Frage antworten sollte, zuckte mit den Schultern und schaute zu Boden. »Wer schickt dich denn?« Ülrich zuckte wieder mit den Schultern. Da drückte Frau Pfünzger dem

Ülrich die ganze Schachtel mit Orangenplätzchen in die Hand, sagte: »– setz' dich da her einen Moment«, zog sich feste Winterschuhe an, warf sich einen Mantel über, setzte eine Mütze auf, zog Handschuhe an, nahm einen Schlüsselbund und sagte: »– komm. Die Schachtel kannst du mitnehmen.«

Sei es, daß Frau Pfünzger ohnedies etwas ahnte, sei es, daß sie – die eine gute Frau war – sich Sorgen um die angeblich kranke Bäuerin machte, sei es, daß ihr die ganze Geschichte spanisch vorkam, sie ging mit Ülrich hinunter, und Ülrich führte sie dort hin, wo er seinen Auftrag erhalten hatte, logisch, wohin sonst: in das Zimmer des Sachsen.

Ülrich blieb in der Tür stehen.

»Ich bin Frau Pfünzger, was ist los?«

»Gestatten, mein Name ist Trampedasch, B. Trampedasch aus Berlin...«

»Ich weiß«, sagte Frau Pfünzger. »Und der Herr da?«

»Mein Name tut nichts zur Sache«, sagte der Sachse.

»Was ist mit der Bäuerin? was ist mit Vroni?« fragte Frau Pfünzger. »Wieso soll Vroni herunterkommen? Sie ist doch schon in der Früh weggegangen, hat sich zwei Tage frei genommen.«

»Aha!« sagte Trampedasch detektivisch.

»Wieso *aha*?« fragte Frau Pfünzger.

»Und wo ist Ihr Mann?«

»Ich wüßte nicht, was Sie das angeht, aber warum soll ich es nicht sagen: mein Mann ist heute vormittag in die Stadt gefahren.«

Nun dachte Trampedasch scharf nach. Halt! er darf sich nicht verrennen. Er darf die Katze nicht aus dem Sack lassen, jedenfalls nicht, wenn er Pfünzger in die Hand bekommen, ihm womöglich den Hals etwas zuschnüren wollte. Er wußte jetzt, welche Ausrede Vroni gebraucht hatte, er durfte nicht sagen – sonst war ja alles verpufft –,

daß er Pfünzger und Vroni in der Landeshauptstadt gesehen hatte, er mußte aber eine indirekte Botschaft an Pfünzger expedieren.
»Sie wissen«, sagte Trampedasch und legte seine breite, aber niedrige Stirn in Falten, »daß mir –«
»– uns«, sagte der Sachse.
»– daß uns Ihr Mann zehntausend Mark schuldet.«
»Ich kümmere mich nicht um die geschäftlichen Angelegenheiten meines Mannes.«
»Das ist auch nicht nötig«, sagte Trampedasch, »ich bitte Sie nur, auszurichten, daß ich –«
»– wir«, sagte der Sachse.
»– daß wir vierundzwanzig Stunden Zeit geben, von jetzt an gerechnet, die Sache zu bereinigen. Das habe ich mir heute vormittag, auch das bitte ich *wörtlich* auszurichten, überlegt, wie ich in der Halle des *Erzherzog Johann* saß. Bitte das auszurichten. Herr Pfünzger weiß schon, was ich damit sagen will. Also. Zehntausend Mark. Vierundzwanzig Stunden. Von jetzt an gerechnet. *Erzherzog Johann.*« Er schaute auf die Uhr. »Halb zwölf. Bis morgen halb zwölf. Also: dreiundzwanzig Uhr dreißig.«
»Und was ist mit der Vroni? mit der Bäuerin?«
»Die Sache hat sich damit erledigt, liebe Frau«, sagte Trampedasch, Oberwasser fühlend, »– Sie können gehen.«
»So, sehr schön«, sagte Frau Pfünzger, »– ich kann gehen. Sehr freundlich von Ihnen.« Sie lachte auf.
»Ja«, sagte der Sachse ungeduldig, »Sie können gehen, und Ihr Mann kann kommen. Aber nicht hierher, sondern zu Trampedasch hinauf. So. Es ist spät.«
Frau Pfünzger schaute den Sachsen scharf an. »Kenne ich Sie nicht?«
»Nein«, sagte der Sachse kategorisch.
»Irgendwie kommt mir Ihr Gesicht bekannt vor?«

»Kann nicht sein.«
»Sie sind Sachse? Der Sprache nach?«
»Das geht niemand was an.«
»Sie sind der Mann mit dem Geldkoffer, von dem man im ganzen Tal erzählt?«
Der Sachse sprang auf. »Im ganzen Tal erzählt? Das ist nicht wahr! Das ist eine Lüge. Wer soll das erzählen?«
»Was regen Sie sich denn so auf?«
»Über mich gibt es gar nichts zu erzählen. Ich habe keinen Geldkoffer. Ich bin ein armer Schlucker.«
»Gehn' Se', gehn' Se'«, flüsterte Trampedasch, als ob er plötzlich in Sorge um einen Freund sei, und schob Frau Pfünzger hinaus. »Was tust denn du noch da, Ülrich? War der Bengel die ganze Zeit hinter der Tür? Raus –«
Ülrich mampfte Orangenplätzchen.
»Raus!« flüsterte Trampedasch. Frau Pfünzger ging. Ülrich hielt krampfhaft seine Orangenplätzchenschachtel fest. Dann lief er aber doch Frau Pfünzger bis vors Haus nach. Trampedasch wollte er die Schachtel nicht geben. Er hielt sie Frau Pfünzger hin.
»Nein, nein, ich hab' ja gesagt, du kannst sie behalten. Sag' einmal, wer hat dich zu mir geschickt? dieser Trampedasch?«
»Ja«, sagte Ülrich.
»Und die Vroni ist nicht im Haus?«
»Nein.«
»Gute Nacht«, sagte Frau Pfünzger.

*

Trampedasch rieb sich schon die Hände, aber die Sache ging doch schief.
Am nächsten Tag kam Pfünzger zurück. Ülrich beobachtete, daß seine Schwester (oder Mutter) unten knapp außerhalb der Sichtweite des Vorder-Sandgrubers aus

dem Wagen gestiegen war. Sie ging nicht sofort hinauf zur Villa, sondern blieb in ihrem Elternhaus. Niemand fragte sie etwas.

Nachmittags kam einer der Pfünzgerbuben und brachte ein Briefkuvert: *An Herrn Trampedasch, z. Zt. Sandgrub.* Trampedasch fühlte sofort: für hundert Hundertmarkscheine war der Brief zu dünn. Er riß ihn auf. Es lagen zwei Blatt Papier darin. Auf dem einen stand handschriftlich: »Wenn Sie meinen, täuschen Sie sich. Sie Verbrecher. Sie kriegen keinen Pfennig. *Die Tagebücher sind eine Fälschung.* Die Zeitung hat ihren Abdruck eingestellt. Wie steh' ich jetzt da? Aber ich bin nicht so. Holen Sie sich fünfhundert Mark, und unterschreiben Sie das. Pfünzger.«

Der zweite Zettel enthielt einen mit Maschine geschriebenen, offenbar von einem Anwalt aufgesetzten verklausulierten Revers, in dem Trampedasch versichern solle, daß er nach Zahlung von Mark 500 (i. W. fünfhundert) keinerlei Ansprüche gegen Herrn Walter Pfünzger, Fabrikant zu Berlin, dzt. Sandgrub i. K. T., mehr habe.

»Kommt nicht in Frage«, sagte der Sachse. »Sie gehen hinauf!«

*

Wieder legte sich Trampedasch auf die Lauer. Der Januar verging. Zu seiner Erkältung, die schon chronisch wurde, bekam Trampedasch noch einen Blasenkatarrh, was dazu führte, daß er sich noch öfters auf dem Freiluftabort entblößen mußte, wodurch er sich neuerlich erkältete – ein Teufelskreis. Pfünzger ließ sich ständig verleugnen. Trampedasch war der Verzweiflung nahe. Die Felle begannen ihm davonzuschwimmen. Frau Pfünzger war auch ohne Trampedaschens Aufklärung – die er als Druckmittel in der Hinterhand behalten wollte – hinter ihres Mannes Verhältnis mit Vroni gekommen. Vielleicht hatte sie einen

verräterischen Fleck in dem Schneiderkostüm entdeckt. Sie jagte Vroni mit Schimpf und Schande davon. In den Zeitungen wurde über den Fälscher-Skandal berichtet. Man fand harte Worte gegen den Sohn der Berge, den Vater der Leichtmetall-Seilbahnständer – sonst in Zeitungen des Tauerngaus ungewohnt. Pfünzger verteidigte sich damit, daß er selber hereingelegt worden sei. Eines Tages fand Trampedasch seinen Namen als den des eigentlichen Fälschers der Tagebücher erwähnt. Er erregte sich maßlos, sprang herum, soweit das sein angegriffenes Herz zuließ, und drohte, er werde Pfünzger zu Brei schlagen wie seinerzeit den SS-Obersturmbannführer Heuschreck. Er begnügte sich aber dann damit, einen Leserbrief zu schreiben, in dem er die Herkunft der Papiere unter Nennung aller Namen schilderte. Wenn jemand die Tagebücher gefälscht habe, so sei es der Oberst Hufnagel gewesen oder Leihbibliothekar Kießguth.
Möglicherweise, ja höchstwahrscheinlich wäre dieser Leserbrief abgedruckt worden, noch wahrscheinlicher wäre ein Reporter zu Trampedasch gekommen, hätte sich die Sache noch genauer erzählen lassen, hätte aufgebauscht, und es hätte neue, andere Schlagzeilen gegeben. Die Sache hätte eine andere Wendung genommen. Aber Trampedasch schickte den Leserbrief nicht ab. Er gab ihn dem *Mann* vorher zu lesen – nur so zur Kenntnis, um seinen geschliffenen Stil zu demonstrieren, schließlich war er ja auch Zeitungsmann, Journalist, und zwar bei *anderen* Zeitungen als diese Provinzschmierer von der *Tauerngauer*, zeigte stolz den vier Seiten langen Brief und erwartete keine ausdrückliche Zustimmung des *Mannes*, so selbstverständlich setzte er sie voraus. Es kam ganz anders. Ulrich hielt sich zu der Zeit, als Trampedasch mit dem aufgesetzten Leserbrief zu dem Sachsen kam, im anschließenden Raum auf, einer Rumpelkammer, die durch eine

jetzt abgesperrte Tür mit dem Zimmer des Sachsen verbunden war. Ülrich war vorher schon dorthin geschlichen in Erwartung erregender Ereignisse, denn Pfünzger war gekommen. Ohne Auto – zu Fuß, der große Pfünzger, in Pfünzgerhose, Pfünzger persönlich, aber ganz leise, hatte Ülrich nach dem Sachsen gefragt. Ülrich führte ihn hin. Ob er auch Herrn Trampedasch holen solle? fragte Ülrich. *Ja* nicht! sagte Pfünzger und ging zum Sachsen ins Zimmer. Ülrich schlüpfte in die Rumpelkammer.
Das folgende Gespräch zwischen Pfünzger und dem Sachsen war so leise geführt worden, daß Ülrich nichts aufschnappen konnte. Es scheint Ülrich heute in der Erinnerung so, als habe auch hauptsächlich Pfünzger gesprochen. Pfünzger habe einige illustrierte Zeitungen – alte? – bei sich gehabt, habe sie (das konnte Ülrich durch einen Spalt in der Tür sehen) dem Mann vor die Nase gehalten, und – das mit etwas erhobener Stimme – gefragt: »Sind Sie das oder sind Sie das nicht? mit dem Goerdeler?«
Der Mann habe genickt.
Daß jetzt Trampedasch doch kam – nicht ahnend, daß Pfünzger da war, war Zufall. Ülrich sah durch den Spalt, daß Pfünzger sich vor Trampedasch hinter dem großen Ofen versteckte. Die Unterhaltung zwischen dem Sachsen und Trampedasch war lauter, vor allem, als der Sachse dem Trampedasch den Brief aus der Hand riß, zusammenknüllte und in den Ofen schob.
»He – hören Sie mal?! Wie kommen Sie mir denn vor...«
Da trat Pfünzger hinter dem Ofen hervor.
Trampedasch schrie: »Was tun Sie denn hier? Hier wird ein Komplott gegen mich geschmiedet.«
Ülrich war das Wort *Komplott* nicht geläufig. Er glaubte, es handle sich um ein *Kompott*, und staunte darüber, daß Kompotte auch geschmiedet und nicht nur gekocht werden können.

»Schnappen Sie nicht über, Trampedasch«, sagte Pfünzger arrogant. »Die Sache ist zwischen mir und dem Herrn da geregelt.«

»Da habe aber doch auch *ich* noch ein Wörtchen mitzureden!« sagte Trampedasch.

»Nicht, daß ich wüßte«, sagte Pfünzger. »Sie haben mir die falschen Tagebücher verkauft, die Sie vom Leihbuchhändler Kiebitz oder wie er heißt, bekommen haben –«

»Ja«, sagte Trampedasch, »dem ich fünftausend Emm bezahlt habe.«

»– die Sie von dem Herrn da bekommen haben.«

»Und der will sie wieder von *mir*«, jammerte Trampedasch.

»Jetzt nicht mehr«, sagte Pfünzger.

»Ach?« sagte Trampedasch.

»Sie steigen aus der ganzen Sache aus, besser gesagt: Sie haben mit der ganzen Sache nie etwas zu tun gehabt. Oder – ja: Sie waren Bote. Überbringer. Wer weiß, ob Sie überhaupt gewußt haben, was in dem Paket war.«

»So. Aha«, sagte Trampedasch. »Und meine Provision?«

»Ich habe Ihnen in Güte 500 Mark angeboten. Die haben Sie nicht genommen. Jetzt rate ich Ihnen: seien Sie froh, daß Sie mit einem blauen Auge davonkommen. Übrigens: ich höre, Sie sollen eine junge, hübsche Frau haben? Wir bräuchten eine Hilfskraft, die auch kochen kann. Wäre das nichts für Ihre Frau? Es wäre auch günstig für *Sie*. Sie könnten ab und zu bei uns in der Küche essen, was übrige bleibt.«

»Ah – ach so ... ja, das ...« stotterte Trampedasch.

»Vorausgesetzt natürlich«, sagte Pfünzger, »Sie unterschreiben erstens einen Revers, daß Sie nichts von mir zu fordern haben, und zweitens: *Sie halten die Schnauze*. Sie ... Sie ... *Trampedasch*.« Als ob der Name ein Schimpfwort sei.

Trampedasch schlich sich hinaus. Seine Frau trat am

nächsten Tag den Dienst bei Pfünzgers an. Von der Stunde an wich Trampedasch nicht mehr aus der Küche der Pfünzger-Villa und aß alles auf, was an Eßbarem übrige blieb. Die Teller mußten kaum gespült werden. In der voraufgegangenen Nacht aber hatte der *Mann* seinen kleineren Koffer gepackt, seinen Kleppermantel angezogen, seine Baskenmütze aufgesetzt, den Geldkoffer genommen und war draußen in den wartenden Wagen Pfünzgers gestiegen.

Die Hintersandgruber schauten durch die verschlossenen Fenster, auch Luis, auch die Familie Trampedasch. Pfünzger fuhr talauswärts. Ülrich blieb etwas länger am Fenster als die anderen und sah als einziger, daß nach einiger Zeit Pfünzgers Auto wieder heraufkam, nach so kurzer Zeit, daß es unmöglich auch nur in Jöchlstein gewesen sein konnte. Vor allem sah Ülrich, daß das Auto nicht in die spitzwinklig abzweigende Zufahrtsstraße zur Pfünzger-Villa einschwenkte, sondern da vorbeifuhr und auf der Straße blieb, die bald in Serpentinen anzusteigen begann und hinauf nach St. Virgil im Walde führte.

Wer das Tagebuch des Ex-Reichsmarschalls gefälscht hat, ist nie geklärt worden. Daß das Tagebuch aber eine Fälschung war, scheint gewiß zu sein. Zu den alten Gerichtsakten dieses Prozesses (die Zeitung hatte Pfünzger auf Rückzahlung des Honorars verklagt) bekam ich keinen Zugang, aber ich konnte im Archiv der Zeitung Einblick in die damaligen Berichte nehmen, an die ich mich ohnedies – wenngleich dunkel – erinnere. Der Name Hufnagel taucht dort auf, auch Frau Silbringer als Zeugin, der Buchhändler und Leihbibliothekar Kießguth und B. Trampedasch als Bote, Überbringer des Geldes und Abholer des Paketes. Daß noch eine Person in dem Ablauf der Dinge eine Rolle gespielt hatte, davon wurde nirgendwo gesprochen, weder in den Zeitungsberichten noch offen-

bar vor Gericht. Der Prozeß endete mit einem Vergleich: Pfünzger zahlte der Zeitung – wahrscheinlich ächzend – die Hälfte des Honorars zurück, die Prozeßkosten wurden geteilt. Das heißt: jede Partei zahlte die Hälfte der bei Gericht angefallenen Kosten und den eigenen Anwalt. Hierin bewahrte Advokat Dr. Schluderbacher sen. sein Gedächtnis: »Die Gerichtskosten mußte er natürlich zahlen, seine Hälfte«, sagte mir Dr. Schluderbacher, »sonst wäre ja der Gerichtsvollzieher gekommen, unfehlbar; aber *mir* jammerte er vor, der Pfünzger, daß er momentan in finanziell beengten Verhältnissen lebe, seine deutschen Konten seien gesperrt, dann die Rückzahlung des Tagebuch-Honorars... naja, so hab' ich eingewilligt, ihm meine Forderung bis, glaube ich, 1. Januar 47 zu stunden. Aber im September mußte er schon aus seiner Villa heraus, trotz seiner guten Beziehungen zur Besatzung... und dann war er plötzlich weg, nach Amerika, hat es geheißen.«
»Aber er ist doch nicht vom Erdboden verschwunden?« sagte ich, »er hat zwar keine Leichtmetallträger gebaut nach dem Krieg, aber er hat genug anderen Wind gemacht – der Vater des Winterurlaubs, der Erfinder der Alpen?«
»Ja, schon«, sagte Dr. Schluderbacher, »aber sehen Sie – so einen Mann... er ist doch in gewisser Weise ein Symbol...«
»Sie meinen«, sagte ich, »daß es quasi etwas wie eine Ehre ist, wenn einem Pfünzger Geld schuldet?«
»Wie meinen? Ich hör' so schlecht.«
»Ja, ja!« sagte ich lauter.
»Ach so. Ja, ja«, sagte Herr Dr. Schluderbacher sen. »Ja, ja.«
Dies ist mein Bericht, Bericht des Privatiers und ehemaligen Uhrmachers Kaaserer zu Yrwent, zusammengestellt und durch einige eigene Recherchen und Kombination ergänzt nach den Zeugnissen des weiland Sprengmeisters

und Naturheilkundigen Alois Reschmann sowie des Ülrich – recte: Ulrich Johannes, Insassen der Landes-Nervenheilanstalt Tauerngau. Ich habe Ülrich meine Adresse gegeben in der Hoffnung, daß er mir einige Ansichtskarten aus Babylon schicken würde. Es kam aber keine.

IV

Mitteilung von Frühhirt Johann

Meine Pflegeeltern Joseph (Sepp) und Barbara (Wetty) Hörtacher waren entfernte Verwandte meiner Mutter. Ich kam im Frühsommer 1943 zu ihnen nach St. Virgil im Walde. Da war ich elf Jahre alt. Meine Eltern sagten mir, ich sei dort sicherer vor den Bomben und *überhaupt*. Daß meine Verfrachtung – ich gebrauche absichtlich in dem Zusammenhang dieses herzlose Wort – aber auch und sogar vor allem andere Gründe hatte, erfuhr ich erst viele Jahre später; das hat aber nichts mit dem zu tun, wovon ich – auf Bitten des Herrn Kaaserer, Uhrmachers von Yrwent –, kurz berichten soll.

Ich kannte Herrn Kaaserer von meiner Lehrzeit beim Buchhändler und Inhaber einer Leihbibliothek Kießguth her, die ich im Herbst 1946 (zeitlich *nach* den hier zu berichtenden Ereignissen) angetreten und im Sommer 1949 mit der vorgesehenen Prüfung abgeschlossen habe. Obwohl dies mit den Ereignissen nichts zu tun hat, hat Herr Kaaserer gebeten, das zu erwähnen. Vom Herbst 1946 an wohnte ich nicht mehr in St. Virgil – zu meiner Erleichterung – sondern bei meinem Lehrherrn in Yrwent, der mich gut behandelte. 1949 ging ich nach Salzburg und trat in die traditionsreiche Buch- und Kunsthandlung Höllriegel in der Siegmund-Haffner-Gasse ein, wo ich achtzehn Jahre verblieb. Dann ergab sich die Möglichkeit für mich, nach Rom in die deutschsprachige Buchhandlung *Herder* an der Piazza Montecitorio zu gehen, wo ich zwei Jahre verbrachte. Danach kehrte ich nach Österreich zurück und gründete mit meinen Ersparnissen eine eigene kleine Buchhandlung mit Antiquariat hier in der Landeshauptstadt des Tauerngaues, inzwischen gut eingeführt und allgemein beliebt. Ich erkannte Herrn Kaaserer sofort wieder, als er vorige Woche meine Buchhandlung betrat, worüber er sehr erfreut war. Er allerdings erkannte mich nicht wieder. Das ist auch nicht verwunderlich, denn damals in Yrwent, wo er – als Kunde der Buchhandlung – mich, den Lehrling zuletzt gesehen hatte, war ich ja noch fast ein Kind.

Herr Kaaserer kam nicht als Kunde (obwohl er dann ein altes, seltenes Werk: Cornelius Stoermer *Atlas der prähistorischen Besiedlung der Alpen* – Innsbruck 1896 – bei mir kaufte; ich wollte es ihm als Geschenk überlassen, aber er bestand darauf, zu bezahlen; das sei mein Geschäft, sagte er, und er habe seinerzeit seine Uhren auch nicht verschenkt; immerhin gestattete er es aber, daß ich zwei Hefte der alten, längst eingegangenen *Landeskundlichen Zeitschrift für den Tauerngau* Jahrgang 1911 und 1924 gratis beilegte), Herr Kaaserer kam nicht als Kunde, sondern fragte nach dem *Sachsen*, der im Frühjahr 1946 bei uns in St. Virgil gewohnt habe. Herr Kaaserer, der sich in den Jahren damals natürlich nicht um das Vorleben des Lehrlings gekümmert hatte, der ihn gelegentlich in der Buchhandlung Kießguth bediente, war erst jetzt im Lauf gewisser Recherchen drauf gekommen, daß ich damals ganz hinten im Wald bei meinen – längst verstorbenen – Pflegeeltern Hörtacher gelebt hatte. Durch verschiedene Anfragen bei Buchhandlungen und Meldeämtern fand er meine Spur.

Ich ging damals sehr ungern nach St. Virgil. Als mein Vater mich im Sommer 1943 hinbrachte, war ich entsetzt. »Da soll ich bleiben?« »Ein deutscher Junge tut überall seine

Pflicht«, sagte er. Dann ging er. Seine senfgelbe Uniform mit den feuerroten Aufschlägen und den goldenen Litzen verschwand zwischen den Bäumen, der Dienstwagen mit Fahrer fuhr talwärts. Ich habe meinen Vater nie wiedergesehen, obwohl er – heißt es – noch lebt; angeblich in Südamerika.

Der Schatten der riesigen Fichten fiel über das alte, fast verfallene Gasthaus. Die Felsberge der Kalten Tauern ragten über dem Tal auf, das hier schon sehr eng und ganz bewaldet war. Tief unten schlängelte sich der Virgilbach. Außer am 27. November – dem Tag des heiligen Virgil – kam nur selten ein Mensch in dieses hintere Ende des Tales; ab und zu ein Senn auf dem Weg von oder zur Alm; oder ein Jäger machte Station und trank einen Schnaps. Zweimal im Jahr: beim Almauftrieb im Frühsommer und beim Almabtrieb im Herbst zogen die Kühe, endlos, stundenlang, auch die Nacht durch mit ihren Glocken scheppernd vorbei, und da kehrte natürlich der eine oder andere Hirte oder eine Sennerin bei uns ein und ließ sich ein Brettl Speck bringen. Ganz selten machten Leute aus Yrwent – wenn, dann meist mit der Kutsche, Auto gab es kaum – einen Ausflug zu uns herauf. Fremde kamen, jedenfalls zu der Zeit, in der ich in St. Virgil im Walde war, nicht hierher. Am 27. November aber war hoher Betrieb. Da kam der Pfarrer von Jöchlstein herauf und zelebrierte eine Messe in der Kirche (die eigentlich nur eine größere Kapelle ist, auf einem Hügel über dem Gasthof gelegen), und viele Wallfahrer sangen Lieder und schwenkten ihre Wallfahrerfahnen. Diese jährliche Wallfahrt nach St. Virgil im Walde gehörte zum Brauchtum des Tales. Die Jöchlsteiner hatten sie zur Pestzeit des Dreißigjährigen Krieges gelobt. Inzwischen ist sie, höre ich, eingegangen. Offenbar hat man in Jöchlstein und in Sandgrub und in Yrwent heute keine Angst mehr vor der Pest. St. Virgil, der adelige Ire, der schon das galileische Weltbild geahnt hat (weswegen er von St. Bonifatius angefeindet wurde), steht nun einsam in seiner Wallfahrtskapelle im Wald. Ob es einem Heiligen etwas ausmacht, wenn er nicht mehr um Fürbitte angerufen wird? Erträgt er es in Demut, wie er auf Erden die Leiden, die ihm den Heiligenschein eingebracht haben, in Demut ertragen hat, wenn er sieht, wie neben ihm ein anderer Heiliger kaum nachkommt, die ganzen Gebete, die unten an ihn gerichtet werden, nach oben weiterzugeben? Oder wird er zornig? Er steht da, dreht Daumen, hat vom Yrwental seinerzeit die Pest abgehalten – oder genauer gesagt: sein heißes Gebet beim Herrn hat bewirkt, daß der Schwarze Tod um das Tal, das sich unter seinen, St. Virgils Schutz gestellt, einen Bogen gemacht hat – und jetzt vergessen ihn die da unten, wo es ihnen so gut geht wie nie in den zwei- oder dreitausend Jahren, in denen sie dort siedeln, weil die Fremden von überallher kommen und das Geld mit vollen Händen ausstreuen; jetzt vergessen sie ihr Wallfahrtsgelübde zu der armen, kleinen unscheinbaren Kapelle, zu dem Kirchlein im Walde, das Gelübde, das sie für sich und ihre Nachkommen im bitteren Anno 1622 »auff Alle Ewigten Zeÿten« getan haben, wie auf dem kunsthistorisch nicht sehr bedeutenden, aber ansprechenden Deckengemälde geschrieben steht, brave Arbeit eines gewissen Johann Kajetan Hampflmaier, zwischen 1720 und 1725. Trägt es St. Virgil in Demut und denkt sich: sind halt so, die Leut', und spielt mit seinem auch von kaum noch jemandem angerufenen Kollegen St. Johannes Gualbertus (nebenbei Standesgenosse, Tag: 12. Juli) und St. Trudpertus (26. April, auch Ire) eine Partie Bridge? Oder packt ihn der gerechte Zorn? Schleudert er eine neue, andere, viel gefährlichere Pest ins Tal hinunter? Die Betonpest? In St. Virgil im Walde ist längst das alte Gasthaus abgerissen. An seiner Stelle steht ein Hotel:

Tauernhof, eine Art gigantomanisch gewordene Almhütte mit Omnibusparkplatz, die Innenausstattung in rustikalem Stil: halbgotische Madonnen, indirekt beleuchtet vor Rauhputzwänden, die Kellner tragen Trachtensmoking. Zum Nachtisch *Coup St. Virgil mit flambierter Ananas*. Ich könnte verstehen, wenn da den frommen Iren die Wut packte, neigen ohnedies zum Jähzorn, die Iren, wie man hört. Aber vor der Betonpest haben die Leute im Tal keine Angst, schon in Sandgrub, früher ein Weiler von vier oder fünf Häusern, stehen riesige Waben: *Apart 2000* und *Alpadrom*; jetzt bauen sie auch so einen Komplex in St. Virgil. Schneisen für Skiabfahrten sind längst in den Wald gehackt. Sie schwelgen in ihrer Pest. Sie baden in Beton. Sie merken es nicht. Ist das die Rache St. Virgils, daß er die Leute vom Yrwental mit Blindheit schlägt?

In letzter Zeit, höre ich, ist aber eine andere Sorge aufgetaucht, die die Leute von Yrwent, von Jöchlstein, die Fremdenverkehrsdirektoren bedrückt: es kommen viel zu viele Fremde nur tageweise, benutzen nur Pisten und Toiletten, stellen die Omnibusse ab und konsumieren nichts, denn Essen und Trinken hat der Omnibusfahrer dabei, wird pauschal in Plastik infragrillgewärmt abgegeben und im Omnibus sitzend eingenommen. Schon mancher *Coup St. Virgil mit flambierter Ananas* blieb im *Tauernhof* ungegessen stehen. Es regten sich Stimmen, die Wallfahrt wieder aufzunehmen. Aber man entschied sich dann doch für eine saftige Maut für die sog. *nichtkonsumierenden Omnibusse* und eine drastische Erhöhung der Skiliftgebühren. Der heilige Virgil ist wieder leer ausgegangen. Ich, wenn ich Fremdenverkehrsdirektor von Jöchlstein wäre, hätte Angst davor, was der jähzornige Ire ausheckt – wenigstens ich, als Fremdenverkehrsdirektor, würde am 27. November hinauffahren, was wäre das schon, von Jöchlstein zehn Minuten mit dem Auto, die Straße ist breit und bequem ausgebaut, durch zwei gewaltige Brücken sind die alten Serpentinen begradigt, was wäre das schon, einmal im Jahr hinaufzufahren und eine Kerze an den Altar zu stellen und ein stilles Gebet zu sprechen? Er wäre garantiert allein in der Kapelle, der Fremdenverkehrsdirektor, unter dem Fresko von Johann Kajetan Hampflmaier, St. Virgil darstellend (in Bischofstracht mit Hirtenstab, das Modell des alten Salzburger Domes auf dem Arm), wie er mit einer gebieterischen Handbewegung die in einer Art Lurch/Harlekin mit Hörnern personifizierten Pest den Eintritt ins Tal verwehrt, dabei bittend zur in den Wolken triumphierenden Dreifaltigkeit aufblickt, während sich die bedrängten Talbewohner zu seinen Füßen scharen. Im Hintergrund sind die Kalten Tauern angedeutet und eine Vedute des Tales, wie es damals ausgesehen hat.

Aber der Fremdenverkehrsdirektor fährt nicht nach St. Virgil, jedenfalls nicht in die Kapelle, sondern höchstens zur Baustelle des Appartementkomplexes. Er hat viel zu viel zu tun, muß statt dessen hinaus zum Landeshauptmann fahren und drohen, daß die Leute im Yrwental nicht mehr die regierende Partei wählen, wenn die Landesregierung sich nicht endlich entschließt, den Schaden der Liftbesitzer zu ersetzen, der dadurch entstanden ist, daß es erst ab Mitte Januar geschneit hat. Ob da nicht auch der vernachlässigte und enttäuschte St. Virgil seine Hand im Spiel hat? Schon zwei Winter war es so: keine Flocke Schnee. Hämisch grinsten die schlammigen Hänge in der Zeit zwischen Weihnachten und Dreikönig, wo die Leute Ferien und Urlaub haben und höchste Preise verlangt werden können. Und wie zum Hohn fängt es Mitte Januar, in der billigeren Preis-Zeit, zu schneien an, und tückisch kommt kurz vor dem Faschingswochenende, wo endlich wieder Ferien wären in Deutschland und kombinierte Skiwochenenden für den dreifachen Preis angeboten werden, ein Tauwettereinbruch, der den Schnee wegleckt ... Nicht nur die aktuellen Einbußen, argumentieren die Fremdenverkehrsdirektoren und Bürgermeister aus dem Tal, sind ein großer Schaden, ein noch größerer, unübersehbarer Schaden ist der, der am Ruf der Schneesicherheit des Yrwentals entsteht, und die geplante Bewerbung um die Olympischen Winterspiele für das Jahr 2004 könne man sich an den Hut stecken.

Wenn das tatsächlich über das Tal hereinbrechen sollte: die Olympische Zusammenkunft der reklametragenden Jugend der Welt in Begleitung fetter, in wattierte Anoraks gehüllter, seifig lamentierender Sportfunktionäre im Jahr 2004 ... dann wird wohl St. Virgil seine Kapelle nehmen, sie durch die Luft davontragen und dem Tal endgültig seinen Rücken zuwenden, oder aber er legt kurz den Bischofsstab und das Salzburger Dommodell zur Seite, nimmt den von ewigem Schnee bedeckten Kelchkogel und schleudert ihn übers Tal und zermalmt die scheinheilige Krämerbrut samt den Touristen. Muren träte er von den Hängen hernieder, und einen Blitz schleuderte er in den verrußten Rest, um die Bestien auszutilgen, die der Schönheit dieses Tales nicht würdig sind. Vielleicht warnt St. Virgil am Vorabend Herrn Kaaserer und sagt ihm: »Nimm, was du von dem tragen kannst, was dir lieb ist, und geh, aber rasch.« Und vielleicht bittet auch Herr Kaaserer, das Tal um der fünfzig- oder vierzig- oder nur fünf Gerechten willen zu schonen. Aber es gibt auch nicht fünf Gerechte, nur den *Olympischen Geist*. St. Virgil spuckt aus, nachdem er dieses Wort in den Mund genommen hat. Und Herr Kaaserer geht rasch aus dem Tal hinaus, und auch er dreht sich nicht um und sieht die Feuerwalze nicht, die das Heulen und Zähneknirschen der Kellner im Trachtensmoking erstickt, die gerade den letzten *Coup St. Virgil mit flambierter Ananas* servieren wollen.

Damals, als ich als Kind in St. Virgil war, war der Weg für die Jöchlsteiner viel beschwerlicher, als er heute für den Fremdenverkehrsdirektor wäre. Die Leute gingen selbstverständlich zu Fuß hinauf, marschierten – laut den Rosenkranz betend – ihre zwei Stunden. Ich sehe es wie heute: wenn der lange Wallfahrtszug, die Fahnen voraus, dahinter die Musik –, getragene Weisen spielend –, an einem Gehöft vorbeikam, standen dort vor dem Haus die Bauern, die Kinder, das Gesinde in Sonntagstracht, die Männer, den Hut in der Hand, knieten nieder, wenn das Allerheiligste kam, warteten still, bis der Zug vorbei war und reihten sich dann hinten ein. So wurde der Zug immer länger. Oft war der Weg schon verschneit Ende November, aber sie stapften wacker dem Heiligen Virgil zu Ehren und ihrem Gelübde getreu. Nur der Hochwürden Herr Pfarrer fuhr, die Monstranz in den erhobenen Händen, in der Kutsche. Es war eine so hohe Ehre, die zwei Pferde für die Kutsche stellen und kutschieren zu dürfen, daß ein althergebrachter Turnus bestand, der regelte, welcher Bauer in dem betreffenden Jahr dran war. Oben in der kleinen Kirche wurde dann die Messe zelebriert. Vielleicht ein Viertel der Wallfahrer hatte in der Kirche Platz: die reichen Bauern und ihre Bäuerinnen in den von ihren Altvorderen gestifteten, mit den entsprechenden Namensschildern in Zinn oder Messing markierten Kirchenstühlen. Die restlichen Wallfahrer blieben draußen auf dem breiten Anger vor der Kirche und verfolgten den Gottesdienst durch die weit geöffnete Pforte, nicht selten war eine Legion schwerer, barchentener Regenschirme aufgespannt, wenn es grad schneite: schwarze Schirme für die Männer, blaue für die verheirateten, rote für die unverheirateten Frauen. Im Wirtshaus dann hatten aber alle Platz. Es ging hoch her. Meine Pflegemutter war tagelang vorher damit beschäftigt, die Knödel zu drehen, den Krautsalat zu schneiden, das Schweinerne herzurichten. Hilfskräfte kamen für die Tage aus Jöchlstein herauf: zwei oder drei Mädchen, auch ein Bursche, der meinem Pflegevater, dem Sepp, helfen mußte, die Bierfässer hin- und herzurollen. Auch ich mußte anfassen. Der Pfarrer wurde im sonst nie benutzten Extrazimmer namens *Jägerstube* (es hingen ein paar verstaubte Rehkrickel dort) bewirtet, fuhr aber bald nach dem Mittagessen wieder fort. Die Weiber und Mädchen zogen ab, nachdem sie Kaffee getrunken und Buchteln gegessen hatten, die Männer blieben, manche bis spät in die Nacht. Es gab gewaltige Räusche und Raufereien, an denen der irische St. Virgil seine Freude gehabt haben dürfte. Am nächsten Tag wurde aufgeräumt, die Wirtin zählte den Profit, und dann wurde es wieder still in St. Virgil im Walde für ein Jahr.

Es war lang nach meiner Zeit in St. Virgil, da wurde, wie erwähnt, die Straße begradigt. Infrastruktur. Statt der vielen Serpentinen wurden zwei große Schleifen angelegt, wofür die beiden Brücken gebaut werden mußten. Die Wallfahrt mußte in dem Jahr ausfallen, weil das ganze hintere Tal eine einzige Baustelle war. Die Wallfahrt mußte auch im zweiten Jahr ausfallen, und schon war das Gelübde »auff alle Ewigten Zeÿtten«, die Kapelle und St. Virgil vergessen. Da um die Zeit auch der alte Hörtacher Sepp, mein ehemaliger Pflegevater, starb, und die alte Hörtacher Wetty nach Yrwent ins Altersheim zog, verfiel das vorerst unverkäufliche Gasthaus ganz, und so verwehte sogar die Erinnerung an die gewaltigen St. Virgil-Räusche und die schönen Raufereien, und der bärtige Bischof schaut von seinem Altarblatt (auch eine Arbeit Hampflmaiers), bekümmert gegen die Innenseite der nun immer verschlossenen Kirchentür, während draußen die Krähen krächzen.

Es erweckte übrigens nicht geringes Staunen, daß die alte

Hörtacher-Stecherin von St. Virgil, die bis dahin in dem uralten Gasthof dorten hinten gehaust hatte, nun das beste Zimmer (eigentlich eine *Suite*) im Altersheim mietete und sich die Verpflegung Erster Klasse verschrieb mit weichem Ei zum Frühstück, vier Gängen zu Mittag, drei am Abend. Alle wunderten sich: woher hat sie das Geld? Sie richtete ihre Wohnung mit den neusten Möbeln ein und staffierte sich mit kostbaren Kleidern aus. Bei Herrn Kaaserer kaufte sie eine Tischuhr mit Glassturz und Westminster-Schlag, das teuerste Stück, das Herr Kaaserer im Laden hatte. Naja, sagte man, der Geiz der Hörtacherin ist talbekannt, und wahrscheinlich hat sie ihr ganzes Leben lang gerafft. Aber warum, um alles in der Welt, hatte sie so viele Jahrzehnte unter diesen unmenschlichen Bedingungen da oben gelebt, warum gab sie ihr Geld erst jetzt für die Bequemlichkeiten aus, die sie höchstens ein paar Jahre noch genießen konnte? *Ja*, sagten die anderen: das ist ganz einfach; sie hat erst nach dem Tod ihres Mannes angefangen, das Geld auszugeben. *Ihn* wollte sie nicht in den Genuß kommen lassen. Daß die Geldquellen der alten Stecherin nicht *nur* auf dem mit dem Geiz Errafften beruhten, sondern vor allem auf *einem* speziellen, günstigen *Geschäft*, wenn man das so nennen will, wußten die wenigsten. Ich weiß es, und es hängt mit der Geschichte des *Sachsen* zusammen.

Der Hörtacher Sepp – auch *Stecher-Sepp* genannt, war, als ich nach St. Virgil kam, schon gut an die Sechzig und fast taub, die Hörtacherin war nicht viel jünger. Von der Gastwirtschaft konnten sie nicht leben, der eine große Auftrieb am Virgiltag war zwar einträglich, aber reichte nicht für den Lebensunterhalt fürs ganze Jahr. Was unterm Jahr an Gästen kam, war nicht der Rede wert. Landwirtschaft war da hinten, wo es nur Wald und Wiesen gab, und in dieser Höhe, wo kein Getreide mehr wuchs, nicht möglich. Die

Hörtacherin hatte wohl ein paar Hühner und drei, vier Ziegen, das genügte aber nur für den notwendigsten eigenen Bedarf.
Die Straße endete am Haus damals, heute geht sie weiter zum *Skiorama Virgilalpe*. Vom Vorplatz des Hauses zweigte ein Weg ab, eigentlich nur ein Fußsteig, mit zwei tief eingeschürften Fahrrinnen, lief um den Stadel herum und verschwand hinter dem Stadel im Wald. Mit der eigentlichen Straße endete auch die Steigung. So groß die Steigung der Straße bis St. Virgil war, dieser Weg, der quasi die Straße fortsetzte, ging eben weiter. Der Weg durchzog nach Süden hin den Sattel, den die Kalten Tauern hier bildeten, er stieg erst viel später wieder an zum Feldjoch hinauf. Der Sattel war ein hochgelegenes Moor, eine Landschaft von unbeschreiblicher, karger Schönheit. (Heute ausgetrocknet: *Skiorama Virgilalpe*). Die Fichten traten gegen die Berghänge hin zurück. Drei oder vier Kilometer lang zog sich im Grund des Virgiljoches das Moor hin: dunkler Boden mit Gestrüpp bewachsen, Birken und Weiden, Schlangen gab es dort und Frösche, Bussarde horsteten in fast greifbarer Höhe auf den Bäumen. Die Erdmäuse und die Birkhühner, die es dort gab, sind wahrscheinlich längst unter die Räder der Bagger gekommen, die Feuersalamander und die Teichmolche sind verschwunden, wo die Gelbbauchunke ihre Eier gelegt hat, spuren Langläufer. Moosbeeren hat es gegeben, Rauschbeeren, den Lungenenzian und das wilde Rosmarin, Knabenkraut und Läusekraut, das trotz seines unschönen Namens ein pittoreskes Gewächs ist, andere nennen es anmutiger: *Moorkönig* oder *Kaiser Karls-Szepter*; die Sumpfgladiole, die auch *Siegwurz* heißt, weil sie bei den Lanzknechten als Talismann beliebt war: den Siebenstern, die Drachenwurz, das Sumpfblutauge, das Sumpfherzblatt habe ich gesehen, das auch den poetischen Namen Stu-

dentenröschen trägt, den Fieberwurz und im Röhricht das Gottesgnadenkraut, das ironischer Weise stark giftig ist, von Teichrosen und Schwertlilien ganz zu schweigen. Alles applaniert unter den *Brettln und dem gführigen Schnee, juchee.*

Oft habe ich ein Natternhemd gefunden, die abgeworfene Haut einer Schlange, die an einem Dornbusch flatterte. Im Frühjahr überzog eine Palette von tausenden Abstufungen der Farbe Grün das Moor, vom leichtesten Gelbgrün bis zum sattesten Grünschwarz, im Sommer egalisierte der Baldachin aus surrender Hitze die Farben zu den mehr goldenen Schattierungen der trockenen Gräser, und im Herbst war alles fahlgelb und rostrot, einzelne Büsche leuchteten wie Kupfer. Der Boden schwankte, wenn man darüberging, Käfer und Schmetterlinge habe ich im Frühjahr dort gesehen wie nie mehr im Leben. Und ganz am Ende war der See, kreisrund, ölig-schwarz, unerforscht tief, zwischen den hier schon wieder nah herantretenden Fichten ruhig und unbewegt wie ein großes Auge. Manchmal kam der Hintersandgruber-Luis herauf, ein talbekanntes Original, der vielfach für einen Hexenmeister galt. Wenn er bei uns zukehrte und einen Kirschgeist verlangte, ließ sich die Hörtacherin nie blicken. Manchmal ging ich mit ihm nach hinten zum See, wo er Kräuter suchte, und er erzählte mir von den Saligen Fräulein, die in dem See wohnten und in Vollmondnächten – in nichts als in dünne Schleier gehüllt – auf der Wasserfläche schwebend uralte, heidnische Reigen tanzten. Ob er einmal so ein Saliges Fräulein gesehen habe? fragte ich schaudernd. – »Die kann man nicht sehen«, sagte er, »normalerweise nicht; du brauchst dich auch nicht zu fürchten, sie tun nichts, sie sind sogar eher scheu, und wenn sie einen Menschen in der Nähe spüren, verschwinden sie schneller wie ein Murmenter.« Einmal allerdings, sagte er, das sei vor vielen, vielen

Jahren gewesen, da sei er nicht viel älter gewesen als ich jetzt, da sei er in einer Vollmondnacht hier hinten gewesen – allein? fragte ich ... – nein, nein, nicht allein, sondern mit dem alten Außerlanzin, seinem Urgroßonkel, von dem er alle seine Kenntnisse über die Natur habe, mit dem sei er hinten gewesen, und sie hätten gewartet, bis der Mond herauskomme, um dann die Hirschlilie auszugraben, die violette, deren Saft sehr gut gegen gewisse Gebrechen der Männer sei, von denen ich im Augenblick noch nichts zu wissen brauche; und der Mond sei lang nicht herausgekommen, habe sich hinter Wolken verborgen, und die Hirschlilie muß man bei vollem Mondschein, wenn er direkt darauf leuchtet, ausgraben. So seien der alte Außerlanzin und er auf einem vertrockneten, knochenweißen Baumstamm gesessen, einem umgefallenen, und der Außerlanzin sei eingenickt und er, wie gesagt: noch ein Knabe, habe sich ängstlich an den schlafenden Alten gepreßt ... und auf einmal sei ein Schleier über der Wasserfläche geweht ...

»Ein Saliges Fräulein?« flüsterte ich.

»Hm, hm«, sagte der Luis.

»Hat sie was gesagt?« fragte ich. Der Luis zögerte einen Moment. »Ja«, sagte er dann, »aber ich darf es niemandem sagen. Niemandem.«

Dort hinten im Moor hatte der Hörtacher einen Torfstich, daher: Stecher-Sepp. Es war eine harte Arbeit, von Anfang an mußte ich helfen. Die Torfziegel wurden mit einem eigens geformten Spaten aus dem satten, schwarzen Grund gestochen, der etwa die Konsistenz eines sehr festen Puddings hat. Das war eigentlich schön, so schwer es war: die Geometrie, die da entstand. Die Maße des Torfspatens bestimmten die Größe der Ziegel, die dadurch alle exakt gleich groß waren, und dort, wo die Abstichstellen waren, verblieben in die Unebenheit des Moores hineingeschnittene gerade Flächen. Das hatte etwas Kristallinisches, aber Weich-Kristallinisches an sich. Es entstanden Treppen, Plateaus, Wände, alle in *einem* Maß und im Vielfachen davon. Aber es war eine schwere Arbeit. Die frisch gestochenen Torfziegel sind schwer vor Feuchtigkeit. Sie werden dann aufgeschichtet und trocknen an der Luft. Erst in den späteren Jahren war ich kräftig genug, beim eigentlichen Stechen zu helfen, bis dahin mußte ich die getrockneten Ziegel – die dann sehr leicht waren, sich strohig anfaßten – auf das Wägelchen verladen. Die andere Arbeit machte der Stecher-Sepp selber und allein. Er war ausgemergelt, aber ungeheuer kräftig. Als ich später das erste Mal zum Torfspaten greifen mußte, merkte ich, was für eine mörderische Anstrengung das war. Mehr als zwanzig, dreißig Ziegel schaffte ich nicht, dann war ich zu Tode erschöpft. Im letzten Jahr – ich wurde sehr kräftig durch dieses ungewöhnliche Sport-Training – brachte ich es aber schon auf zweihundert ohne größere Rast dazwischen. Der alte Stecher-Sepp aber stand da und stach, scheinbar langsam, aber in der Stetigkeit der Arbeit doch unbemerkbar rasch, Ziegel für Ziegel heraus, mit eingefahrenen, eingeschliffenen Bewegungen, die sich in den Jahrzehnten, in denen er es machte, von selber als die zweckmäßigsten herausgebildet hatten, stach, schleuderte den Ziegel, tat einen Schritt, setzte an, haarscharf an der Kante den nächsten, zwei, drei Stunden hintereinander. Dann machte er eine Pause, trank, aß etwas, saß eine halbe Stunde nur so da, danach begann er die gestochenen Ziegel zu Türmen aufzuschichten. Das Wägelchen, auf das ich die dann getrockneten Ziegel laden mußte, war nicht groß. In den vielen Jahren hatten seine Räder jene Spur in den Weg gegraben, von der ich oben gesprochen habe. Ich zog das Wägelchen hinaus, ein Lederriemen war mein Geschirr, aber alles in allem war es nicht sehr schwer, und der Weg durch den Wald auch nicht sehr weit. Am Haus mußte ich die Ziegel dann ausladen und aufschichten. Manchmal half mir die alte Hörtacherin, aber nur, damit ich schneller wieder nach hinten kam, die nächste Fuhre zu holen. In gewissen Abständen kam ein Fuhrwerk von Jöchlstein oder aus Yrwent und holte die Torfziegel. Der meiste Torf wurde als Brennmaterial benutzt. Wenig kam ins Kurbad von Yrwent für die Moorpackungen. Der Torfstich und der Verkauf des Torfes waren der eigentliche Lebensunterhalt der Hörtacher. Heute geht mir oft im Kopf herum, daß es eigentlich eine Unverschämtheit war, ein Kind, für das Kostgeld bezahlt wurde, für die Arbeit im Torfstich zu mißbrauchen. Aber damals empfand ich es nicht so. Ich empfand es eher als Ehre. Keiner meiner Schulkameraden hatte eine so ernsthafte, sozusagen erwachsene Aufgabe, und dann wurde ich auch körperlich kräftig dadurch. Im Raufen behielt ich immer die Oberhand. Es war auch nicht so, daß ich jeden Tag in den Torfstich geschickt wurde. In den Wintermonaten – und davon sind in St. Virgil im Walde sechs: Oktober bis März – war ein Stechen gar nicht möglich, aber auch in den wärmeren Monaten war ich nur vielleicht ein- oder zweimal in der Woche draußen. Der Hörtacher selber arbeitete auch nicht jeden Tag dort. Er arbeitete überhaupt nur – so habe ich heute rückschauend das Gefühl –, sofern er Geld brauchte. Es kam nicht selten vor, daß ein Bauer mit dem Fuhrwerk heraufkam, das unbeladen wieder hinunterfahren mußte, weil kein getrockneter Torf vorn am Haus war. Der Bauer mochte dann den Stecher-Sepp anschreien, daß er ihm eine Fuhre Torf versprochen habe – es half nichts, der Stecher verließ sich in solchen Fällen auf seine Taubheit. Einen Rückgang des Geschäftsverkehrs hatte er als Inhaber des Torf-Monopols im Tal nicht zu fürchten. Um woanders Torf zu kaufen, hätten die

Bauern weit hinaus in die Warmen Tauern fahren müssen, und das wäre viel zu teuer gewesen.
Wenn es der alten Hörtacherin nach gegangen wäre, meiner Pflegemutter, dann freilich wäre, solang der Boden nicht gefroren war, Tag und Nacht gestochen worden. Oft keifte sie, wenn ihr Mann nicht hinausging ins Moor. Aber auch da verließ sich der Hörtacher auf seine Taubheit.
Viel anstrengender und unangenehmer als die Arbeit im Moor war der Schulweg. Ich mußte durch den Wald die Serpentinen der Fahrstraße nach hinunter bis Sandgrub gehen und von dort aus nach Jöchlstein. Von Jöchlstein fuhr ein Omnibus nach Yrwent. Alles in allem war ich an die zwei Stunden unterwegs – zwei Stunden hin, zwei Stunden zurück. Um sechs Uhr früh marschierte ich oben los, um acht Uhr ging die Schule an. Im Winter stapfte ich – ein kleiner Kerl von elf, zwölf Jahren – durch den stockfinsteren, längst noch nächtlichen Wald. Ich sah Füchse und Rehe. Einmal stand plötzlich ein Hirsch vor mir auf der Straße und schaute mich an. Ich erstarrte und meine Hände krampften sich um die Riemen des Schulranzens. Aber der Hirsch schaute freundlich, schnaubte einmal und sprang dann leichtfüßig in den tiefen Schnee hinunter, der ihm bis an den Bauch reichte. Seit diesem Abenteuer hatte ich keine Furcht mehr. In der Klasse prahlte ich sogar mit meinem abenteuerlichen Schulweg. Ich hielt natürlich mit meiner Begegnung mit dem Hirsch nicht hinterm Berg. Ich gestehe sogar, ihn im Lauf der Zeit zu einem Wolf und später zu einem Bären hochstilisiert zu haben. Einmal machte ich ihn zum Gegenstand eines Aufsatzes: *Eine unerwartete Begegnung auf dem Schulweg.* Die Lehrerin fragte mich hinterher unter vier Augen: »Hast du das erfunden, oder ist das wahr?« Mir hatte mein eigener Aufsatz so gut gefallen, daß ich es

längst beinhart für die Wahrheit hielt, und so log ich nicht einmal, als ich sagte: »Ja.«
Viel später las ich in einem alten Heft einer naturkundlichen Heimatzeitung eine Abhandlung jener – inzwischen pensionierten – Lehrerin, in der sie über die Fauna des Yrwentales berichtete und unter anderem schrieb: »... daß es nach verläßlichen Nachrichten noch im Jahr 1946/47 im Wald von St. Virgil einige Exemplare des seit alters her hier heimischen, aber inzwischen wohl ausgestorbenen Braunbären (Ursus arctos L.) gegeben hat.« – *Einige* Exemplare, dabei hatte ich allenfalls *einen* erlogen.
Nein, Bären gab es nicht mehr, auch keine Wölfe, aber einmal habe ich noch einen Luchs gesehen. Auch der Luchs ist dort längst vertrieben, wo sich die Skifahrer auf dem *Alpirama* tummeln.
Wie das mit meinem Kostgeld war, ist mir nie ganz klar gewesen. Bis zum Kriegsende überwies mein Vater wohl monatlich einen gewissen Betrag, der – nach ihrem ständigen Jammern zu urteilen – der Hörtacherin viel zu gering war. Ich fresse ihr, sagte sie oft, die Haare vom Kopf für die paar Pfennig. Mich schüttelte es immer: die fettigen, zotteligen, grauen Strähnen, durch die man die blanken, roten Knollen ihrer Hautauswüchse sah ...
»Das ist der Geiz«, sagte manchmal der Hörtacher-Sepp von diesen Knollen, wenn wir allein waren, »das ist der Geiz, der ihr vom Hirn heraus wächst.«
Es scheint mir, daß mein Vater einen gewissen Betrag – in Gold? – auf die Raiffeisenkasse in Jöchlstein für mich hinterlegt hatte, der nach und nach an die Hörtacher ausbezahlt wurde. Die Hörtacherin war, erfuhr ich später, ein paarmal in die Raiffeisenkasse gekommen, um die ganze Summe auf einmal zu beheben, aber das wurde ihr nicht erlaubt – zu meinem Glück, wahrscheinlich wäre es mir danach schlecht ergangen.

Als ich nach der vierten Klasse Bürgerschule – um die Zeit war der Schulweg schon leichter, da fuhr ein Schulbus bis Sandgrub – in die Lehre kam, rief mich der Direktor der Raiffeisenkasse eines Tages zu sich und sagte, daß bei ihm ein Betrag liege, auf den die Hörtacher – bei denen ich ja nun nicht mehr wohnte – keinen Anspruch mehr hätten. Über den Betrag, er war nicht unbedeutend, konnte ich dann am Tag meines einundzwanzigsten Geburtstages verfügen. Deswegen fuhr ich an dem Tag, den ich von meinem Chef ohne Anrechnung auf die Urlaubszeit dienstfrei bekam, nach Jöchlstein. Ich löste das Konto auf. Ich fragte nach den Einzelheiten, die sich damals bei der Einrichtung zugetragen hatten, aber man konnte mir leider keine Auskunft geben. Der Filialleiter, der in jenem Jahr 1943 die Abmachungen fast eher privat getroffen hatte, war inzwischen gestorben. An Aufzeichnungen war nur eine Notiz aus dem Jahr 1944 vorhanden, daß mir der Betrag nebst aufgelaufenen Zinsen bei eingetretener Volljährigkeit ausbezahlt werden solle.
Ich überlegte an dem Tag, nachdem ich die Angelegenheit auf der Raiffeisenbank erledigt hatte, was nur wenig Zeit in Anspruch nahm, ob ich nicht nach St. Virgil hineinfahren solle. Ich brachte es aber nicht über mich.
Dieser Tag war auch derjenige, an dem ich das letzte Mal meinen Fuß ins Yrwental setzte, und ich werde es auch weiter so halten. Es ist seltsam: in den ersten Jahren (oder Jahrzehnten, muß man jetzt schon sagen) scheute ich, die Gegend aufzusuchen, weil sie noch genauso war, wie ich sie in Erinnerung hatte. Später hielten mich jene Nachrichten von einem Besuch ab, die besagten, daß das Tal nicht mehr so war, wie ich es kannte.
Herr Kaaserer hat mich gebeten, von meinem Grundsatz (Herr Kaaserer sagte: von meinem *Gelübde*, aber das ist es nicht, höchstens ein unbewußtes) abzuweichen, wenn

eines Tages seine Beerdigung stattfinden würde. Wir lachten, wie man eben in solchen Fällen lacht, um sich nicht die Gewißheit zu deutlich vor Augen zu halten, daß dieser Tag unfehlbar kommen werde. Das versprach ich. Aber wer weiß, ob er mich nicht überlebt. Er ist zwar viel älter als ich, aber er ist bei kernigster Gesundheit, was man von mir nicht sagen kann, trotz meiner durchs Torfstechen gestählten Jugend.

Ich hatte damals übrigens auch einen Vormund. Auch das hatte mein treusorgender Vater geregelt, bevor er sich verflüchtigte. Der Vormund war ein gewisser Dr. Schluderbacher, Advocat in Yrwent. Es muß 1946 gewesen sein, im Frühjahr (eben in der Zeit, als der Sachse mit dem Geldkoffer bei uns war, ich ging in die vierte Klasse der Bürgerschule), da gab mir der Lehrer in der ersten Stunde einen Zettel: ich solle um zehn Uhr zu Dr. Schluderbacher kommen. Ich wußte zwar nicht, was ich davon halten sollte, freute mich aber, weil dadurch für mich der Unterricht ausfiel.

Ich war um zehn Uhr in der Kanzlei, die sich in alten, finsteren, gewölbeartigen Räumen in einem der Altstadthäuser befand, und mußte zunächst fast eine Stunde warten. Auch das freute mich, denn damit zeichnete sich ab, daß es sich danach nicht mehr rentieren würde, in die Schule zurückzukehren.

Endlich wurde ich hineingerufen.

»Du bist also der Frühhirt Johann?«

»Ja.«

»Ich bin dein Vormund.«

Ich staunte.

»Das besagt dir nichts, oder? Ja. Es ist nämlich so – hm, wie soll ich dir das beibringen – dein lieber Vater ... oder besser gesagt: deine liebe Mutter ... vielmehr: deine lieben Eltern ...«

»Haben Sie einen Brief von ihnen? Ich gehe nämlich jeden Tag nach der Schule auf die Post und frage – weil mein Vater gesagt hat, er schreibt mir... aber...«

»Dein lieber Vater wird leider in nächster Zeit verhindert sein, dir zu schreiben.«

»Und meine Mutter?«

»Hm –« sagte Dr. Schluderbacher. »Deine Mutter ist leider... wie soll ich das sagen... leider durch einen Unfall ums Leben gekommen.«

»So«, sagte ich.

Ich hatte meine Mutter das letzte Mal am Tag, bevor mich mein Vater mit seinem Dienstauto nach St. Virgil brachte, gesehen, am Abend, als sie mir »Gute Nacht, bete für den Führer« sagte, wie jeden Abend. Am nächsten Morgen, als mich mein Vater weckte und das Dienstauto schon vor der Tür stand, war meine Mutter nicht da. Sie hatte einen schon vor einer Woche fest vereinbarten Termin beim Friseur. Sie mußte sich die Haare abschneiden lassen. Sie trug eigentlich eine sogenannte *Gretelfrisur* (wie sie der Führer liebte), also aufgesteckte Zöpfe. Die paßten aber nicht unter die Dienstmütze, die sie nun bekommen sollte.

»Ja«, sagte Dr. Schluderbacher, »schlimm, schlimm, was da bei Kriegsende alles passiert ist. Die marodierenden Fremdarbeiter, das ganze Gesindel, was da in den Lagern war – losgelassen wie eine Meute. Deine Mutter war in der medizinischen Forschungsabteilung in Mauthausen. Der Ort wird dir kein Begriff sein. Sie hat unendliche Wohltaten für die Häftlinge bewirkt, und trotzdem... hm, wie soll ich sagen, ist es zu dem Unfall gekommen. Man darf nicht einmal nach dem Schuldigen forschen. Darf ja nicht den Mund aufmachen heutzutage. Schwamm drüber.« Die letzten Sätze murmelte er nur.

»Und mein Vater?«

»Es kommt wieder einmal eine andere Zeit. Früher oder

später. Da wird dein Vater zurückkehren. Es geht ihm gut. Aber das darfst du *keinem* Menschen sagen! Hörst du? Auch deinen Pflegeeltern nicht. Wie geht es dir überhaupt bei den Pflegeeltern?«

»Gut«, sagte ich.

»Schön zu hören. Ich werde einmal nachschauen kommen.« (Er kam aber nie.) »Vorerst werde ich – auf Grund dieses Papieres hier, du kannst es lesen, wenn du willst, aber du wirst es nicht verstehen, es ist zu juristisch – hier: das ist die Unterschrift deines Vaters – vorerst also werde ich Elternstelle an dir vertreten. Der entsprechende Beschluß vom Bezirksgericht ist ergangen. Wenn irgend etwas ist, kannst du dich immer bei mir melden. Aber nicht zu oft, wenn ich bitten darf. Ich habe meine Zeit nicht gestohlen. Und halte dich an die Sprechzeiten. Sie stehen draußen an der Tür. Ja – ach so: Noch was. Du schulst heuer aus?«

»Ja.«

»Deine Leistungen sind ja ganz gut, habe ich mich erkundigt. Sehr erfreulich. Ich habe dir eine Lehrstelle besorgt. War nicht einfach. Beim Buchhändler Kießguth. Da kannst du am 1. September eintreten. Wirst von da ab dann auch bei Kießguth in Untermiete wohnen. Oder willst du nicht Buchhändler werden?«

»Doch«, sagte ich, hatte mir allerdings vorher nie Gedanken darüber gemacht.

»Ein schöner Beruf. Sauber – keine schwere körperliche Arbeit – und so weiter. Ja. Damit ist ja alles in Ordnung.«

»Und auf die Post fragen ...?« fragte ich.

»Brauchst du nicht mehr, du Dummerl, nein, nein. Wenn die Zeit kommt, wo man die Verdienste deines Vaters wieder zu würdigen wird wissen, wird er dich schon finden.«

»Aha«, sagte ich.

»Ja, also dann ...«, sagte Dr. Schluderbacher und streckte die Hand aus. Ich stand auf. »Halt«, sagte er und nahm die Hand wieder zurück. »Setz dich noch einmal hin. Was anderes. Es hat mit der Vormundschaftssache nichts zu tun. Sag' einmal: du lebst doch beim Hörtacher, beim Stecher in St. Virgil?«

»Ja?«

»Da ist doch nur *ein* Haus hinten?«

»Das Haus und der Stadel«, sagte ich, »und die Kirche.«

»Und wer wohnt dort alles?«

»Der Hörtacher Sepp und die Hörtacher-Mutter«, (ich sagte: *Hörtacher-Mutter* zu ihr, obwohl sie nie Kinder gehabt hatte und ich alles andere als ein kindliches Gefühl für sie empfand), »... und ich.«

»Und sonst niemand?«

»Ach so – doch. Der Mann. Ich weiß nicht, wie er heißt.«

»Mhm«, sagte Dr. Schluderbacher. »Aber ich weiß, wie er heißt. Tut nichts zur Sache. Der ist erst unlängst gekommen?«

»Ja«, sagte ich. »Das war ... vielleicht ...«

»Anfangs Februar?«

»Ja, kann sein. Ja.«

»Wie schaut denn der aus?«

»Ich seh' ihn kaum. Er ist immer oben in seiner Kammer. Nicht einmal zum Essen kommt er herunter. Die Hörtacher-Mutter bringt es ihm hinauf. Und –« ich lachte.

»Was lachst d' denn?«

»Ja, – ich meine: auch nicht einmal auf den Abort geht er. Er schüttet nur den Nachttopf beim Fenster herunter. Die Wand da hinten ist schon ganz gelb.«

»Naja«, sagte Dr. Schluderbacher und lachte auch, »aber das interessiert mich nur am Rande. Wie schaut denn der Mann aus?«

»Eigentlich«, sagte ich, »eigentlich habe ich ihn nur einmal gesehen. Wie er gekommen ist. Da hat er einen Kleppermantel angehabt, eine Baskenmütze auf... und zwei Koffer. Einen großen und einen kleinen. Den kleinen hat er hingestellt, den großen hat er nicht aus der Hand gelassen.«

»Mhm«, sagte Dr. Schluderbacher und nickte ernst. »Und wie ist er gekommen? ich meine: zu Fuß? oder wie?«

»Nein, mit dem Auto von Herrn Pfünzger.«

»Ja, ja – wie ich vermutet habe. Und hast du gesehen, was in dem größeren Koffer ist?«

»Nein«, sagte ich.

»Gut, gut«, sagte Dr. Schluderbacher. »Und der Mann ist also noch bei euch?«

»Also heut' früh«, sagte ich, »um halb sieben, wie ich aus dem Haus gegangen bin, hat er noch seinen Nachttopf aus dem Fenster geleert...«

»Gut«, sagte Dr. Schluderbacher, »ich danke dir. Wart –« er zog seine Schreibtischschublade auf, »– da, eine Tafel Schokolade. Für dich. Magst du Schokolade? Ja, klar. Aber! *kein* Wort über unsere Unterhaltung!«

»Ja, Herr Doktor«, sagte ich eingeschüchtert.

»Also dann –«

»Wer ist der Mann, Herr Doktor?«

»Der Mann ist von... von seinen Feinden verfolgt.«

»Hat er was angestellt?«

»Ja – eine tapfere Tat. Verrat ist eine Judasangelegenheit. Dafür haben wir hier im Tauerngau kein Verständnis. Und der Eid gilt bei uns noch was.«

»Ist der Mann ein Verräter?«

»Im Gegenteil. Er hat einen Verräter gefangen. Aber jetzt Schluß damit. Es ist nicht gut, wenn du das alles weißt. Es kommt die Zeit...«

»Ist das dann auch die Zeit, wo mein Vater zurückkommt?«

»Genau – genau ... aber jetzt ... leb' wohl, ich habe noch andere Dinge zu tun.«
»Muß ich jetzt noch in die Schule? Es ist dreiviertel zwölfe. Eigentlich rentiert sich das gar nicht mehr.«
»Na ja – heut' bist befreit. Also – leb' wohl, Frühhirt Johann.«
»Wiedersehen, Herr Doktor.«
Ich setzte mich, bis der Omnibus nach Sandgrub abfuhr, in den Kurpark und aß die Schokolade. Auf dem Weg dorthin ging ich an der Buchhandlung Kießguth vorbei und schaute das erste Mal bewußt in das Schaufenster.

*

Wie jeder weiß, wurde am 20. Juli 1944 ein leider mißlungenes Attentat auf Hitler verübt. Das Attentat ist viel kritisiert worden, auch von unverdächtiger Seite: die Aktion sei zu spät erfolgt, zu ungenau geplant gewesen, nicht konsequent genug betrieben worden. Selbstverständlich gibt es heute noch – oder, schlimmer: schon wieder – Leute, die entblöden sich nicht, die Tat der Verschwörer vom 20. Juli als Vaterlandsverrat und Eidesbruch zu bezeichnen. Der mutige Hauptmann Gerngroß, für meine Begriffe einer der ehrenhaftesten Offiziere der deutschen Armee (wenn man *Ehre* menschlich definiert), der in allerletzter Minute, um den gigantischen Unsinn der völligen Zerstörung Münchens zu verhindern und den sicheren Tod seiner Einwohner, dem Naziterror in den Arm gefallen ist, hat einmal gesagt, wie auch er auf seinen *Verrat* und seinen *Eid auf den Führer* angesprochen wurde: er habe wohl einen Eid geleistet, einen Eid auf den ›Führer‹, aber er habe sich an den Eid nicht gebunden gefühlt, weil dieser ›Führer‹ seinerseits einen Eid gebrochen habe, nämlich den Eid auf die Verfassung. Das ist eine ehrenhafte Äußerung, aber bedarf es ihrer eigentlich?

Jedem Deutschen waren die Greuel Hitlers und seiner Nazi klar. Jeder Deutsche wußte von den Konzentrationslagern. Jeder Deutsche wußte, daß dort Juden, Zigeuner, Homosexuelle, *Artfremde* umgebracht wurden – man wußte sogar, *wie* dort gemordet wurde. *Ich*, der ich ein Kind war und im hintersten Winkel des *Reiches* gelebt habe, wußte es. Und ich sage: *der Deutsche, der behauptet, er habe es nicht gewußt, der lügt.*
Die Männer vom 20. Juli wurden hingerichtet, sofern sie nicht bei den Auseinandersetzungen an dem Tag noch umkamen oder sich nicht, wie der ehrenhafte General Beck, selbst den Tod gaben. Übrigens zeigt das Beispiel dieses Generals Beck, der den geplanten Krieg nicht guthieß und das auch sagte, offen dem Hitler ins Gesicht sagte, was so einem passiert: gar nichts. Er wurde mit Ruhegehalt außer Dienst gestellt. Das hätten alle anderen Generäle auch machen können – die wenigsten haben es aber gemacht.
Nur einer von den Männern des 20. Juli ist – zunächst – entkommen: Carl Goerdeler, ehemaliger Bürgermeister von Leipzig, in der Regierungsliste, die den Nazi dann in die Hände fiel, als Reichskanzler vorgesehen. Goerdeler, rechtzeitig gewarnt, entkam und versteckte sich. Die Nazi gifteten sich fürchterlich. Sie setzten die bis dahin höchste Kopfprämie für einen einzelnen aus: eine Million Mark. Die Million verdiente sich einer, dessen wahrer Name nicht die Ehre erfahren soll, niedergeschrieben zu werden – ich nenne ihn hier, sagen wir: x. x. – dieser x. x., Postobersekretär, nahm beim Herannahen der Russen seinen knöchellangen Kleppermantel, zog ihn an, setzte seine braune Baskenmütze auf, nahm einen kleinen Koffer mit den notwendigen Utensilien, Zahnbürste und Pyjama etc. und einen größeren Koffer, in dem er gebündelt (nach Noten geordnet: Zehn-, Fünfzig- und Hundertmarkscheine)

seine Million verwahrte, und begab sich dorthin, wo er meinte, in Sicherheit zu sein, in die *Alpenfestung*, in das Tal von Yrwent.
Glaubte er, daß ihn dort niemand kennen würde? Oder glaubte auch er an die Wunderwaffen, die die *Feinde* doch noch niederringen würden? wie sein *Führer*, der ihm eine Million geschenkt hatte? Glaubte er, daß es sich nur darum handle, ein paar Monate in der Alpenfestung zu überdauern? Glaubte er, ein Staat, ein *Führer*, der ihm eine Million geschenkt hat, könne nicht untergehen? Ich weiß es nicht. Ich habe nie mit ihm gesprochen. Ich habe nur immer gesehen, wie er seinen Nachttopf durch das Fenster geleert hat.
Aber den Koffer habe ich gesehen, auch was drin war. Einmal hat x. x. den Koffer aus der Hand gegeben, und zwar endgültig, mitsamt dem Geld. Das war gegen Ende April 1946, es hat getaut, und das Moor hinten war schon zum Teil aper. Aus direkten, konkreten Erinnerungen habe ich wenig zu berichten, nur soviel: an dem betreffenden Tag kam ein Mann zu uns herauf, den ich später als Stammkunden der Leihbibliothek Kießguth oft wiedergesehen habe, woher ich weiß, daß es der Sparkassendirektor von Yrwent war. Es war mir aufgefallen, daß die Hörtacherin in den Tagen vorher ein paarmal draußen war. Das war völlig ungewöhnlich für sie. Sonst fuhren die Hörtacher fast nie nach Yrwent, höchstens nach Jöchlstein, und das nur alle halbe Jahre, wenn irgend etwas Größeres einzukaufen war, und nach unendlichen umständlichen Vorbereitungen. Meist kam der Weißleitner, mit dem die Hörtacher-Stecherin weitschichtig verwandt war, aus Jöchlstein herauf und holte sie mit dem Fuhrwerk ab, brachte sie auch wieder zurück.
Aber in jenen Tagen rannte die Hörtacherin ganz allein bis Sandgrub, ohne ihren Mann, fuhr mit dem Omnibus hin-

aus, und das ein paarmal. Ich vermutete deshalb sofort, daß da irgend etwas mit Geld im Spiel sein mußte, wenn die Hörtacherin trotz ihres wehen Fußes, über den sie sonst so jammerte, wie ein Wiesel bis Sandgrub lief und dann in Yrwent in der Stadt herum. Ich sah sie dort ein paarmal, denn die Fenster unseres Klassenzimmers gingen auf den Kastellplatz hinaus, wo sowohl die Sparkasse als auch Dr. Schluderbachers Kanzlei waren. Ich war beunruhigt, als ich die alte Stecher-Mutter in die Kanzlei Schluderbacher hineinsausen sah, denn ich meinte natürlich, da wäre etwas mit mir. Es hatte aber nichts mit mir zu tun. Ich sah auch einmal, daß die Stecherin zusammen mit dem Advocaten aus der Kanzlei herauskam und in die Sparkasse ging. Wieder lief die Stecherin, der Advocat hinter ihr her, und man *sah* förmlich, daß er ihr nachrief: – so pressiert's auch wieder nicht.
Am Tag danach oder vielleicht nach zwei Tagen war es dann, daß der Sparkassendirektor (ohne den Advocaten) zu uns herauf kam. Die Hörtacherin führte ihn sofort hinauf in die Kammer, wo der Sachse hauste. Was dort gesprochen wurde, hörte ich natürlich nicht. Ich saß mit dem Stecher-Sepp herunten in der Stube. Ich vermute, daß der Sepp die ganze Sache überhaupt nicht verstand. Ich glaube auch nicht, daß der Sepp aktiv bei dem Betrug mitgemacht hätte, wenn ihm auch, das wußte ich aus einigen dumpfen Äußerungen von ihm, der Sachse zutiefst unsympathisch war.
Nach einiger Zeit kamen der Sparkassendirektor und die Hörtacherin wieder herunter und hatten den Geldkoffer dabei. Sie machten ihn auf und zählten das Geld. Es fehlten knapp hunderttausend zur Million.
»Was ist denn das schon«, sagte der Sepp grantig und warf nur einen Seitenblick von seinem Schnaps weg auf den Geldhaufen, »morgen ist das nix als wie ein

Arschwischpapier. Von morgen an gelten doch wieder die *Schilling*.«
»Halt' dein Maul«, fauchte die Stecher-Wetty, »was verstehst denn du davon, Depp.«
Nachdem sie das Geld gezählt hatten, schrieben sie allerhand auf und tauschten einige Papiere aus. Vorher suchte die Stecherin – nach und nach fast in Panik geratend – ihre Lesebrille in allen Kittelschürzen und Kommodenschubladen, fand sie aber nicht. (Erst im Juli, erinnere ich mich, tauchte die Brille wieder auf. Sie lag im ausgetrockneten Weihwasserbehälter an der Tür, im sog. *Weichbrunnkrügl*, wie er in jedem Bauernhaus damals innen am Türstock hing.)
»Ich les Ihnen halt vor«, sagte der Direktor.
»Nein, nein«, kreischte die Stecherin mißtrauisch, »Sie könnten mir ja vorlesen, was Sie wollen, Sepp, lies du.«
»Leck mi am Arsch«, brummte der Sepp.
»Der Bub!« rief sie schrill. »Geh her!«
Ich ging hin und las die Dokumente der Stecherin vor. An den Wortlaut erinnere ich mich heute natürlich nicht mehr, aber ich sehe die Blätter noch vor mir: Kopfbögen der *Städt. Sparkasse Yrwent*, der Reichsadler und das Hakenkreuz über dem Wappen war schwarz überstempelt. Die Daten waren – sichtlich jetzt eben erst – vom Sparkassendirektor handschriftlich nachgetragen.
Es handle sich um eine Vereinbarung, daß der Erlös eines »Verkaufes« (der nicht näher bestimmt war) an Herrn x. x. z. Zt. noch St. Virgil im Walde (an das *noch* kann ich mich deutlich erinnern) zu drei gleichen Teilen zwischen Frau Barbara Hörtacher, Stechers-Ehegattin zu St. Virgil, dem Advocaten Dr. Schluderbacher und dem Sparkassendirektor aufgeteilt werden solle, und zwar nach erfolgter Überführung in die künftige Schillingwährung; für den Transfer (auch an dieses mir damals unverständliche Wort kann

ich mich erinnern) in geeigneter Form werde der Sparkassendirektor sorgen.
Die Papiere (je drei im gleichen Wortlaut, ich mußte alle vorlesen) waren schon mit Dr. Schluderbachers Unterschrift versehen. Nun unterschrieb der Sparkassendirektor und dann nach vielem Ächzen mit schiefgehaltenem Kopf, die Zunge zwischen die Zähne geklemmt, die Stecherin. Dann packte der Direktor alles zusammen, ließ eine Ausfertigung der Urkunde da, nahm den Geldkoffer und fuhr wieder weg. (Er war mit einem Auto gekommen.) Dann gab mir die Stecherin ein in Zeitungspapier eingewickeltes Paket:
»Trag' es zum Sachsen hinauf.« Auf der Stiege riß ich es an einer Ecke auf und schaute hinein: nagelneue Schillingnoten, aber nicht solche, wie sie vom nächsten Tag an galten.
Der Sachse nahm mir das Paket rasch aus der Hand und warf es in den größeren Koffer. Den Riß am Eck bemerkte er nicht.
Das war alles, was ich mit eigenen Augen von der Sache wahrgenommen habe. Aber sie ging mir nicht aus dem Kopf. Als ich schon Lehrling bei Kießguth war, und den Sparkassendirektor als Stammkunden kennenlernte, (er verlangte immer nach Liebesromanen, hie und da las er aber auch Werke aus der Sparte: *Heimat und Alpen*,) fragte ich eines Tages, als niemand im Laden war, den Chef danach.
»So – der Mann mit dem Koffer – was weißt denn du davon?«
Ich erzählte ihm, was ich gesehen hatte.
»Richtig«, sagte er, »du hast ja auch da hinten gewohnt.«
Auch er wisse nichts Genaues, sagte er mir, es werde allerdings davon gesprochen, und es gebe Anhaltspunkte dafür, es sei wahr, daß die alte Stecherin, der Advocat

Schluderbacher und der Sparkassendirektor den *Mann mit dem Koffer* ganz fürchterlich geleimt haben.

»Er saß ja da oben wie eine Ratte im hintersten Winkel ihres Loches. Wenn er seinerzeit nach Yrwent gekommen ist, in der Hoffnung, niemand kenne ihn und wisse von ihm«, sagte Herr Kießguth und ließ seinen Zwicker am schwarzen Samtbändchen um den Zeigefinger kreisen, »dann hatte er sich getäuscht. Aber anders getäuscht, als er gemeint hat. Er hat sich zu seinen Gunsten getäuscht. *Jeder* hat ihn erkannt, und *jeder* hat ihm geholfen, auch – und gerade – nach dem 8. Mai 1945. Er ist, weil ihm der Boden immer wieder zu heiß geworden ist, nach und nach immer weiter ins Tal hinein und hinauf, und so saß er zum Schluß wie die Ratte im hintersten Winkel des Loches. Aber – Gesinnung hin, Gesinnung her – er war nur so lang gern gesehener Gast, wenn man so sagen kann, solang er Geld hatte, und das hatte er: eine ganze Million in bar. Aber dann drohte die Million Makulatur zu werden, wie die Umstellung auf Schillingwährung kam. Da wurde er nervös.«

»Da hat ihm der Sparkassendirektor beim Umtausch geholfen? mit seinen Möglichkeiten? Aber was war dann das für ein *Verkauf*? Haben die Hörtacher dem Sachsen ihre Gastwirtschaft verkauft?«

»Nein«, sagte Herr Kießguth, »nein, nein – *Schilling* haben sie ihm verkauft. Und zwar falsche Schilling. Die sind ein paar Tage, bevor die Währung umgestellt wurde, hier aufgetaucht. Du darfst nicht vergessen, daß Yrwent mit all dem – hm – Publikum, das damals da lebte, ein Zentrum des Schwarzhandels war. Bei der Mentalität der Yrwenter außerdem nicht verwunderlich. Und *beteiligten sich diese eifrig*. Was hier alles verschoben wurde, damals – du hast ja keine Ahnung. Waggonladungen Zucker, echte Bilder von Rembrandt und Diamantendiademe. Ein Preisgefüge gab es nicht mehr. Für eine Zehnfrankennote – zehn Schweizer Franken – hast du einen alten Spiegel mit Goldrahmen bekommen, und für eine Goetheausgabe letzter Hand ein Viertelpfund Butter. Nicht der Wert einer Sache, sondern Zufall und Glück und die Not des einen und die Macht des anderen diktierte den Preis. Es war eine wirre Zeit und eine bunte Zeit – gewiß bunt, aber gefährlich, giftig bunt wie fleischige Sumpfblüten. Geld war eigentlich nichts mehr wert, aber man brauchte es doch – verrückt. Verstehst du?«

»Ja, Herr Kießguth. Nein.«

»Man hat damals gewußt: an dem und dem Tag gelten wieder Schilling statt Mark. An dem Tag sind alle Mark in Schilling umzutauschen. Zehn zu eins. Die neuen Schillingnoten haben die Amerikaner in Amerika gedruckt und mitgebracht, aber streng geheimgehalten. Kein Mensch hat gewußt, wie die neuen Schilling ausschauen werden. Das haben natürlich einige Gauner ausgenutzt und haben irgendwelche Phantasie-Banknoten in Schillingwährung gedruckt und ein paar Tage vor dem bekannten Umtauschtermin – scheinbar günstig – angeboten. Auch mir, hier im Laden, hat einer solche Schilling angeboten. Habe jedoch aus Vorsicht abgelehnt. Nicht alle haben abgelehnt, und manchmal ist die Polizei dahintergekommen und hat verhaftet – die falschen Zukunftsschillinge beschlagnahmt. Und wo sind die hingekommen? Auf der Gendarmerie observiert. Später verbrannt. Kann man an der Asche feststellen, ob da, sagen wir, vierhunderttausend oder fünfhunderttausend falsche Schilling verbrannt worden sind? Kann man nicht feststellen. Also hat – vermute ich, aber ich bin nicht der einzige, der das vermutet – der damalige Gendarmerie-Postenkommandant, dessen Frau die Schwester des Sparkassendirektors ist, hunderttausend falsche Schilling abgezweigt, und der Sparkassendirektor und der Advocat und die alte Stecherin haben die hunderttausend falsche Schilling dem Mann mit dem Koffer gegen die knappe Million echter, grade noch gültiger Reichsmark verkauft. Diese Reichsmark am nächsten Tag in *echte* Schilling umzutauschen, war für den Sparkassendirektor und den Advocaten wie man sich denken kann, nicht schwer.«

»Und den Gewinn haben sie geteilt?«

»Ja. Der Gendarmeriepostenkommandant wird auch seinen Anteil bekommen haben, schätze ich.«

»Ehrenwerte Gesellschaft«, schimpfte ich.

»Man darf das nicht so eng sehen«, sagte Herr Kießguth, »du bist jung, aber im Lauf der Zeit kommst du auch noch dahinter. Wenn man alles immer aufwühlen würde, was faul ist... entsetzlich, das würde ja unser ganzes Leben verpesten. Ich sage mir immer: denke an die Natur. Der stinkende Dung ist unten, die schönen Blumen sind oben. Was hätten wir davon, wenn wir immer nur den Dung sehen.«

»Aber eine Schweinerei ist es doch – von der Stecherin, und dem Sparkassendirektor und dem Herrn Advocaten...«, ereiferte ich mich.

»Dung, Dung...«, sagte Herr Kießguth. »Der soll unten bleiben, wo er hingehört.«

»Dong – dong« machte die Ladenglocke, und der Sparkassendirektor kam herein und brachte uns Trenkers *Berge in Flammen* zurück und lieh sich Felizitas Roses *Heideschulmeister Uwe Karsten* aus. Während ich die Karteikarte ausfüllte, dachte ich mir: das ist also eine der Blumen Yrwents.

»Eins täte mich interessieren, Hans«, sagte Herr Kießguth, nachdem der Sparkassendirektor wieder gegangen war, »was war denn nachher weiter mit der Baskenmütze?«

Das war so: Wenige Tage später kam gegen Abend der

Sparkassendirektor nochmals herauf, wieder mit dem Auto. Der Sachse, den ich da also zum zweiten Mal sah, außer bei den bewußten Gelegenheiten kurz am Fenster – saß bei der Stecherin in der Wirtsstube. Er hatte seinen Kleppermantel an und seine braune Baskenmütze auf. Er hatte nur noch einen, den kleineren Koffer, den er zwischen die Beine geklemmt hatte. (Ich nehme an, er hatte umgepackt.) Die hunderttausend Schilling, von denen er annahm, daß sie echt waren, nahmen viel weniger Raum ein als die Million Mark. Sie hatten neben den Habseligkeiten im kleinen Koffer Platz. Den großen Koffer ließ der Sachse im Zimmer zurück. (Die Stecherin zerriß ihn am Tag danach und verbrannte ihn im Herd, obwohl es sich um einen großen Koffer aus Leder von Friedensqualität gehandelt hatte.) Die Stecherin hatte ihm Speck mit Eiern in der Pfanne hingestellt. Man wartete bis es ganz dunkel war. Der Sachse stocherte lustlos im Essen herum und schaute finster vor sich hin. Niemand redete ein Wort. Ich wurde ins Bett geschickt, gegen zehn Uhr aber von der Stecherin wieder aufgeweckt.
»Du sollst die zwei durch den Wald zum Moos führen«, sagte die Stecherin. Später erfuhr ich, daß das eigentlich der Stecher-Sepp hätte machen sollen, der sich aber im letzten Augenblick geweigert hatte.
Ich zog mich wieder an und ging hinunter. Der Sparkassendirektor und der Sachse standen schon vor dem Haus. Die Stecherin drückte mir die große Windlaterne in die Hand und sagte: »Gut' Nacht, nachher, Herr Direktor.« Zum Sachsen sagte sie nichts.
Es war eine mondhelle Nacht. Ich hätte den Weg auch ohne Laterne gefunden, aber ich hielt sie doch in die Höhe, daß die anderen nicht stolperten. Eine Zeitlang ging der Direktor neben mir, der Mann dahinter.
»Wohin wollen Sie eigentlich?« fragte ich.

»Am See vorbei nach hinten.«
»Aber da hinten ist nichts? wo soll man da hin?«
»Über die Berge, hinters Felsjoch.«
»Noch nie ist ein Mensch dorthin gegangen – was ist denn hinter den Felsbergen?«
»Italien«, sagte der Direktor.
»Ach so«, sagte ich.
Als wir aus dem Wald kamen und das Moos im Dickicht vor uns lag, der Lärchsee hinten schimmerte, sagte der Direktor zu mir: »So, danke, jetzt kannst du umkehren, jetzt finden wir uns schon zurecht. Brauchst du die Laterne? Nein, dann gib sie mir.« Im Schein der Laterne entfernten sich die beiden Männer. Ich schaute ihnen eine Weile nach, dann ging ich heim. Eine Stunde später, ich lag schon wieder im Bett, hörte ich, wie vor dem Haus das Auto angelassen wurde und dann wegfuhr.
Am nächsten Tag ging ich nachschauen. Die Spuren im Moorboden waren noch frisch. Ich verstand mich auf solche Zeichen: es waren die Spuren zweier Leute, die zum See gegangen waren. Zurück verlief nur die Spur eines Mannes. Ich schaute auch hinter dem See nach. Dort war nichts zu sehen, aber dort ist der Boden nicht mehr sumpfig, das Gelände steigt an, ein Tritt hinterläßt dort keinen Eindruck mehr.
Im Sommer tauchte plötzlich, von Wasserblasen begleitet, wie eine Qualle etwas aus der öligen moorigen Tiefe des Sees an die Oberfläche, mehr gegen den Rand zu. Ich war zu weit weg, um erkennen zu können, was das war. Der Stecher war näher dran und fischte den Gegenstand mit einer Stange aus dem Wasser, warf ihn aber sofort wieder hinein.
Ich lief hin.
»Was war das, Sepp?« schrie ich.
»Nix«, brummte er.

»Aber da ist doch was aufgetaucht? hat das nicht ausgeschaut wie eine Baskenmütze?«
»Nein«, brummte der Sepp.
»Was war das dann?«
»Ein alter Regenschirm, glaube ich«, sagte er.
Vom Hintersandgruber-Luis weiß ich das: an und für sich gibt jedes Wasser, ob stehend oder fließend, alles wieder her, was hineinfällt. Nur das Moorwasser im Lärchsee gibt nichts mehr her, denn der Lärchsee ist eigentlich gar kein See, sondern ein Sumpf mit ein paar Metern Wasser drüber. Wenn es aber, sagte der Luis, geschehen sollte, daß doch etwas auftaucht, und man werfe es ein zweites Mal hinein, dann behält es die finstere Tiefe für immer.

Der Leser hat wahrscheinlich längst selber erkannt, daß in diesem Buch historische Wahrheit frei verwendet wurde. Den Tatsachen entspricht jedoch, daß Dr. Carl Goerdeler, von den Männern des 20. Juli als Reichskanzler vorgesehen, zunächst entkommen konnte. Wahr ist auch, daß auf seine Ergreifung von den Nazi eine Kopfprämie von einer Million ausgesetzt wurde. Leider wahr ist auch, daß Goerdeler im Herbst 1944 ergriffen und im Februar 1945 hingerichtet wurde. Den wirklichen Denunzianten – einem Geschwisterpaar – wurde nach dem Krieg von der russischen Besatzungsmacht der Prozeß gemacht, sie wurden nach Rußland deportiert und sind dort verschwunden.

Der Denunziant, der Mann mit dem Koffer, der sich ins Yrwental flüchtet, ist erfunden, wie das Yrwental selber und alles andere einschließlich aller Vorgänge und Figuren. Eventuelle Ähnlichkeiten sind zufällig.

Wahr allerdings, und darauf lege ich Wert, ist der Satz, den ich den Erzählern in den Mund lege: zwei Deutsche oder Österreicher von entsprechendem Alter, die behaupten, sie haben von den Greueln in den KZ und überhaupt in der Nazizeit nichts gewußt, lügen. Auch ich war – wie die Informanten Kaaserers – zehn, elf Jahre alt, auch ich habe *es* gewußt.

Rom, November 1985

Inhalt